CARA HAY

Schottische Träum

Die bezaubernde Glasbläserei

## WEITERE TITEL DER AUTORIN

*Schottische Träume – Die Töpferei am Meer*

Titel auch als Hörbuch erhältlich

## ÜBER DIE AUTORIN

Cara Hay wurde in Kanada geboren und hat in London gelebt. Mittlerweile wohnt sie mit ihrer Familie im schönen Siegen, aber sie hat immer noch eine Schwäche für Nebel, Jane Austen und den britischen Humor. Sie träumt von Schottland, und wenn sie schon selbst nicht dort leben kann, so kehrt sie doch in ihren Romanen um die fünf Freundinnen aus Tobermory regelmäßig dorthin zurück.

*Cara Hay*

SCHOTTISCHE TRÄUME

# *Die bezaubernde Glasbläserei*

ROMAN

lübbe

Dieser Titel ist auch als Hörbuch und E-Book erschienen

Die Bastei Lübbe AG verfolgt eine nachhaltige Buchproduktion. Wir verwenden Papiere aus nachhaltiger Forstwirtschaft und verzichten darauf, Bücher einzeln in Folie zu verpacken. Wir stellen unsere Bücher in Deutschland und Europa (EU) her und arbeiten mit den Druckereien kontinuierlich an einer positiven Ökobilanz.

FSC
www.fsc.org
MIX
Papier | Fördert gute Waldnutzung
FSC® C014496

Originalausgabe

Dieses Werk wurde vermittelt durch die
Langenbuch & Weiß Literaturagentur.


Textredaktion: Anne Schünemann, Schönberg
Titelillustration: © Composition FinePic®, München |
© Stocktrek Images/getty-images
Umschlaggestaltung: © zero-media.net, München
Satz: two-up, Düsseldorf
Gesetzt aus der Kepler
Druck und Verarbeitung: GGP Media GmbH, Pößneck
Printed in Germany
ISBN 978-3-404-18852-9

1 3 5 4 2

Sie finden uns im Internet unter luebbe.de
Bitte beachten Sie auch: lesejury.de

# Prolog

## ISLE OF MULL VOR ACHTZEHN JAHREN

Cailin ließ den Blick durch den Pub schweifen. Nicht ganz. Nur von dem glatzköpfigen Polizisten, der ihr gegenübersaß und sie skeptisch musterte, bis zur linken Ecke der Bar. Bevor die rechte Ecke in ihr Blickfeld rücken konnte, schlug sie die Augen nieder. Dort saß Ians Dad, und wenn sie ihn ansehen würde, wäre es wirklich passiert. *Passiert.* Seltsam. Noch vor einer knappen Stunde, als sie mit den beiden Jungs hier in der Tischnische gehockt und sie durch konstantes Reden von ihren Schulaufgaben abgehalten hatte, war es genau darum gegangen, dass nie etwas passierte. Sie hatte unter dem Tisch gegen Aidans Schienbein getreten und verlangt, er solle ihr auf der Stelle drei Dinge nennen, die ihn glücklich machten.

»Sex, Fußball, Hamburger.«

Sie hatte die Augen verdreht. Siebzehnjährige Jungs waren unfassbar hohl. Vor allem, wenn sie erst kürzlich Sex mit Bonnie gehabt hatten. Ob Ian auch Sex mit Bonnie gehabt hatte? Sie rammte ihm den Ellenbogen in die Seite. »Und du?«

»Bücher, Fußball und …« Ian klopfte versonnen mit seinem Bleistift auf das Mathebuch, und sie ahnte, was jetzt kommen würde: Sex. Sie schluckte, aber er sagte bloß: »Wenn etwas passiert.«

*Sag doch gleich: Sex.*

»Und was genau?« Sie versuchte vergeblich, den genervten Unterton zu unterdrücken, der ihre Gedanken verriet.

»Egal, was.« Ian klopfte weiter auf sein Mathebuch. »Irgendetwas, wodurch das Jetzt wirklich zum Jetzt wird.«

Sie sah ihn stirnrunzelnd von der Seite an. Die meiste Zeit gelang es Ian ganz gut, die Sache mit seiner Hochbegabung unter den Teppich zu kehren, doch manchmal klang er wie ein alter Mann. Einer mit Doktortitel und Nobelpreis. Insgeheim liebte sie diese seltenen Momente, in denen der wahre Ian hinter den schüchternen braunen Augen aufblitzte – auch wenn sie sich danach immer elend fühlte. Es erinnerte sie jedes Mal daran, wie unglaublich öde er sie im Grunde seines Herzens finden musste. So öde wie diese Insel, auf der nie etwas passierte und die er im Herbst zusammen mit seinem Medizinstipendium auf Nimmerwiedersehen verlassen würde.

»Und was ist das Jetzt, wenn nichts passiert?«, erkundigte sie sich mit einem mulmigen Gefühl im Bauch.

»Alltag«, hatte er schulterzuckend geantwortet. »Stunden und Tage, an die man sich später nicht erinnert.«

Alltag. Genau das war es, was Ian, Aidan und sie die letzten sieben Jahre geteilt hatten. Und sie war voll und ganz im Jetzt gewesen. *Irgendetwas, wodurch das Jetzt wirklich zum Jetzt wird.* Nun, dieses Etwas war für sie Ian. Wenn er da war, musste nichts Besonderes passieren. Er war bereits das Besondere. Sie würde niemals vergessen, wie sie nachmittags hier im leeren Pub von Aidans Eltern neben ihm gesessen und seine Matheaufgaben abgeschrieben hatte. Wie Ians linke Hand in Lichtgeschwindigkeit, aber dennoch irgendwie gemächlich die Gleichungen auf das Papier warf. Wie sein Kiefer sich beim Schreiben immer ein bisschen mitbewegte. Und sie würde sich für immer an die kleinen Blitze erinnern, die ihren Körper durchzuckten, wenn er mit dem Handrücken flüchtig ihren Arm streifte und »Denk noch mal nach« murmelte.

Hätte er sie gefragt, was sie glücklich machte, hätte sie »Du« geantwortet. Doch er fragte nicht. Sie war nicht sein Jetzt. Sie war sein Immer – seine Sitznachbarin in der Schule, die er in Kürze genauso vergessen würde wie das Läuten der Schulglocke, den modrigen Geruch im Klassenraum und die albernen Nachrichten, die sie sich gegenseitig auf die Tische kritzelten.

Cailin fixierte den genervten Polizisten und versuchte vergeblich, sich auf das Jetzt zu konzentrieren. Alles in ihr sträubte sich dagegen, hier zu sein. Und mit Officer Clyde Davies zu reden. Er biss gerade mächtig auf Granit. Es war einfach zu früh für diese blöde Vernehmung. Sie musste nachdenken. Am liebsten hätte sie geknurrt: *Zieh Leine, du Möchtegern-Cop.*

Sie warf Ian, der neben ihr auf der Bank in der Tischnische saß, einen verstohlenen Seitenblick zu. Er bemerkte es sofort und schenkte ihr ein aufmunterndes Lächeln. Sie schluckte. So weit war es also schon gekommen. Dass ausgerechnet er sie aufmuntern wollte. Sie konnte nach dieser Sache einfach nach Hause gehen und in die tröstenden Arme ihrer Eltern sinken, während Ians ohnehin kaputte Welt nun noch mehr zusammengestürzt war. Sie wollte unter dem Tisch nach seiner Hand greifen. Ihm eine Stütze sein. Situationen wie diese waren ein Klacks für Cailin Buchanan, das Mädchen in Latzhosen.

Aber ihre Superheldinnenhose lag zu Hause im Schrank. Befangen zupfte Cailin an ihrem schwarz-grün karierten Minikleid herum. Diese elende *Taskforce Becks & Posh*, die ihre beiden neuen Freundinnen Hailey und Erin ins Leben gerufen hatten, verwandelte sie in ein nutzloses Modepüppchen. Sie trug sogar Erins kratzige Reizwäsche, die einem ständig in den

Hintern kroch. »Nur für den Ernstfall«, wie Erin gemeint hatte. Allerdings sah alles danach aus, als wäre die Taskforce gescheitert. Ian war offenbar immun gegen Minikleider. Sie schienen ihm regelrecht zu missfallen. Als sie letzte Woche zum ersten Mal in diesem Aufzug im Pub aufgetaucht war, hatte er »Cai, was soll das?« geknurrt und schnell weggesehen. Sogar Aidan, der begeistert ihren neuen Look gepriesen hatte, war nach einem Blick in Ians finsteres Gesicht verstummt. Seitdem waren ihre Outfits der totgeschwiegene, sexy Elefant im Raum. Eigentlich trug sie diese Verkleidung nur noch aus Trotz. Und in diesem Augenblick sehnte sie sich mehr denn je nach ihren alten Latzhosen.

In ihrer bewährten Rüstung wäre es auch viel einfacher gewesen, mit Officer Davies zu sprechen, der ihr mit seinem Notizblock gegenübersaß und sie mit stechendem Blick taxierte. Er hakte nun schon zum dritten Mal nach: »Das verstehe ich nicht, Cailin. Du hast doch genau hier gesessen und hattest freie Sicht auf die Bar. Erzähl mir einfach, was passiert ist.«

Da war es wieder, dieses Wort: *passiert.* Ironischerweise hatte Aidan gerade grinsend *Nothing Ever Happens* von Del Amitri gesummt, als Ians Dad den Pub betreten und das Jetzt zum Jetzt gemacht hatte. Keiner von ihnen würde diesen Tag jemals vergessen. Am allerwenigsten Aidan. Zwar hatte Doc Munro vorhin befunden, Aidans Auge sei unverletzt, aber das hieß gar nichts. Jeder in Tobermory wusste, dass Doc Munro ein Quacksalber war. Und in seinen Händen lag es, Aidans Gesicht wieder zusammenzuflicken. Bei dem Gedanken wurde ihr ganz schlecht. Am liebsten hätte sie Aidan und seine Eltern in die Arztpraxis begleitet, um ihnen beizustehen. Aber Ian und sie waren im Pub zurückgeblieben. Zusammen mit Officer Davies und Ians Dad.

Der Officer hatte keinen Hehl daraus gemacht, dass ihm nicht der Sinn danach stand, sich am helllichten Tag mit einer Kneipenschlägerei zu befassen. Der Pub war noch nicht einmal geöffnet. Clyde Davies hatte es überhaupt nicht eingesehen, irgendwen mit auf die Wache zu schleppen. Nein, er würde diese lästige Angelegenheit gleich an Ort und Stelle abhaken. Daher hatte er den Täter (Ians Dad) einfach an der Bar geparkt und ohne Skrupel begonnen, in seiner Gegenwart die beiden einzigen Zeugen (Ian und Cailin) zu vernehmen. Offenbar hatte er sich von ihr eine glasklare Aussage erhofft. Immerhin war sie als Einzige mit keinem Beteiligten verwandt oder verschwägert. Ihre ausweichenden Antworten passten ihm eindeutig nicht in den Kram. Umso besser. Was bildete der sich eigentlich ein, sie in Hörweite von James Lennox zu befragen?

»Von freier Sicht kann wirklich nicht die Rede sein, wenn einem schwarz vor Augen wird.«

»Cailin Buchanan.« Clyde sah sie streng aus seinen braunen Knopfaugen an. »Wenn du mich hier anlügst, rufe ich deinen Vater an.«

»Ich lüge nicht!«

»Gerade hast du noch gesagt, dir wäre bei Aidans Schrei schwarz vor Augen geworden.«

»So war es ja auch.«

Clyde kratzte sich an der Stirn. »Aber Aidan hat doch bestimmt erst geschrien, nachdem Lennox ihn mit der Flasche verletzt hat.«

Sie schürzte die Lippen. »Und?«

»Du hast also noch gesehen, wie er ihn angegriffen hat.«

»Ach! Werden wir plötzlich scharfsinnig?«, entfuhr es ihr, und Ian lachte auf.

»Das ist Beleidigung der Staatsgewalt, du freches Gör.«

Bevor Cailin eine spöttische Bemerkung über die Staatsgewalt loswerden konnte, ergriff Ian das Wort. Ungefragt und ungerührt berichtete er, wie sein sturzbetrunkener Dad in den Pub gestürmt war und seinem Freund Aidan MacKay samt dessen Vater die Nasen gebrochen hatte. Bereitwillig informierte er den Officer über das Motiv: rasende Eifersucht. Weil Ian bei den MacKays ein neues Zuhause gefunden hatte und sein versoffener Vater nun allein klarkommen musste.

So weit, so gut. Cailin nickte stumm.

Doch jetzt ergänzte Ian: »Und um die Sache abzurunden, hat mein Vater Aidan die abgebrochene Glasflasche durchs Gesicht gezogen.«

Cailin starrte ihn ungläubig an, während der Polizist fleißig mitkritzelte und beiläufig fragte: »Absichtlich?«

Was war das denn für eine Frage? In dem Moment wurde ihr klar, dass Clyde Davies sogar noch schlechter in seinem Job war als Doc Munro. Jeder Krimiglotzer – wie sie es war – hätte das besser gekonnt. Gleich würde Ian seinen messerscharfen Verstand zücken und Clyde über den Unterschied zwischen Tatsachen und Wertungen aufklären. Letztere hatten in einer Vernehmung nichts verloren.

Sie sah Ian erwartungsvoll von der Seite an, aber der bestätigte, ohne mit der Wimper zu zucken: »Definitiv absichtlich.«

Im Gegensatz zu dem Officer war Ian ihr entsetzter Gesichtsausdruck nicht entgangen. Er warf ihr einen warnenden Blick zu. Sie erkannte ihn nicht wieder. Ian liebte Fakten. Und er glaubte nicht an einfache Antworten – ganz egal, um welche Frage es sich handelte. »Verallgemeinerungen sind immer unwahr«, hatte er noch heute Morgen zu ihr gesagt, als sie behauptet hatte, alle Landeier liebten Pauschalreisen. Im selben

Atemzug war ihm aufgefallen, dass seine Aussage auch eine Verallgemeinerung war, und er hatte über das Paradoxon geschmunzelt. So war Ian. Er hinterfragte alles, vor allem sich selbst. Für ihn gab es nicht die eine Wahrheit, und wer die Wahrheit nicht kannte, dem fiel das Lügen schwer.

Trotzdem hatte er es soeben getan. Und nun forderten seine dunklen Augen sie unverhohlen dazu auf, das Gleiche zu tun. Cailin spürte seinen Blick, obwohl sie ihm auswich. Sie starrte auf das Mathebuch, das immer noch aufgeschlagen vor ihr auf dem Tisch lag – wie ein Relikt aus der heilen Welt. Ihre Finger kribbelten. Sie stand kurz davor, Clyde das Buch an die Glatze zu werfen. Wie kam dieser Faulpelz von einem Polizisten nur dazu, sie in Ians Anwesenheit zu befragen? Hätte es sich nicht um Ian gehandelt, hätte sie ihn längst eigenhändig aus dieser verfluchten Tischnische entfernt. Doch es war Ian. Und bekanntlich war er die eine Person, die sie nicht wegschicken konnte – vor allem nicht, wenn er so dicht neben ihr saß wie jetzt …

Clyde klappte sein Notizbuch zu und schlug damit auf die Tischkante. »Wenn Lennox den Jungen vorsätzlich mit einer abgebrochenen Glasflasche im Gesicht verletzt hat, landet er im Kittchen.«

»Hoffentlich«, murmelte Ian kaum hörbar.

Unwillkürlich sah Cailin zur rechten Ecke der Bar hinüber. Ians Dad hatte kaum noch Ähnlichkeit mit dem tollwütigen Trunkenbold, der sie vorhin aus ihren Schulaufgaben gerissen und sich in Rage geschrien hatte. Wie ein Häuflein Elend saß er da. Mit gesenktem Blick. Abwesend. Hatte er Ians Lüge vielleicht gar nicht gehört? Jedenfalls hatte er nicht widersprochen. Seit Aidans Schrei war er stumm. Und da wurde Cailin bewusst, dass James Lennox sich nicht verteidigen würde. Wenn sie Ians

Aussage so stehen ließ, würde sein Vater auf ewig der Mann sein, der absichtlich Aidan MacKays Gesicht aufgeschlitzt hatte. *Aufgeschlitzt.* Wie viele Gedanken würde sie denken müssen, um diesen einen loszuwerden? Zuerst musste sie aus dieser Tischnische raus. Dringend. Also los …

»Jetzt fällt mir alles wieder ein. Ich bin bereit, eine Aussage zu machen.«

Clyde Davies hob die Augenbrauen. »Dann schieß mal los.«

»Mr Lennox hat Aidans Dad angebrüllt und dabei die Flasche auf dem Tresen zerschlagen.« Aus dem Augenwinkel nahm sie Ians Nicken wahr. So weit, so gut. »Aidan hat sich ihm von hinten genähert, um seinem Dad zu helfen. Als Mr Lennox Aidans Dad die Nase gebrochen hat, hat Aidan ihn von hinten gepackt. Mr Lennox ist mit der abgebrochenen Flasche in der Hand herumgefahren, um Aidan eine runterzuhauen. Dabei ist die Flasche in Aidans Gesicht gelandet.«

Wieder spürte sie Ians Blick. Er brannte. Hastig senkte sie den Kopf und starrte auf das Mathebuch, während der Officer seinen Notizblock wieder aufklappte.

»Gelandet?«, fragte Clyde.

»Gelandet«, bestätigte sie, ohne aufzusehen.

»Das klingt für mich nach einem Versehen.«

»Das war es«, flüsterte sie und dachte seltsamerweise: *Wer flüstert, der lügt.* Aber Verallgemeinerungen waren bekanntermaßen immer unwahr.

Clyde erwiderte etwas, das sie nicht hörte. Sie war zu sehr damit beschäftigt, Ian auszublenden. Er sagte etwas, das sie ebenfalls nicht hörte. Es fühlte sich beinahe so an wie vorhin bei Aidans Schrei, als ihr schwarz vor Augen geworden war. Das war ihr noch nie zuvor passiert. Eigentlich war sie nicht der Typ für Riechsalz. Wer hätte gedacht, dass sie einen Aus-Knopf besaß? Und einen Dimmer, den sie jetzt dankbar betätigte. Die Welt verschwand im Dämmerlicht. Nur das harmlose Mathebuch war noch da.

Als sie schließlich aufschaute, war Clyde Davies' Platz leer und der Bartresen verlassen. Cailin blickte sich um. Die beiden Männer bewegten sich gerade zum Ausgang. Der Officer stützte Ians Dad am Ellenbogen. Gott, war der betrunken …

Kurz bevor Clyde die grüne Tür aufstieß, drehte James Lennox sich zu ihnen um und sagte mit brüchiger Stimme: »Ian, du musst mich nicht mehr in der Schule sehen. Ich bin seit heute Morgen suspendiert.« Er folgte dem Polizisten nach draußen, ohne auf Ians Antwort zu warten. Vielleicht wusste er, dass ohnehin keine gekommen wäre.

Die Tür fiel zu, und Ian und sie waren allein. Unvermittelt rückte er von ihr ab. Er sah sie nicht an. Was sie ihm nicht verübeln konnte. Schließlich war sie eine Verräterin. Anstatt ihrem Freund in seiner dunkelsten Stunde beizustehen, hatte sie seinem Vater beigestanden. Dem Teufel.

»Er ist kein Teufel«, hörte sie sich flüstern und dachte schon wieder: *Wer flüstert, der lügt.*

Ian wandte sich ihr abrupt zu.

»Er ist kein Teufel?« Seine Stimme bebte, seine Augen waren schwarz. »Unser bester Freund wird für immer entstellt sein – aber hey, es war ja nur ein Versehen. Das kann schon mal passieren, wenn man an einer Bar steht und brüllend mit einer abgebrochenen Bierflasche herumfuchtelt.«

»So habe ich das nicht gemeint«, erwiderte sie kleinlaut.

»Klang aber so.«

»Es macht Aidans Gesicht nicht wieder heil, wenn du die Polizei anlügst.« Cailin war froh, das Flüstern los zu sein.

Er schnaubte. »Es ging mir auch nicht darum, irgendetwas wieder heil zu machen.«

»Nein, du wolltest etwas kaputtmachen.« Sie spürte, wie die Tränen in ihre Augen schossen, und wunderte sich darüber, dass es nicht früher geschehen war. »So bist du nicht, Ian. Du möchtest doch immer alles reparieren und –«

»Stattdessen bringe ich den Teufel in euer Leben.«

»Nenn ihn nicht so. Das klingt, als wäre er kriminell.«

»Ist er ja auch! Und ich sorge dafür, dass er in den Knast kommt.«

Cailin verstand die Welt nicht mehr. So klang sie, die schreckliche Cailin Buchanan. Nicht er. Nicht der Ian, den sie kannte. Ihr Ian verlor kein böses Wort über andere – nicht einmal, wenn sie ihm unrecht taten. In der Grundschule hatte die schreckliche Cailin Buchanan ihm permanent das Leben schwer gemacht und andere Kinder gegen ihn aufgehetzt. Dennoch erinnerte sie sich daran, wie er sie manchmal im Unterricht freundlich angesehen hatte. Die Bosheit anderer konnte Ians Güte nichts anhaben. Im Gegenteil. Er spendete den Fieslingen sogar noch Trost. Wie oft hatte er ihr Gewissen beruhigt, wenn sie sich mal wieder danebenbenommen hatte ... Und wenn sie sich über seine verdorbenen Eltern aufregte, die ihren kleinen Jungen jahrelang nicht beachtet hatten, sagte er für gewöhnlich nur: »Sie haben ihre eigenen Probleme.« Ian war die Nachsicht in Person. Doch nicht jetzt. Und endlich begriff sie, woran das lag. Er kam damit klar, verletzt zu werden, aber diesmal war nicht er das Opfer gewesen.

»Aidan will bestimmt nicht, dass du lügst.«

»Vielleicht tue ich zur Abwechslung mal, was ich will.«

»Aber das willst du nicht.«

»Ach nein?«

»Du bist kein Lügner.«

Er lachte verächtlich. »Cai, ich lüge andauernd.«

Sie schluckte die Tränen runter und sah ihn herausfordernd an. »Ach ja? Wann denn?«

Er fuhr sich mit beiden Händen durch seine zerzausten braunen Haare, und sie musste sich eingestehen, dass er wütend beinahe noch besser aussah als sonst. Er wirkte irgendwie älter – er sah aus wie ein Mann ...

Und nun fixierte er sie wieder mit diesem fremden, abschätzigen Blick. »Ich lüge jedes Mal, wenn jemand mich fragt, wie es mir geht. Oder mich überhaupt etwas fragt. Ich lüge, sobald ich den Mund aufmache. Ich rede langsamer, als ich denke, damit man mich versteht. Meistens lasse ich die Hälfte weg. Ich lüge, wenn ich lächele, wenn ich vorgebe, diese Insel und mich nicht zu hassen, wenn ich meinem Vater begegne und nicht losschreie, ja, sogar wenn ich dich ansehe.«

Cailin vergaß zu atmen. Sie spürte einen diffusen Schmerz. Sie konnte nicht sagen, woher er kam. Es war nicht ihr Kopf, ihr Magen, ihr Herz. Es war alles. *Sie* schmerzte. Wo war der verdammte Dimmer, wenn man ihn brauchte?

Zu spät. Sie hatte jedes einzelne Wort gehört. Die Ahnung, die sie stets im hintersten Winkel ihres Gehirns weggesperrt hatte, war zur handfesten Tatsache geworden: Der Junge, den sie liebte, verachtete alles, was sie liebte. Ihre Insel, ihre Gespräche, sich selbst. Ihr gesamtes Leben. Sein Lächeln war gelogen. Und nicht nur das. *Ich lüge, wenn ich dich ansehe.* Dieser Tag wurde schlimmer und schlimmer ...

»Ich verstehe«, sagte sie mit erstickter Stimme.

»Nein, tust du nicht.«

»Ich bin vielleicht nicht so schlau wie du –«

»Darum geht es nicht«, entgegnete er leise. Der Zorn in seiner Stimme war wie weggeblasen. Er wusste, was er angerichtet hatte.

»Vielleicht bestimme ich jetzt mal, worum es hier geht.«

Ian seufzte. »In Ordnung.«

»Du siehst mich jetzt sofort an, ohne zu lügen.«

Er stutzte. Sie konnte sehen, wie er schluckte. Was für ein Schisser. Umso besser. Wenn er zu feige war, ihr sein wahres Gesicht zu zeigen, hatte sie vielleicht eine Chance auf Heilung. Schisser waren hässlich. Genau wie sein wahres Gesicht. Es ging doch nichts über eine arrogante Fratze, wenn man jemanden vergessen wollte. Hoffentlich würde er den Mumm besitzen, sie zu zeigen.

Ian schlug die Augen nieder, und nun war sie diejenige, die schwer schlucken musste. War dies der letzte Moment ihrer Freundschaft? Das Ende? Wie versteinert saß sie da. Wartete. Und wartete.

*Feigling.*

Nach einer gefühlten Ewigkeit beschloss sie zu gehen. Sie musste hier weg, bevor sie in Tränen ausbrach.

Sie wollte sich gerade abwenden, als Ian aufblickte und sie aus seinen dunklen Augen ansah. Ohne zu lügen. Ihr Herz blieb stehen. Stocksteif stand es da, ihr armes Herz. Als wäre es noch nie berührt worden, bis Ians sehnsüchtiger Blick sie traf – und Orte und Stellen fand, von deren Existenz sie bisher nichts geahnt hatte. Es war beängstigend. Wie machte er das? Er brachte sie völlig aus der Fassung, ohne auch nur einen Finger zu rühren.

Und wo kam jetzt dieses seltsame Geräusch her? Oh nein. Es drang aus ihrer Kehle. Ein lautes Schluchzen. *Oh nein.* Sie heulte, und zwar so sehr, dass ihr Kinn zitterte. Sie konnte nicht anders. Alles, was sie konnte, war stillzuhalten und zu heulen, während Ian sie ansah, als wäre sie der letzte Schluck Wasser in der Wüste.

Schließlich hob er die Hände und umschloss ihr Gesicht. Sanft wischte er mit den Daumen ihre Tränen weg. Sie fuhr sich verstohlen mit der Zunge über die salzigen Lippen, denn sie wusste, was als Nächstes passieren würde. Und sie wollte es unbedingt. Sie vergaß sogar zu weinen. Ians Daumen hielten inne. Er starrte sie an, und sie starrte zurück.

*Küss mich …*

»Ich kann nicht«, flüsterte er, als hätte sie es ausgesprochen.

»Warum nicht?«, flüsterte sie atemlos zurück.

»Weil Aidan in diesem Moment bei Doc Munro liegt und …«

»Du lügst.«

Ian ließ die Hände sinken, aber er fixierte sie immer noch mit diesem Wüstenblick. »Weil ich dann nicht mehr weggehen kann.«

Cailin blinzelte. Was hatte er gesagt? Er könne nicht mehr von hier fortgehen, wenn er … sie küssen würde? *Wirklich?*

Hastig griff sie nach seinen Händen. »Dann komme ich eben mit.«

»Das würde nichts ändern«, murmelte er und strich sanft mit dem Daumen über ihren Handrücken.

»Warum nicht?«

»Weil du irgendwann nach Hause zurückkehren willst, und ich … Cai, wenn ich diese Insel einmal verlassen habe, komme ich nicht mehr zurück.«

»Dann bleibe ich bei dir«, entgegnete sie voller Überzeugung, und für einen Augenblick sah er sie so zärtlich an, als würde er ihr glauben.

»Du gehst ein ohne Mull.«

»Ich gehe ein ohne dich.«

Er lächelte schief. »Tust du nicht.«

Allmählich wurde sie sauer. »Ian, jetzt stell dich nicht so an und küss mich.«

Er schüttelte den Kopf.

»Du sagst *Nein?*«

Er nickte.

»Was denn jetzt?«

»Nein.«

»Männer sagen nie Nein!«, entfuhr es ihr.

Er sah sie erstaunt an, aber dann lachte er. »Und alle Landeier lieben Pauschalreisen.«

»Sei still«, knurrte sie. »Ich weiß, wovon ich rede.«

»Bei Landeiern oder bei Männern?«

Sie ließ seine Hände los, um ihn zu schubsen. Was ihn nur noch mehr zum Lachen brachte. Was sie dazu brachte, mit den Fäusten gegen seinen Kapuzenpulli zu trommeln.

»Und deinetwegen trage ich diese bescheuerte Reizwäsche!«, rief sie aufgebracht.

Ihm blieb das Lachen im Hals stecken. »Was?«

»Seit Tagen«, brummte sie. »Hast du eigentlich eine Ahnung, wie kratzig dieses Zeug ist?«

Sie hatte aufgehört zu trommeln und blickte auf. Oh. Da war es wieder, sein wahres Gesicht. Das mit der Sehnsucht. Wo kam die jetzt nur wieder her? Ach so, die Reizwäsche. Da half dem Ärmsten sein Superhirn natürlich auch nicht weiter.

Ein kleines Siegergrinsen stahl sich auf ihre Lippen. Ian mochte schlau sein, aber vor allen Dingen war er nun einmal … siebzehn. Er saß in der Falle. Im Jetzt. Und nun würde die schreckliche Cailin Buchanan dafür sorgen, dass etwas passierte. Etwas, das sie beide glücklich machen würde – oder kreuzunglücklich. Doch wen interessierte schon die Zukunft?

# 1

Oje, Kirsty war betrunken. Alle waren betrunken, aber Kirsty ganz besonders. Sie hörte gar nicht mehr auf zu kichern. Cailin schüttelte hilflos den Kopf. Brauchten sie wirklich eine Siebzehnjährige, um einen zivilisierten Abend miteinander zu verbringen? Ihr Nesthäkchen Maisie war erst seit zwei Tagen fort, doch sie fehlte jetzt schon an allen Ecken und Enden. Sie hätten die neue *Taskforce Butthead* vor Maisies Abreise gründen sollen. Bei einem Glas Cola. Stattdessen war Cailins beste Freundin Hailey vorhin mit einer randvollen Flasche Gin in Kirstys Küche gehopst und hatte übermütig »Sturmfrei!« gebrüllt.

Vielleicht hätte dieses unnütze Gelage zu viert nicht stattgefunden, wäre Hailey nicht so durchschaubar gewesen. Sie konnte ihnen nichts vormachen: Das hier war keine Maisie-ist-weg-Party, sondern ein Hailey-braucht-Trost-Gin. Alle wussten, wie sehr sie ihre Cousine vermisste, mit der sie sich eine der beiden Wohnungen in dem blauen Haus neben Kirstys Töpferei teilte. (Im Dachgeschoss wohnte zum Glück die vernünftige Liv und sorgte dafür, dass die chaotischen Cameron-Cousinen nicht das Haus abfackelten.) Wie einst Hailey war Maisie im Alter von zwölf Jahren vom Süden der Insel in den Norden nach Tobermory umgesiedelt, weil es unten am Ross of Mull keine weiterführende Schule gab. Sie hatte es vorgezogen, mit ihrer vierzehn Jahre älteren Lieblingscousine zusammenzuleben, als sich an den Schultagen in einem Hostel auf dem Festland einzuquartieren.

Hailey machte keinen Hehl daraus, welch kolossaler Glücksfall der Teenager für sie war. Sie tickte ähnlich wie ein Hund. Man durfte Hailey höchstens vier Stunden allein lassen. Heute Morgen war sie zum Beispiel urplötzlich neben Cailins Bett aufgetaucht, um ihr mitzuteilen, dass Liv schon im Atelier sei und sie auf gar keinen Fall allein frühstücken könne. Cailin hatte kurz in Erwägung gezogen, ihr den Ersatzschlüssel zu ihrem Haus wegzunehmen, aber dann hatte Hailey sie aus diesen ungewohnt traurigen Augen angesehen ... Am liebsten hätte sie sofort zum Telefon gegriffen und den treulosen Teenager angebrüllt: *Vier Wochen per Interrail durch Europa?! Ohne Hailey?! Was fällt dir eigentlich ein, Maisie? Wenn du nicht sofort nach Hause kommst, erzähl ich deinen Eltern, dass Hamish und drei weitere Jungs mitgefahren sind!*

Was natürlich eine ziemliche Frechheit gewesen wäre. Maisie hatte sich eine kleine Auszeit mit Gleichaltrigen redlich verdient. In den letzten paar Monaten hatte sie fast ihre gesamte Freizeit in Kirstys Töpferei verbracht. Kirsty nannte sie liebevoll Clay Girl. Die beiden waren ein bisschen wie Karate Kid und Mr Miyagi, zumal Kirsty das gleiche Faible für Japan besaß wie ihre verstorbene Großmutter Dee Boyd. Wenn Cailin den Laden betrat und hörte, wie Kirsty und Maisie hinten in Dees alter Rumpelkammer über japanische Töpfertechniken sprachen, wurde ihr immer ein bisschen schwer ums Herz. War es wirklich schon achtzehn Jahre her, dass Hailey und sie dort hinten gehockt und krumme Müslischalen getöpfert hatten? Und waren wirklich bereits mehr als drei Monate vergangen, seit ihre Freundin Dee bei einem Autounfall ums Leben gekommen war?

Andererseits kamen ihr die letzten paar Monate manchmal vor wie Jahre. Seit Dees Tod hatte sich unglaublich viel verändert. Ihre Enkelin war auf die Insel gekommen und hatte alles durcheinandergewirbelt. Dees kleiner Töpferladen war nun eine Künstlerwerkstatt mit einem Showroom im ersten Stock, einem weiteren auf Instagram und einem florierenden Onlineshop. Kirsty hatte ihre neuen Freundinnen binnen kürzester Zeit infiziert, weshalb nun auch Cailins Glasvögel über das Internet zu haben waren. Livs Designerklamotten und Haileys selbst gefärbte Biowolle würden hoffentlich bald folgen. Jedenfalls arbeitete Maisies talentierter (und platonischer) Freund Hamish mit Hochdruck an den Produktfotos und der Webseite – wenn er nicht gerade per Interrail durch Europa tourte.

Auf der Startseite ihrer nagelneuen Homepage prangte bereits ein Foto der drei Läden, die sich am Hafen der Inselhauptstadt Tobermory eng aneinanderschmiegten: links Cailins gelbes Häuschen mit den pink gestrichenen Fensterrahmen, in der Mitte Kirstys graues Natursteinhaus hinter den türkisfarbenen holzvertäfelten Schaufenstern und rechts das hellblaue »Oban Hostel«, wie Hailey und Maisie ihr trautes Heim augenzwinkernd nannten. Unter dem bunten Bild der Ladenreihe befanden sich drei kleinere Fotos, die man anklicken konnte: links ein leuchtend roter Gimpel aus Glas, hinter dem sich die Webseite von Cailins Glasbläserei verbarg, in der Mitte eine schlichte braune Tasse, die in Kirstys Keramikwelt führte, und rechts noch einmal das hellblaue Haus der Camerons in der Morgensonne. Beim Klick auf das Haus würden die Kunden künftig die digitale Boutique betreten, in der – wie in der realen Welt – Livs Mode und Haileys Garne zu finden waren. Wie gesagt, Maisies Freund Hamish arbeitete daran.

Zunächst war Hailey nicht einverstanden gewesen mit dem

Internetauftritt des Hostels. Zum ersten Mal waren Hailey und Liv sich bei einer geschäftlichen Frage uneinig gewesen. Liv wohnte zwar oben unterm Dach, aber sie *lebte* in ihrem Modeatelier im ersten Stock. Niemand war so emsig wie Olivia Greyfriars. Sie war der geheime Boss in der Boutique im blauen Haus, obgleich der Laden Hailey gehörte. Hailey fehlte jeglicher Geschäftssinn. Wenn Cailin oder Kirsty Hilfe in ihren Läden benötigten, blieb die Boutique manchmal stundenlang geschlossen – bis Liv den Kopf durch die Hintertür steckte und Haileys Abwesenheit bemerkte. Zum Glück war Liv die Geduld und Besonnenheit in Person. Und Hailey verließ sich stets auf ihr Urteilsvermögen. Mit der Homepage hatten die Dinge jedoch anders gelegen. Ungeachtet Livs inständiger Bitten hatte Hailey anfangs nichts damit zu tun haben wollen. Schließlich ruinierte der Versandhandel die Umwelt und die Innenstädte.

»Siehst du hier irgendeine Innenstadt?«, hatte sich Cailin sarkastisch erkundigt, als sie zu fünft vor Kirstys Computer gehockt und die leuchtenden Fotos der Ladenreihe bewundert hatten.

»Nein, aber jede Menge Umwelt«, hatte Hailey erwidert.

Kirsty hatte schuldbewusst in die Runde gesehen. »Bruce hat gefragt, ob wir eine Amazon-Filiale eröffnen wollen.«

Offenbar brauchte der gute Bruce seit Kirstys Umzug auf die Isle of Mull doppelt so lange, um seinen Postwagen zu beladen. Bei der Erwähnung des Postboten hatte sich Haileys Gesicht aufgehellt. »Wir ärgern Bruce?«

Er hatte eine Weile zweimal bei ihr geklingelt – genau wie bei einigen anderen Ladys mit Briefkasten. Wenn es um Untreue ging, war Hailey nachtragend. Nach dem Hinweis auf Bruce war sie zu dem Ergebnis gelangt, der Versandhandel sei umweltverträglicher als all die Amerikaner, die anderenfalls für

Kirstys begehrte Keramikkunst den Atlantik überqueren würden. Liv war ihr um den Hals gefallen, und damit war die Sache mit dem Internet geritzt.

Kirsty hatte jedoch nicht nur das Leben des Postboten auf den Kopf gestellt. Dank ihr war Cailin neuerdings mit Ians Dad befreundet, der jeden Montag mit leuchtenden Augen und seinem Vogelfernglas an dem Bootsanleger zu den Treshnish Isles auf sie wartete. Sie ging tatsächlich mit dem Mann auf Vogeltour, der vor achtzehn Jahren ihre Jugendliebe von der Insel vergrault und ihren Freund Aidan mit einer abgebrochenen Bierflasche attackiert hatte. Noch vor drei Monaten hätte sie James Lennox nicht einmal gegrüßt. Er war damals nach der Sache mit der Bierflasche zwar – trotz Ians Bemühungen – nicht in den Knast gewandert, aber in die soziale Isolation. Niemand in Tobermory hatte mehr etwas mit ihm zu tun haben wollen. Genau wie sein Sohn hatte James die Insel für viele Jahre verlassen. Doch er war zurückgekehrt, damit Kirsty ihn hier finden konnte. Ihren Dad. Cailin versuchte manchmal, ihn in Gedanken so zu nennen: *Kirstys Dad.* Es fühlte sich immer noch fremd an. Für sie würde er wohl immer in erster Linie Ians Dad bleiben.

Die Vergangenheit war nun einmal eine hartnäckige Angewohnheit, die man nicht so einfach loswurde. Ohne Kirsty würde James Lennox vermutlich immer noch allein am Hafen von Tobermory auf und ab laufen und darauf warten, dass etwas passierte. Zum Glück war kein Mensch – ausgenommen Ian – in der Lage, sich Kirstys unbefleckter Perspektive zu entziehen. Ihr Mitgefühl mit dem einsamen alten Mann hatte sich sofort auf Cailin und die Mädels übertragen. Maisie hatte ihn vom ersten Tag an in ihr großes Herz geschlossen, und sogar Aidan, der dank James für immer das Antlitz eines Preisboxers haben würde, sah ihn mittlerweile durch Kirstys sanfte Augen.

*Aidan.* Ihn hatte Wirbelsturm Kirsty am härtesten getroffen. Cailins bester Freund, der nichts so sehr schätzte wie seine Freiheit, war verliebt. Sternhagelverliebt. Und beängstigend glücklich. Cailin erkannte es wieder, dieses tückische Glück, das sich jederzeit in Luft auflösen konnte. Wäre Kirsty nicht so ein wunderbarer Mensch gewesen, hätte sie vor Sorge um Aidan kein Auge mehr zugetan.

Wie wunderbar diese Kirsty Woods aus London war, hatte sich in den letzten Monaten gezeigt. Die Ärmste vollführte täglich einen wahren Eiertanz, um das Bermudadreieck – bestehend aus Cailin, Ian und James – zu umschiffen. Manchmal befürchtete Cailin, eines Tages würde ihre Freundin von diesem teuflischen Dreieck verschluckt werden. Sie waren eine Zumutung, alle drei. Am meisten natürlich Ian. Genau genommen wäre ohne ihn alles in bester Ordnung gewesen. James und Kirsty hätten einander ohne den ewigen Schatten der Vergangenheit (Ian) kennenlernen können. Und Cailin hätte nicht überall auf Zehenspitzen herumschleichen müssen, um eine Kollision mit ebendiesem Schatten zu vermeiden. Besonders ärgerlich war, dass auch Ian seine neue Schwester wunderbar fand. Andauernd stand die gelbe Karaffe in Kirstys Schaufenster, das Warnsignal für Cailin: *Ian ist hier!*

Ian war hier. Kaum zu glauben. Nicht einmal Aidan kannte den Grund seiner Rückkehr. Nach achtzehn Jahren Abwesenheit war er eines Tages, ungefähr zeitgleich mit Kirsty, einfach wieder da gewesen. Und das, nachdem er letztes Jahr nicht einmal zur Beerdigung von Aidans Dad erschienen war.

Wie selbstverständlich hatte Ian wieder sein altes Zimmer über dem Pub der MacKays bezogen. Und Doc Munros Chaospraxis übernommen. Als hätte er nur darauf gewartet, dass der alte Doc in den Ruhestand gehen würde, damit er seinen

Traumjob als Herzchirurg in den Wind schießen konnte, um sich das Lied von Sandy Elliots Migräne oder Martha Hancocks steifem Nacken anzuhören. Was wohl seine todkranken Patienten in London dazu sagten? Ian war wie einer dieser Schauspieler, die in jeder Talkshow in einem bescheidenen Nebensatz erwähnten, sie seien außerdem promovierte Mediziner. Schon klar. Wozu auch Leben retten, wenn man in einem netten Vorabendkrimi mitspielen konnte? Doc Munros Praxis war sogar noch unterhaltsamer als ein Vorabendkrimi, dafür sorgten Sandy Elliot und ihre Freundinnen. Seit Ians Ankunft grassierten bei den älteren Ladys jede Menge neuer Wehwehchen, und laut Cailins Mutter nannten seine Patientinnen ihn hinter vorgehaltener Hand »Doc Hollywood«.

Cailin hatte ihrer Mum einen gereizten Blick zugeworfen. »Warum nennen ihn eigentlich alle so? Ian sieht doch kein bisschen aus wie Michael J. Fox.«

»Nein, aber wie Hollywood«, hatte ihre Mum lachend geantwortet.

In Ians Wartezimmer lauerte also eine Horde weiblicher Fans auf ihn. Das geschah ihm ganz recht. Schließlich hätte er in seiner vornehmen Londoner Spezialklinik bleiben und sich die Patienten weiterhin unter Vollnarkose servieren lassen können. Zur Strafe durfte er sich nun in seiner Lieblingsdisziplin üben: Small Talk. Warum nur hatte er sich sehenden Auges in seine persönliche Hölle begeben? Auf die böse Insel seiner Kindheit, wo sein verhasster Vater mit seiner verschmähten Exfreundin auf Vogeltour ging.

Es wurmte Cailin, dass niemand außer ihr sich diese Frage zu stellen schien. Aidan und Kirsty hatten sich sogar rundheraus geweigert, Ian auf das Mysterium seiner Rückkehr anzusprechen. Bloß nicht die schöne Harmonie zerstören. *Welche*

*Harmonie?* Offenbar bildeten sich die beiden Turteltauben ein, Cailins Groll gegen Ian würde eines Tages von selbst verpuffen. Weit gefehlt. Sobald sie den Grund für seine Rückkehr herausgefunden hatte, würde sie ihn beseitigen. Zuerst den Grund und dann Ian. Die Isle of Mull war einfach zu klein für ein Bermudadreieck. Höchste Zeit also für eine fabelhafte Taskforce, die Antworten lieferte.

Die angesäuselte Kirsty gluckste vergnügt: »*Taskforce Butthead!* Bin dabei – ganz egal, wer Butthead ist.«

Cailin zog ein schuldbewusstes Gesicht. Ihre Freundin ahnte noch nicht, dass es sich bei besagtem Arschgesicht um ihren feinen Bruder handelte. Wie üblich würde Kirsty zwischen den Stühlen sitzen. Cailin hatte sogar kurz in Betracht gezogen, sie von der Taskforce fernzuhalten. Zu ihrem eigenen Schutz. Den Gedanken hatte sie jedoch sogleich wieder verworfen. Kirsty hatte erst kürzlich eine ziemlich fiese Mutprobe bestanden, um Teil des Mädels-Clans zu werden. Es wäre also wirklich unfair gewesen, sie von der ersten spannenden Aktion auszuschließen – selbst wenn die Teilnahme sie in einen Loyalitätskonflikt zwischen ihrem Clan, ihrem Bruder und ihrem Aidan stürzen würde.

*Aidan.* Cailin seufzte leise. Die Gründung der Taskforce erwies sich in jeder Hinsicht als kompliziert. Früher, bevor Ian aufgetaucht war, hatten die Mädels sich spontan in Aidans Pub getroffen und einen genialen Plan ausgeheckt. Dabei hatten sie noch nicht einmal geflüstert, im Gegenteil. Die Bildung einer Taskforce war traditionell eine laute, feuchtfröhliche Angelegenheit. Doch nun wohnte Ian über dem Pub, und die Wände hatten Ohren. Selbst Aidans Ohren waren neuerdings ein Problem. Unter normalen Umständen wäre er ein wertvolles

Mitglied der Truppe gewesen, aber wenn es um seinen besten Freund ging, verstand er keinen Spaß. Also hatten sie heute auf Kirstys Küche ausweichen müssen. (Die Küche war der zweitbeste Ort nach dem Pub, weil Aidan für den Inhalt des Kühlschranks zuständig war.)

Cailin hatte nicht nur den Ort, sondern auch den Zeitpunkt des Treffens mit Bedacht gewählt: Freitagabend. Freitags steppte im Pub der Bär, und Aidan würde erst spätnachts bei Kirsty auf der Matte stehen. Im Idealfall würde sie jegliche Fragen zu dem Treffen durch ein bisschen Mitternachtssex abwenden können. Aber dank Haileys Gin war der Idealfall nun in weite Ferne gerückt. Voraussichtlich würde Aidan nachher nur drei schnarchende Schnapsleichen (Kirsty, Liv und Hailey) auf der Küchenbank vorfinden. Cailin hingegen würde nebenan in ihrem Bett liegen. Stocknüchtern. Und stocksauer.

Sie blickte mürrisch in die Runde. Keine dieser drei Pappnasen hatte sich bei ihr nach dem Anlass des Treffens erkundigt, obgleich sie nun schon seit gut zwei Stunden beisammensaßen. Sie waren allesamt zu sehr damit beschäftigt gewesen, Haileys Gin-Flasche herumzureichen, Aidans rote Pfefferbeeren in Aidans sprudelndes Tonic Water regnen zu lassen, Aidans kalten Kalbsbraten im Speckmantel von gestern zu verspeisen und dabei immer lustiger zu werden. Zudem tat Cailin sich ungewohnt schwer, Klartext zu reden. Aus irgendeinem Grund kamen ihr die drei Worte *(Ian ist Butthead)* nicht über die Lippen.

Haileys raue Stimme übertönte Kirstys Kichern. »Cailin, erinnerst du dich an unsere allererste Taskforce?«

Sie sah in die glasigen Augen ihrer Freundin und brummte kurz angebunden: »Yep.«

*»Becks & Posh«*, säuselte Hailey wehmütig. Seit Maisies Abreise war sie unerträglich sentimental.

Abrupt verstummte das Kichern. »Die Beckhams waren hier?«

Cailin stöhnte, doch Hailey hatte jetzt die ungeteilte Aufmerksamkeit der beiden anderen. Das Arschgesicht war vergessen. Niemand hatte eine Chance gegen die Beckhams.

Cailin griff nach ihrem Gin-Glas und trank einen kräftigen Schluck. Und noch einen. Und schaltete auf Durchzug. Haileys Version von Becks & Posh fühlte sich an, als hätte man zu viel rosafarbene Zuckerwatte gegessen. Dennoch zog ihre Freundin sie mit sich zurück in die Vergangenheit, in Dee Boyds vollgestopfte Rumpelkammer, zu den Töpferscheiben und krummen Müslischalen und alten Tanten, die immer ein wenig nach Gras rochen. Zu dem Ort, an dem Hailey und sie vor achtzehn Jahren Freundinnen geworden waren.

# 2

Unter normalen Umständen wäre Cailins siebzehnjähriges Ich niemals dort gewesen, in Dees peinlichem Töpferkurs. Es war bloß ein weiterer verzweifelter Versuch gewesen, sich bei Ian rarzumachen. Damit er sie – oder zumindest ihre Abwesenheit – endlich bemerken würde. Anfangs war es ihr nahezu unmöglich erschienen, sich von ihm fernzuhalten. Nicht nur, weil sie die verbleibende Zeit bis zum Beginn seines Medizinstudiums mit ihm verbringen wollte, sondern schlicht aus Mangel an Alternativen. Sie hatte keine anderen Freunde. Cailin, Ian und Aidan – sie waren die CIA. Ein exklusiver Club, dem man nicht ohne Weiteres beitreten konnte. Schon gar nicht als Mädchen. Nur Rosie hatte diese Ehre gebührt. Aber Cailins Schatten, wie die Jungs die Bernhardinerhündin genannt hatten, war im vorangegangenen Frühjahr an Knochenkrebs gestorben.

Im Grunde ihres Herzens hätte die CIA-Chefin furchtbar gern eine Freundin an ihrer Seite gehabt, doch mit ihrer rauen Art kam sie bei anderen Mädchen nicht gut an. Subtile Botschaften lagen ihr nun einmal nicht. Und Mädchen bedeuteten Politik, genauer gesagt: Diplomatie. Sie sprachen einfach eine andere Sprache als Cailin. Einmal hatte sie ihre Mitschülerin Bonnie zum Heulen gebracht, weil sie ihr absolut liebevoll »Arschgesicht!« hinterhergerufen hatte. In der CIA waren alle Arschgesichter – das galt als Auszeichnung.

Nach einigen trostlosen Wochen, in denen Cailin an ihren CIA-freien Nachmittagen missmutig im Hotel ihrer Eltern ausgeholfen hatte, war ihre Mum auf die abstruse Idee gekommen, sie für einen von Dee Boyds Töpferkursen anzumelden. Denn wer keine (anderen) Freunde hatte, brauchte ein Hobby. Statt frei wie ein Vogel mit ihrem Roller und den Jungs über die Insel zu heizen, sollte sie nun also mit drei alten Tanten beisammensitzen und überflüssige Vasen töpfern. Und genauso kam es – nur dass diese Tanten sich in ihrem endlosen Leben an Orten wie Japan oder Indien herumgetrieben hatten und unerwartet spannendes Zeug über bewusstseinserweiternde Substanzen erzählten. Und dass Cailin sich mit der Rolle des vorwitzigen Töpferkükens durchaus anfreunden konnte. Genauso wie mit dem anderen vorwitzigen Küken, Hailey Cameron.

Hailey war erst dreizehn Jahre alt und nahm aus dem gleichen Grund an dem Töpferkurs teil wie Cailin: Sie hatte keine anderen Freunde. Sie hatte sie allesamt zu Beginn ihres achten Schuljahres unten am Ross of Mull zurückgelassen. Die Halbinsel im Südwesten der Insel, auf der Haileys Familie lebte, lag eine gute Autostunde von Tobermory entfernt – ein Katzensprung für Leute, die Japan und Indien bereist hatten, aber eine halbe Weltreise für Hailey. Sie fuhr nur am Wochenende nach Hause. An den Schultagen wohnte sie bei ihrer Tante Erin, die in dem hellblauen Haus neben Dees Töpferladen eine Boutique betrieb.

Cailin hätte selbst gern in der bunten Häuserreihe direkt am Hafen von Tobermory gewohnt, wo tagsüber die Touristen entlangflanierten und abends die Leute aus dem Pub torkelten. Viel bunter konnte es auf Mull nicht werden. Dennoch hätte sie an Haileys Stelle eine Mordswut auf ihre Eltern gehabt. Schließlich hatten die eigenmächtig entschieden, dass Hailey – anders als all ihre Freunde aus der Grundschule – nicht die Oban High School auf dem Festland besuchen durfte. Aus unerfindlichen Gründen hielten sie es für eine schlechte Idee, ihre Tochter gemeinsam mit den anderen Inselkindern vier Nächte pro Woche in einem grandiosen Hostel in Oban einzuquartieren. Im Vergleich zu dem Hostel war ihnen die stürmische Tante Erin aus Tobermory, die nichts als Mode im Kopf hatte, wie ein sicherer Hafen vorgekommen. Also besuchte Hailey nun als einziges Kind aus dem Süden die Tobermory High.

Doch anstatt sich über diese Ungerechtigkeit aufzuregen, freute sich Hailey über die Wohngemeinschaft mit ihrer jüngsten Tante, bei der sie jeden Morgen Pop-Tarts mit Schokofüllung essen durfte. Und sie war erklärtermaßen mächtig stolz darauf, neuerdings ein Mädchen aus der Abschlussklasse zu kennen. Nein, nicht irgendein Mädchen, sondern keine Geringere als Cailin Buchanan, die permanent mit den beiden coolsten Typen der Schule abhing: Ian Lennox und Aidan MacKay.

Normalerweise hätte Cailin sich niemals mit Hailey abgegeben. Sie war nicht nur ein Kind, sondern strahlte auch noch einen geradezu unnatürlichen Frohsinn aus. Niemand war vor dem Zahnspangenlächeln dieser schlaksigen Rothaarigen sicher, die kein böses Wort über ihre nichtsnutzigen Eltern verlor und klaglos an Dee Boyds Töpferkurs teilnahm. Das war doch suspekt.

»Hat das schon mal jemand untersucht?«, hatte sich Cailin eines Tages mürrisch bei ihr erkundigt, als Hailey summend neben ihr in Dees Atelier an der Drehscheibe gesessen und eine Müslischale für ihre Mum geformt hatte.

»Was denn?«

»Deine ewige gute Laune«, brummte Cailin.

»Ach so, die.« Zu ihrem Erstaunen nickte Hailey. »Wahrscheinlich habe ich dasselbe wie Erin. Sie hat so eine Krankheit, die glücklich macht. Ich habe den Namen vergessen.«

Um ein Haar hätte Cailin ihre Töpferscheibe angehalten. »Erin ist manisch?«

Hailey nickte erneut. »Das war das Wort.«

»Oh Mann, tut mir leid«, sagte sie betroffen.

»Ach wo, sie hat's nicht so richtig doll.«

Cailin warf ihr einen fragenden Blick zu, und Hailey erklärte unbekümmert: »Also, sie ist noch nie mit mir nach L. A. gedüst, um bei den Oscars über den roten Teppich zu laufen oder so. Aber für den Fall der Fälle habe ich schon mal die passenden Kleider im Schrank hängen.«

Nun hielt Cailin tatsächlich die Töpferscheibe an. »Du hast ein Abendkleid im Schrank hängen?«

»Mehrere«, meinte Hailey achselzuckend, ohne von ihrer Müslischale aufzuschauen. »Ich wachse ja noch.«

»Du nimmst mich auf den Arm.«

»Klar«, sagte Hailey und grinste.

Cailin rupfte einen Tonklumpen aus ihrer ohnehin schon verstümmelten Vase und bewarf sie damit. »Arschgesicht.«

»Selber Arschgesicht!« Hailey zerstörte lachend, nein, *grunzend* ihre ziemlich perfekte Müslischale, um Cailin eins auszuwischen.

Dee Boyd, die einen Narren an ihren beiden Töpferküken gefressen hatte und ihnen normalerweise alles durchgehen ließ, ging entrüstet dazwischen. Man zerstörte keine Müslischalen und Vasen erst recht nicht. Die Kinder in Japan hätten dafür richtig eins aufs Dach bekommen. Und Hailey sollte sich künftig hüten, Gerüchte über ihre Tante Erin in die Welt zu setzen. Zur Strafe war der Töpferkurs heute für sie vorbei. Stattdessen würden sie – alle beide! – jetzt nach nebenan gehen und sich in Erins Boutique nützlich machen. Fensterputzen wäre schön. Hailey sprang von ihrem Hocker auf. Fensterputzen mit Cailin Buchanan? Das war die beste Strafe aller Zeiten.

Die Dreizehnjährige hopste immer noch vor Freude, als sie mit ihrer Beute im Schlepptau den karierten Laden ihrer Tante betrat. Cailin blinzelte. Zu viele Karos. Anscheinend basierte Erin Camerons gesamte unmögliche Kollektion auf Tartan: Kilts, Hosen, Kleider, Röcke, Anzüge, Plaids, Haarbänder – sogar die Umhängetaschen, die an einem Holzständer neben der Tür baumelten, bestanden aus dem karierten Stoff.

Cailin fühlte sich auf einmal sehr unkariert in ihrer dunkelblauen Latzhose. Und gewöhnlich. Wie immer, wenn sie eine Boutique betrat. Zum Glück war Mull eine Modewüste, und Glasgow war weit weg. Daher musste sie die Shopping-Folter mit ihrer Mum und ihrer Schwester Lola höchstens zweimal im Jahr über sich ergehen lassen. Um Erins Laden, den ihre albernen Mitschülerinnen allen Ernstes »Vivienne Westwood« nannten, hatte sie bisher erfolgreich einen Bogen gemacht.

Den beiden Camerons schien ihr mangelnder Enthusiasmus völlig entgangen zu sein. Bei Cailins Anblick hopste die Tante noch höher als die Nichte, wobei ihre schwarze Reizwäsche unter dem superkurzen Tartanrock zum Vorschein kam. (Vielleicht handelte es sich nicht direkt um Reizwäsche, aber dieser winzige Slip hatte definitiv keine Verwandtschaft mit Cailins weißem Baumwollschlüpfer, den ihre treue Latzhose sicher vor fremden Blicken verbarg.)

»Ich bin ja so froh, dass Hailey endlich Anschluss gefunden hat!« Erin blies sich eine rote Haarsträhne aus dem Gesicht. Sie schaute aus der Wäsche, als wäre Cailin das Beste, was ihr seit Langem passiert war.

»Anschluss? Ich bin siebzehn«, murrte Cailin gereizt.

Erin ignorierte den Einwand. Sie war bereits dabei, die Ladentür zu verriegeln. Hailey hatte eine Freundin! Das musste gefeiert werden.

»Ist sie wirklich nicht manisch?«, raunte Cailin ihrer neuen Freundin zu.

»Doch! Hab ich doch gesagt«, flüsterte Hailey zurück.

»Ich dachte, du hättest mich auf den Arm genommen.«

»Ja, mit den Ballkleidern. Ich habe nur eins.«

»Ist es kariert?«

»Was gibt's denn da zu tuscheln?«, wollte Erin wissen, als sie ihnen die Hintertür zum Treppenhaus aufhielt.

»Cailin will mein Ballkleid sehen«, meinte Hailey.

»Fantastisch!« Ihre Tante klatschte in die Hände. »Das ist der erste Schritt, Cailin.«

»Der erste Schritt wohin?«

»Raus aus den Latzhosen, meine Liebe«, erklärte Erin lächelnd. »Aber erst mal gibt's Kaffee und Kekse.«

Cailin verdrehte die Augen. Raus aus den Latzhosen? *Träum weiter, meine Liebe.* Trotzdem folgte sie den beiden ins Treppenhaus – alles war besser als die Boutique. Oder Fensterputzen.

In der ersten Etage sagte Hailey über die Schulter: »Wir müssen noch eins höher, hinter dieser Tür ist bloß Erins Atelier.«

Wie vom Blitz getroffen blieb Cailin vor der besagten Tür stehen. *Atelier.* Was war nur mit diesem Wort los? Sobald jemand es aussprach, setzte ihr Verstand aus. Als ihre Mum ihr mitgeteilt hatte, der Töpferkurs würde in Dee Boyds Atelier stattfinden, hatte ihr Puls ebenfalls verrücktgespielt. Es hatte sich angefühlt, als hätte ihre Mutter eine Weltreise angekündigt. Eine ohne Eltern. Ohne Grenzen. Natürlich war der Gedanke völlig absurd gewesen. Dees vollgestopfte Rumpelkammer hinter dem Töpferladen war das Gegenteil von grenzenlos. Cailin war schon oft dort gewesen, lange bevor sie Mitglied der Töpfertruppe geworden war. Sie kannte jeden Winkel des Natursteinhauses mit den türkisfarbenen Schaufenstern. Während Dees Japan-Auszeit hatte es vorübergehend ihren Eltern gehört. Sie hatten ein Bed & Breakfast daraus machen wollen, aber waren nicht aus dem Quark gekommen. Das war die offizielle Version. Cailin hatte den Verdacht, dass ihre Eltern für Dee Boyd den Platz am Hafen freigehalten hatten. Dees Tochter Fiona war vor vielen Jahren abgehauen und nie zurückgekehrt – das hatte bei Cailins Mum einen Nerv getroffen.

Jedenfalls gab es keine vernünftige Erklärung für dieses aufgeregte Gefühl, das Cailin bei der bloßen Erwähnung des Wortes *Atelier* erfasste. Vielleicht lag es einfach nur daran, dass es so wunderbar anders klang als *Hotel*. Obgleich die beiden Hotels ihrer Eltern nie eine echte Bedrohung für Cailin dargestellt hatten. Sie war die glückliche Dritte in der Thronfolge, und ihre beiden älteren Geschwister Lola und Conner waren echte Hotelstreber. Dank ihnen konnte sie mit ihrem Leben anstellen, was sie wollte.

Nur was? In wenigen Monaten würde die Schule vorbei sein, und sie hatte immer noch keinen Plan. Sie wusste nur, was sie nicht wollte: Gäste anlächeln. Lächeln im Allgemeinen stand auf der schwarzen Liste. Ian und Aidan hatten sich bereits einen Spaß daraus gemacht, ihr Berufe an den Kopf zu werfen, bei denen man nicht lächeln musste. Neben Gefängniswärterin, Busfahrerin, Anwältin und dergleichen waren sogar ein paar vernünftige Vorschläge dabei gewesen wie Tierärztin oder Gärtnerin. Doch keiner dieser Begriffe hatte eine echte Gefühlsregung in ihr hervorrufen können. Ganz anders: *Atelier*.

Seit ihre Mum es erwähnt hatte, ging ihr das Wort nicht mehr aus dem Kopf.

Sie hätte den Jungs nicht davon erzählen sollen. Die beiden Arschgesichter hatten gar nicht mehr aufgehört, sie damit aufzuziehen.

Ian: »Aidan, weißt du, was Cailin mal werden will?«

Aidan: »Klar. Atelier.«

Ian: »Du meinst wohl *Atelière.* Schließlich ist sie ein Mädchen.«

Aidan: »Sie ist ein Mädchen? Seit wann?«

Cailin hatte ihm eine runtergehauen.

Aidan: »Was macht man eigentlich so als Atelière?«

Ian: »Man ist hell und luftig. Was in Cailins Fall nicht ganz einfach werden dürfte.«

Und so weiter.

Cailin hatte schweigend neben ihnen auf der grünen Bank vor dem Pub gesessen und sie mit mörderischen Blicken bedacht. Bis Aidan aufgestanden war, um drei Flaschen von dem abgelaufenen Alkoholfreien aus der Bar zu holen, das Cailin so gut schmeckte.

Kaum war er im Haus verschwunden, hatte Ian ihr dieses furchtbare Lächeln zugeworfen, bei dem sie immer gegen ihren Willen zurücklächeln musste, und festgestellt: »Ich hab's geahnt. Du wirst Künstlerin.«

Sie hatte ihn angeblinzelt. »Was?«

»Keine Sorge, ich verrate es keinem.«

Cailin hatte aufgehört zu lächeln. »Das wäre auch eine glatte Lüge, für die ich dich eigenhändig kastrieren würde.«

Doch seitdem ging ihr dieses zweite Wort nicht mehr aus dem Kopf: *Künstlerin.* Das klang sogar noch besser als Atelier. Weil es so schön vage war. Anders als Tierärztin oder Gärtnerin konnte es alles bedeuten. Malerin? Bildhauerin? Designerin? Schauspielerin? Das Wort war genauso unentschlossen wie Cailin. Sie passten zueinander. Und neuerdings kam ihr alles, was damit zu tun hatte, irgendwie magisch vor. Selbst der peinliche Töpferkurs. Vielleicht war sie deshalb wie angewurzelt vor Erins Atelier stehen geblieben. Die magische Tür hatte ihr zugeflüstert: *Komm herein ...*

»Ich muss da rein«, hörte Cailin sich sagen.

Erin sah sie verblüfft an. »Du interessierst dich für Modedesign?«

»Nein, kein Stück. Aber für ... Künstler.«

»Ach, du Süße!«, rief Erin gerührt. »Ich bin doch keine Künstlerin! Bloß Studienabbrecherin mit einer Nähmaschine.«

Cailin zuckte mit den Schultern. »Sind das nicht fast alle Künstler?«

Da lachte Erin und öffnete schwungvoll die magische Tür. Als Cailin über die Schwelle trat, stockte ihr der Atem. *Das* war ein Atelier. Der riesige lichtdurchflutete Raum mit Meerblick hatte genauso wenig Ähnlichkeit mit Dee Boyds Rumpelkammer wie Erins Reizwäsche mit ihrem alten Baumwollschlüpfer. Sie verdienten nicht dasselbe Wort. Bestimmt war dies einmal eine Wohnung mit einer Flut verschachtelter Zimmer gewesen, doch irgendein wunderbarer Mensch (vermutlich Erin Cameron) hatte alle überflüssigen Wände entfernt und dieses perfekte Loft mit den hohen Decken hervorgezaubert.

Der Raum schien uferlos, aber Erin nutzte ihn bis in den letzten Winkel. Die Regale an den Seitenwänden waren von Kopf bis Fuß mit karierten Stoffballen gepflastert, und an der langen Rückwand des Ateliers befand sich ein wahres Labyrinth aus vollgestopften Kleiderständern. Überall lungerten halb angezogene Schneiderpuppen herum. Vorne, vor der Fensterfront mit Blick auf die weiß wippenden Segelboote, standen drei wuchtige Werkbänke, die unter allerlei Krimskrams begraben lagen – Papierbögen, Scheren, Stiften, Garnrollen, Stofffahnen, mehreren Nähmaschinen und jeder Menge angebissener Butterbrote. In der Mitte des Raumes hatte Erin eine doppelseitige Pinnwand aus Kork aufgestellt, an der ein buntes Blätterchaos herrschte. Zwischen all den Skizzen von Frauen in stylishen Karoklamotten entdeckte Cailin eine schlaksige Bohnenstange mit leuchtend roten Haaren. Offenbar hatte Hailey Modell gestanden.

»Zufrieden?«, erkundigte sich Erin schmunzelnd.

»Wozu brauchst du fünf Nähmaschinen?«, brummte Cailin.

Etwas anderes fiel ihr gerade nicht ein. Sie konnte ja schlecht sagen: *Bitte schenk mir diesen Raum. Und dein Leben gleich dazu.* Wie das wohl wäre? Wer so ein Atelier besaß, brauchte nichts und niemanden. Die angebissenen Butterbrote waren der Beweis: Hier vergaß Erin die Welt. Jemand wie sie würde nicht nachts wach liegen, weil irgendein blöder Junge bald die Insel verlassen würde, um ein scheiß Gott in Weiß zu werden.

»Ach, hier sitzen normalerweise die fünf Kinder aus Kambodscha, die ich ausbeute.«

»Erin!«, rief Hailey entsetzt. »Darüber darf man doch keine Witze machen!«

Erin verdrehte die Augen. »Geh und koch uns allen einen Kaffee, du strenges Kind.«

»Kinder dürfen keinen Kaffee trinken.«

»Herrje, Hailey, *willst* du keine Freundin aus der Abschlussklasse haben?«

»Cailin mag mich auch ohne bewusstseinserweiternde Substanzen«, erwiderte Hailey treuherzig.

»Woher kennst du denn solche Wörter?«

»Aus dem Töpferkurs.«

»Ach ja?« Erin runzelte die Stirn.

Und Cailin sah sie nervös von der Seite an. Sie würde der Kleinen doch hoffentlich nicht den Töpferkurs verbieten? Ohne Haileys unschuldige Zwischenfragen wäre Indien nicht mehr dasselbe.

Doch Erin grinste. »Nächstes Mal komme ich mit.«

Die beiden Mädchen wechselten einen erleichterten Blick, und dann bestellte Cailin ziemlich lässig einen Schwarzen ohne Zucker. Ohne weitere Widerworte begab Hailey sich in die kleine Kochnische neben dem Kleiderlabyrinth, während ihre Tante drei bunt gestrichene Holzstühle von Stoffbergen befreite.

»Du willst also Künstlerin werden«, sagte Erin beiläufig.

Cailin schluckte. Wenn sie jetzt nickte, würde Vivienne Westwood wissen wollen, was ihr denn genau vorschwebte. Malerin? Musikerin? Oder – noch schlimmer – sie würde sich nach ihren Talenten erkundigen …

Aber sie fragte nur: »Wie kommt's?«

Cailin druckste kurz herum, bevor sie gereizt entgegnete: »Das ist eine verdammt persönliche Frage.«

»Ich habe dir ja auch gerade mein verdammt persönliches Atelier gezeigt«, gab Erin zurück und ließ sich auf einen der freigeschaufelten Stühle plumpsen.

Cailin tat es ihr gleich. Sie fühlte sich auf einmal merkwürdig schwach. Hätte sie geahnt, dass der Eintritt zu Erins Atelier einen Seelenstriptease kosten würde, wäre sie draußen geblieben. Dennoch hörte sie nun ihre eigene, ungewohnt ironiefreie Stimme sagen: »Meine Eltern sind permanent damit beschäftigt, die immer gleichen Bedürfnisse ihrer Hotelgäste zu befriedigen. Wenn sie morgens aufstehen, wissen sie mehr oder weniger, wie ihr Tag ablaufen wird. Sie könnten nicht davon abweichen, selbst wenn sie es wollten. Ich glaube, den meisten Leuten ergeht es so. Das ist vielleicht in Ordnung, wenn man ansonsten alles hat, was man sich wünscht. Nur was ist …« Sie räusperte sich. »Was ist, wenn man nicht bekommt, was man sich wünscht? Wohin können die Gedanken flüchten, wenn man jeden Tag die gleichen eintönigen Aufgaben verrichtet?«

Erin musterte sie aufmerksam. »Du willst also Künstlerin werden, um dich von deinen unerfüllten Wünschen abzulenken. Das finde ich …« Sie unterbrach sich.

»Was? Lass die Samthandschuhe weg.«

»Ganz schön mutlos für eine Siebzehnjährige«, gestand Erin. »Unerfüllte Wünsche – gibt es die nicht erst im hohen Alter?«

»Was wünschst du dir denn?«, kam es unerwartet von Hailey, die sich mit drei Kaffeebechern beladen auf den Stuhl neben Cailin fallen ließ und dabei die Hälfte verschüttete.

Erin griff nach einem der tropfenden Becher, setzte ihn achtlos auf der Werkbank ab und antwortete anstelle von Cailin: »Einen Freund natürlich.«

Sie zwinkerte Cailin zu. »Jetzt guck nicht so empört. Liebeskummer ist keine Schande, im Gegenteil. Damit geht es meistens los in der Kunst. Selbst Robert Burns war anfangs nur ein verknallter Junge, der Gedichte an irgendein Mädchen schrieb.«

»Ian ist nicht irgendein Junge«, entfuhr es Cailin.

Haileys Augen weiteten sich. *»Ian Lennox?«*

Cailin entriss dem verdutzten Mädchen einen der beiden Kaffeebecher und nahm einen kräftigen Schluck. Sie verzog das Gesicht. Offenbar hatte Hailey zum ersten Mal im Leben Kaffee gekocht und vorsichtshalber ein paar Extralöffel hineingetan.

Sie hatte ja nicht ahnen können, dass die coole Cailin Buchanan in Wahrheit viel lieber heiße Schokolade mit Sahne trank. Allerdings war das nicht halb so peinlich wie die Sache mit Ian.

»Ein Wort zu irgendwem über Ian und ich versenke dich im Meer.«

»Nein …«, stammelte Hailey. »Ich dachte nur …«

»Was dachtest du?«, fragte Cailin gereizt.

»Dass Ian dir gehört.«

*»Gehört?«*

Nun trank Hailey ebenfalls einen kräftigen Schluck von ihrem schwarzen Kaffee. Sie kräuselte die Nase und stotterte: »Ich dachte, das sagt man so, wenn …«

»Was?«, bohrte Cailin nach, bevor sie sich bremsen konnte. Warum musste ausgerechnet diese Dreizehnjährige der erste Mensch auf der Welt sein, mit dem sie über Ian sprach? Warum zum Teufel hatte sie keine anständige Freundin in ihrem Alter?

»Wenn jemand nur Augen für dich hat.«

»Hailey, hast du dieses Romantikgedöns etwa auch im Töpferkurs gelernt?«, wollte Erin besorgt wissen. »Und woher weißt du so genau, wo Ian Lennox seine Augen hat?«

Endlich klang sie wie eine echte Tante. Und Hailey klang wie ein echter Teenager, als sie stöhnte und beinahe herablassend entgegnete: »Wen guckst *du* denn an, wenn Becks und Posh hereinspaziert kommen?«

»Na, Becks und Posh«, meinte Erin perplex.

»Und wen guckt Becks an?«

»Posh natürlich.«

»Eben.«

»Wow«, hauchte Erin. »Cailin und Ian sind die Beckhams?«

Hailey nickte, aber Cailin knurrte: »Du spinnst ja.«

Das Mädchen blickte sie entrüstet an. »Da du anscheinend

nicht einmal bemerkst, wenn die ganze Schule dich anstarrt, wundert es mich nicht, dass Ians Blicke komplett an dir vorbeigegangen sind.«

»Wow«, hauchte Erin erneut. »Hailey, du bist ja total frühreif. Jetzt verstehe ich, warum deine Eltern dich nicht ins Hostel lassen wollten.«

»Jungs sind eben mein Ding.«

»Oh Gott, oh Gott, das behalten wir schön für uns, ja?«

Cailin hörte den beiden zu, aber sie hörte nichts. *Ians Blicke.* Selbstverständlich sah er sie an. Sie redete ja pausenlos auf ihn ein. Da wäre es doch ziemlich unhöflich, sie nicht anzuschauen, oder? Aber nun hatte Hailey ihr diesen verdammten Floh ins Ohr gesetzt. Konnte eine frühreife Dreizehnjährige Blicke von *Blicken* unterscheiden?

»Was für Blicke?«, fragte Cailin gereizt.

Darauf schien Hailey keine Antwort zu haben. Mit grüblerischer Miene führte sie den Kaffeebecher zum Mund und leerte ihn in einem Zug. Als sie ihn absetzte, rief sie mit glänzenden Augen: »Ich spür's schon – du auch?«

Cailin seufzte. Hailey hatte nicht den Hauch einer Ahnung, was ihre Bemerkung in ihr ausgelöst hatte. Umso besser. Genau genommen wollte sie jetzt auch viel lieber über Kaffee reden. »War das dein erstes Mal?«

»Nein, ich hatte schon mal einen Espresso.« Es folgte ein aufgekratztes Grunzen. »Mein erstes Mal!«

»Oh Gott, oh Gott«, murmelte Erin wieder, aber Haileys Grunzen war bereits verstummt, und nun erklärte sie mit feierlicher Miene: »Ian sieht dich an, als wärst du sein erstes Mal gewesen.«

Cailins Wangen wurden heiß. Oh Mann. Hailey Cameron, achte Klasse, brachte sie zum Erröten. Wie lange würde es wohl dauern, bis sie herausfinden würde, dass die coole Cailin Buchanan noch nie einen Jungen geküsst hatte?

Zu allem Übel gab nun auch noch Erin ihren Senf dazu: »Also ehrlich, Hailey, unser Spice Girl hier ist doch ganz offensichtlich noch Jungfrau. Und es ist mir ein Rätsel, wie du sie mit Posh vergleichen kannst, mit ihrer Latzhose, diesem zerrupften Pferdeschwanz und allem. Ich wette, Cailins Lippen haben noch nie ...« Cailin hielt die Luft an. »... einen Lippenstift geküsst.«

Hailey reckte trotzig ihr Kinn. »Sie ist trotzdem das schönste Mädchen der Schule. Und sie ist auf keinen Fall Jungfrau.«

»Hallo?«, brummte Cailin. »Ich sitze direkt neben euch.«

Doch die beiden Camerons ignorierten sie.

»Wie kommst du darauf?«, wollte Erin wissen.

»Du hast selbst behauptet, Männer sagen nie Nein.«

Erin verschluckte sich an ihrem Kaffee und bekam einen kleinen Hustenanfall. »Wann habe ich das denn gesagt?«

»Gestern. Zu Tante Jane am Telefon.«

»Oh Gott, oh Gott ...«

»Wenn Männer also nie Nein sagen und das schönste Mädchen der Schule Ian Lennox fragt, ob –«

»Hör sofort auf, mich so zu nennen!«, rief Cailin, doch niemand beachtete sie.

»Sie hat ihn aber nicht gefragt«, widersprach Erin.

»Hat sie nicht?«

»Nein.«

»Warum denn nicht? Sie ist doch in ihn verliebt.«

Cailin krümmte sich innerlich. Nun hatte Hailey Cameron auch noch das Unaussprechliche ausgesprochen. Hätte sie doch niemals dieses Atelier betreten.

»Ja, aber sie hat keinen Schimmer, dass Männer nie Nein

sagen«, grinste Erin. »Oder dass sie das schönste Mädchen der Schule ist.«

Das schönste Mädchen der Schule hätte ihnen am liebsten eine runtergehauen. Würden sie doch endlich aufhören, sie so zu nennen. Cailin wusste, wie sie aussah. Ihr ganzes Gesicht war von Sommersprossen übersät, ihre Augen waren so grau wie der Himmel über Schottland, und die blonden Haare machten noch längst keine Blondine aus ihr. Eher ein Vogelnest. Sie hatte noch nicht einmal lange Beine wie diese beiden vorlauten Camerons. Von einer akzeptablen Oberweite ganz zu schweigen. Das einzig Passable an ihrem Körper waren die schlanken Arme. Die passten prima zu Tanktops. Nur leider waren Arme so ungefähr das Letzte, wofür Jungs sich interessierten.

Dennoch ahnte Cailin, woher der Wind wehte: Hailey hatte sich von den zahlreichen Gaffern blenden lassen. Natürlich war es Cailin nicht entgangen, dass die ganze Schule sie seit geraumer Zeit anstarrte. Das hatte jedoch nichts mit ihrer vermeintlichen Schönheit zu tun. Es lag nicht einmal an Ian, obwohl er tatsächlich ein Hingucker war mit seinem athletischen Körper und den verfluchten Grübchen. Der einzige Grund für das Rampenlicht war Ians versoffener Dad. Eine Menge Leute hatten versoffene Väter, aber seiner musste ja ausgerechnet Lehrer an ihrer Schule sein. Und seit Ians Mutter und seine drei großen Brüder sich aus dem Staub gemacht hatten, lief die Sache mit seinem Vater allmählich aus dem Ruder. James Lennox erschien betrunken im Unterricht und lauerte seinem jüngsten Sohn neuerdings in den Pausen auf, um ihn dazu zu bewegen, nach Hause zu kommen. Ein paarmal hatte er sogar Aidan zur Rede gestellt, weil seine Familie Ian bei sich aufgenommen hatte. Die CIA war also längst nicht mehr der unsichtbare Club von einst. Bei dem ganzen Theater war es nicht verwunderlich, wenn auch ein paar neugierige Blicke an dem mürrischen Mädchen hängen blieben, das nicht von Ians Seite wich.

Erin tätschelte ihr Knie. »Keine Sorge, wir helfen dir.«

»Wobei genau?«, erkundigte sich Cailin misstrauisch.

»Du musst doch herausfinden, ob du auch ohne Liebeskummer noch Künstlerin werden willst.«

Cailin seufzte. »Und wie wollt ihr mir dabei helfen?«

»Indem wir den Liebeskummer beseitigen.«

»Ja, klar.«

Erin überhörte ihren Sarkasmus. »Wir müssen bloß dafür sorgen, dass Ian kapiert, wen er vor sich hat.«

Cailin sah sie perplex an, aber Hailey nickte wissend. Ehrfürchtig wisperte sie: »Posh.«

# 3

Cailin blickte kopfschüttelnd in die amüsierten Gesichter ihrer beiden Freundinnen, die sich mit den Ellenbogen auf Dees alten Küchentisch lehnten und an Haileys Lippen hingen. Die sonst so blasse Liv hatte rosige Wangen, und ihre kinnlangen Haare, die sich für gewöhnlich wie ein glatter dunkler Helm an ihren Kopf schmiegten, waren fast so zerzaust wie Kirstys braune Lockenmähne. Beide kicherten unbeschwert vor sich hin. Hailey hatte ihnen eine abstruse Cinderella-Geschichte mit Happy End aufgetischt, das völlig unvermittelt und ohne Erklärung vom Himmel geplumpst war.

Letzteres war offenbar auch Liv aufgefallen. »Sekunde mal«, meldete sie sich nun zu Wort. »Cailin hat sich damals Erins karierte Minikleider übergeworfen, und Ian ist direkt darauf angesprungen? Wie ein Höhlenmensch?«

»Das klingt gar nicht nach meinem Bruder«, meinte Kirsty.

*Mein Bruder.* Andauernd sagte sie diese zwei Worte. Dabei lutschte sie darauf herum, als wären es Bonbons. Es *waren* Bonbons. Kirsty war ihr Leben lang Einzelkind gewesen, und Brüder wuchsen ja für gewöhnlich nicht auf Bäumen. Da kam so ein Prachtexemplar wie Ian einem Wunder gleich, zumal er seiner neuen Schwester auch noch verstörend ähnlich war mit seinem überbordenden Talent, dem Schalk in den Augen, seinen gottverdammten Grübchen und all dem anderen Pipapo, an das Cailin jetzt nicht denken wollte. Ian Lennox war zweifellos ein passabler Zeitgenosse, wenn er einem nicht zufällig das Herz gebrochen hatte. Kirsty gab sich sichtlich Mühe, ihn in ihrer Gegenwart nicht zu erwähnen, doch mitunter brach es einfach aus ihr hervor: *Mein Bruder!* Und nun war Cailin im Begriff, eine Taskforce zu gründen, die ihrer lieben Freundin die Bonbons wegnehmen würde.

»Aber so war es«, riss Hailey sie aus ihren Gedanken. »Eines Tages sind die beiden einfach Hand in Hand über den Schulhof geschlendert, als hätten sie nie etwas anderes getan. Und sie haben so glücklich ausgesehen, das kann ich euch sagen. Er konnte gar nicht die Finger von ihr –«

Liv unterbrach sie. »Und du weißt nicht, wie es passiert ist? Du warst doch damals schon Cailins beste Freundin.«

»Hailey war dreizehn«, warf Cailin genervt ein. »Und wieso fragt ihr eigentlich nicht mich? Falls es euch entgangen ist: Ich bin hier.«

Liv fixierte sie mit ihrem ruhigen, klaren Blick, dem selbst der Gin nichts anhaben konnte. »Dann schieß los.«

»Auf gar keinen Fall«, knurrte Cailin.

»Siehst du«, lachte Hailey. »Deshalb fragt dich keiner.«

Alle sahen sie herausfordernd an. Wie bei einer Mutprobe.

Cailins Augen wurden schmal. Sie wollten Cinderellas eigene Version hören? Kein Problem. Mutproben waren ihr Ding. Betont gelassen nahm sie einen Schluck von ihrem Gin, stellte das Glas beiseite und erzählte.

Maisie würde furchtbar sauer sein, das verpasst zu haben. Denn Cailin erzählte nur alle Jubeljahre von jenem schicksalhaften Tag vor achtzehn Jahren, an dem alles begonnen hatte. Streng genommen hatte sie erst ein einziges Mal davon berichtet, und zwar allein Kirsty zuliebe, die verrückterweise von Aidans Narbe besessen war. Beim ersten Mal hatte Cailin strikt darauf geachtet, die Geschichte auf das Gemetzel mit der Bierflasche zu beschränken. Ohne Hailey mit ihrem elenden Gin und dem rührseligen Gerede von Becks & Posh wäre es vermutlich für immer bei dieser praktischen Kurzfassung geblieben.

Doch heute hatte sich die ganze Truppe mit Cailin und Ian in die Tischnische des Pubs gedrängelt. Und sie waren dort geblieben bis zu jenem unwirklichen Moment, der alles verändert hatte. In allerletzter Sekunde hatte sie mit einem lapidaren Und-so-weiter-und-so-fort noch die Kurve gekriegt, aber es schien, als hätten die drei anderen sich längst von ihrer Fantasie davontragen lassen. Jetzt hockten sie ungewöhnlich schweigsam um den Tisch herum und nippten verträumt an ihren Gin Tonics.

Unvermittelt gluckste Kirsty in die Stille hinein. Alle sahen sie fragend an, und schon ertönte ihr Gin-Kichern.

Cailin verpasste ihr einen Tritt unter dem Küchentisch. »Was ist daran denn bitte so lustig?«

»Du bist über meinen Bruder hergefallen«, prustete Kirsty. »Ausgerechnet an dem Tag, an dem mein Vater mit der Bierflasche über meinen Mann hergefallen ist!«

Hailey grunzte laut auf, und Livs blasse Porzellanwangen färbten sich augenblicklich rosa. Haileys Grunzen war jedes Mal der Startschuss für das totale Chaos.

»Ich bin damals nicht über Ian hergefallen, und Aidan ist nicht dein Mann«, entgegnete Cailin gereizt.

Kirsty hörte auf zu lachen. »Aidan ist *nicht* mein Mann?«

Hailey hörte auf zu grunzen. »Du bist *nicht* über Ian hergefallen?«

Die beiden saßen nebeneinander auf der Küchenbank, und

es war unmöglich zu sagen, welche von ihnen enttäuschter aussah.

Cailin warf Kirsty einen genervten Blick zu. »Wie lange bist du jetzt mit Aidan zusammen? Zwei Monate?«

»Zweieinhalb.« Kirsty hob drei Finger in die Luft. »Mit zwei Tagen Unterbrechung, weil Aidan Schiss bekommen hat.«

»Glaub mir, er wird noch viel mehr Schiss bekommen, wenn du ihn als deinen Mann bezeichnest.«

Kirsty zog ein merkwürdiges Gesicht. Ihre Grübchen (genauer: Ians Grübchen) waren noch da, aber die Heiterkeit war verflogen. Kleinlaut gestand sie: »Er ist bei mir eingezogen.«

»Wer?«

»Aidan.«

»Was? Wann?« Aus dem Augenwinkel nahm Cailin ein wenig erleichtert wahr, dass Liv und Hailey genauso überrumpelt aus der Wäsche schauten wie sie.

»Heute.«

»Und das erzählst du uns erst nach vier Gläsern Gin?«

»Viereinhalb«, murmelte Kirsty und zeigte fünf Finger. »Ich musste mir zuerst Mut antrinken.«

»Aber warum denn?«, fragte Cailin perplex.

»Na, weil er bei mir sein will und …«

»Nein, ich meinte, warum du dir Mut antrinken musstest!«

Kirsty fuhr sich befangen durch ihr braunes Lockenwirrwarr. »Du sagst doch immer, wir sollen mal ein bisschen auf die Bremse treten, und …«

»Stattdessen gebt ihr Vollgas«, seufzte Cailin.

»Er schläft doch sowieso nur noch bei mir.«

»Kein Wunder«, schnaubte Cailin. »Bei dem Mitbewohner.«

»Also, ich freue mich für euch«, warf Liv schnell ein, bevor Cailin auf Ian herumhacken konnte. Liv hatte etwas gegen Herumgehacke. Ihre dunklen ernsten Augen waren das leibhaftige schlechte Gewissen, und manchmal fragte Cailin sich, wie sie ohne diesen moralischen Kompass straffrei durch ihre Jugend gekommen war.

»Ich mich auch, und wie!«, flötete Hailey unbekümmert. Abrupt wandte sie sich Cailin zu. »Habt ihr es denn nun in der Tischnische getan oder nicht? Und wenn ja, in welcher?«

»Wen interessiert das? Das war vor einer Ewigkeit! Wir reden jetzt über Kirsty und Aidan.«

»Aber die sind langweilig«, schmollte Hailey.

»Danke«, lachte Kirsty, und ihre Grübchen brachten Cailin mal wieder aus der Fassung. Zehn Jahre lang hatte sie Ian nicht ansehen müssen, nicht einmal auf alten Fotos. Und nun lachte er ihr sogar aus dem Gesicht ihrer Freundin entgegen. Der Mistkerl war einfach überall.

Kirstys Lachen gefror. Sie hatte Cailins finstere Miene bemerkt. »Cailin, ich werde ihm nicht das Herz brechen.«

»Ich weiß«, brummte sie.

»Ihr böser Blick galt nicht dir«, stellte Liv klar. Sie war nicht nur das leibhaftige schlechte Gewissen, sondern durchschaute auch alles und jeden. Vor allem Cailin.

Und Kirsty verstand sofort. Unwillkürlich fasste sie sich ins Gesicht. »Ob man Grübchen wegoperieren kann?«

Das entlockte selbst Cailin ein Grinsen. »Dann soll dein Bruder sich gefälligst unters Messer legen, nicht du. Apropos Messer …« Alle blickten sie alarmiert an. Oh Mann. »Vermisst Ian nicht allmählich sein Chirurgenbesteck und den gedeckten OP-Tisch mit seinen herrlich stummen Patienten?«

»Kein Stück«, sagte Kirsty lächelnd. »Er redet nie von London. Ich glaube, er ist gern hier.«

*Er ist gern hier.* Cailin unterdrückte mit Mühe eine sarkastische Bemerkung. Der Satz war die perfekte Überleitung zur Taskforce. Sie schob ihr Gin-Glas weit von sich und faltete feierlich die Hände auf dem Tisch zusammen. »Was mich zu dem Anlass unseres heutigen Treffens bringt …«

Liv stöhnte. »Bitte nicht.«

Kirsty und Hailey sahen sie verwirrt an.

»Cailin will die Hexenjagd auf Ian eröffnen«, erklärte Liv seufzend. »Er ist *Butthead.*«

»Das stimmt doch gar nicht!«, rief Cailin empört. »Also, klar, Ian ist das Arschgesicht, aber das wird keine Hexenjagd!«

Liv zog eine Augenbraue hoch. »Was denn sonst?«

Hailey grunzte leise, doch Kirsty umklammerte ihr Glas mit beiden Händen und wirkte plötzlich irgendwie verloren. *Mist.* Liv hatte es mal wieder geschafft. Cailin fühlte sich mies. Sie würde ihrer Freundin viel mehr wegnehmen als ein paar Bonbons. Kirsty wünschte sich verzweifelt, ihre zerbrochene Familie wieder zu kitten. Ihren dämlichen Stiefvater mit der neuen Frau in Port of Spain hatte sie so gut wie aufgegeben, aber sie sehnte sich nach einer Versöhnung zwischen Ian und James. Und nach ihrer Mum. In den vergangenen Monaten war Kirsty mehrfach nach London gereist, um Fiona davon zu überzeugen, nach Tobermory zu kommen. Vergebens. Anscheinend hielt Fiona – genau wie Ian – ihre schottische Heimat für *Mordor.* Sie hatte keinen Fuß mehr auf die Isle of Mull gesetzt, seitdem ihr Lehrer James Lennox sie vor dreißig Jahren geschwängert hatte. Vielleicht verachtete Fiona ihn noch mehr als sein Sohn. Immerhin war Ian trotz allem wieder hier. Noch. Denn auch die schlimmsten Schuldgefühle konnten die schreckliche Cailin Buchanan nicht davon abhalten, ihn mit brennenden Fackeln von ihrer geliebten Insel zu vertreiben. Nie, niemals würde sie sich mit einem Leben auf Zehenspitzen abfinden.

Sie wich Livs skeptischem Blick aus. »Ich will bloß wissen, warum er hier ist.«

»Warum ist das denn so wichtig?«, fragte Kirsty leise.

Cailin kniff die Augen zusammen. Oh ja, bitte noch mehr dumme Fragen. Es war deutlich angenehmer, genervt zu sein, als schuld zu sein. Und jetzt war sie genervt. Musste sie das Offensichtliche wirklich laut aussprechen? Zugegeben, sie gehörte nicht zu den Leuten, die das Scheitern einer Beziehung mit ihren Freundinnen zu Tode analysierten. Kaputt war eben kaputt, da half auch keine Nachbesprechung. Dennoch waren ihnen die wesentlichen Gründe für den Niedergang von Becks & Posh sehr wohl bekannt. Schließlich hatte sie diese drei Schnapsdrosseln noch vor wenigen Minuten in die Tischnische mitgenommen, wo alles begonnen hatte. Und hätten sie ihr auch nur annähernd zugehört, hätten sie ohne Weiteres das unausweichliche Ende bereits in jenem holprigen Anfang erkennen können.

»Dein feiner Bruder hat sich acht Jahre lang geweigert, an Weihnachten nach Hause zu kommen«, antwortete Cailin und ärgerte sich im selben Moment über die Banalität ihrer Worte. Doch niemand lachte oder grunzte, und daher fuhr sie fort: »Weißt du, wie er Mull genannt hat? *Mordor.* Andere Typen würden ihre Freundin vielleicht gern gegen ein Model eintauschen, aber Ian wünschte sich bloß eins: eine Frau von anderswo. Auf dem College in Edinburgh habe ich all die Medizinstudentinnen nicht etwa um ihr schlaues Arztgeschwätz oder ihr Aussehen beneidet, sondern einzig und allein um ihre Herkunft – sogar, wenn sie aus irgendeinem verdreckten Vorort von Liverpool kamen.«

Sie warf Kirsty einen verächtlichen Blick zu. »Du willst dir deine Grübchen entfernen lassen? Das ist gar nichts. Für Ian hätte ich mir mein Zuhause wegschneiden lassen. Aber dazu sind die nutzlosen Schönheitschirurgen ja nicht in der Lage. Es war hoffnungslos. Weißt du, warum ich in Edinburgh mit Aidan und nicht mit Ian zusammengewohnt habe? Damit bei der Trennung niemand auf der Straße landen würde. Mir war klar, früher oder später würde Ian es beenden, nur damit er nie wieder an unsere schöne Insel denken muss. Und genauso kam es. Sobald ich meinen Master hatte, hat er mich nach Mordor zurückgeschickt. ›Geh nach Hause, Cai‹«

Sie sah in die Runde. Überall betroffene Gesichter. Und dabei hatten sie nur die abgespeckte Version gehört. Den wahren Grund, weshalb Ian sie letztlich nach Hause geschickt hatte, würde sie seiner Schwester nicht verraten. Kirsty sollte ihre Bonbons behalten, zumindest für den Augenblick.

Cailin seufzte. Noch nie war die Gründung einer Taskforce so anstrengend gewesen. Hätte sie doch einfach einen Privatdetektiv engagieren können ... Leider gab es keine Detektive auf Mull – abgesehen von ihren cleveren Freundinnen.

»Ohne Erin hätte ich die erste Zeit zu Hause nicht überstanden. Ohne Erin und meine Glasvögel. In den ersten paar Jahren habe ich Dummkopf noch nach ihm Ausschau gehalten. Bei jedem dunkelhaarigen Mann, der sich beim Betreten meines Ladens fast den Kopf am Türrahmen stieß, bekam ich einen halben Herzinfarkt. Aber irgendwann hab ich's dann kapiert. Er wird nicht kommen. Und als er letztes Jahr nicht einmal bei der Beerdigung von Aidans Dad erschienen ist, habe ich ihn vollends abgehakt. Ich war mir sicher, ich würde Ian Lennox nie wiedersehen. Vielleicht könnt ihr euch jetzt vorstellen, wie es mir ging, als er plötzlich – nach einem Jahrzehnt kompletter Funkstille – unter einem verfluchten Baum im Aros Park stand und ›Hallo, Cai‹ gesagt hat, als wäre nichts gewesen. Verdammt, Kirsty, du warst doch dabei! Ich habe mir danach die Seele aus dem Leib gekotzt.«

Cailin hielt inne und holte Luft. Nicht brüllen. Gleich war es geschafft, nur noch ein letzter, möglichst zivilisierter Satz: »Da wird man ja wohl noch höflich fragen dürfen, was zum Teufel er hier zu suchen hat.«

Stille. Kirsty blickte sie mitfühlend an. Ihre sanften braunen Augen hatten sich mit Tränen gefüllt. Oje, das hatte sie nicht gewollt …

»Oder *wen.*« In Momenten wie diesen – wenn alle betrunken und irgendwie gefühlsduselig waren – fiel Livs nüchterner Geist besonders auf. »Vielleicht sucht er gar nicht etwas, sondern jemanden.«

Cailin schluckte. Es war nicht etwa so, als wäre ihr dieser Gedanke neu. Ehrlich gesagt spukte er durch ihren Kopf, seit Ian unter dem verdammten Baum aufgetaucht war. Sie achtete jedoch konsequent darauf, ihn niemals allzu lange zu denken. Zum Glück hatte sie ein wirksames Gegengift zur Hand, und zwar den gesunden Menschenverstand: Es ergab schlichtweg keinen Sinn, dass Ian ihretwegen hier war.

Wie wahrscheinlich war es, dass ihn nach zehn Jahren plötzlich die Sehnsucht nach seiner Jugendliebe gepackt hatte? Zumal sich seit damals rein gar nichts geändert hatte. Cailin kam nun einmal nicht von anderswo. Und mittlerweile hätte sie sich ihre Heimat für nichts in der Welt wegoperieren lassen. Sie liebte ihre Insel mit den grünen Hügeln, schroffen Klippen und Wasserfällen, den sturmkrummen Bäumen und verzottelten Highlandrindern, die jetzt im August knietief in Farnkraut und violett blühender Heide versanken. Ihr Zuhause, in dem sie stets vom Meer und von guten Freunden umgeben war.

Für Ian hingegen musste Mull der Ort sein, an dem er kein

Ausnahmetalent, kein gefragter Chirurg war, sondern der verschüchterte Junge mit der kaputten Familie, der wie ein streunender Hund an Aidan MacKays Fersen geklebt und niemandem in die Augen gesehen hatte. Wie gesagt, die Vergangenheit war eine hartnäckige Angewohnheit – vor allem auf einer verregneten Hebrideninsel, auf der nicht viel passierte. Keiner wusste das besser als Ian. Was hatte er also hier verloren?

»Ian hat eine sehr lange und schwierige Ausbildung absolviert, um Herzchirurg zu werden«, meinte sie an Liv gewandt. »Es muss einen triftigen Grund geben, weshalb er das weggeworfen hat.«

Liv runzelte die Stirn. »Ist so etwas überhaupt erlaubt?«

»Was genau? Sein Leben wegzuwerfen?«

Hailey gluckste, aber Liv entgegnete nachdenklich: »Ich habe keine Ahnung von Ärzten, aber darf ein Chirurg einfach losziehen und als Allgemeinmediziner praktizieren?«

Cailins Augen blitzten auf. »Ich fasse es nicht, dass mir das nicht eingefallen ist. Liv, du bist die Beste!«

»Oh nein«, murmelte Liv.

Doch Cailin strahlte. »Zufällig bin ich Expertin, was Ärzte angeht. Ich habe quasi Medizin studiert – so eine Beziehung mit einem Medizinstudenten ist wie Passivrauchen. Und ich sage euch: Man braucht eine spezielle Ausbildung zum Hausarzt, um Sandy Elliots Migräne behandeln zu dürfen. Ha! Ian darf Sandys Herz herausschneiden, aber für die Kopfschmerztablette hat er keine Zulassung.«

»Jetzt sag nicht, du willst Ian anzeigen«, meinte Liv.

Kirsty riss die Augen auf. »Cailin!«

Sie biss sich auf die Unterlippe. »Nein …«

»Schwöre es«, beharrte Kirsty, und Cailin verfing sich in ihrem verzweifelten Blick.

»Als könnte ich so etwas jemals tun«, murrte sie und fuhr sich befangen durch ihre kurzen blonden Haare. »Das sieht ihm einfach überhaupt nicht ähnlich …«

Sie fühlte sich eigenartig. Ein bisschen wie damals in der Tischnische, als Ian den Officer angelogen hatte. Wenn Ian log, bröckelte etwas in ihr. Immer noch. Sie konnte das Bröckeln in ihrer Stimme hören, als sie in die Runde sah und ungewohnt leise hinzufügte: »Ich muss wissen, warum er hier ist. Bitte helft mir.«

Unvermittelt griff Hailey über den Tisch nach ihrer Hand und drückte ihre Finger. »Natürlich tun wir das.«

Liv streckte ebenfalls den Arm aus und legte ihre Hand sachte auf Haileys. »Keine Sorge, wir finden es heraus.«

Kirsty zögerte, und Cailin meinte: »Du brauchst nicht mitzumachen. Ich wollte dich nur nicht ausschließen. Es wäre bloß nett, wenn du Aidan nichts davon verraten –«

»Können wir unsere Taskforce nicht irgendwie anders nennen als *Butthead?*«, unterbrach Kirsty sie.

*Unsere* Taskforce. Zum ersten Mal wurde Cailin bewusst, wie sehr sie ihre neue Freundin dabeihaben wollte.

»Das war nur mein erster Einfall«, sagte sie schnell.

»Schon klar«, seufzte Kirsty.

»Wie wäre es mit *Heart Surgeon?*«, schlug Liv vor.

»Nichts mit Herzen, bitte«, stöhnte Cailin.

*»The Revenant«*, kam es von Hailey. Alle blickten sie streng an. »Was denn? Der Film hat drei Oscars gewonnen. Außerdem ist Ian doch ein Rückkehrer, und wer weiß, was er unterwegs so alles durchgemacht hat.«

Liv schüttelte den Kopf. »Hailey, mit dem Begriff ist ein Geist gemeint, der aus einer anderen Welt zurückkehrt.«

»Das beschreibt Ian ziemlich genau, wenn du mich fragst«,

meinte Hailey grinsend. »Vielleicht hat er auf dem Heimweg sogar in einem Schneesturm ein totes Pferd ausgeweidet, um die Nacht in seinem Körper zu verbringen.«

»Halt die Klappe, Hailey.« Cailin warf Kirsty einen besorgten Blick zu. Sie hatte schon viel zu lange nicht mehr gekichert. »Wir nennen die Taskforce *Doc Hollywood.*«

Unvermittelt breitete sich ein Lächeln auf Kirstys Gesicht aus. Sie legte ihre Hand auf Livs. »Ich bin dabei.«

Cailin atmete auf, und diesmal hatte sie rein gar nichts gegen die verfluchten Grübchen einzuwenden.

# 4

»James, nun sag schon, was wünschst du dir?«

Er lehnte sich mit verschränkten Armen auf der Holzbank zurück und antwortete: »Ein Ei.«

»Ein Ei?« Cailin ließ ihre Glasmacherpfeife sinken, die sie gerade erst zur Hand genommen hatte. »Du solltest dir doch einen Vogel wünschen!«

»Es gibt zu viele«, seufzte James. »Bei einem Ei kann ich mir jeden Tag einen anderen Vogel vorstellen.«

»Aber ein Straußenei sieht anders aus als ein Wachtelei.«

»Ich hätte gern ein Fabergé-Ei«, sagte er, ohne mit der Wimper zu zucken.

Herrje. Warum musste sie ausgerechnet dem einzigen Mann in Tobermory, der Fabergé kannte, ein Glas-Ei zum Geburtstag anfertigen? Sie war selbst schuld. Schließlich hatte sie den Fehler begangen, James in Maisies Gegenwart nach seinem einsamsten Moment zu fragen. »Wenn einem niemand, wirklich niemand zum siebzigsten Geburtstag gratuliert. Dagegen ist Weihnachten der reinste Streichelzoo.« Das waren seine Worte gewesen. Maisie hatte beinahe geweint. In jenem Augenblick war Cailin mal wieder bewusst geworden, dass ihre Freundin noch ein halbes Kind war. Für Kinder waren Geburtstage heilig. Da musste alles stimmen. Deshalb hatte Maisie ihm versprochen, an seinem einundsiebzigsten Geburtstag von ihrer Interrailtour zurückzukehren. Der Rest war Cailins Problem. James wäre vermutlich mit einer herzlichen Gruppenumarmung wunschlos glücklich gewesen, aber ein Geburtstag ohne Party und Geschenke würde Maisies butterweiches Herz brechen ...

»Die Eier gibt es nur vom Meister Fabergé, und der ist seit hundert Jahren tot.« Cailin gestikulierte genervt mit dem etwa anderthalb Meter langen Stahlrohr – ihrer Glasmacherpfeife – in der Luft herum. »Außerdem waren die Fabergé-Eier aus Gold, nicht aus Glas.«

»Nicht alle«, entgegnete James versonnen. »Du könntest dich mit Kirsty zusammentun und ein Ei aus zwei Hälften herstellen: unten eine Keramikschale und oben eine Glaskuppel.«

»Wie bescheiden von dir«, erwiderte Cailin und schnaubte. »Ich werde deiner reichen Tochter vorschlagen, die beiden Hälften mit einem Schraubverschluss aus Gold zu verbinden.«

Er lachte. »Gute Idee!«

Kopfschüttelnd wandte sie sich von ihm ab und tauchte ihre Pfeife in die Glasschmelze, die in einem der Tiegel im Ofen weiß vor sich hin glühte. Mit einer geübten Drehbewegung entnahm sie einen zähflüssigen Schmelztropfen. Wenn Maisie ihr dabei zusah, bekam sie immer Hunger auf ein Honigbrot. Sie drehte den Tropfen in einer feuchten Holzschale und hielt die orange glühende Glaskugel, die am Ende der Pfeife entstanden war, erneut in den Ofen. James' aufmerksame Blicke im Nacken störten sie nicht – was ganz und gar nicht selbstverständlich war.

Im Gegensatz zu ihren Freundinnen fand Cailin jegliches Publikum irritierend. Sie beneidete die anderen um ihre Offenheit. Nicht einmal die stille Liv hatte ein Problem damit, die Touristen in ihr Atelier zu lassen. Ihr Workshop »Weben mit Meerblick« war regelmäßig ausgebucht. Selbst Kirstys Töpferkurs, der erst vor zwei Wochen Premiere gehabt hatte, war gut besucht. Ebenso wie Haileys Farbengeplansche. Hailey war die größte Entertainerin von allen. Nur so ließ sich erklären, weshalb all diese Leute jeden Mittwochnachmittag freiwillig in dem stickigen Werkraum herumstanden und Stoffe färbten.

Ohne sich zu James umzudrehen, fragte sie unvermittelt: »Was fasziniert die Menschen bloß so sehr am Kunsthandwerk?«

James überlegte kurz. »Das ist wahrscheinlich wie mit den Kaffeemühlen.«

Cailin warf ihm einen verwirrten Blick über die Schulter zu, bevor sie die Pfeife aus der Schmelze zog, um die Honigkugel in einer Schale mit Glassplittern zu wälzen.

»Ich habe mal gelesen, den meisten Leuten schmeckt ihr Kaffee am besten, wenn sie möglichst viel Arbeit in die Zubereitung gesteckt haben«, fuhr er nachdenklich fort. »Offenbar befriedigt es Menschen nicht, einfach auf einen Knopf zu drücken, um etwas zu bekommen. Im Grunde unseres Herzens wollen wir etwas mit unseren Händen erschaffen. Abgesehen davon ist es ein seltener Luxus, Zeit in etwas zu investieren, was man auch im Handumdrehen haben könnte. Ich würde sogar sagen, es ist eine Art von Freiheit.«

Cailin hielt die Pfeife wieder unter konstantem Drehen in den über tausend Grad heißen Ofen. Sie spürte, wie sich Schweißperlen auf ihrer Oberlippe bildeten. Der riesige Werkraum, der sich in dem Wirtschaftsgebäude hinter Haileys Haus befand, beherbergte sowohl Cailins als auch Kirstys Öfen. Im August war er die reinste Sauna. Freiheit? Von wegen.

»Also, wenn ich diese verfluchten Vögel auf Knopfdruck herstellen könnte, würde ich es sofort tun.«

James lachte. »Das glaube ich dir nicht.«

So war das immer mit ihm. Er lachte, philosophierte, glaubte ihr kein Wort und lachte. Und sah ihr bei der Arbeit zu. Was mehr und mehr zur willkommenen Routine wurde. Wenn Cailin allein vor sich hin werkelte, erwischte sie sich immer öfter dabei, wie sie hoffnungsvoll zur Tür hinübersah.

James war … besonders. Er sagte selten, was man erwartete. Und es gefiel ihr, wie er seine Sätze ständig mit den Worten »Ich habe mal gelesen« einleitete. Er behauptete so gut wie nie, etwas zu wissen – er hatte es bloß gelesen. Außerdem nahm er es mit der Weisheit und Würde des Alters nicht allzu genau. Zumindest nicht in Cailins Gegenwart. Vielleicht lag es daran, dass sie einfach über zu viele Dummheiten Bescheid wusste, die er in seinem Leben verzapft hatte. Das Drama mit der Bierflasche war nur die Spitze des Eisbergs.

Cailin kannte jedes Detail aus Ians verpfuschter Kindheit, und mittlerweile war sie sogar über die Gründe für das Totalversagen seiner Eltern im Bilde. Beide hatten einfach bloß Liebeskummer gehabt. Ians Mutter wegen James, der sie mit einer Schülerin aus seiner Abschlussklasse betrogen hatte. Und James wegen der besagten Schülerin (Fiona), die mit seinem Kind (Kirsty) im Bauch die Insel verlassen hatte. Was folgte, war ein endloser Ehekrieg mit Gebrüll und Alkohol und ohne Ian, der sich schon im Alter von sechs Jahren in seine Bücherwelt geflüchtet hatte und morgens unbemerkt mit leerem Magen zur Schule gegangen war. Ja, Cailin kannte die Abgründe der Familie Lennox. Da war jegliche Klugscheißerei zwecklos.

Passenderweise war sie auch vor zwei Monaten zur Stelle gewesen, als James diese beunruhigende Panikattacke gehabt hatte. Wenn sie es sich recht überlegte, war dieser kleine Zusammenbruch der Beginn ihrer unwahrscheinlichen Freundschaft gewesen.

Es war an dem Tag nach der Eröffnung von Kirstys Töpferladen geschehen. Bei der turbulenten Eröffnungsfeier am Vortag hatten James und Kirsty einander endlich gefunden und sich am Abend mit den verheißungsvollen Worten verabschiedet, morgen sei auch noch ein Tag. James hatte dieses Morgen kaum erwarten können und sich schon bei Tagesanbruch wieder zur Töpferei begeben, um seine neu gefundene Tochter zum Frühstück einzuladen. Doch zu jenem Zeitpunkt war Kirsty bereits nach London aufgebrochen, um ihre Mutter davon zu überzeugen, mit ihr nach Mull zu kommen.

James hatte lange vor der Töpferei gewartet, bevor er in Cailins Visier geraten war. Wie jeden Morgen hatte sie an ihrem Schlafzimmerfenster über dem Glasladen gestanden und mit Blick auf die Boote und Passanten ihre Zähne geputzt. Mit sauberen Zähnen, in löcherigen Sternchenleggings und karierten Hausschuhen war sie schließlich nach unten geschlurft, um dem guten Mann mitzuteilen, dass Kirsty nach London gefahren war.

James hatte sie besorgt angesehen. »Warum denn?«

»Um Fiona nach Hause zu holen«, hatte sie gähnend geantwortet, doch nach einem kurzen Blick in James Lennox' entgeistertes Gesicht war sie wach gewesen. Er sah sie an wie ... eine Mörderin. Seine Mörderin. Die ihm soeben ein Messer in den Bauch gerammt hatte. Oder so. Jedenfalls hielt er sich den Magen und suchte vergeblich nach Halt an der Ladentür. Bevor die verdutzte Cailin ihm ihren Arm anbieten konnte, lehnte er sich mit dem Rücken gegen die Tür und rutschte daran hinunter auf den Gehweg.

»Oh Scheiße, ich hole Ian!«, rief sie erschrocken.

»Nein ... eine Tüte«, keuchte James.

Eine Tüte – wie recht er hatte! Was konnte Ian schon tun,

was eine Tüte nicht ebenso gut konnte? Cailin flitzte sofort nach nebenan und kehrte in Rekordzeit mit einer braunen Papiertüte zurück. Ein paar bange Sekunden sah sie James beim Atmen zu. Es funktionierte. Kein Herzinfarkt, nur eine kleine Panikattacke. Der Herzchirurg hatte getrost zu Hause bleiben können.

Zu ihrem eigenen Erstaunen hatte sie sich neben James auf den Gehweg sinken lassen. Wie zwei Landstreicher hockten sie dort vor Kirstys Laden – er mit weißem Dreitagebart, ausgebeulter Cordhose und Tüte, sie in löcherigen Leggings und Hausschuhen.

Sie schwiegen eine ganze Weile, bis Cailin ihm mitteilte: »Ich habe sogar gekotzt.«

James warf ihr einen fragenden Seitenblick zu.

»Als Ian zurückkam«, erklärte sie.

»Vielleicht kommt das noch«, murmelte James.

»Glaub ich nicht. Ich habe vorher vier oder fünf Gläser Whisky heruntergekippt.«

Er hatte sie entsetzt angesehen. »Das darf mir nicht passieren.«

Erst in diesem Moment war Cailin bewusst geworden, welche Gefahr Fionas Rückkehr für ihn bedeutete. Die abgebrochene Bierflasche hatte James vor achtzehn Jahren vom Alkohol befreit, aber Sucht blieb bekanntlich Sucht. Und sobald der Ursprung dieser Sucht die Fähre verließ und an Land ging, konnte James Lennox vermutlich für nichts mehr garantieren.

Sie hatte geräuschvoll die salzige Meeresluft eingesogen und zornig auf die Segelboote geblickt, die so friedlich im Hafenbecken vor Anker lagen. Was bildeten sich all diese Leute eigentlich ein? Kamen und gingen, wie es ihnen passte! Sie hatten ihr Recht auf Rückkehr verwirkt. Am liebsten hätte sie die

Zugbrücke zu ihrer Insel hochgezogen oder zumindest Officer Davies mit einem großen Schild an der Fähre postiert: *Für Herzensbrecher Zutritt verboten!*

»Keine Sorge, das lasse ich nicht zu«, hatte sie geknurrt. »Eher befördere ich diese Fiona mit einem kräftigen Tritt von unserer Insel – ganz egal, ob sie Kirstys Mum oder Dees Tochter oder Lolita persönlich ist.«

James hatte ihr ein warmes Lächeln geschenkt. Sein Lächeln machte ihn jünger, was nicht gut war. Zu viel Ähnlichkeit mit seinem Sohn. Dennoch war der Kloß, der seit Ians Rückkehr in ihrem Hals steckte, zum ersten Mal ein wenig kleiner geworden. James Lennox wirkte wie eine wohltuende Halspastille. Geteiltes Leid war offenbar tatsächlich halbes Leid. Im Vergleich dazu war die gut gemeinte Anteilnahme der Mädels nicht mehr als eine lauwarme Tasse Tee. Anscheinend funktionierte das mit dem geteilten Leid nur, wenn die andere Person mindestens genauso sehr litt wie man selbst. Und das tat er ohne jeden Zweifel …

Aber nicht jetzt. Jetzt saß er hier, in ihrer Werkstatt, plauderte über Kaffeemühlen und wünschte sich ein Ei. Von wegen. So ein Geburtstag war doch kein Wunschkonzert. Er hatte noch gut drei Wochen Zeit, um sich etwas Vernünftiges zu überlegen. Anderenfalls würde es eine Nebelkrähe von der Stange geben.

Mittlerweile waren die Glassplitter verschmolzen. Cailin zog die Pfeife wieder aus dem Ofen und drückte die glühende Kugel in eine gusseiserne optische Form, die dem Vogel sein Federkleid verlieh. Eigentlich konnte sie vorgefertigte Formen nicht leiden, aber angesichts der aberwitzigen Nachfrage nach Seeadlern kam sie mit der Produktion kaum hinterher. *Produktion.* Hailey hatte schon vorgeschlagen, ihren Laden »The Eagle

Factory« zu nennen. Ein Adler-Outlet. Die Touristen würden Cailin die Bude einrennen. Pah. Nur über ihre Leiche. Sie war nicht Glaskünstlerin geworden, um sich ein neues Auto kaufen zu können. Zugegeben, sie war nicht gerade der nächste Oiva Toikka, aber Routine war ihr Verderben. Der Seeadler, der ihr Einkommen sicherte, fühlte sich mehr und mehr an wie das Hotel ihrer Eltern.

Sie wendete die Federkugel in dem braunen Puder, das dem Vieh die gewünschte Farbe geben würde, und hielt sie abermals in den Ofen.

»Was wird das?«, erkundigte sich James.

»Jedenfalls kein Ei.«

»Seeadler?«

»Was sonst?«

»Du solltest lieber ein Ei fabrizieren.«

»Ich bin keine Henne«, brummte Cailin.

Sie drehte sich nicht um, aber sie hörte sein Lachen.

»Ich finde, du solltest dringend eine werden«, meinte er.

»Eine Henne?«

»Eine Glaseierhenne.«

Oh Mann. Dafür hatte sie jetzt wirklich keine Zeit. Sie zog das Rohr ein weiteres Mal aus dem Ofen, wendete die Kugel in der feuchten Holzschale und blies sie unter routiniertem Drehen auf Adlergröße.

Als sie das Mundstück der Pfeife von ihren Lippen absetzte, seufzte James erleichtert. »Überstanden.«

Das sagte er jedes Mal, wenn sie die Pfeife vom Mund nahm. Er befürchtete immer, sie würde Blasen mit Einatmen verwechseln und die heiße Höllenluft in ihre Lunge saugen. Typisch James. Er grübelte zu viel. Manchmal hatte sie den Verdacht, er saß nur hier, um auf sie aufzupassen. Das Gleiche tat er, wenn

Kirsty an den Brennöfen hantierte. Die Öfen waren ihm ein Dorn im Auge. Am furchtbarsten fand er jedoch Cailins Glasbläserlampe, einen offenen Gasbrenner, vor dem sie häufig mit ihren filigranen Glasstangen herumexperimentierte. »Warum habt ihr Mädchen eigentlich keine anständigen Jobs?«, pflegte er sich zu beschweren. Er war die totale Glucke. Als Maisie ihre Interrailpläne verkündet hatte, war er regelrecht weiß um die Nase geworden.

Es war kaum vorstellbar, wie gleichgültig er sich damals gegenüber Ian verhalten hatte. Hin und wieder fragte Cailin sich, ob sie wirklich James Lennox vor sich hatte und nicht etwa seinen bis dato unbekannten Zwillingsbruder. Vermutlich war er tatsächlich ein anderer Mensch: die James-Version ohne Alkohol. Dieser andere James hätte sich für seine Tochter und ihren Clan in Stücke gerissen, obgleich sie einander gerade einmal seit zwei Monaten kannten.

Vermutlich lag es daran, dass er die letzten achtzehn Jahre quasi in Einzelhaft verbracht hatte. Seine Frau war über alle Berge mit einem anderen Mann, und seine vier Söhne wollten nichts mehr von ihm wissen. Außerdem hatte die längst vergangene Fiona offenbar nie ganz sein Herz freigegeben. Cailin schauderte. Hätte sie die Trennung von Ian damals ohne ihre Freunde durchstehen müssen, hätte sie sich vermutlich längst in Gummistiefeln ins Hafenbecken gestürzt …

»Fast geschafft«, sagte sie ungewöhnlich sanft, während sie den Adlerkörper abermals in den Tiegel hielt, um ihn mit einer Schicht aus klarem Glas zu überziehen. Anschließend blies sie erneut in das Höllenrohr.

James atmete sichtbar auf, als sie die Pfeife auf einer Halterung ablegte und mit der freien Hand nach ihrer Strukturzange griff. Jetzt bekam der Adler seine Flügel, seinen Schnabel, die stechenden Augen. Das war der Teil, der Spaß machte: dem Honigklumpen Leben einzuhauchen.

Wie immer spürte sie James' aufmerksamen Blick auf ihren Händen. Und seine nächste Frage, die sich anbahnte.

»Warum wird man Glaskünstlerin?«

»Warum wird man Lehrer?«, entgegnete sie.

»Dafür gibt es tausend Gründe.«

»Fürs Glasdesign auch.«

»Nenn mir drei.«

»Na, ich bin Gott, ich bin frei und muss dafür nicht einmal schlau sein«, sagte Cailin und grinste.

James lachte auf. Er lachte oft heute, und insgeheim freute sie sich darüber. Es war seltsam, aber es machte sie glücklich, wenn der Teufel glücklich war. Und wie es sich für einen guten Teufel gehörte, meinte er nun: »Ich halte es für ein Gerücht, dass Gott schlau ist.«

»Für den Satz kommst du in die Hölle, das ist dir hoffentlich klar.«

Er zuckte mit den Schultern. »Dahin komme ich sowieso. Aber warum glaubst du, für deine Arbeit müsstest du nicht schlau sein?«

»Keine Ahnung, siehst du hier irgendwelche Gedanken?«

James lehnte sich auf der Holzbank nach vorne und stützte die Ellenbogen auf seine Knie. »Genau genommen ist dies der einzige Ort, an dem ich Gedanken sehen kann. Noch vor ein paar Minuten existierte dieser wunderbare Adler nur in deinem Kopf.«

»Stimmt«, brummte Cailin. »Wenn man in meinen Kopf schaut, kreisen dort bloß ein paar Adler.«

Sie wartete auf sein Lachen, doch es blieb aus. Seine Stimme klang fast verärgert, als er entgegnete: »Was sehr viel mehr ist, als die meisten Leute von sich behaupten können. Weißt du, man muss kein Herzchirurg sein, um etwas auf dem Kasten zu haben.«

Cailin hielt inne. Sie spürte, wie das Blut in ihre Wangen schoss. Ihr Puls spielte plötzlich verrückt. Das hatte sie nicht kommen sehen. Sie sprachen nie über Ian. Wirklich nie. Woher wusste James also, was niemand wusste? Niemand außer Hailey – und die hatte es hoffentlich längst vergessen. Schließlich war sie erst vierzehn Jahre alt gewesen, als Cailin diesen peinlichen Ausraster gehabt und sich ihre Gummistiefel angezogen hatte, um ins Hafenbecken zu springen. Nein, sie hatte sich nicht wirklich umbringen wollen. Es war ein Hilfeschrei gewesen. Und wie üblich hatte Hailey ihn gehört …

In dem Jahr nach ihrem Schulabschluss hatte Cailin begonnen, in Erins Boutique zu arbeiten. Cailin und Mode – unglaublich, aber wahr. Erin hatte den Bock zum Gärtner gemacht. Und es war unerwartet einfach, den Leuten etwas vorzugaukeln. Selbst die Einheimischen, die Cailin seit Jahren in ihren zerschlissenen Latzhosen gesichtet hatten, hörten nun auf ihre modischen Ratschläge.

Kleider machten eben Leute, und Cailin wurde neuerdings von Vivienne Westwood persönlich eingekleidet. Von Kopf bis Fuß kariert stand sie in Erins Laden und erklärte den dankbaren Kundinnen in wenig diplomatischen Worten, wie groß ihr Hintern in dieser Hose und jenem Kleid aussah. Nach einer kräftigen Prise Ehrlichkeit vertrauten ihr die Ladys und kauften, was sie empfahl. Es war eine klassische Win-win-Situation: Erin konnte sich beruhigt nach oben in ihr Atelier verziehen, und Cailin musste nicht im Hotel ihrer Eltern Betten beziehen.

Der einzige Haken an diesem Arrangement waren die ausgedehnten Zeiten, in denen der Laden kundenleer war. Zu viel Raum für unerwünschte Gedanken, denen zwangsläufig unerwünschte Gefühle folgten. Die beiden Jungs fehlten ihr, und sie kam sich vor, als hätte jemand ihre Flügel abmontiert. Die Schwerkraft erschien ihr in letzter Zeit unbesiegbar. Selbst Luftsprünge waren ein Ding der Unmöglichkeit. Sie war schlichtweg auf dem Boden der Tatsachen gelandet – jener deprimierenden Tatsachen, die sich in einem lapidaren Satz zusammenfassen ließen: Dank ihrer kindischen Unentschlossenheit hatte sie die Bewerbungsfrist für den Bachelorstudiengang *Sculpture* in Edinburgh verpasst, und daher hockte sie immer noch hier im verlassenen Nest herum, während die Jungs längst davongeflogen waren und ihre Träume verwirklichten.

Sie besuchte die beiden zwar regelmäßig in Edinburgh, aber das machte die Sache nicht besser. Im Gegenteil. Wenn sie von ihren Trips nach Hause zurückkehrte, fühlte sie sich regelrecht krank. Elend bis auf die Knochen. Manchmal redete sie danach tagelang mit niemandem, abgesehen von Erins penetranten Kundinnen. Hätte Ian von ihrer Gemütslage erfahren, wäre er zweifellos sehr betrübt gewesen. Er gab sich solche Mühe mit dieser Katastrophe, die er »Fernbeziehung« nannte – nur Erwachsene und Hochbegabte nannten die Dinge nicht beim Namen. Doch seine Briefe und Anrufe waren einfach nicht genug. In den ersten Wochen war es nur die Sehnsucht gewesen, die Cailin gequält hatte, aber mittlerweile war es alles. *Edinburgh.*

Bei ihrem letzten Besuch hatte Ian sie in die Bibliothek mitgenommen, wo sie seiner Lerngruppe – zwei mäusegesichtigen Mädchen mit dunklen Augenringen – begegnet waren. Zuerst war Cailin irgendwie erleichtert gewesen. Gegen diese beiden blassen Wesen wirkte sie mit ihrer blonden Mähne und Erins gewagten Outfits wie das reinste Glamourgirl. Als sie jedoch angefangen hatten, über Anatomie zu reden, waren die Mäusegesichter unversehens zum Leben erwacht. Es ging doch nichts über das eifrige Funkeln in den Augen blitzgescheiter Köpfe. Und Ian? Er hatte ihre Hand gehalten, aber in Wahrheit war er ganz woanders gewesen. *Anderswo.* An einem Ort, den sie niemals betreten würde: im Land der Schlauen.

Am Boden zerstört war sie auf ihre Insel des Mittelmaßes zurückgekehrt. Wo Doc Munro bei jeder Erkältung ein Antibiotikum verschrieb und Officer Davies für Recht und Ordnung sorgte, wenn die Sahnetorte seiner Frau ihm nicht gerade dazwischenkam. Wo die Inhaberin einer Boutique als neue Vivienne Westwood gehandelt wurde, bloß weil sie ihre Karo-Kollektion selbst nähte. Kein Wunder, dass Cailin hiergeblieben war. Unter ihresgleichen. Insgeheim war sie froh darüber, die Bewerbungsfrist für das Studium verpasst zu haben. Sie hätte ohnehin keine Zusage erhalten. *Sculpture?* Alles klar. Sie hatte nichts vorzuweisen – weder Ideen noch Talent. Nicht einmal eine Eins im Kunstunterricht. Ihre einzige Referenz war Dee Boyd, die allen Leuten erzählte, was für fabelhafte Aschenbecher diese Cailin Buchanan töpferte.

Wie so oft fragte Cailin sich, ob sie überhaupt derselben Spezies angehörte wie Ian. Der Ärmste hatte sich in eine Gorilladame verliebt und versuchte nun, das Beste daraus zu machen, während der Affe über null Problembewusstsein verfügte … Von wegen! Der Affe hatte verstanden. Außerdem hatte er geblümte Gummistiefel, die ihn heute Morgen durch den Regen zu Erins Laden getragen hatten. Und selbst ein Affe war in der Lage, sich zu ertränken.

Sie war bereits in ihre Gummistiefel geschlüpft und hatte den Regenschirm aus dem Ständer neben dem Ladentisch gezogen, als Hailey von draußen hereingesegelt kam.

»Geh nicht da raus, es gießt in Strömen!«, rief sie und schlug die Tür hinter sich zu.

»Umso besser«, entgegnete Cailin.

»Wohin willst du denn?«

»Nur auf die andere Straßenseite.«

Hailey zog sich die nasse Kapuze ihrer Öljacke vom Kopf und ließ ihre ebenso durchnässte Schultasche zu Boden plumpsen. »Wozu?«

»Um ins Wasser zu gehen.«

»Um ins Wasser zu gehen?« Hailey blickte sie perplex an.

»Mich umbringen, du Genie.«

»Aber ...« Das Mädchen legte den Kopf schief. »Warum brauchst du dafür denn einen Regenschirm?«

»Soll ich mich erkälten, oder was?«

»Aber ...«

Genervt pfefferte Cailin den Schirm zurück in den Ständer. »Dann halt nicht!«

Hailey baute sich vor dem Kassentisch auf und stemmte die Hände in die Hüften. »Seit du von Ian zurück bist, spielst du irgendwie verrückt – was hat er gemacht?«

Cailin schlug mit der flachen Hand auf die zusammengefalteten T-Shirts, die auf dem Tisch lagen. Sie ärgerte sich darüber, dass sie den Knall abfederten. Die ganze Welt schien sich gegen ihren längst überfälligen Ausraster verschworen zu haben.

»Nichts!«, rief sie zornig. »Er putzt seine verfluchte Studentenbude für mich, stellt Blumen in den Zahnputzbecher und schickt jeden weg, der nicht Aidan heißt und Essen dabeihat. Er macht verdammt noch mal alles richtig!«

»Dann würde ich auch nicht mehr leben wollen.« In puncto Ironie hatte Hailey inzwischen einiges dazugelernt.

»Es geht nicht darum, was er macht, sondern wer er ist!«

»Wer ist er denn?«

»Na, ein Wesen höherer Art!«, entfuhr es Cailin, und sie war plötzlich sehr froh, dass ihre beste Freundin erst vierzehn Jahre alt war. Jede andere wäre jetzt in lautes Gelächter ausgebrochen.

Hailey sah sie aus großen Augen an. »Echt? Wie Milla Jovovich in *Das fünfte Element?*«

»Nur ohne orangefarbene Haare«, bestätigte Cailin ernst.

»Aber das ist doch total cool.«

»Hailey, eine Beziehung sollte auf Augenhöhe stattfinden, und da ist es nicht hilfreich, wenn einer von beiden ein fotografisches Gedächtnis hat.«

»Also, Bruce Willis hat das nicht gestört.«

»Ich bin aber nicht Bruce Willis«, brummte sie.

Jetzt musste Hailey doch grunzen. »Bist du dir sicher?«

Normalerweise hätte Haileys Grunzen gereicht, um Cailin zumindest ein Lächeln zu entlocken. Doch nicht an diesem Tag. Immerhin hätte sie sich heute beinahe ins Hafenbecken gestürzt. Verzweifelt murmelte sie: »Ich kann ihm nichts erzählen, was er nicht schon weiß.«

Das Grunzen erstarb. Hailey runzelte die Stirn. »Ich glaube, ich kenne jemanden, der dir helfen kann.«

»Wen denn?«, fragte Cailin verblüfft.

»Robin Williams.«

Cailin verdrehte die Augen. Es sah Hailey so ähnlich, die Lösung in Hollywood zu suchen. Oder vielmehr in Logans Videothek. Die Bezeichnung »Videothek« war natürlich eine ähnliche Übertreibung wie die Sache mit Vivienne Westwood. Es handelte sich schlicht um den bis unter die Decke mit Videokassetten vollgestopften Keller von Logans Eltern. Logan Wallace war der einzige von Cailins ehemaligen Klassenkameraden, der außer ihr noch in Tobermory feststeckte. Allerdings nicht, weil er ebenso ziellos durchs Leben driftete wie sie – im Gegenteil: Logan hatte sich bei der New York Film Academy beworben und wartete voller Zuversicht auf die Zusage. Unterdessen wurde er fast täglich von Hailey heimgesucht. Für den mürrischen Einzelgänger war die chronisch gut gelaunte, debattierfreudige Vierzehnjährige die reinste Folter.

In Cailins Augen jedoch waren die Scharmützel zwischen diesen beiden ungleichen Filmverrückten großes Kino. Nur deshalb ließ sie sich an jenem Tag von Hailey dazu überreden, den Laden zu schließen und mit ihr durch den strömenden Regen zu Logan zu laufen. Er wohnte ganz oben auf dem steilen Hügel, der sich wie eine grüne Welle hinter der bunten Hafenfront von Tobermory auftürmte und von den Hafensnobs (Erin und Hailey) nur »das Hinterland« genannt wurde.

Als sie atemlos und völlig durchnässt durch die Kellertür hereinstapften, saß Logan mal wieder in seinem abgewetzten Ledersessel vor einem der vielen kleinen Fernseher, die dem Raum das Flair einer Nachtwächterzentrale verliehen. Bei Haileys Anblick stöhnte er. »Scheiße, ich dachte, es schüttet.«

»Tut es ja auch.« Hailey streifte sich die nasse Kapuze vom Kopf, schüttelte die leuchtend roten Haare aus und hopste auf ihn zu, um zu sehen, was dort auf seinem Bildschirm lief.

»Welches Wetter muss ich bestellen, damit du zu Hause bleibst, Cameron?«, murrte Logan sie an.

»Das ist keine Frage des Wetters, sondern der Vorräte.«

»Du hast doch erst gestern drei Filme ausgeliehen!«

»Jetzt brauche ich aber einen anderen.«

»Drei sind das Maximum.«

»Logan, das ist ein Notfall!«, protestierte Hailey entrüstet. »Wir brauchen Robin Williams, und zwar sofort.«

Er stöhnte erneut. »Wie oft hast du *Club der toten Dichter* jetzt schon gesehen? Zwanzigmal?«

»Zweiundzwanzig«, antwortete Hailey unbekümmert. »Aber heute brauche ich *Good Will Hunting.*« Sie verpasste seiner Schulter einen leichten Schubs. »Jetzt mach schon, es geht um Leben und Tod.«

Logan hob die Augenbrauen. »Inwiefern?«

»Wir brauchen die Szene am Teich, in der Robin Williams dem Wunderknaben erklärt, dass es ohne Liebe überhaupt nichts bringt, schlau zu sein.« Hailey sah ihn eindringlich an. »Du weißt doch, welche Szene ich meine?«

Er strich sich seine schulterlangen dunkelblonden Haare aus dem Gesicht und fixierte Hailey mit dem gleichen eindringlichen Blick. »Du bist ein Waisenkind, nicht wahr?«

Cailin, die seit Betreten des Kellers in der Wahrnehmung der beiden quasi nicht mehr existierte, sah ihn verwirrt an. Und ihre Verwirrung stieg, als Hailey eifrig nickte. Haileys Familie war die größte auf der ganzen Insel, und nach Cailins Kenntnisstand erfreuten sich ihre Eltern bester Gesundheit.

»Glaubst du, ich weiß irgendetwas über dich, bloß weil ich *Oliver Twist* gelesen habe?«, fuhr Logan fort. »Ich kann nichts von dir lernen, was ich nicht auch in irgendeinem Scheißbuch nachlesen könnte, es sei denn …«

»… du erzählst mir, wer du bist«, beendete Hailey seinen Satz mit einer quakenden Robin-Williams-Stimme. »Das würde mich faszinieren.«

»Na also, geht doch!«, fügte sie in ihrer eigenen Stimme hinzu.

Logan wandte sich abrupt ab und sah wieder auf einen seiner Bildschirme, auf dem eine stumm gestellte Folge *Friends* lief. »Tut mir leid, maximal drei Filme.«

»Nicht dein Ernst!«, rief Hailey empört. »Du bist schuld, wenn Cailin ins Wasser geht!«

Er drehte sich um und sah Cailin zum ersten Mal an. »Du willst den Film ausleihen?«

Sie fühlte sich wie von einem Lastwagen überrollt. Hatte diese Göre gerade ihre supergeheimen Suizidgedanken ausgeplaudert, nur damit Logan Wallace ein beschissenes Video herausrückte? *Na warte!* Doch anstatt Hailey die Ohren lang zu ziehen, nickte sie stumm. Sie brauchte jetzt diese Filmszene mit Robin Williams, und zwar dringend ...

»Sagt das doch gleich.« Kopfschüttelnd erhob Logan sich aus seinem Ledersessel, ging zu einem der vollgestopften Regale und zog zielsicher das gewünschte Video hervor.

Als Hailey entzückt danach griff, schlug er ihr auf die Finger und drückte es Cailin in die Hand. »Das macht dann fünfzig Pence.«

Cailin starrte in James' dunkle Augen. Hatte er damals etwa in Logans Keller hinter einem Regal gestanden und sie belauscht? Anders konnte sie sich seine Bemerkung mit dem Herzchirurgen nicht erklären. Seit *Good Will Hunting* hatte sie nie wieder ein Wort über das Wesen höherer Art verloren. Zumal sie es inzwischen besser wusste. Selbst vorgestern Abend bei der Gründung der Taskforce war sie trotz Haileys Gin geistesgegenwärtig genug gewesen, um den Mädels die Sache mit der Gorilladame zu verschweigen. Dieses Fass wollte sie auf gar keinen Fall aufmachen.

Verstohlen sah sie sich in dem riesigen Werkraum um. Keine ihrer Freundinnen war in Sicht. Niemand außer ihr hatte James' Worte gehört, es gab also keinen Grund zur Beunruhigung. Im Gegensatz zu den scharfsinnigen Spürnasen ließ James sich für gewöhnlich prima durch irgendwelche abstrusen Thesen von persönlichen Dingen ablenken …

Cailin imitierte die versonnene Miene, die James bei derlei Gesprächen aufsetzte, und behauptete: »Also, wenn ich nur einen Menschen auf eine einsame Insel mitnehmen dürfte, würde ich den mittelmäßigen Arzt der kompetenten Glasbläserin definitiv vorziehen.«

Perfekt, der Köder war ausgeworfen. Nun würde er sich in einem seiner ausschweifenden Gedankenspiele verheddern. Sollte man seinen Inselpartner tatsächlich nach dem Beruf auswählen? Sollte man einen grässlichen Typen, der zufällig Arzt war, einer reizenden Lady in Latzhosen vorziehen? Wofür würde man sich im Ernstfall entscheiden: fürs Überleben oder fürs schöne Leben? So etwas in der Art.

Doch James lächelte nur und erwiderte: »Zum Glück könntest du den unfähigen Arzt auf deine Insel mitnehmen, ohne auf die Glasbläserin zu verzichten.«

Cailin verengte die Augen zu Schlitzen. Was zum Henker wollte er ihr jetzt damit sagen? Und wie konnte er es wagen, Ian als unfähig zu bezeichnen? Sie war die Einzige, die über ihn herziehen durfte. *Dünnes Eis, mein Lieber.* Wenn sie Freunde bleiben wollten, mussten sie jetzt ganz schnell die Kurve kriegen …

Wortlos wandte sie sich von ihm ab und schob mit deutlich mehr Schwung als üblich den Truthahn, äh, Seeadler in den Kühlofen. Für heute hatte sie genug von Adlern und Gedanken und alten Männern, die absolut kein Recht auf Klugscheißerei hatten.

# 5

Cailin schloss die schwere Metalltür des Wirtschaftsgebäudes hinter sich ab, das sich im Schatten des viergeschossigen blauen Hauses befand. Sie warf James einen genervten Seitenblick zu. Den Adler war sie los, aber der Klugscheißer ließ sich nicht abwimmeln. Genau wie sie wollte er jetzt nach nebenan gehen und Kirsty in der Töpferei besuchen. Normalerweise hätte sie sich auf einen Plausch zu dritt gefreut, doch heute hatte sie das dringende Bedürfnis nach Exklusivität.

Seit Kirsty mit Aidan zusammen war, leuchtete sie regelrecht von innen, und an miesen Tagen wie diesen brauchte Cailin dieses Leuchten. Es war das einzige Mittel gegen das verfluchte Bild von der einsamen Insel mit Gorilladame und Arzt. Dank James schwirrte es nun in ihrem Kopf herum und verdarb ihr gründlich die Laune.

Schweigend durchquerten sie Haileys Hinterhof und steuerten auf die Holzpforte zu, die in den angrenzenden Hof der Töpferei führte. Kurz bevor sie das kleine Tor erreichten, schlug Cailin sich gegen die Stirn. Falsche Route. Nachdem sie vor ein paar Tagen in einen intimen Töpferkurs gestolpert war, hatte sie sich vorgenommen, die Hintertür zu Dees alter Rumpelkammer nur noch im Notfall zu benutzen. Oder wenn Aidan definitiv nicht zu Hause war – wofür sie an einem Sonntagmittag nicht garantieren konnte.

Ohne Erklärung lotste sie den verwunderten James zur anderen, von der Töpferei abgewandten Seite des blauen Hauses, durch die schmale Gasse mit den Mülltonnen und auf die Hafenpromenade. Das Meer blinzelte ihnen in der Mittagssonne entgegen, und Cailin blinzelte zurück. Obwohl sie bereits seit zehn Jahren in der begehrten Häuserreihe am Hafen lebte, verschlug es ihr beim Anblick des glitzernden Wassers noch immer den Atem. Vielleicht kam sie heute ja ohne Kirstys Leuchten aus, schließlich strahlte die ganze Welt.

James war neben ihr an der Hausecke stehen geblieben, aber er schaute nicht aufs Wasser. Cailin folgte seinem Blick in Richtung Töpferei und sah einen Mann und eine Frau, die vor Kirstys türkisfarbenem Schaufenster in ein Gespräch vertieft waren. Der Mann kam ihr irgendwie bekannt vor. Er trug eine schwarze Lederjacke und Cowboystiefel. War das etwa … Logan Wallace? Mit kurzen Haaren? Cailin hatte ihn nicht mehr gesehen, seit er vor vielen Jahren nach New York aufgebrochen war, um die Filmwelt zu erobern. Soviel sie wusste, waren seine Eltern kurz darauf nach Südengland gezogen. Der Videokeller stand leer.

Und wer war die gertenschlanke Frau in dem hautengen schwarzen Kleid neben Logan? Ein Filmstar? Sie hatte ihnen den Rücken zugekehrt, doch nun drehte sie ihren Lockenkopf zur Seite und Cailin sah ihr Profil. Sie stutzte. War das …

»Dee?«, hörte sie sich flüstern und kam sich im selben Moment unglaublich töricht vor. Dee war tot. Zudem war diese Frau viel jünger und dünner als sie.

»Nein, Fee.« James klang heiser.

Sie wechselten einen entsetzten Blick. »Ich muss gehen«, fügte er mit erstickter Stimme hinzu.

»Ich komme mit, du darfst nicht –«

»Werde ich nicht, versprochen.« Er wandte sich ab. »Ich melde mich.«

Cailin sah ihm besorgt hinterher, wie er davoneilte und schnell um die nächste Häuserecke außer Sichtweite bog. Sie unterdrückte den Impuls, ihm zu folgen. Er wollte allein sein, um sich zu sammeln. Das musste sie respektieren. Zumindest für eine Stunde. Danach würde sie mit ihm eine ausgiebige Runde durch die Natur drehen. Sie musste ihn irgendwo hinbringen, wo es keine Spirituosen gab. Vielleicht würden sie nach Staffa zu den Papageitauchern fahren. James liebte diese unbewohnte Felseninsel, die wie eine gigantische Trutzburg aus dem Meer ragte. Er konnte eine halbe Ewigkeit auf dem Felsvorsprung vor dem Eingang der Fingal's Cave herumstehen und abwechselnd auf die schäumende See und in die Grotte schauen. Dieser Ort mit seinen riesigen Säulen und Stufen aus Basalt wirkte wie die Halle eines altertümlichen Palasts. James würde sich wie üblich über die uferlosen Fähigkeiten des Meeres freuen, das für seine Wunder keine Sklaven brauchte. Dabei würde er seine Dämonen bestimmt vergessen. Niemand konnte es mit seinem Meer aufnehmen, nicht einmal Fiona …

Ach, wem wollte sie eigentlich etwas vormachen? Ihnen stand ein Albtraum bevor. Hoffentlich hatte James eine bequeme Schlafcouch. Vielleicht konnte sie sich mit Kirsty abwechseln. Am liebsten hätte sie augenblicklich auf der gesamten Isle of Mull die Prohibition ausgerufen. Sie musste schleunigst eine weitere Taskforce gründen: *Save James.* Oder wahlweise: *Banish Fiona.*

Ihr Blick schweifte zurück zur Töpferei. Sie sah gerade noch, wie Fiona mit einem goldenen Rollkoffer den Laden betrat, während Logan in einen Geländewagen stieg, der ein paar Meter weiter parkte.

Cailin sah dem davonfahrenden Jeep hinterher. Was zum Teufel hatte Logan Wallace mit Kirstys Mum zu tun? Und was sollte sie jetzt machen? Vermutlich wäre es das Vernünftigste, bei Hailey vorbeizuschauen, Liv aus dem Atelier loszueisen und zu dritt bei einer gemütlichen Tasse Tee die großen Neuigkeiten zu besprechen.

Oh Mann, Fiona war hier. Die sagenumwobene Frau, die im Alter von neunzehn Jahren den Mut gehabt hatte, schwanger und mutterseelenallein ins Unbekannte aufzubrechen. Da konnte niemand allen Ernstes von Cailin erwarten, nebenan zu sitzen und Tee zu trinken. Sie wollte Kirstys Mum kennenlernen, und zwar sofort.

Eiligen Schrittes lief sie hinüber zu Dee's Pottery. Als sie das Schaufenster passierte, nahm sie aus dem Augenwinkel die gelbe Karaffe ganz vorn in der Auslage wahr. Auch das noch. Ian. Normalerweise hätte sie nun auf dem Absatz kehrtgemacht, aber ihre Füße trugen sie wie von selbst über die Türschwelle. Das Glöckchen bimmelte, und sie platzte – wie immer – mitten in Kirstys Leben hinein.

Kirsty bemerkte ihre Ankunft nicht. Sie stand vor dem hübsch dekorierten Tisch mit den japanischen Sake-Sets und hatte beide Arme um ihre Mutter geschlungen. Wie ein Kind vergrub sie ihr Gesicht tief an der Schulter ihrer Mum. Fiona, die sie um einen halben Kopf überragte, strich ihr liebevoll über die Locken, den Rücken, die Arme. Auch sie hatte der Ladentür keine Beachtung geschenkt. Es handelte sich hier ganz offensichtlich um einen Mutter-Tochter-Moment, in dem niemand anderes etwas verloren hatte.

Wie angewurzelt stand Cailin neben dem Eingang und schämte sich nun ein wenig für ihre Anwesenheit. Beinahe erleichtert stellte sie fest, dass sie nicht der einzige Eindringling war. Ian war durch die Seitentür hereingekommen und starrte die beiden Frauen an, während sie ihn anstarrte.

Befangen lehnte er sich gegen den Türrahmen und steckte die Hände in die Taschen seiner Jeans. Seine dunklen Augen waren auf Kirsty und Fiona gerichtet, doch gleichzeitig blickten sie nach innen. Er wirkte so … verlassen. Cailin ahnte, was in ihm vorging. Diese Frau, die seine Halbschwester so innig umarmte, hatte ihm vor langer Zeit seinen Vater weggenommen. James war zwar bei seiner Familie geblieben, aber in Wahrheit hatte sein Herz die Insel mit der schwangeren Fiona verlassen.

*Verlassen.* Das Wort war in letzter Zeit überall. Jeder schien irgendwen auf die eine oder andere Art verlassen zu haben. Fiona hatte James in Tobermory zurückgelassen, Kirsty war ohne ihre Mum überstürzt aus London fortgezogen, und Ian hatte Cailin in Edinburgh aus seinem Leben geworfen. Cailin war die Einzige in diesem Raum, die niemanden verlassen hatte. Zumindest nicht freiwillig. Sie war nun einmal eine Klette. Man musste ihr schon mit ein paar tödlichen Worten genau zwischen die Augen zielen, damit sie endlich losließ. Genau das hatte Ian damals getan.

Dennoch war sein Anblick schwer zu ertragen, wie er dort mit diesem traurigen Gesichtsausdruck im Türrahmen stand. Er sah aus wie früher. Ganz früher. Als er während der Pausen allein mit seinem Buch auf dem Schulhof gestanden und nicht einmal aufgeblickt hatte, wenn ihn ein Ball am Kopf traf. Das war nicht gut. Den herzlosen Herzdoktor konnte Cailin irgendwie verkraften – nicht jedoch diesen einsamen Jungen, den niemand sah außer ihr.

Doch nun bemerkte er sie. Ohne Vorwarnung trafen sich ihre Blicke, und Cailin beeilte sich, ihren weichen Gesichtsausdruck loszuwerden. *Weg mit dem Gesicht!* Sie kräuselte die Nase und zog die Augenbrauen zusammen. Gleichzeitig wackelte sie mit den Ohren, die dank ihrer kurzen Haare gut sichtbar waren. Mit ein wenig Glück würde er seekrank werden. Und ihr Gesicht vergessen.

Ian legte den Kopf schief. Seine traurige Miene war ebenfalls verschwunden. Stattdessen zuckten seine Mundwinkel. Ach ja … Er liebte es, wenn sie mit den Ohren wackelte. Sie hatte unzählige Male vergeblich versucht, es ihm beizubringen. Der Mann war völlig talentfrei.

Umgehend stellte sie das Ohrenwackeln ein. Einsamer Junge hin oder her, er hatte den Anblick ihrer Ohren nicht verdient. Aber nun musterte er den Rest von ihr. Plötzlich wurde sie sich ihrer schmutzigen kurzen Latzhose, der verschwitzten Haare und der grün-blauen Flecken auf ihren Schienbeinen bewusst. Die Seeadler-Produktion forderte vollen Körpereinsatz. Aber das konnte er natürlich nicht wissen. Verärgert reckte sie ihr Kinn und verschränkte die Arme vor der Brust.

Ians Mundwinkel zuckten erneut, und schon hatte sie das Bedürfnis, ihm eine runterzuhauen. Seine Augen blitzten auf, als wüsste er es. Er wusste es. Sie funkelte ihn an. *Arschgesicht.* Jetzt lachten seine Augen, und für einen Moment stand die Zeit still. Nein, sie lief rückwärts. Hätte er doch wenigstens anders ausgesehen als damals … Wie ein Arzt. Oder zumindest wie ein Erwachsener. Doch Ian sah aus wie Ian in seinen verschlissenen Jeans und dem uralten dunkelblauen Kapuzenpulli mit der weißen Aufschrift *Tobermory*. Es war tatsächlich sein Pullover von früher. Cailin erkannte ihn daran, dass die Kordel an der Kapuze fehlte. Die Kordel lag zu Hause unter ihrem Bett in der Kiste mit seinen alten Briefen. Ob er noch manchmal daran dachte, wie sie ihm abhandengekommen war?

Es war kurz vor dem Tag der abgebrochenen Bierflasche

passiert. (Seit Freitagabend nannte Hailey ihn den Tag der Tischnische. Sie löcherte Cailin immer noch wegen der fehlenden Details.) Aus unerfindlichen Gründen war Cailin im Minirock ohne Helm und mit flatternden langen Haaren auf ihrem Roller über die einspurigen Inselstraßen gerast. Verfolgt von Ian. Sie wusste noch, wie er neben ihr aufgetaucht war und sie wütend durch den Fahrtwind hindurch angebrüllt hatte, bis sie im hohen Gras am Straßenrand hielt. Er war außer sich gewesen vor Wut – was für sie einem herrlichen Abenteuer gleichgekommen war: eine neue Seite von Ian.

»Bist du lebensmüde?!«, hatte er sie angebrüllt.

»Du trägst doch auch keinen Helm!«

»Aber nur wegen dieser scheiß Verfolgungsjagd! Ich hab dich durch den Ort brettern sehen und dachte, ich spinne! Und dann auch noch in diesem lächerlichen Rock, da kannst du ja gleich nackt losziehen!«

Cailin hatte ihn frech angegrinst. »Wenn es dir dabei besser geht, fahre ich im Damensitz weiter.«

»Das ist mir scheißegal, aber mach dir zumindest die Haare aus dem Gesicht, du siehst ja gar nichts!«

Sie pustete mit ihrem Bubblegum eine perfekte rosafarbene Blase auf und ließ sie mit einem lauten Knall zerplatzen. »Ich hab nur Kaugummis dabei, keine Haargummis.«

Ian hatte ihr einen zornigen Blick zugeworfen. »Du dummes Mädchen!« Unversehens hatte er die weiße Kordel aus seiner Kapuze gerissen und war von seinem Roller gesprungen.

»Willst du mich jetzt strangulieren?«

Das Grinsen war ihr vergangen, als er wütend seine langen Finger in ihre windzerzauste blonde Mähne gegraben hatte. Wie erstarrt umklammerte sie die Griffe ihres Lenkers, während Ian grob an den widerspenstigen Strähnen zerrte, um ihre

Haare mit der Kordel zu einem Pferdeschwanz zu verknoten. Als es ihm gelungen war, hielt er plötzlich inne. Und sie hielt den Atem an. Mit den Fingerkuppen fuhr er sanft über ihren Nacken, vom Haaransatz bis zum Kragen ihrer Jacke. *Entschuldigung.* Ihre Kopfhaut, ihr ganzer Körper hatte gekribbelt. Sie hatte sich zu ihm umgedreht, ihm in die Augen gesehen und ebenso stumm geantwortet: *Entschuldigung.*

Dieses wunderbare Kribbeln konnte sie noch heute spüren. Zugleich hallten seine Worte in ihrem Kopf nach: *Du dummes Mädchen!* Sie versetzten ihr nach wie vor einen Stich in der Brust. In den acht darauffolgenden Jahren hatte er sie nie wieder so genannt, aber ihr Elefantengedächtnis funktionierte besser, als ihr lieb war. Offenbar hatte es auch jeden einzelnen seiner Pullis abgespeichert. Warum zum Henker trug er nach all dieser Zeit noch seinen alten Tobermory-Kapuzensweater? Hätte er sich nicht längst einen feinen Anderswo-Pullover mit Polokragen oder so zulegen können?

Kirstys Stimme riss sie aus ihren Gedanken. »Mum, das ist mein Bruder Ian.«

Cailins Blick wanderte zu ihrer Freundin, die sich aus der Umarmung gelöst hatte und Fiona nun ein wenig unsicher ansah. Unwillkürlich stellte sich Cailin vor, wie sie zu ihrer eigenen Mutter sagte: *Mum, das ist mein Bruder Conner.* Sie schauderte und war plötzlich sehr dankbar für ihre langweilige Hotelfamilie. Manchmal fragte sie sich, wie Kirsty das alles aushielt.

Die hübsche Frau, die so glamourös aussah in ihrem engen Kleid und den hohen Schuhen, reichte Ian die Hand und murmelte schüchtern: »Ich bin Fiona?«

Das dicke Fragezeichen hinter dem Satz hing noch in der Luft, als Ian freundlich antwortete: »Endlich lernen wir uns kennen.«

Sein charmantes Lächeln war noch glamouröser als Fionas Outfit. Weit und breit keine Spur von dem einsamen Jungen mehr. Dort stand Doc Hollywood mit seinen warmen braunen Augen, die eine sagenhafte Ruhe ausstrahlten. Als wollte er sagen: *Keine Sorge, heute gibt's keine Spritze.* Fiona starrte ihn sprachlos an, und Cailin verspürte den Drang, dem Mann eine Tüte über den Kopf zu stülpen oder ihn auf irgendeine andere Weise zu verhüllen. Herrje, Kirstys Mum fuhr doch wohl hoffentlich nicht auf Ian ab, so wie die älteren Damen in seinem Wartezimmer?

Zugegeben, Fiona war keine ältere Dame. Nach Cailins Berechnungen hatte sie noch nicht einmal die fünfzig geknackt. Bestimmt hätte sie keine Skrupel, über ihren attraktiven Beinahe-Stiefsohn herzufallen. Schließlich hatte sie damals auch nicht gezögert, sich ihren Lehrer zu schnappen ...

*Ach so.* Fiona starrte nicht Ian an, sondern seinen Vater. Oder vielmehr den Geist des jüngeren James. Ian war das Ebenbild des lächelnden Lehrers auf dem alten Klassenfoto, das Kirsty ihren Freundinnen einmal gezeigt hatte. Auf dem Fiona als Schülerin neben James stand – und äußerst verliebt lächelte. Oje, diese Frau brauchte dringend Hilfe ...

»Hi, ich bin Cailin Buchanan«, hörte sie sich sagen.

Sie sah noch, wie Kirsty ihr einen dankbaren Blick zuwarf, bevor Fiona sich abrupt zu ihr umdrehte und in ihren schwindelerregenden Pumps auf sie zugeklappert kam. Wie aus dem Nichts schlang sie die Arme um Cailin. Und ließ gar nicht mehr los. Am liebsten hätte sie in die aufdringliche Lockenmähne gebrummt: *Kennen wir uns?*

Nun rubbelte diese fremde Person auch noch über ihre verschwitzten, nackten Schultern und wiederholte Ians Satz: »Endlich lernen wir uns kennen!« Mit einem Ausrufezeichen.

»Wow … äh … dito«, stammelte Cailin.

»Oh Gott, du armes Kind.« Fiona ließ ihre Schultern los. »Du musst mich ja für völlig verrückt halten.«

»*Kind?* Ich bin fünfunddreißig, und du bist definitiv total durchgeknallt.« Mist. Jetzt hatte sie tatsächlich wie ein Kind geklungen.

Fiona lachte auf. »Sie ist genauso, wie du sie beschrieben hast«, stellte sie an ihre Tochter gewandt fest.

»Cailin ist meine ungeschminkte Version«, erklärte Kirsty heiter. »Sie spricht immer das aus, was ich denke.«

»Das solltest du lieber nicht an die große Glocke hängen«, brummte Cailin und spürte Ians belustigten Blick auf sich, obgleich sie nicht hinsah.

»Wollen wir nach oben gehen?«, schlug Kirsty vor. Sie strahlte noch heller als sonst. »Aidan ist drüben im Pub, aber im Kühlschrank sind noch Tapas von gestern. Ian und ich wollten uns gerade darüber hermachen.«

»Na gut?« Fiona hatte aufgehört zu lächeln, und das dicke Fragezeichen baumelte wieder über ihrem Kopf.

Cailin seufzte. Offenbar sah Kirsty vor lauter Freude über die unverhoffte Ankunft ihrer Mum nicht, was hier los war. Eigentlich lag es auf der Hand. Fiona war in diesem Haus aufgewachsen. Dee und Fee hatten hier ein glückliches Leben geführt, bis die unselige Affäre mit James Lennox sie entzweit hatte. Fiona hatte sich im Streit von ihrer Mutter getrennt und sie nie wiedergesehen. Dreißig Jahre später war das Happy End jedoch zum Greifen nah gewesen. Die beiden hatten sich am Telefon versöhnt, und Fiona hätte nur über ihren Schatten springen und nach Tobermory kommen müssen. Stattdessen hatte sie Dee gebeten, zu ihr nach London zu fahren. Dee … Dee mit der grenzenlosen Sehnsucht nach ihrer Tochter. Dee mit dem Bleifuß. Nun war sie tot. Cailin mochte sich gar nicht ausmalen, wie Fiona sich seitdem fühlte. Laut Kirsty war sie nach dem Unfall in ein tiefes Loch gefallen. Sie hatte niemanden sehen oder sprechen wollen – oder vielmehr: *können.* Nicht einmal ihre eigene Tochter. Es hatte Wochen gedauert, bis Fiona sich einigermaßen gefangen hatte. Und zwei weitere Monate, ehe sie sich hierher gewagt hatte, in das Haus ihrer Kindheit. Aus Cailins Sicht bestand kein Zweifel daran, dass Fiona auf keinen Fall in Dees Küche sitzen und Tapas essen wollte – oder vielmehr: *konnte.*

»Ich sollte gehen«, meinte Ian. Anscheinend hatte er Fionas Fragezeichen ebenfalls bemerkt – und missverstanden.

»Ian, nicht alles dreht sich um dich«, platzte es aus Cailin heraus. »Diese Frau will einfach nicht in der gottverdammten Küche ihrer Mutter sitzen, die sich ihretwegen totgefahren hat.«

Alle blickten sie entgeistert an, und Cailin hätte sich am liebsten selbst geohrfeigt. Irgendwie klangen ihre Gedanken immer erst so richtig furchtbar, nachdem sie sich in Worte verwandelt und ihre Lippen verlassen hatten. Und wie kam sie nur dazu, sich hier einzumischen? Sie hatte bei diesem kleinen Familientreffen absolut nichts verloren. Zumal sie im gegnerischen Team spielte – in dem des Teufels, der vermutlich gerade verzweifelt vor einer ungeöffneten Whiskyflasche hockte. Im besten Fall. Sie musste dringend nach James sehen …

Fiona fasste nach ihrer Hand. »Stimmt«, sagte sie leise.

Cailin blickte sie perplex an. Damit hatte sie nicht gerechnet. Weder mit der Berührung noch mit dem Geständnis. Allmählich fühlte sich das Ganze fast so an wie Kirstys Ankunft auf Mull. Cailin hatte wirklich ihr Bestes getan, um Kirsty unausstehlich zu finden, aber gegen ihre entwaffnende Ehrlichkeit hatte sie keine Chance gehabt. Offenbar hatte Kirsty sich diesen Trick von ihrer Mutter abgeguckt. Jedenfalls bedauerte Cailin plötzlich, dem anderen Team anzugehören. Zumal Fiona ganz offensichtlich auf ihre Hilfe angewiesen war.

»Tut mir leid, Mum«, sagte Kirsty kleinlaut. »Ich habe nicht nachgedacht, aber früher oder später –«

»Süße, bitte gib mir noch ein bisschen Zeit mit diesem Haus«, warf Fiona ein.

Kirsty sah ihre Mutter ratlos an. »Aber wo willst du denn schlafen, wenn unser Haus tabu ist?«

»Du hattest doch wohl hoffentlich nicht vor, deine Mutter in Dees Schlafzimmer unterzubringen«, entfuhr es Cailin.

»Nein ... ich ...«, stammelte Kirsty.

Und schon bereute sie ihren vorwurfsvollen Tonfall. Ihre Freundin war wirklich nicht zu beneiden. Ununterbrochen war sie damit beschäftigt, auf die Befindlichkeiten anderer zu achten. Kirsty vergaß nie, bei Ians Besuchen die gelbe Karaffe für Cailin ins Schaufenster zu stellen. Und sie hegte den Verdacht, dass eine bestimmte knallrote Salatschüssel dieselbe Funktion für Ian erfüllte. Jedenfalls war es noch nie vorgekommen, dass er hereingeplatzt war, während Cailin und James gerade in Kirstys Küche herumlungerten und ihren Kühlschrank plünderten. Zum Glück hatte Kirsty jede Menge Keramik parat. Künftig würde sie auch noch James vor Fiona warnen müssen. Aus dem Bermudadreieck war ein Viereck geworden. Wenn das so weiterging, würde Kirsty irgendwann völlig entnervt ihren Aidan einpacken und sich eine neue Insel suchen. Eine ohne Arzt und Glasbläserin.

Nun meldete sich der Arzt zu Wort. »Aidans Zimmer über dem Pub ist gerade frei geworden.«

»Oh, das klingt ja wunderbar«, sagte Fiona hoffnungsvoll.

»Aber *er* wohnt auch dort.« Cailin deutete mit dem Daumen auf Ian. Beinahe hätte sie hinzugefügt: *Der Geist vom Klassenfoto.*

»Ich kann ausziehen«, bot Ian ohne Zögern an. »Über meiner Praxis steht eine Wohnung leer.«

Fiona schüttelte den Kopf. »Bitte nicht! Ich war in den letzten Monaten so viel allein, da freue ich mich über Gesellschaft.« Sie sah ihn schüchtern an. »Es sei denn ... Ich könnte verstehen, wenn dir das zu viel des Guten ist.«

»Überhaupt nicht.« Er schenkte Fiona dieses furchtbare Lächeln, bei dem man zwangsläufig zurücklächeln musste.

Und Fiona lächelte.

Und Kirsty strahlte.

Und Cailin sah rot. Sie fixierte Ian, der für ihren Geschmack viel zu entspannt im Türrahmen lehnte. Was sollte das? War ihm denn nicht klar, dass er für Fiona ein Geist aus der Vergangenheit war? Und was war eigentlich mit seinen eigenen Geistern geschehen? Wo hatte er den einsamen Jungen von vorhin gelassen? Der arme Kleine würde dazu verdammt sein, sich in einem Schrank zu verkriechen, wenn die böse Frau bei ihm einzog, die ihm seinen Vater gestohlen hatte. Und es gab weit und breit keinen Psychotherapeuten auf Mull, der das hinterher wieder geradebiegen würde.

Abrupt ließ sie Fionas Hand los, die sie schon viel zu lange gehalten hatte, und sagte sarkastisch: »Prima Idee, und ich werde bei James einziehen.«

Schlagartig war das allseitige Strahlen Geschichte.

Ian zog die Augenbrauen zusammen und blickte Cailin fast so finster an wie an jenem Tag, als sie mit dem Roller über die Insel gerauscht war. Er löste sich vom Türrahmen und ging einen Schritt auf sie zu.

Wie aus weiter Ferne hörte sie Kirstys verdutzte Stimme fragen: »Cailin, warum willst du bei unserem Vater einziehen?«

Ohne Ian aus den Augen zu lassen, antwortete sie: »Er hat deine Mum vor dem Laden gesehen, und es spricht einiges dafür, dass er jetzt ziemlich durstig ist. Also werde ich wohl für eine Weile auf seiner Couch schlafen und Wache halten müssen.«

Ian schien etwas erwidern zu wollen, aber seine Schwester kam ihm zuvor: »Ich kümmere mich um ihn.«

»So ein Unsinn«, entgegnete Cailin. »Aidan ist doch gerade erst bei dir eingezogen. Abgesehen davon bin ich viel besser im Brüllen als du – falls er tatsächlich zur Flasche greifen sollte.«

Ian ging einen weiteren Schritt auf sie zu, und sie widerstand dem Impuls zurückzuweichen.

»Diese Sache mit dir und meinem Vater sehe ich mir nicht mehr länger an.« Er klang wie die Stimme der Vernunft. Als wollte er sie vom Kiffen oder dergleichen abhalten. Vermutlich fielen Kirsty und Fiona darauf herein. Cailin hingegen hörte laut und deutlich das zornige Beben hinter seinen Worten. Ihr konnte er nichts vormachen. James war verdammt noch mal kein Joint. Er war nicht einmal eine Zigarette. Allenfalls eine wohltuende Halspastille.

»Dann musst du wohl ab jetzt mit zugekniffenen Augen herumlaufen«, konterte sie und spürte ihr eigenes Beben, das wie üblich den ganzen Raum erschütterte.

Nun schaltete sich Fiona ein. »Kirsty, ich bringe hier alles durcheinander. Es ist wohl besser, ich nehme gleich die nächste Fähre und melde mich, sobald ich –«

»Auf keinen Fall!«, riefen alle gleichzeitig, Cailin eingeschlossen. Sie schüttelte den Kopf. Warum wollte sie plötzlich, dass Fiona blieb? Wegen Kirstys Strahlen? Nein, es war mehr als das. Sie befanden sich allesamt in einer Sackgasse, und Cailin wurde das Gefühl nicht los, dass diese Frau mit dem riesigen Fragezeichen der einzige Ausweg aus dem verflixten Bermudadreieck war.

Fiona stand immer noch neben ihr, und diesmal ergriff Cailin ihre Hand. Sie fühlte sich eiskalt an.

»James könnte ebenso gut rückfällig werden, wenn er von deiner Abreise erfährt.« Sie drückte Fionas Hand. »Ich glaube, deine Anwesenheit kann nicht annähernd so viel durcheinanderbringen, wie es deine Abwesenheit getan hat.«

Oje, sie verbrachte eindeutig zu viel Zeit mit James. Demnächst würde sie noch anfangen, über das Sein oder Nichtsein nachzudenken. Und wenn schon. Da mussten jetzt alle durch. Vor allem Ian, der immer noch beneidenswert unauffällig vor sich hin bebte. Cailin schaute ihn herausfordernd an, als sie Fiona versicherte: »Ich achte auf James, versprochen.«

Weder Fiona noch Kirsty bemerkten das stumme Duell zwischen dem Arzt und der Glasbläserin. Kein Wunder, immerhin hatten sie ganz andere Sorgen. Und nun erklärten die beiden liebreizenden Lockenköpfe auch noch übereinstimmend, was für ein Hauptgewinn Cailin für ihre Familie sei. Schuldbewusst wich sie ihren dankbaren Blicken aus. Zum Glück war der Teufel der Einzige, der in ihren Kopf schauen konnte. Dort kreisten die Adler. Und die führten nichts Gutes im Schilde. Sie würden Kirsty die Bonbons wegnehmen.

Ian schien die dunklen Schatten ihrer Schwingen bereits zu spüren. Er war zwei Schritte zurückgewichen. Nun lehnte er wieder im Türrahmen und musterte Cailin aus schmalen Augen. Keine Frage, der Mann war auf der Hut. Vielleicht war James doch nicht der Einzige, der sie durchschauen konnte.

# 6

Fiona und ihr goldener Rollkoffer zuckelten hinter Kirsty her in Richtung Pub, und Cailin winkte ihnen nochmals zu, bevor sie die Tür zu ihrem Laden aufschloss. Sie senkte rasch den Blick, als Ian hinter ihr vorbeiging. Genug Doc Hollywood für heute. Außerdem hatte sie keine Zeit für weitere Diskussionen, sie musste ihre Siebensachen packen. Bestimmt schnupperte James bereits an der Flasche. Schwungvoll schlug sie die Tür hinter sich zu, oder vielmehr versuchte sie es. Sie spürte einen Widerstand und wandte sich um. Der Widerstand funkelte sie mit zornigen dunklen Augen an und stieß sich beinahe den Kopf am Türrahmen. Bevor sie wusste, wie ihr geschah, legte Ian die Hand auf ihren Bauch und schob sie in den Laden.

Ihre treue Latzhose zahlte sich mal wieder aus. Alles, was sie durch den derben Stoff spürte, war der unnachgiebige Druck seiner Hand, während ihre Lungenflügel das Fliegen, äh, Atmen eingestellt hatten. Reglos sah sie ihm dabei zu, wie er die Tür hinter sich schloss. Dabei löste er die Handfläche von ihrem Bauch, aber seine Fingerspitzen lagen nach wie vor auf ihr. Er sah sie an, als wollte er – ja, was eigentlich?

»Ian, was willst du?«

»Das weißt du ganz genau.«

Sie blinzelte. Für den Bruchteil einer Sekunde versagte ihr gesunder Menschenverstand.

*Mich. Du willst mich.*

Ian blinzelte ebenfalls, als hätte er ihre Gedanken gelesen. Aber dann meinte er kühl: »Was soll die Sache mit meinem Vater? Willst du es mir irgendwie heimzahlen? Das sieht dir gar nicht ähnlich, Cai.«

Sie wollte entgegnen, dass er sich da entschieden zu viel einbildete. Dass er lediglich eine unbedeutende Randnotiz in ihrem Leben war. *Rache? Träum weiter.* Doch die Wahrheit war weitaus besser. »James und ich sind Freunde.«

Ian runzelte grimmig die Stirn. »Er nutzt dich aus.«

Sie schluckte. Bei ihm klang diese abscheuliche Behauptung wie eine Tatsache. Ein unbeteiligter Dritter hätte ihm ohne Weiteres geglaubt. Seinem sachlichen Tonfall gingen immer alle auf den Leim. Sie war stinksauer auf diesen nicht vorhandenen Dritten, der sich von seiner ruhigen Stimme blenden ließ. Es gab einfach zu wenige Leute wie Robin Williams. Er hätte das zornige Beben hinter den Worten gehört und Ian freundlich darauf hingewiesen, dass der einsame Junge dringend mal an die frische Luft musste.

»Nein, mein Lieber, *ich* nutze James aus«, widersprach sie in dem gleichen ruhigen Tonfall und wunderte sich über ihre Selbstbeherrschung. Es lag an dem Zauberwort. *James.* Es beschützte sie auf seltsame Weise vor besagtem Beben, das jeglichem guten Argument den Boden unter den Füßen wegzog.

»Das bezweifle ich.« Unwillkürlich presste er seine Fingerspitzen tiefer in ihren Bauch. Er fixierte sie weiterhin mit seinen dunklen Augen, und sie spürte, wie ihm das Zauberwort zusetzte. *James.* Bei ihm bewirkte es das Gegenteil. Es brachte ihn aus der Fassung.

»James ist besser als jedes Antimückenmittel«, erklärte sie schulterzuckend. »Wo er ist, bist du nicht.«

Sie hob die Hand und drückte ihren Zeigefinger gegen seinen Kapuzenpulli. Genau zwischen seine Lungenflügel. *Wie du mir, so ich dir.*

Doch Ians Flügel schlugen unbeirrt weiter. Statt zurückzuweichen, lehnte er sich vor, gegen ihren Finger. Er neigte den Kopf, als wollte er sich auf Augenhöhe mit ihr bringen. Praktischerweise war sie zu klein für ihn. Hier unten war sie in Sicherheit.

Warum zur Hölle stellte sie sich auf die Zehenspitzen?

Sein Gesicht war plötzlich so nah, und seine Stimme wurde zu einem Flüstern. »Ich halte mich fern von dir.«

»Das sehe ich«, flüsterte sie zurück.

»Wenn du dich von ihm fernhältst«, ergänzte er.

»Zu spät«, wisperte sie, während Ian sich weiter herabbeugte. »Ich mag ihn.«

Je näher sein Gesicht kam, desto leiser wurden ihre Stimmen, und nun fragte er kaum hörbar: »Warum?«

Warum. Ian fragte immer nach dem Warum. Genau wie sein Vater. Und Cailin hatte den dunklen Verdacht, dass James und sie genau deshalb Freunde geworden waren. *Ich mag ihn?* Ebenso gut hätte sie sagen können: *Ich mag dich.*

»Weil er sich ein Ei wünscht«, murmelte sie benommen.

Ian war so nah, dass er ihre Worte auf seinem Gesicht spüren musste. Sein Gesicht – es war schrecklich vertraut und fremd zugleich. Sie konnte sich nicht an die Furche erinnern, die das Warum auf seine Stirn geworfen hatte. Er wirkte irgendwie lebendiger als früher. Als hätte er in den vergangenen Jahren sein Pokerface nicht mehr so häufig benutzt. Wenn er so weitermachte, würden die feinen Linien um seine Augen irgendwann zu Falten werden. Lachfalten. Hoffte sie. *Hoffte sie?* Oje.

»Ein Ei? Er verdient keinen Neuanfang«, sagte Ian leise.

Sie stutzte. Das Ei. Sie war es nicht mehr gewohnt, mit jemandem zu sprechen, der ihre verworrenen Gedanken schneller entschlüsselte als sie selbst.

»Ich aber«, flüsterte sie, ohne nachzudenken.

Seine Lippen streiften ihre Nasenspitze. »Nicht mit ihm.«

Die Worte strichen über ihr Gesicht und kribbelten auf ihrer Haut. Sie hatte keinen Schimmer, was er gesagt hatte. Es war ihr völlig egal. So war das immer gewesen mit ihm. Im Grunde wollte sie nichts weiter, als seinen Atem auf ihrem Gesicht zu spüren. Ausgerechnet ... Wie viele Männer hatte sie schon als Idioten abgetan? Bei Mr Superschlau hingegen hätte sie sich mit ein paar primitiven Gorillalauten zufriedengegeben.

Endlich meldete sich ihr Gehirn wieder zu Wort. *Nicht mit ihm.* Hatte er da gerade etwa angedeutet ...

Sie plumpste auf die Fersen zurück und rief entrüstet: »Ian, er ist dein Vater! Und alt!«

Seine Augen blitzten auf. Anscheinend hatte er genau das hören wollen.

Sie gab ihm einen Schubs und brummte: »Ich hatte dich gar nicht so eindimensional in Erinnerung.«

Ian antwortete nicht, sondern schenkte ihr ein ziemlich eindimensionales Grinsen. Keine Frage, der Mann war erleichtert. Regelrecht vergnügt neigte er den Kopf zu ihr hinab, während ihre Füße sich erneut wie von selbst auf die Zehenspitzen stellten. Beiläufig presste er seine Handfläche wieder gegen ihren Bauch, und diesmal war sie diejenige, die sich nach vorn lehnte. Seine Wärme sickerte durch den Stoff ihrer Latzhosen-Rüstung hindurch. Es fiel ihr schwer, sich zu konzentrieren, als er sanft bemerkte: »Du brauchst kein Ei, Cai. Du hast doch schon alles.«

»Was habe ich denn?«, murmelte sie geistesabwesend.

»Einfach alles.«

Zu ihrem Unmut löste er die Hand von ihrem Bauch und deutete auf die unzähligen bunten Glasvögel, die in dem deckenhohen Setzkasten an der Seitenwand des Ladens hockten und auf sie hinabblickten. An sonnigen Tagen wie diesen verwandelten sie Cailins Voliere in einen Regenbogen, und Ian und sie standen mittendrin.

Aber die einzige Farbe, die sie gerade interessierte, war das warme Braun, in das sie blickte. Sie sah ihn eindringlich an, und er verstand. Mit einem schiefen Lächeln legte er seine Handfläche zurück auf ihre ursprüngliche Position. Cailin lehnte sich wieder gegen ihn, zurück ins Warme. Zugleich versank ihre Hand tiefer in seinem Kapuzenpulli, alles in ihr drängte unaufhaltsam in seine Richtung. Ians Flügel unter ihrer Handfläche hörten auf zu schlagen. Unversehens ließ er seine Stirn gegen ihre sinken, und für einen Moment wurde ihr schwindelig. Was passierte hier gerade? Sie stand im Regenbogen. Mit Ian …

Er holte Luft, und dann spürte sie, wie seine Worte über ihr Gesicht strichen. »Hast du einen Freund?«

Sie zog abrupt den Kopf zurück und fiel wieder auf die Fersen. Ins Erdgeschoss. Ungläubig blickte sie ihn an. Wer war dieser Gorilla? Nicht einmal mit siebzehn hatte er derart plumpe Fragen gestellt. Zugegeben, mit siebzehn hatte er überhaupt keine Fragen gestellt. Er hatte ja alles über sie gewusst.

»Ein paar?«, antwortete sie verwirrt. Sie hatte sich spontan Fionas Fragezeichen ausgeborgt.

»Cai, im Ernst.«

»Haileys Cousins?« Dieses Fragezeichen gefiel ihr immer besser. So einen Weichzeichner konnte sie gut gebrauchen.

Er blinzelte. »Was?«

»Na ja, nicht alle.«

»Nicht *alle?*« Ian presste seinen Zeigefinger schmerzhaft in ihren Bauch. »Sie hat mindestens fünfzehn!«

»Aber ich schlafe nur mit zweieinhalb von ihnen.« Sie hob drei Finger in die Luft. Und biss sich auf die Unterlippe. Es war doch immer dasselbe mit ihren Gedanken. Solange sie sich nur in ihrem Kopf aufhielten, klangen sie nicht annähernd so gruselig wie bei Tageslicht.

*»Zweieinhalb?«* Die neue Furche erschien wieder auf Ians Stirn. Offenbar war sein Pokerface wirklich Geschichte.

»Also, Marty und ich tun nur so. Ich helfe ihm dabei, Bonnie eifersüchtig zu machen.«

»Und was ist mit den beiden anderen?«

»Was soll mit denen sein?«

»Wissen sie voneinander? Und weiß Hailey davon?«

»Klar weiß sie davon«, entgegnete Cailin empört. Allmählich fragte sie sich, wie sie in dieses Verhör geraten war. »Sie hat sie ja quasi ausgesucht.«

*»Ausgesucht?«*

Sie wich seinem fassungslosen Blick aus. »Na ja, sie hat mir gesagt, wer von denen grundanständig ist und von wem ich lieber die Finger lassen soll.«

Cailin spürte, wie sich seine Flügel unter dem Kapuzenpulli schneller als zuvor hoben und senkten. »Du schläfst mit Jonathan und Declan.«

Ihre Augen weiteten sich. »Woher weißt du das?«

»Sie sind grundanständig.«

»Herzlichen Glückwunsch, Sherlock.«

»Wissen sie voneinander?« Er klang ungeduldig. Sauer.

Jetzt reichte es aber. Sie ließ ihre Hand von seinem Pullover gleiten und trat einen halben Schritt zurück. Raus aus der Wärme. Was bildete der sich eigentlich ein? Platzte hier nach zehn Jahren mitten in ihren Regenbogen und spielte den Moralapostel.

»Wie nett von dir, dass du dich um die beiden sorgst«, meinte sie sarkastisch. »Frag sie doch einfach selber.«

»Ich frage aber dich.«

Die Ungeduld in seiner Stimme war verschwunden. An ihre Stelle war wieder dieser ruhige Tonfall getreten. Pure Taktik. Der nicht vorhandene Dritte hätte sich zweifelsohne sofort auf seine Seite geschlagen. Vielleicht hätte er ihm sogar auf die Schulter geklopft und kopfschüttelnd geraunt: *So ein Flittchen!*

*Flittchen?* Zum zweiten Mal heute sah Cailin rot. Es war höchste Zeit, diesen ignoranten Dritten darüber aufzuklären, wer verdammt noch mal der Gorilla in diesem Raum war. Mal sehen, wem er dann auf die Schulter klopfen würde!

Sie stemmte die Hände in die Hüften. »Ich würde mal sagen, du hast dein Fragerecht verloren, als du damals einen auf Prinz William gemacht hast.«

Er sah sie perplex an. »Prinz William?«

»Typisch.« Sie verdrehte die Augen. »Das mit dem Ei und dem Neuanfang begreifst du sofort, aber der Prinz ist zu hoch für dich.«

»Dann hab Erbarmen und hilf mir auf die Sprünge.«

»Muss ich dir jetzt wirklich erklären, wie du damals mit mir Schluss gemacht hast? Wie du diesen widerlichen Satz gesagt hast?«

Stille.

Sie funkelte ihn an. Und wartete.

Schließlich sagte er leise: *»Geh nach Hause, Cai.«*

Sie konnte sehen, wie er schluckte. Sie schluckte ebenfalls. Schwer. Für einen winzigen Augenblick erwog sie, ihn einfach stehen zu lassen, ihre Zahnbürste zu holen und zu James zu marschieren. Schnurstracks in die Gegenwart, in der sie gebraucht und geliebt wurde. Doch ein masochistischer Teil von ihr wollte unbedingt in der Vergangenheit herumstochern, und dieser Teil knurrte jetzt: »Nein, mein Lieber, nicht diesen Satz. Es ging noch weiter.«

Er schlug die Augen nieder. *»Du bist mein Zuhause.«*

Sie war froh, dass er sie nicht ansah. Ihr Zorn verpuffte nämlich gerade so schnell, wie er entflammt war. Ian hatte nur wiederholt, was sie ihm damals geantwortet hatte, und dennoch klangen die Worte aus seinem Mund irgendwie ... neu. *Du bist mein Zuhause.* So ein Unfug. Das waren nicht seine Worte, sondern ihre. Immer gewesen.

Sie verschränkte die Arme. »Und fällt dir zufällig noch ein, was du darauf geantwortet hast?«

Er sah auf, direkt in ihre Augen, und sagte mit der gleichen seltsam erstickten Stimme wie damals: *»Wir hatten noch nie Sex mit anderen Leuten.«*

Cailin blinzelte. Sie hatte den Schmerz nicht kommen sehen. Wie war das möglich? Das alles gehörte doch längst zu ihrem Seeleninventar. Man hätte annehmen können, nach all dieser Zeit wäre eine gewisse Gewöhnung eingetreten. Anscheinend war ihr Gedächtnis zu gnädig gewesen. Es hatte diesen elenden Satz allenfalls isoliert ausgespuckt. Richtig weh tat er erst in Verbindung mit ihrem vorangegangenen Geständnis: *Du bist mein Zuhause.*

»Da hast du's.« Ihr Beben war zurückgekehrt. »Du bist genau wie der Prinz – abgesehen davon, dass er vermutlich irgendwas von Geduld und Militärhubschraubern gefaselt hat, als er die arme Kate damals in die Warteschleife geschickt hat.«

Ian sah sie eindringlich an. Als hätte er eine Menge zu sagen. Aber er schwieg. Anders als Cailin wog er mit Bedacht ab, welche seiner Gedanken er preisgab. Und offenbar war gerade keiner dabei, den er mit ihr teilen wollte. Sie wünschte, sie hätte auch nur einen Bruchteil seiner Selbstbeherrschung gehabt. Welche Frau bei klarem Verstand forderte ihren Ex dazu auf, die Worte zu wiederholen, mit denen er sie in die Wüste geschickt hatte? Warum sprach sie überhaupt noch mit ihm? Er war die Vergangenheit, und Zeitreisen war nur etwas für Leute, die mit einem milden Lächeln auf ihr Leben zurückblicken konnten. Was in ihrem Fall niemals passieren würde. Ihre Gefühle waren eine zeitlose Plage, und die einzige Rettung waren das Jetzt, die Mädels, James, die Probleme anderer …

Doch Ians dunkle Augen waren eine unerbittliche Zeitmaschine. Cailins Voliere mit den bunten Träumen aus Glas, ihr Regenbogen, die gesamte Isle of Mull war bereits im dichten Nebel verschwunden. Ian und sie waren längst woanders. *Wann* anders. In Edinburgh vor zehn Jahren.

# 7

Cailin und Ian saßen nebeneinander auf Cailins Bett in ihrem kahlen WG-Zimmer in Edinburgh. Die Wände waren bereits nackt. Die vergangenen sechs Jahre lagen fein säuberlich zusammengefaltet in den drei Koffern neben der Tür, und Aidans neuer Mitbewohner stand ebenfalls schon in den Startlöchern. Er würde morgen hier einziehen, während sie ihre drei Koffer in dem winzigen Apartment in Richmond auspacken würde.

Die Wohnungssuche in London war eine Katastrophe gewesen. Um ein Haar hätte sie als blinder Passagier in Ians Vier-Ärzte-WG im East End einziehen müssen. Einen seiner künftigen Mitbewohner kannte sie bereits. Er hatte buschige Augenbrauen und verdammt pelzige Handrücken. Beim ersten Händeschütteln hatte sie unwillkürlich an die verstopfte Dusche denken müssen, die ihr blühte.

Ihr war ein Stein vom Herzen gefallen, als sie heute Vormittag auf den allerletzten Drücker die Zusage für die Wohnung in Richmond erhalten hatte. Ihr neues Zuhause in der Einflugschneise des Heathrow Airport. Ganz für sie allein. Es gab sogar einen kleinen Balkon, den sie sich nur mit dem allgegenwärtigen Luftverkehr teilen musste. Komischerweise freute sie sich auf die Flugzeuge. Sie würde ihre Schatten über sich hinwegjagen lassen und sich vorstellen, es wären Flugsaurier oder so.

Ian hatte jedoch nicht mitgetanzt, als sie vorhin ihren kleinen Freudentanz aufgeführt hatte. Sie verstand nicht, was er an diesem einwandfreien Einzimmerapartment auszusetzen hatte. Zuerst hatte er irgendetwas von Fluglärm gebrummt. Dann hatte er gefragt, ob dies die »westlichste« Wohnung gewesen sei, die sie hatte auftreiben können.

»Da hättest du ja auch gleich nach Cornwall ziehen können«, hatte er gemurrt.

Cailin hatte ihm daraufhin mal kurz den Kopf gewaschen. Ob ihm eigentlich klar sei, wie schwierig es gewesen war, in London eine bezahlbare Bleibe zu finden. Zumal sie noch keinen Job hatte. Ihre Ersparnisse reichten gerade einmal für drei Monatsmieten. Wenn die Londoner Kunstgalerien ihr weiterhin die kalte Schulter zeigten, würde sie bei GAP anheuern und wie damals in Erins Laden Klamotten zusammenfalten müssen.

Seit diesem kleinen Wutanfall saßen sie schweigend auf ihrem Bett. Sie hatten Aidan versprochen, das Zimmer nicht zu verlassen, weil er nebenan ihr großes Abschiedsessen zauberte. Cailin hätte gern darauf verzichtet und sich einen Toast geschmiert. Oder irgendetwas anderes getan. Etwas, das ihr einen Vorwand gegeben hätte, von diesem Bett aufzustehen. Doch es gab nichts mehr zu tun. Sie mussten nur noch Aidans Sternemenü verspeisen, schlafen gehen und abreisen.

Verstohlen blickte sie Ian von der Seite an. Mittlerweile bereute sie ihren Ausraster. Eigentlich hatte sie sich geschworen, kein böses Wort über London zu verlieren. Schließlich hatte er sich auch keine Sekunde über die ewige Warterei beschwert. Er hatte sein Medizinstudium bereits vor zwei Jahren abgeschlossen, und mit seinen glänzenden Noten hätte er ohne Weiteres einen der begehrten Plätze in London für die beiden obligatorischen *Foundation Years* erhalten. Nur ihretwegen hatte er die praktische Grundausbildung in Edinburgh absolviert. Und klaglos gewartet. Auf die Zukunft.

Wenn sie es sich recht überlegte, hatte sie ihm in puncto Warten schon einiges zugemutet. Hierbei handelte es sich keineswegs um das übliche Herumgestehe vor Türen, das so mancher Mann in einer Beziehung zu erdulden hatte. Nein, Ian musste vor einer Party nicht tausendmal an die Badezimmertür klopfen, während seine Freundin noch die dritte Schicht Make-up auftrug. Er musste auch nicht stundenlang vor irgendwelchen Umkleidekabinen herumsitzen, bis sie die passenden Jeans gefunden hatte. Wahrscheinlich hätte er all das liebend gern auf sich genommen – es war ein Spaziergang im Vergleich zu dem, was er mit ihr hatte durchmachen müssen.

Nach ihrem Schulabschluss waren zwei volle Jahre ins Land gegangen, bevor sie es über sich gebracht hatte, die Isle of Mull zu verlassen und einen Fuß ins College zu setzen. Zwei Jahre Fernbeziehung und Klamottenfalten in Erins Boutique. Und alles nur, weil Cailin geglaubt hatte, man müsse bereits Künstlerin sein, um eine zu werden. Nicht nur Ian, sondern auch Dee Boyd wäre damals beinahe an ihrem Hadern verzweifelt. Cailin war ihr Töpferliebling gewesen, und Dee hatte sich regelrecht überschlagen, um sie von ihrem Talent zu überzeugen. Einmal hatte sie Cailin sogar auf eine ausgedehnte Tour zu ihren Künstlerfreundinnen mitgenommen, die überall verstreut auf den Orkney- und Shetlandinseln lebten. »Berufsorientierungswoche« hatte Dee den Ausflug voller Zuversicht genannt. Sie waren mit ihrer alten Klapperkiste in die entlegensten Winkel des rauen Nordens gefahren, damit Cailin sich mit Malerinnen, Töpferinnen, Weberinnen, einer Glasbläserin, einer Goldschmiedin und einer überaus enthusiastischen Färberin unterhalten konnte.

Die Maßnahme war voll nach hinten losgegangen. Jede dieser Frauen entsprach auf ihre Weise exakt Cailins Vorstellung einer Künstlerin. Sie waren allesamt kreativ, feinfühlig und besonders. Und damit das glatte Gegenteil von ihr, einer unerfahrenen Neunzehnjährigen, die mit zweitausend Komplexen zu kämpfen hatte und sich hinter ihrem Sarkasmus versteckte. Dee hatte eine Riesenszene gemacht, als sie nach ihrem gemeinsamen Trip laut darüber nachgedacht hatte, eine Ausbildung zur Hotelkauffrau zu beginnen. Sie hatte ihr sogar mit Suspendierung vom Töpferkurs gedroht. Leider konnten Drohungen gegen Selbstzweifel bekanntermaßen nichts ausrichten.

Filme hingegen funktionierten. Letztlich war Hailey diejenige gewesen, die das Ruder für Cailin (und Ian) herumgerissen hatte. Kurz nach der gescheiterten Berufsorientierungswoche hatte Hailey ihre beste Freundin mal wieder in ihre Hausapotheke (Logans Videokeller) mitgeschleppt. Hier gab es gegen jedes Wehwehchen einen heilsamen Film. Das einzige Hindernis, was es zu überwinden galt, war Logan. Er wartete seit fast zwei Jahren vergeblich auf einen Mucks aus New York und hätte seine unerträglich zufriedene Platinkundin nur zu gern auf den Mond geschossen. Aber das schien Hailey nicht weiter zu stören. Offenbar verlieh seine miese Laune den Transaktionen das gewisse Etwas. Wie Feilschen auf dem Basar.

Hailey hatte die Kellertür aufgerissen und war ohne Begrüßung auf ihren Dealer zugestürmt. »Logan, hast du einen Film über Kunsthandwerk?«

Er hatte in seinem alten Ledersessel gehockt und nicht einmal von seinem Comic-Heft aufgesehen. »Nö.«

»Herrje, denk nach!«

»Wieso? Will Cailin mal wieder ins Wasser gehen?«

»Nein, ins Hotel. Sie braucht eine Inspiration.«

Nun blickte er doch von seinem Comic auf. »So etwas wie einen Blitz am Strand?«

Hailey stutzte. Dann quiekte sie laut auf und trommelte wie verrückt auf seine Schultern. »Logan, du bist ein Genie!«

Genervt wich er zur Seite. »Hör auf damit, Cameron.«

»Gib uns *Sweet Home Alabama*, und wir sind sofort weg.«

Das ließ er sich nicht zweimal sagen. Wie üblich drückte er Cailin – nicht Hailey – das Video in die Hand.

Als sie das Cover des Films sah, warf sie Hailey einen skeptischen Blick zu. »Wie bitte schön soll mir eine grinsende Reese Witherspoon weiterhelfen?«

»Nicht Reese.« Hailey verdrehte die Augen. »Der Typ im Holzfällerhemd. Du wirst schon sehen.«

Und die neunmalkluge Fünfzehnjährige sollte wie immer recht behalten.

Natürlich war die Story völlig abwegig. Der Typ im Holzfällerhemd kam auf die lebensmüde Idee, am Strand Blitzableiter in den Sand zu stecken. Wenn der Blitz einschlug, verschmolz der Sand zu glänzenden Glasskulpturen, die mit ihren zarten Verästelungen wie Bäume aus einem Zauberwald aussahen. Was letztlich dazu führte, dass der sympathische Holzfällertyp mit dem Südstaatenakzent und der Vorliebe für Bier ein supercooles Glasgeschäft mitten in der Pampa hochzog. Sehr zu Reeses Begeisterung.

Als das selbst gemachte Popcorn aufgegessen war und der Abspann auf Erins Fernseher lief, verpasste Cailin ihrer Freundin einen Klaps auf den Hinterkopf. »Was für ein bekloppter Film!«

Dennoch hatte sie sich in den darauffolgenden Tagen immer wieder dabei erwischt, wie sie »Sweet Home Alabama«

vor sich hin summte. Der Holzfällertyp war ihr nicht aus dem Kopf gegangen. Wenn so ein Durchschnittskerl ohne das ganze Brimborium (Tiefgang, Visionen, Talent) Künstler werden konnte, dann … Schon klar, das war Hollywood, aber trotzdem.

Kurz entschlossen hatte sie die überraschte Dee gebeten, ihr die Telefonnummer der Glaskünstlerin Pixie Reed zu geben, die sie auf den Orkneys besucht hatten. Pixie lebte auf Stronsay, einer entlegenen Insel im Nordosten des Archipels. Dort, nur einen Katzensprung entfernt von der Steilküste mit ihren Meereshöhlen, den Blaslöchern und dem mystischen Felsbogen *Vat of Kirbister*, stand Pixies Hexenhaus. Der Besuch bei ihr war für Cailin der absolute Tiefpunkt der Berufsorientierungswoche gewesen, denn Pixie war die Künstlerin unter den Künstlerinnen. Kopftuch, wallendes Leinenkleid, unzählige Armreifen und Amulette – das volle Programm. Selbst ihr Haus war ein verdammtes Kunstwerk. Es hatte bunte Kirchenfenster und runde Wände. Überall kollidierte man mit Windspielen aus Glas oder irgendwelchen fragilen Skulpturen, und in der urigen Küche gab es eine Holztreppe ohne Ziel.

»Was soll diese Treppe?«, hatte Cailin sich gereizt erkundigt. »Wieso endet die in der Wand?«

»Nicht in der Wand«, hatte Pixie mit einem entrückten Lächeln widersprochen. »Im Nirgendwo.«

Wie gesagt, sie war der absolute Tiefpunkt der Reise gewesen. Cailin hatte das Bedürfnis gehabt, auf der Stelle in das Hotel ihrer Eltern zu flüchten, in dem sämtliche Treppen brav ins nächste Stockwerk führten.

Dennoch war Pixie der einzige Mensch, mit dem sie über Blitze am Strand reden wollte. Zum einen war diese Frau völlig frei von Spott, und zum anderen hatte sie auf ihre verquere Art irgendwie kompetent gewirkt.

Und siehe da, sie wusste sofort, was Cailin meinte. »Fulgurite« nannte man die Glasgebilde, die entstehen konnten, wenn der Blitz auf reinen Quarzsand traf. Sobald der Sand jedoch nur ein kleines bisschen Tonschlick enthielt, war es das mit den kunstvollen Gebilden. »Süße, es tut mir leid«, hatte Pixie mitfühlend durchs Telefon gesäuselt, »aber der Film hat geflunkert. Dieses Phänomen kommt in der Natur so gut wie nie vor – und falls doch, sind das graue, krümelige Glasstrukturen mit halb geschmolzenen Sandkörnern obendrauf. Bitte versprich mir, niemals, wirklich *niemals* mit einem Blitzableiter im Gewitter herumzulaufen.« Und Cailin versprach es.

Doch sie hatte Feuer gefangen. Wie der Holzfällertyp war sie zum Strand gefahren – jedoch nicht im Gewitter, sondern bei schönstem Sonnenschein. Die Blitze aus dem Film ließen sie kalt. Es war der ganz reale Sand von Calgary Beach, der sie interessierte. Die herrliche Aussicht auf die grüne Bucht und das ungewöhnlich zahme türkisgefleckte Meer nahm sie kaum wahr. Cailin hatte nur Augen für dieses feinkörnige Zeug, das durch ihre Finger rieselte.

Sie war blind gewesen. Warum hatte sie bei all den wunderbaren Tonmassen im Töpferkurs nie an das duftende Erdreich dort draußen gedacht? Wieso hatte sie dieses Zauberzeug nur als toten Inhalt der Eimer und Töpfe in Dees Regalen wahrgenommen? Ganz einfach: weil sie sich allein auf das Ergebnis ihrer Mühen konzentriert hatte. Auf den Aschenbecher, die Vase, die Müslischale. Das Material war nur ein Mittel zum Zweck gewesen – eine Treppe, die ins nächste Stockwerk führte.

Das würde sich jetzt ändern. Sie war bereit fürs Nirgendwo. Ihre Gedanken wanderten immer wieder zu den unwahrscheinlichen Fulguriten. Ging das auch ohne Blitze? Und war es vielleicht möglich, nicht nur den Sand, sondern weitere Zutaten ihrer Insel in so einem Glasgebilde zu verschmelzen? Unwillkürlich musste sie an die alte Whiskybrennerei in Tobermory denken. Im Whisky steckte halb Schottland – die Torfmoore, der Seetang, das Holz, ja, selbst der Rauch aus den winterlichen Schornsteinen. War das mit Glas vielleicht ebenfalls möglich? Konnte sie ihre Heimat dort hineinstopfen? Und: Lernte man so etwas vielleicht auf der Kunsthochschule in Edinburgh?

Im Handumdrehen hatte sie ihre Bewerbungsmappe fürs College fertiggestellt. Niemand – ausgenommen Hailey – hatte einen Blick hineinwerfen dürfen. Nicht einmal Dee. Cailin fürchtete ihre Enttäuschung, weil sie keinen einzigen der viel gepriesenen Aschenbecher fotografiert hatte. In dem Portfolio ging es ausschließlich um Glas. Oder vielmehr um geschummeltes Glas: Eisblöcke. Cailin hatte sie – ebenso wie die Kühltruhe und den Eispickel – aus dem Hotel ihrer Eltern entwendet und die großen und kleinen Eissplitter überall auf der Insel in Szene gesetzt. Die gelungenste Fotoreihe zeigte einen von Rissen durchzogenen Eisblock in der matschigen Fahrrinne eines Traktors, links und rechts endloses Grasland und in der Ferne, nur schemenhaft, die Berge. Sie hatte wie eine Tierfotografin auf der Lauer gelegen und das Schmelzen des Eisblocks dokumentiert. Wie er schrumpfte und in die Erde hineintropfte, bis er wieder zu Hause angekommen war.

Als sie die Fotos im Kasten hatte, war der dazugehörige Aufsatz nur so aus ihr herausgesprudelt. Ziemlich schräges Geblubber: Wie das geschmolzene Eis wollte Cailin in die Landschaft ihrer Kindheit hineinfließen. Von der Welt aufgenommen werden und sie zugleich in sich aufnehmen. Verschmelzen und trotzdem sie selbst bleiben. Jaha, sie hing an ihrem Aggregatzustand – sie war doch kein gottverdammter Eisblock! Welches Material passte also zu ihr? Was war zugleich fest und flüssig, durchlässig und verschlossen, zerbrechlich und starr(köpfig)? Sand nach einem Blitzeinschlag. Blabla … Herrje, bei all diesem Gerede über Identität hätte sie beinahe die wichtigste Frage aus den Augen verloren: Was spielte mit dem Licht, wie sonst nur ihre geliebten Wasserfälle auf der Isle of Mull es vermochten?

Ian hatte damals darum gebettelt, ihren Aufsatz und das Portfolio sehen zu dürfen. Aber Cailin hatte ihn abblitzen lassen. Nichts lag ihr ferner, als ihm diese Liebeserklärung an ihre Insel zu zeigen. Die blöde Mappe war der reinste Trennungsgrund. Ebenso wie die Tatsache, dass Haileys banaler Hollywoodstreifen die Quelle ihrer Inspiration gewesen war. Ihr Freund wollte Arzt werden und Leben retten – und sie? Fand Blitze am Strand cool.

Abermals sah sie Ian verstohlen von der Seite an, wie er dort an der kahlen Wand lehnte und geduldig auf Aidans Abschiedsessen wartete. Bestimmt dachte er gerade an irgendeinen kniffligen Patienten, während ihre Gedanken mal wieder nur um ihr eigenes Leben kreisten. Er war einfach eine Nummer zu groß für sie. In jeder Hinsicht. Seine Schritte waren genauso lang wie seine Beine. Andauernd musste er stehen bleiben, um Cailin nicht abzuhängen. Zwei Jahre hatte er ausgeharrt, bloß damit sie nach all der Trödelei noch ihren Master in Edinburgh machen konnte. Seine geliebte Künstlerin sollte ihr Potenzial ausschöpfen. Wer brauchte schon London? *Ian.* Ian brauchte London. Er wollte Herzchirurg werden und von den Besten lernen. Was er verflucht noch mal verdient hatte. Sie würde ihm dabei keine Sekunde länger im Weg stehen.

Sie griff nach seiner warmen Hand und sah ihm fest in die Augen. »Ich freue mich auf London. Wirklich.«

Wie von selbst verschränkten sich ihre Finger miteinander,

und Ian meinte leise: »Ich kann den Gedanken einfach nicht gut ertragen, dass du auf der Rollbahn von Heathrow wohnst und dir auch noch einen trostlosen Job suchen musst. Bloß, um bei mir zu sein. Und dann lebe ich auch noch am anderen Ende der Stadt.« Er warf ihr einen seltsamen Blick zu. Bevor sie ihm die Flugsaurier von Heathrow als unbezahlbare Inspirationsquelle verkaufen konnte, fügte er hinzu: »Lass uns zusammenziehen.«

Sie sank mit dem Kopf gegen seine Schulter. »Ian …«

»Ich kann zwar nicht so gut kochen wie Aidan, aber …«

Cailin setzte sich auf. »Sag so was nicht, dein gegrillter Käsetoast ist superlecker.«

»Ich meine es ernst.«

»Das hatten wir doch schon …«

»Ich weiß.« Er seufzte. »Du willst mein Jetzt sein und nicht mein Immer.«

Cailin lächelte ihn an. »Schlauer Mann.«

»Der nicht schlau aus dir wird.«

»Umso besser«, erwiderte sie und grinste. »Ich will mysteriös sein.«

»Glaub mir, das bist du.« Er warf ihr ein schiefes Lächeln zu. »Du bist das komplette Gegenteil von Glas.«

»Oh.« Das hatte sie nicht hören wollen. »Wirklich?«

»Ich kenne niemanden, der so intransparent ist wie du.«

Sie blickte ihn erstaunt an. »Du behauptest doch immer, ich wäre der ehrlichste Mensch auf dem Planeten.«

»Brutal ehrlich.« Ian lächelte, umfasste ihre Handgelenke und zog sie rittlings auf seinen Schoß. Er küsste ihre Fingerspitzen. Alle zehn. »Und zugleich absolut verschlossen.«

»Das schließt sich doch gegenseitig aus.«

»Findest du?« Er sah sie nachdenklich an. »Als das College

dir neulich deine Bewerbungsmappe zurückgegeben hat, hast du mir sofort davon erzählt. Und gleichzeitig hast du dich beharrlich geweigert, sie mir zu zeigen.« Er küsste ihre Nasenspitze. »Ehrlich, aber verschlossen.«

Cailin rollte mit den Augen. War ja klar, dass er wieder von dem doofen Portfolio anfangen musste. Seit der Dekan es ihr feierlich ausgehändigt und irgendetwas von ungeschliffenem Rohdiamanten gefaselt hatte, war dieses Ding wieder ein Thema. Ian brannte darauf, es zu sehen.

»Cai, habe ich dich jemals ausgelacht?« Er strich ihr sanft eine Haarsträhne aus dem Gesicht. »Außerdem kann es wohl kaum so schlecht gewesen sein, sonst hätten sie dich damals nicht genommen.«

»Darum geht es nicht«, brummte sie.

Sie versuchte, von seinem Schoß hinunterzuklettern, aber Ian hielt sie an den Hüften fest. Sie wechselten einen langen Blick. Seine Augen suchten nach etwas in ihren. Als wäre sie tatsächlich ein Rätsel, das er lösen wollte. Lösen oder küssen …

Prompt legte sich der vertraute Schalter in ihr um. Von *Brummig* auf *Sexy*. Sie spürte, wie sich ihr Atem veränderte. Ihr Puls hämmerte schon an genau den richtigen Stellen. Cailin liebte den Anfang – und das Ende und alles dazwischen. Wenn es um Sex ging, war sie kein bisschen mysteriös. Sie machte nie einen Hehl aus ihrem Verlangen. Ihr Körper bekam, was er brauchte. Selbst nach acht Beziehungsjahren überrumpelte sie Ian noch mit ihren wenig subtilen Signalen. Manchmal zog sie sich mitten im Satz das T-Shirt über den Kopf. Oder fasste ihm zwischen die Beine. Sanft, aber bestimmt. Ian fand, sie sei der feuchte Traum aller Männer. Nichts sei erotischer als eine Frau, die sich ihren Trieben hingab. Cailin bezweifelte, dass andere Männer das genauso sahen. Doch es war ihr herzlich egal. Hauptsache, sie war *sein* feuchter Traum.

Sie beugte sich vor und wisperte in sein Ohr: »Jetzt.«

Er zog den Kopf zurück. »Jetzt?«

Sie nickte eifrig.

Da lächelte er sie an. »Immer.«

Sie griff bereits nach dem Saum ihres Tops, um es sich über den Kopf zu streifen, als Ian erneut ihre Handgelenke umfasste. »Aber nicht jetzt.«

Ihre Augen wurden schmal. Sie kippte ihr Becken nach vorn und sank tiefer in seinen Schoß. »Ach nein?«

Sie konnte ihn deutlich spüren und unterdrückte ein Lächeln. Der Mann hatte keine Chance.

Doch Ians Augen wurden ebenfalls schmal. »Jedes Mal, wenn ich dein Portfolio sehen will, ziehst du dich aus.«

Sie ignorierte die Bemerkung und ließ langsam, beinahe unmerklich ihre Hüften kreisen.

Seine Finger schlossen sich enger um ihre Handgelenke. »Hör auf damit.«

»Womit denn?«, fragte sie unschuldig.

»Mich anzutörnen.«

Gerade als ihr wunderbarer Puls noch ein bisschen härter hämmerte, ergänzte Ian verärgert: »Geheimnisse vor mir zu haben.«

Cailin hielt inne. »Du bist so ein Spielverderber.«

Spätestens jetzt hätte er seine Hände zurück auf ihre Hüften legen sollen. Und ihr Kreisen wieder in Gang setzen.

Stattdessen runzelte er die Stirn und entgegnete: »Cai, du weißt alles über mich. Einfach alles. Du warst sogar dabei, als mein Vater auf Aidan losgegangen ist. Und da darf ich nicht einmal deine harmlose Bewerbungsmappe sehen?«

Sie stöhnte genervt, wand ihre Handgelenke aus seinem Griff und glitt von seinem Schoß. »Sie ist nicht harmlos.«

»Ach, komm.« Er lachte. »Sind da Nacktfotos drin?«

»Bist du deshalb so neugierig?«, murrte sie.

Augenblicklich wurde er ernst. »Ich will wissen, wer du bist.«

»Du Arschgesicht.« Cailin rutschte auf die Bettkante und wandte sich von ihm ab. Sie sah aus dem Fenster, in den grauen Abendhimmel. »Du kennst mich fast dein ganzes Leben lang – und da weißt du immer noch nicht, wer ich bin?«

»Früher wusste ich es«, murmelte er. »Bevor …«

Abrupt drehte sie sich zu ihm um. *»Bevor?«*

»Bevor wir uns verliebt haben.«

Cailin starrte in seine dunklen Augen. Sie wirkten nicht mehr suchend, sondern … einsam? Was zum Henker fiel ihm ein, in ihrer Gegenwart einsam zu sein?

Aufgebracht sprang sie vom Bett auf und stapfte zur Tür, wo ihre Koffer geduldig auf die Zukunft warteten. Sie hob ihren Fuß und trat gegen den roten Rollkoffer. Er kippte sofort um. Knickte ein. Genau wie sie. Cailin ging in die Hocke, öffnete den Reißverschluss und zog die schlichte schwarze Plastikmappe hervor, die ganz oben auf ihrem ordentlich zusammengefalteten Leben lag. Bevor sie es sich anders überlegen konnte, warf sie das Ding wie einen Frisbee in Richtung Bett.

Und Ian fing.

Sie brachte es nicht über sich, neben ihm zu sitzen, während er in ihrer Seele herumblätterte. Also ließ sie sich in sicherer Entfernung neben dem sperrangelweit geöffneten Koffer auf den Laminatboden plumpsen. Dennoch konnte sie ihren Blick nicht von seinem Gesicht abwenden, als er stirnrunzelnd ihre Fotos und – noch schlimmer – den furchtbaren Aufsatz von damals in Augenschein nahm. Die Zeit dehnte sich unerträglich aus. Warten war wirklich das Allerletzte.

Endlich sah er auf, und sie wappnete sich gegen ihren wunden Punkt. Die Isle of Mull. Aber Ian erkundigte sich nur: »*Fulgurit* – woher kanntest du dieses Wort?«

Sie atmete auf. »Von einer Glaskünstlerin, die ich mit Dee auf den Orkneys besucht habe. Pixie Reed.«

»Und Pixie läuft mit Blitzableitern am Strand herum?«

»Nein, das war der Holzfällertyp.«

»Wer?«

Sie stöhnte. Nun hatte sie ihm vor lauter Erleichterung auch noch das Einzige auf die Nase gebunden, was nicht in der Mappe zu finden war. Und wie üblich wollte Ian alles wissen, von A bis Z. Er ließ nicht locker, bis sie ihm von Hailey und Logan, dem Film mit Reese Witherspoon und der Fotosession mit den Eisblöcken erzählt hatte. Als sie bei dem Portfolio angelangt war, sagte er sehr lange nichts. Gedankenverloren blätterte er in der Mappe herum.

Schließlich blickte er auf, und zu ihrem Entsetzen wirkten seine Augen genauso einsam wie zuvor.

»Ich wäre gern dabei gewesen«, meinte er schlicht und versuchte sie anzulächeln. Vergeblich.

»Wobei?«

»Als bei dir der Blitz einschlug.«

»Glaub mir, du hast nichts verpasst.«

Cailin erhob sich vom Fußboden. Als sie sich neben ihn auf die Bettdecke fallen ließ, sagte Ian unvermittelt: »Ich bin eifersüchtig.«

»Auf den Holzfällertypen?«, fragte sie lachend.

»Auf Hailey.«

Ihre Augen weiteten sich. »Was?«

Er schloss die Mappe und fuhr mit der flachen Hand über den Einband. »Früher hätte *ich* den richtigen Film für dich ausgesucht und dir beim Fluchen und Popcornwerfen zugesehen.« Erneut versuchte er zu lächeln. »Weißt du, ich war mal der Glückliche, dem du deine Gedanken verraten hast, noch bevor du sie dachtest. Wir hätten zusammen die Hotelküche geplündert, und danach hätte ich die Kühltruhe für dich kreuz und quer über die Insel geschleppt. Nur um dir beim Motzen zuzuhören, während du mit Eisblock und Kamera im Matsch herumrobbst. Und ich wäre der Erste gewesen, dem du diese tolle Mappe gezeigt hättest.«

Bevor sie sich bremsen konnte, erwiderte sie: »Dafür hättest du halt mal nach Hause kommen müssen.«

Sofort bereute sie ihre Worte. *Nach Hause.* Eigentlich machte sie einen großen Bogen um dieses heikle Thema. Nur zu Weihnachten verlor sie für gewöhnlich die Nerven, obgleich sie es besser wusste. Jedes Jahr schickte Ian sie ohne Wenn und Aber nach Hause – und brach ihr das Herz, weil er allein in Edinburgh zurückblieb. Doch nun hatte sie das blöde Tabu erwähnt, obwohl Ians konstante Abwesenheit auf Mull ausnahmsweise überhaupt nichts zur Sache tat. Die Dinge zwischen ihnen hatten sich bereits in Tobermory geändert, und Cailin kannte sogar den genauen Zeitpunkt: der Tag der abgebrochenen Bierflasche. An jenem Tag hatte sie begonnen, für Ian mysteriös zu sein.

»Tut mir leid, das war Unsinn«, murmelte sie.

»War es nicht«, widersprach er. »Ich habe wirklich kein Recht, mich zu beklagen. Meinetwegen musst du dich permanent zwischen deinem Zuhause und mir entscheiden. Das geht so nicht weiter.« Sanft strich er über ihre Wange. »Deine Fotos sagen alles, Cai. Du gehst ein ohne Mull.«

»Ich gehe ein ohne dich«, erwiderte sie.

Sie hatte ein Déjà-vu, aber bevor sie der Sache auf den Grund gehen konnte, meinte Ian leise: »Nein, tust du nicht. Du willst ja nicht einmal mit mir zusammenziehen. Lieber ziehst du in das Loch in der Einflugschneise. Du bist seit sechs Jahren in Edinburgh, und immer noch fährst du jedes zweite Wochenende nach Hause. In London wird das nicht mehr möglich sein – hast du mal darüber nachgedacht?«

Sie schlug die Augen nieder. Und schwieg.

Ian strich erneut über ihre Wange. »Geh nach Hause, Cai.«

Entsetzt sah sie auf. »Du bist mein Zuhause.«

Wieder ein langer Blickwechsel. Wieder diese einsamen Augen. Sie wollte auf seinen Schoß zurückklettern, ihn küssen und den Satz wie ein Mantra aufsagen: *Du bist mein Zuhause.* Doch irgendetwas hielt sie davon ab. Vielleicht war es diese eigenartige Anspannung, die in der Luft lag.

Und nun stellte Ian mit einer fremden, seltsam erstickten Stimme fest: »Wir hatten noch nie Sex mit anderen Leuten.«

Für einen Augenblick glaubte sie, sich verhört zu haben. Beinahe hätte sie ihm den Ellenbogen in die Rippen gestoßen und gekichert: *Weißt du, was ich verstanden habe?* Aber diese fremde Stimme passte haargenau zu seinen Worten. Sie hatte sich nicht verhört.

Verwirrt räusperte sie sich. Sie klang genauso fremd und erstickt wie er, als sie entgegnete: »Gerade wolltest du noch mit mir zusammenziehen, und jetzt möchtest du gern mit anderen Frauen schlafen?«

Ian runzelte die Stirn. »Nicht akut.«

»Nicht *akut?*« Sie sah ihn fassungslos an. »Was zur Hölle soll das bedeuten?«

»Cai, wir sind mit siebzehn zusammengekommen – meinst

du nicht, zumindest einer von uns wird irgendwann das Gefühl haben, etwas verpasst zu haben?«

»*Einer* von uns«, brachte sie mühsam hervor. »Maskulin.«

Ian widersprach nicht. Stattdessen ergänzte er: »Und wenn es so weit ist, hast du dein Zuhause und deine Kunst aufgegeben, um in einem schäbigen Apartment in London zu leben und genau der öden Routinetätigkeit nachzugehen, der du immer entkommen wolltest.«

Sprachlos starrte sie ihn an. Der Inhalt seiner Worte war furchtbar genug, doch das Schlimmste war sein sachlicher Tonfall. Als hätte er nur das Offensichtliche ausgesprochen: *Kein Mensch bleibt ewig mit seiner Jugendliebe zusammen, du dummes Mädchen.*

Sie wollte ihn schlagen. Und das tat sie jetzt. Ihre Faust schoss nach vorne und boxte ihn mitten in die Magengrube. Nur ein Mal. Kurz und heftig. Ian krümmte sich ein wenig, aber er wirkte nicht überrascht. Für eine Sekunde huschte ein merkwürdiger Ausdruck über sein Gesicht. *Dankbarkeit?*

Cailin konnte ihn nicht mehr ansehen. Oder im selben Raum mit ihm sein. Sie sprang vom Bett, riss die Tür auf und brüllte: »AIDAN!«

Und Aidan kam.

»Hilf mir, meine Koffer ins Auto zu tragen«, kommandierte sie tonlos. »Ich will nach Hause.«

Aidan blickte perplex von Cailin zu Ian. Aus dem Augenwinkel sah sie, wie Ian unmerklich den Kopf schüttelte. Sie konnte seine Gedanken hören: *Keine Chance.* Aidan schien sie ebenfalls gehört zu haben. Jedenfalls schrieb er sein Sternemenü ohne Protest in den Wind. Wie unter Schock schnappte er sich wortlos zwei ihrer Koffer und verließ das Zimmer.

Cailin stand ebenfalls unter Schock, aber sie war nicht umsonst die Chefin der CIA – gewesen. Sie funktionierte einwandfrei in der Krise. Mit ungewohnter Effizienz holte sie ihre restlichen Sachen aus dem Bad, warf sie in den klaffenden roten Koffer und klappte ihn zu. Wie ein ausgelesenes Buch. Beinahe spurlos verschwand sie in die Zukunft. Nur die schwarze Bewerbungsmappe ließ sie zurück. Die Mappe und Ian.

Cailin blinzelte durch den Regenbogen. Der vertraute Mann mit der fremden Furche auf der Stirn blickte sie immer noch eindringlich an. Sie sah weg, auf den bunten Vogelschwarm im Schaufenster. Genug mit den Zeitreisen. Dafür hatte sie wirklich keine Zeit.

»James ist schon viel zu lange allein, ich muss meine Zahnbürste holen.« Sie wandte sich zum Gehen.

»Warte.« Ian hielt sie am Arm fest.

Ausgerechnet jetzt versagte ihre Rüstung. Ihre nackten Arme waren seinen Fingern schutzlos ausgeliefert. Es brannte. Wieso war Anfassen bei anderen Leuten (Jonathan und Declan) eigentlich gar kein Problem? Hatte sie vielleicht eine allergische Reaktion? Ian war wohl eine Erdnuss. Oder war es umgekehrt und sie selbst war die Erdnuss? Jedenfalls sah er irgendwie bestürzt aus und ließ ihren Arm los, als hätte auch er sich verbrannt.

»Bitte sag mir, ob sie voneinander wissen«, bat er leise.

»Wer?«, fragte sie verwirrt.

»Jonathan und Declan.«

»Warum interessiert dich das so sehr?«

Ian zögerte, aber dann gestand er: »Du warst der ehrlichste Mensch, den ich kannte. Es wäre ein ziemlicher Weltuntergang für mich, wenn sich das geändert hätte.«

Sie seufzte. Aus unerfindlichen Gründen hatte sie jetzt

keine Lust, Ians Welt untergehen zu lassen. Vermutlich lag es an dem einsamen Jungen, der vorhin in Kirstys Türrahmen gestanden hatte. Kinder konnte sie einfach nicht belügen.

»Natürlich wissen die beiden voneinander«, sagte sie kopfschüttelnd. »Zuerst lief nur was mit Jonathan, aber er hat mich sonntags immer abblitzen lassen, weil er zum Fußball musste. Sex vorm Spiel geht angeblich gar nicht – und erst recht nicht danach. Aber Declan hat am Sonntag nur diese gemütliche Kartenrunde. Er kann davor *und* danach.«

Ian kratzte sich am Hinterkopf. »Du verarschst mich.«

»Jonathan hat trotzdem den Mittwoch behalten«, ergänzte sie der Vollständigkeit halber.

»Und was ist mit den anderen Wochentagen?«

»Da bin ich ausgebucht.«

Er sah sie ungläubig an.

»Nicht *damit*, du Idiot.« Unwillkürlich musste sie grinsen. »Ich habe auch noch was anderes zu tun, weißt du.«

»Verstehe«, brummte Ian. »Montags Yoga, dienstags Pub, mittwochs Sex und so weiter.«

»So in etwa«, erwiderte sie lachend.

Ian lachte nicht. »Heute ist Sonntag.«

Sie schlug sich gegen die Stirn. »Oh Mann, stimmt ja, ich muss Declan absagen!«

»Du sagst den Sex ab, um auf meinen Vater aufzupassen?«

»Soll der arme Mann etwa einen Rückfall haben, nur weil ich nicht auf meinen Sonntagssex verzichten konnte?«

Ian fuhr sich mit der Hand über das Gesicht. »Das ist so typisch. Ich bin hergekommen, um deine Zahnbürste davon abzuhalten, bei meinem Vater einzuziehen – und jetzt bin ich froh, dass sie nicht zu Declan wandert.«

Cailin lachte. »Wenn du anfängst, Gegenständen eine Persönlichkeit zu geben, verbringst du definitiv zu viel Zeit mit Kirsty. Soll meine Zahnbürste ihn von dir grüßen?«

»Wen? Declan?«

Sie gab ihm einen leichten Schubs. »Deinen Dad.«

»So weit würde ich nicht gehen.« Völlig unerwartet lächelte er sie an. Es war das furchtbare Lächeln, bei dem jede Frau – abgesehen von Cailin – wie eine Gorilladame zurücklächelte. »Aber danke.«

»Wofür?«, fragte sie perplex.

»Keine Ahnung.« Er kratzte sich befangen am Kopf. Schon wieder. Diese Geste war genauso neu wie die Furche auf seiner Stirn. Sie ließ ihn ungewohnt zerstreut wirken. Liebenswert zerstreut ...

Und nun sagte er unvermittelt: »Man sieht sich, Cai.«

Bevor sie widersprechen konnte, hatte er sich von ihr abgewandt, die Tür der Voliere geöffnet und war ausgeflogen.

Cailin stand im Türrahmen und schaute ihm hinterher, wie er die Straße überquerte und langsam am Wasser entlang davonschlenderte. Sein Tempo und sein Gang erinnerten sie irgendwie an James. Ziellos. Liebenswert ziellos ...

Zu ihrem Ärger spürte sie das Gorillalächeln in ihrem Gesicht. Im selben Augenblick sah Ian über die Schulter und winkte ihr noch einmal zu. Hastig bemühte sie sich um eine neutrale Miene. Doch er lächelte bereits zurück. Sie war aufgeflogen.

# 8

Es schüttete wie aus Eimern. Dennoch zögerte Cailin, die blaue Holztür zu öffnen und ins Trockene zu springen. *Na los, du brauchst Milch!* Ihre Füße wollten nicht gehorchen, obwohl Lauries Gemischtwarenladen eigentlich einer ihrer Lieblingsorte war. Das niedrige weiß getünchte Steinhäuschen mit der blauen Eingangstür befand sich in einer Seitenstraße gleich um die Ecke von Cailins Haus, und sie nannte den Laden liebevoll ihren »Kühlschrank«. Manchmal schaute sie dreimal am Tag bei *Laurie's* vorbei. Mit einem Kühlschrank wie diesem konnte man getrost ein bisschen schusselig sein und die Hälfte seiner Einkäufe vergessen.

In ihrer Anfangszeit als Hafenbewohnerin waren Cailin diese Stippvisiten wie der pure Luxus vorgekommen. Sie war das Landei unter den Landeiern. Das Hotel ihrer Eltern, in dem sie aufgewachsen war, lag mitten im Nirgendwo. Meilenweit nichts als Wiesen, Steinmäuerchen, Rinder und Schafe. Wer dort wohnte, knatterte nicht ungeschoren ohne eine ellenlange Einkaufsliste seiner Mum nach Tobermory, wenn er Appetit auf einen Schokoriegel hatte oder den neuesten Inselklatsch von Laurie Ferguson erfahren wollte.

Seit sie jedoch in der pulsierenden Inselmetropole mit ihren fast tausend Einwohnern lebte, saß Cailin an der Quelle für Klatsch und Schokoriegel. Ihre achtzigjährige Nachbarin verfügte nämlich über einen endlosen Vorrat an beidem. Laurie Ferguson kannte sämtliche Neuigkeiten quasi, bevor sie passierten. Ihre Antenne reichte sogar weit über die Inselgrenzen hinaus – bis zu den Äußeren Hebriden, wo Haileys Tante Erin seit mittlerweile sieben Jahren mit ihrem attraktiven Schafbauern Keith lebte und gewagte Klamotten aus Harris-Tweed entwarf. Vor fünf Jahren hatte Cailin von keiner anderen als Laurie Ferguson erfahren, dass sie (Cailin) demnächst ein kariertes Patenkind auf der Isle of Harris haben würde.

Sie hatte nie so recht verstanden, was Liv an dem wunderbaren Laurie-Radio auszusetzen hatte. Schließlich trafen Lauries Meldungen immer zu. Das beeindruckte Liv allerdings überhaupt nicht. Nur weil etwas stimmte, gehörte es ihrer Meinung nach noch längst nicht in die gnadenlose Inselöffentlichkeit. Noch vor ein paar Tagen hätte Cailin ihr den Vogel gezeigt und Laurie Ferguson als harmlosen Außenposten der Regenbogenpresse abgetan. Doch nun war sie selbst erstmals in ihr Fadenkreuz gestolpert und verstand plötzlich besser, als ihr lieb war, was ihre Freundin meinte. Heute Morgen hatte Cailin sogar ihre Cornflakes ohne Milch gegessen, weil ihr nicht der Sinn nach Inselklatsch stand.

Sie hätte der alten Lady einfach niemals den Steckbrief von James geben dürfen – zumal Laurie vermutlich ohnehin sämtliche Alkoholiker der Insel in ihrem grenzenlosen Gedächtnis abgespeichert hatte. Dennoch wäre sie zweifellos furchtbar beleidigt gewesen, wenn sie das Bild von James Lennox in anderen Supermärkten, in der Brennerei oder den Pubs und Restaurants der Insel entdeckt hätte, ohne selbst informiert worden zu sein. Immerhin führte Laurie einen ernst zu nehmenden Gemischtwarenladen, der es mühelos mit jedem *Liquor Shop* aufnehmen konnte. Sie hätte im Handumdrehen die Urheber des

Flyers – die vier Mitglieder der *Taskforce Save James* – ausfindig gemacht und ihnen kräftig die Leviten gelesen.

Die Zeichnung auf dem Steckbrief stammte von Kirsty. Zuerst hatte Cailin vorgehabt, James zu fotografieren – aber wie fotografierte man jemanden, dem es abgrundtief schlecht ging? *Bitte einmal kurz lächeln!* Sie hatte es einfach nicht übers Herz gebracht, die Linse ihres Handys auf ihn zu richten. Da hatte Kirsty die Bleistiftzeichnung hervorgekramt, die sie damals während ihrer Vatersuche von ihm angefertigt hatte.

Zwei Tage nach Fionas Ankunft auf Mull hatte sich die neu gegründete *Taskforce Save James* vollzählig in Kirstys Küche versammelt und die Zeichnung nochmals unter die Lupe genommen. Alle hatten einander betreten angesehen, bis Hailey es laut ausgesprochen hatte: »James guckt aus der Wäsche wie ein Massenmörder. Damit versetzen wir die kleine Mary-Rose vom Whiskyladen in Angst und Schrecken.«

Ohne Umschweife hatte Kirsty sich ihren goldenen Bleistift mit der weichen Mine geschnappt und mühelos ein neues Porträt ihres Vaters angefertigt. Als Vorlage hatte ihr Fionas altes Klassenfoto gedient, und daher sah James auf der Zeichnung nun eine Spur zu jugendlich aus. Cailin hoffte inständig, die Leute würden ihn trotzdem erkennen. Unter das Bild hatte Kirsty mit rotem Filzstift geschrieben: *Bitte gebt diesem Mann keinen Alkohol! Und keine Tricks – Bier ist auch Alkohol!*

Laurie hatte sich ihre Lesebrille aufgesetzt, als Cailin ihr letzten Mittwoch den Steckbrief über den Tresen zugeschoben hatte. Dann hatte sie Cailin einen Schokoriegel geschenkt und sie mit Fragen gelöchert. Natürlich ahnte das alte Schlitzohr, dass etwas passiert sein musste. Immerhin war James Lennox seit achtzehn Jahren vorbildlich abstinent. Und bevor Cailin wusste, wie ihr geschah, hatte sie Fionas Rückkehr erwähnt.

Laurie hatte ihr Hörgerät justiert. Selbstverständlich war sie längst darüber informiert, dass Dees kleine Fee wieder auf der Insel war. Und James' unmoralische Affäre mit seiner Schülerin war ebenfalls kalter Kaffee. Mittlerweile wusste jeder in Tobermory, wer Kirstys Dad war.

Mit blitzenden Augen und gespitzten Ohren hatte Laurie ihre knorrige Hand auf Cailins gelegt. »James hat wegen Fiona Durst? Nach dreißig Jahren? Wie unfassbar romantisch! Liebes, erzähl mir alles!«

Seitdem konnte Cailin ihren geliebten Kühlschrank nicht mehr betreten, ohne von Laurie mit Fragen und guten Ratschlägen bombardiert zu werden: *Hast du den Flyer auch in der Apotheke abgegeben? Hustensaft kann Alkohol enthalten, weißt du. Wie geht es denn dem Ärmsten? Lässt er dich wirklich bei sich übernachten? Weint er nachts? Sind die beiden Turteltauben sich schon einmal über den Weg gelaufen?*

Leider verfügte die sonst so resolute Cailin über keinerlei Abwehrkräfte gegen ältere Menschen. Ein gepflegtes »Das geht dich nichts an« kam ihr bei der Bilderbuchoma einfach nicht über die Lippen. Und Lügen war ebenfalls keine Option, denn Laurie war schlau wie ein Fuchs. Also sagte sie lieber von vornherein die Wahrheit – was bis Sonntag kein Problem gewesen war. Sie hatte Laurie versprochen, den Steckbrief auch in der Apotheke zu deponieren. Und ja, James ging es dreckig. Kirsty und Cailin schoben abwechselnd Nachtschichten auf seiner knarzigen Ledercouch. Da Cailin nachts bislang kein Schluchzen durch die Wand gehört hatte, ging sie davon aus, dass er sich bisher recht tapfer schlug. Und nein, James war Fiona definitiv noch nicht über den Weg gelaufen. Dafür hätte er ja das Haus verlassen müssen.

Am Sonntag, genau eine Woche nach Fionas Rückkehr, hatten sich die Dinge allerdings geändert. Die beiden vermeintlichen Turteltauben waren buchstäblich miteinander kollidiert. Seitdem hatte Cailin keine Milch mehr gekauft. Ein Interview mit dem Laurie-Radio konnte sie jetzt wirklich nicht gebrauchen. Es war schon schlimm genug, dass ausgerechnet sie diejenige gewesen war, die James aus seinem sicheren Käfig gescheucht hatte.

Er war die ganze Woche nicht vor die Tür gegangen. Die meiste Zeit hatte er vor seinem gigantischen Wohnzimmerfenster gesessen und aufs Meer geschaut. James lebte nur einen Steinwurf vom Golfplatz entfernt in einem unscheinbaren Holzhäuschen, das einst eine Scheune gewesen war. Auf der Rückseite bestand das Haus jedoch zu Cailins Entzücken fast ausschließlich aus Glas. Sie war mittlerweile auch ein bisschen süchtig nach der Aussicht. Wenn man vor dem Panoramafenster saß, war es schwer vorstellbar, nicht über die sanft abfallenden Grashügel und die Meerenge bis hinüber zu den Bergen des Festlands fliegen zu können. (Es war eine Zumutung, kein Vogel zu sein.) Eine Woche lang hatte Cailin verträumt auf der langen Fensterbank herumgelümmelt und jede Menge schwarzen Tee mit braunem Würfelzucker getrunken. Einmal hatte sie freiwillig Kirstys Schicht übernommen. Bloß wegen der Aussicht.

Vorgestern war ihr dann aber doch die Decke auf den Kopf gefallen. Sie brauchte frische Luft. Sie hatte James so lange genervt, bis er in ein Sonntagsbrunch im Glengorm Castle einwilligte. Das graue Spukschloss, das ein paar Meilen nördlich von Tobermory auf einer Landspitze über dem Meer thronte, war in Wirklichkeit ein Bed & Breakfast. Alles, was er hier zu befürchten hatte, waren Touristen, köstliche Scones und noch mehr Tee.

Eigentlich hatte der kleine Ausflug ganz gut angefangen. James hatte sogar gelächelt, als er in Cailins Auto gestiegen war und Hailey auf dem Rücksitz vorgefunden hatte. »Patientin Nummer zwei«, wie Cailin sie nannte. Ihr leuchtend rotes Haar war regelrecht stumpf geworden ohne Maisie. Zum Glück gab es die *Taskforce Save James,* die ihr ausreichend Beschäftigung verschaffte. Haileys Beitrag bestand darin, in Cailins Laden die Stellung zu halten. Ohne diese Aufgabe wäre sie vermutlich vollends auf ihrem Sofa versumpft. Was für James der Meerblick war, war für Hailey der Fernseher. Sie schaute wahllos eine Serie nach der anderen und bekam allmählich einen amerikanischen Akzent. Mit dem Teekränzchen schlug Cailin also gleich zwei Patienten mit einer Klappe.

Anders als die Touristen saßen sie trotz der kühlen Brise und des wolkenverhangenen Himmels draußen auf der Terrasse des Cafés. Sie aßen Sandwiches und Suppe und tranken heißen Tee, und Cailin sah glücklich dabei zu, wie ihre beiden Sorgenkinder langsam von innen auftauten.

Nach dem dritten Tässchen Tee war James dermaßen er selbst, dass er sein berüchtigtes Warum zückte. Interessiert erkundigte er sich bei Hailey: »Warum kannst du eigentlich nicht ohne Maisie sein?«

Sie zog die Augenbrauen zusammen. »Wieso fragt mich das jeder? Herrje, ich bin nicht in meine Cousine verknallt!«

»Das wollte ich gar nicht andeuten«, begann James verwundert, doch Hailey unterbrach ihn: »Wenn ein alter Mann sich nach einer hundert Jahre jüngeren Frau sehnt, fragt keiner nach dem Warum, aber wenn *ich* mein besseres Ich vermisse, gucken mich alle schräg an!«

»Ich nicht«, warf Cailin ein.

»Ich auch nicht«, sagte eine vertraute Stimme hinter ihr.

Cailin ließ ihren Löffel in die Hühnersuppe fallen und wandte sich um. Ian war durch die Terrassentür nach draußen getreten, gefolgt von Logan Wallace.

*Nicht schon wieder.* Sie hatte diese beiden bereits am Freitagabend im Pub gesichtet, wie sie an einem der Stehtische gelehnt und sich seltsam angeregt unterhalten hatten. Sie hatte bei Aidan an der Bar gehockt und ihn gefragt, was zur Hölle sich dort drüben zusammenbraute. Damals in der Schule hatten Ian und Logan null Kontakt gehabt – wieso also jetzt? Aidan hatte nur amüsiert geantwortet: »Das ist der Stammtisch für Externe.«

Die Externen. Pah. Was die wohl Spannendes zu besprechen hatten? Jedenfalls schienen sie sich so prächtig zu verstehen, dass sie nun auch noch ihren Sonntag miteinander verbrachten. Womöglich planten diese beiden Arschgesichter, die Inselherrschaft an sich zu reißen …

Ian schien sich jedoch nicht sonderlich ertappt zu fühlen. Er schenkte ihr ein warmes Lächeln, genau wie Freitagabend im Pub. Und wie im Pub lächelte sie zurück. Der Moment im Regenbogen hatte etwas in ihr verändert. Sie musste sich dringend zusammenreißen. Schließlich spielte sie in jeder Hinsicht im gegnerischen Team. Bei den Internen. Zugegeben, mit seinen zerzausten Haaren und dem dünnen grauen T-Shirt bei gefühlter Windstärke sieben wirkte Ian verstörend einheimisch …

»LOGAN!«

Haileys Schrei riss Cailin aus ihren Gedanken. Ihre Freundin war so enthusiastisch vom Tisch aufgesprungen, dass sie beinahe ihre Teetasse umgekippt hätte, und stürzte auf den völlig überrumpelten Logan zu. Neben Ian wirkte sein Begleiter irgendwie kurzbeinig, obgleich er mit der schlaksigen Hailey auf

Augenhöhe war. Sie wickelte ihre endlos langen Arme um ihn und trommelte wie eine Verrückte auf seine schwarze Lederjacke ein.

»LOGAN!«, brüllte sie immer wieder in sein Ohr.

Widerwillig klopfte er mit den Handflächen auf Haileys Rücken. Dank seinem Kurzhaarschnitt und dem Dreitagebart hatte er nicht mehr viel Ähnlichkeit mit dem zotteligen blonden Milchbubi von damals, der seine Videos nicht an die Fünfzehnjährige herausrücken wollte. Und diese Lederjacke stand ihm erstaunlich gut. Er sah aus wie ein Großstadttyp. Im positiven Sinne, also irgendwie ... cool.

Trotz ihrer Abneigung gegen Schminke und Spiegel wünschte Cailin unwillkürlich, Hailey hätte sich ein bisschen aufgebrezelt. Aus irgendeinem Grund wurmte es sie, dass ihre Freundin diesen Typen aus New York nicht in seine optischen Schranken wies. Normalerweise setzte Hailey ihren Modelkörper gekonnt in Szene, doch ausgerechnet heute trug sie ein unförmiges geblümtes Sweatshirt über einer flatterigen Stoffhose – ihre Fernsehkluft, in der Cailin sie vorhin vom Sofa gepflückt hatte.

Da die geblümte Naturgewalt keine Anstalten machte, ihn jemals wieder loszulassen, umfasste Logan ihre Arme und entknotete sie unsanft von seinem Hals.

»Danke, das reicht.«

Hailey sah ihn fassungslos an. »Erkennst du mich nicht?«

»Schön wär's«, brummte Logan. »Du bist anscheinend keinen Tag älter geworden.«

Sie strahlte. »Danke!«

»Das war kein Kompliment, Cameron.«

Cailin warf Ian einen vorwurfsvollen Blick zu. *Warum hängst du mit diesem Blödmann herum?*

Wie in alten Zeiten antwortete er unmittelbar auf ihre Gedanken: »Also, zu uns ist er ziemlich nett.«

*Uns?*

Erst jetzt bemerkte Cailin, dass hinter den beiden Männern eine dritte Person auf die Terrasse getreten war. Das Herz sank ihr in die Hose, als sie Fiona entdeckte, die vor dem bodentiefen Sprossenfenster des Cafés stand und wie immer hinreißend aussah mit ihrer wehenden Lockenmähne. Sie trug genau das taillierte Hinguckerkleid, das Cailin sich für Hailey gewünscht hätte. Reglos wie eine Wachsfigur aus *Madame Tussauds* stand sie dort und starrte den Mann an, der neben Cailin am Tisch saß.

Und James? Verstohlen sah Cailin ihn von der Seite an. Sie stutzte. Sein Gesicht war völlig verändert. Der müde, abwesende Ausdruck der letzten Tage war wie weggewischt. Es war, als hätte er sich Haileys Strahlen ausgeborgt.

»Hallo, Fee«, hörte sie ihn jetzt sagen und ärgerte sich über ihr eigensinniges Gehirn, das einen anderen Satz ausspuckte: *Hallo, Cai.*

Gegen ihren Willen blickte sie zu Ian hinüber, direkt in seine dunklen Augen. Und sie verfehlten ihre Wirkung nicht. Wieder ließen sie Cailin in der Zeit zurückreisen. Unvermittelt standen Ian und sie wieder unter dem Baum im Aros Park, wo er vor ein paar Monaten wie ein Geist aus der Vergangenheit aufgetaucht war. Cailin spürte erneut ihren ersten Impuls, den sie damals so erfolgreich unterdrückt hatte. Ihre Würde war intakt geblieben, als sie erhobenen Hauptes an ihm vorbeimarschiert war. Wie Ian wohl reagiert hätte, wenn sie ihrem Drang gefolgt und ihm wie eine Irre um den Hals gefallen wäre? Genauso abweisend wie Logan? Oder mit einem selbstgefälligen »Ich hatte genug Sex mit anderen Frauen und wäre dann jetzt so weit«?

Cailin überlegte gerade, welche der beiden Reaktionen sie beschissener fand, als James sie mit großem Getöse ins Hier und Jetzt zurückholte. Er war im besten Hailey-Style vom Tisch aufgesprungen. Seine leere Teetasse kippte um, sein Stuhl wankte, und er war in zwei Sätzen bei Fiona. Doch anders als Hailey bremste er kurz vor seinem Ziel ab. Das verschaffte Fiona die nötige Sekunde, um sich aus ihrer Schockstarre zu lösen und die Flucht zu ergreifen.

Sie kam nicht weit. Das Sprossenfenster hinter ihr war zu solide, und Fiona stieß sich ganz fürchterlich den Kopf. Sie schrie auf und fuhr erneut herum, nur um mit James zu kollidieren. Panisch machte sie einen Satz zurück – und prallte erneut mit voller Wucht gegen das Fenster. Wie ein Vögelchen, das die Sache mit dem Glas nicht verstanden hatte und immer wieder hektisch gegen die Scheibe flatterte.

Und James? Er stand nur wie versteinert da. Eine Wachsfigur aus *Madame Tussauds*.

Cailin war im Begriff, ebenfalls vom Tisch aufzuspringen, um Kirstys Mum vor einem Genickbruch zu bewahren, aber Ian kam ihr zuvor. Wortlos fasste er seinen Vater an den Schultern und schob ihn beiseite.

»Komm, lass uns gehen«, sagte er dann leise zu Fiona und streckte ihr seine Hand entgegen. Und sie griff zu.

Alle blickten den beiden verstört hinterher, während sie Hand in Hand im Café verschwanden.

Für einen Moment rührte sich niemand. Ian und Fiona hatten ein Wachsfigurenkabinett auf der Terrasse hinterlassen. Cailin bemerkte, dass Hailey sich an Logans Arm geheftet hatte. Absurderweise raubte der Anblick ihr den Atem. Der unrasierte, mürrische Typ mit den stechenden Augen und das windzerzauste Fotomodell, gegen das er im Ernstfall nichts ausrichten konnte. Sie sahen aus wie die Pärchen in Haileys komischen Liebesfilmen.

Umso unerträglicher war es, James anzusehen. Mit leeren Augen starrte er die weiße Terrassentür an, die sich längst hinter Fiona und Ian geschlossen hatte. Erst jetzt wurde Cailin bewusst, wie surreal die Situation für ihn gewesen sein musste. Nach dreißig Jahren war er mit seiner verlorenen Liebe zusammengeprallt, und sie hatte mit seiner jüngeren Version das Weite gesucht. *Hand in Hand.*

Endlich gelang es ihr, vom Tisch aufzustehen. Sie ging langsam auf James zu und legte ihm den Arm um die Schultern.

Hilflos sagte sie zu ihm: »Irgendwann bekommst du dein Ei, versprochen.«

Da brachte er tatsächlich ein kleines Lächeln zustande. Aber Cailin wusste es besser. James glaubte ihr wie immer kein Wort.

# 9

Herrje, es schüttete und sie brauchte Milch. Sie würde jetzt einfach durch die blaue Tür treten, schnurstracks zum Kühlregal marschieren, einen Wochenvorrat Milch hamstern, passend zahlen und Laurie beim Hinaussegeln »Kein Kommentar!« zurufen.

Gesagt, getan. Zumindest gelang ihr der Teil mit der blauen Tür. Weiter kam sie nicht. Kaum war sie über die Schwelle getreten, blieb sie wie angewurzelt am Eingang neben dem Drehständer mit der *Yellow Press* stehen. Was jedoch keineswegs an der bedrohlichen Laurie Ferguson lag. Sie war nicht einmal anwesend.

Hinter dem Kassentisch, an dem die alte Dame normalerweise ihren Kunden auflauerte, stand ein blasses Mädchen mit dünnen blonden Haaren. Die Neue war ungefähr in Maisies Alter, und Cailin hatte sie noch nie gesehen. Gerade war sie in ein Gespräch mit einem Kunden vertieft. Er hatte Cailin zwar den Rücken zugewandt, aber bei dem Riesen in der dunkelblauen Fleecejacke handelte es sich eindeutig um Ian.

»Mister, ich kann Ihnen den Wein wirklich nicht verkaufen«, erklärte das blasse Mädchen gerade.

»Ich bin Ian, und wie heißt du?«, fragte er freundlich.

»Grace.«

»Das ist ein schöner Name.«

Cailin verdrehte die Augen.

»Grace –«

»Sie dürfen Gracie sagen.« Das Mädchen errötete.

»Gracie, darf ich den Grund erfahren?«

Jetzt färbten sich ihre Wangen tiefrot. »Muss das sein?«

»Du könntest mir auch einfach den Wein geben.«

»Tut mir leid, das darf ich nicht.«

Mit einem verzweifelten Gesichtsausdruck griff Gracie unter den Ladentisch und zog ein hellblaues Blatt Papier hervor, das Cailin nur allzu bekannt vorkam. Gracie hielt es in die Höhe und sagte schüchtern: »Das sind doch Sie.«

Unwillkürlich lachte Cailin auf. Sie hielt sich schnell die Hand vor den Mund, aber Ian hatte sich bereits zu ihr umgedreht.

Er legte den Kopf schief. »Hi.«

Sie zog die Hand vom Mund und winkte ihm zu. Sie konnte nicht anders.

Er deutete auf den Steckbrief, aus dem ihnen der junge attraktive James vom Klassenfoto entgegenlächelte. Ians Ebenbild. Und umgekehrt.

Ian hob eine Augenbraue und las: *»Bitte gebt diesem Mann keinen Alkohol!«* Er fixierte Cailin. »Warst du das?«

»Nö«, erwiderte sie grinsend. »Deine Schwester.«

»Wirklich?« Er kratzte sich am Hinterkopf, und Cailin hörte abrupt auf zu grinsen. Vermutlich hatte er einfach nur Läuse, so als echter Arzt mit Patientenkontakt. Doch diese zerstreute Geste war schlimmer als sein Lächeln, irgendwie fuhr sie total darauf ab …

Verwundert musterte er das Bild. »Laut Aidan ist Kirsty eine begnadete Zeichnerin.«

»Laut Aidan ist Kirsty bei allem begnadet.«

»Sie sind sehr gut getroffen«, warf Gracie ein, und Cailin musste schon wieder losprusten.

Ian schüttelte den Kopf. »Das war deine Idee, oder?«

»Klar.«

Sie bekannte sich nur zu gern dazu, obgleich sie die Genialität der Aktion erst in dieser Sekunde voll erfasste. Eine Zeichnung, die zwei Personen in einer zeigte, je nach dem Auge des Betrachters. Der Steckbrief führte die *Taskforce Save James* und die – ziemlich in Vergessenheit geratene – *Taskforce Doc Hollywood* auf wunderbare Weise zusammen: Entweder er rettete James vor dem Alkohol oder er machte diese Insel für Doc Hollywood zur spaßfreien Zone.

Cailin war gerade dabei, vor Stolz zu platzen, als ihr ein unwillkommener Gedanke in die Quere kam. Dieses nette Missverständnis war eine grobe Sicherheitslücke für James. Vermutlich hätte Gracie ihm den Wein ohne Zögern ausgehändigt. Immerhin bezog sich der Steckbrief aus ihrer Sicht ganz eindeutig auf den versoffenen jungen Arzt. Oje. Was würde wohl passieren, wenn Ians Patienten das Bild sahen und es in den falschen Hals bekamen? *Doc Hollywood hat ein Alkoholproblem!* Die Nachricht würde sich wie ein Lauffeuer verbreiten. Und Ian könnte seine Praxis dichtmachen. Aber hatte sie nicht genau das gewollt? Hatte sie ihn nicht mit brennenden Fackeln von der Insel jagen wollen? *Jaha, aber doch nicht so …*

Ungewohnt kleinlaut erklärte sie: »Wir wollten die kleine Mary-Rose von der Brennerei nicht verschrecken. Also hat Kirsty ein altes Foto abgezeichnet, auf dem James …«

»… aussieht wie ich«, beendete Ian ihren Satz. »Wer hat diesen Flyer bekommen?«

»Alle?« Fionas Fragezeichen wurde allmählich zu ihrem ständigen Begleiter.

»Oh Mann, Cai«, seufzte Ian.

Er sah sie beinahe zärtlich an, und ihr harter Kern wurde augenblicklich weich. Jeder andere wäre ausgerastet. Und zwar völlig zu Recht. Schließlich hatten Cailin und die Mädels die ganze Insel mit seinem Gesicht gepflastert und quasi *Alkoholiker* daruntergekritzelt. Doch Ian stand ganz entspannt da – die linke Hand um den Hals der Weinflasche geschlungen, die rechte in seiner Hosentasche – und blickte sie an wie eh und je, wenn sie etwas ausgefressen hatte. Ungläubig, aber zärtlich.

»Du ziehst wirklich alle Register, um meinen Vater vor dem Untergang zu bewahren, nicht wahr?« Seine Stimme war genauso sanft wie sein Blick.

»Wie gesagt, ich mag ihn«, murmelte sie befangen.

»Der Glückspilz«, meinte er schlicht, und sie spürte, wie ihr das Blut in die Wangen schoss. Sie war nicht besser als Gracie dort drüben, die den Steckbrief umklammerte und sich gerade buchstäblich in Ian verguckte. Cailin ahnte, was sie dachte: *Es ist mir egal, ob du ein Alkoholproblem hast …*

»Wie hat er die Sache mit Fiona verkraftet?«, erkundigte sich Ian unvermittelt.

Sie sah ihn überrascht an. Seit wann interessierte ihn das Befinden des Teufels? Und was genau meinte er mit »die Sache mit Fiona«? Ihre panische Flucht als solche oder die Art, wie sie geflohen war? Hand in Hand mit Ian …

James war nicht der Einzige gewesen, der dieses Ereignis verkraften musste. Am Sonntagabend hatte Cailin das Bild der beiden in ihrem Kopf hin und her gewälzt, bis James einen Knoten in ihre Endlosschleife gemacht hatte. Sie hatte brütend vor seinem Panoramafenster gehockt, als er mit zwei Tassen Tee hereingekommen war. »Cailin, hör auf zu brüten, ich brauche mein Ei nicht sofort.«

Da waren die ganzen schmerzenden Warums aus ihr hervorgesprudelt: »Warum sind *wir* nicht durch die Terrassentür abgehauen? Warum sind immer Ian und Fiona diejenigen, die sich verkrümeln? Und warum sind jedes Mal ausgerechnet *wir* die Deppen, die sie zurücklassen?«

»Glaub mir, Ian wollte nicht gehen«, meinte James in dem milden Tonfall, der sie regelmäßig auf die Palme brachte.

»Ach nein?«

»Nein«, sagte James lächelnd und reichte ihr den Tee. »Er wäre eindeutig lieber den ganzen Tag dort stehen geblieben, um dich anzuschauen.«

»Ja klar«, hatte Cailin erwidert und verächtlich geschnaubt. Aber der Tee hatte plötzlich verdammt gut geschmeckt …

Zurück zu Ians Frage: Wie hatte James die Sache mit Fiona verkraftet? Sie wusste es nicht. Er ließ sich nicht in die Karten blicken. Der Teufel wahrte Haltung.

Die Antwort lag Cailin bereits auf den Lippen, doch im letzten Moment besann sie sich eines Besseren. Argwöhnisch trat sie ein paar Schritte vor und sah sich in Lauries Laden um. Die achtzigjährige Inhaberin war doch wohl hoffentlich nicht unter eines der Regale gekrochen? Oder war die kleine Gracie etwa ihre neue Masche, um den guten Leuten aus Tobermory ihre Geheimnisse zu entlocken? Vielleicht war das blasse Mädchen mit dem harmlosen Gesicht in Wahrheit ja ein Eins-a-Waschweib?

Cailin fixierte Gracie aus schmalen Augen. »Du, sag mal, wo steckt eigentlich Laurie?«

Das Mädchen blickte sie verdutzt an. »Oben?«

Wow. Fionas Fragezeichen grassierte überall.

»Ist sie krank?«, wollte Cailin wissen.

»Nein?«

»Herrje, lass das blöde Fragezeichen weg«, entfuhr es ihr. Aus dem Augenwinkel bemerkte sie Ians amüsierten Blick, aber sie ließ nicht locker. »Wer bist du überhaupt?«

»Gracie Morgan aus Inverness«, antwortete das Mädchen folgsam, als wäre Cailin die Polizei. »Ich bin Lauries Nichte, also eigentlich ihre Großnichte. Meine Mum hat mich hergeschickt, damit ich in den Ferien lerne, mit fremden Leuten zu reden, und damit Tante Laurie mal an ihrem Schal weiterstricken kann und ...«

Cailin zog die Augenbrauen zusammen. Gracie Morgan aus Inverness war definitiv ein Eins-a-Waschweib, und zwar eines von der schlimmsten Sorte: getarnt als schüchternes Mädchen, das nicht mit Fremden sprach. Laurie war ein Genie.

»Gracie, troll dich.«

»Wie bitte?«, fragte das Mädchen verwirrt.

Cailin zog zehn Pfund aus ihrer Hosentasche und knallte den Schein auf den Ladentisch. »Ich kaufe den Wein, und jetzt troll dich.«

»Ich soll den Laden allein lassen?«

»Wir sind ja da.« Ungeduldig zeigte Cailin auf Ian, der neben ihr stand und immer belustigter aussah. »Ian und ich müssen mal kurz unter vier Augen reden.«

Gracie räusperte sich und richtete sich ein wenig auf. »Können Sie das nicht vielleicht draußen tun?«

»Hast du zufällig mal aus dem Fenster geguckt?«, blaffte Cailin. »Es schüttet!«

»Ach so, aber ...« Das Mädchen sackte wieder in sich zusammen und sah Ian Hilfe suchend an.

Zu Cailins Erstaunen sagte er leichthin: »Gracie, gönn dir eine Pause. Bei diesem Wetter kommt ohnehin niemand.«

»Aber –«

»Niemand würde es wagen, Laurie zu bestehlen – nicht einmal die schreckliche Cailin Buchanan.« Lächelnd deutete er mit dem Daumen auf Cailin.

Wie ferngesteuert lächelte Gracie zurück. »Na gut, fünf Minuten, ich muss sowieso zur Toilette.«

»Lass dir Zeit!«, rief Cailin ihr hinterher, während das Mädchen ohne einen Blick zurück durch die Hintertür huschte.

Als sie verschwunden war, senkte sich eine merkwürdige Stille über Lauries Gemischtwarenladen. Nur das leise Brummen der Kühltheken war zu hören. Dann das Klacken von Glas auf Holz, als Ian die Weinflasche auf dem Tresen abstellte. Er lehnte sich gegen die Kante, verschränkte die Arme und sah Cailin erwartungsvoll an. Sie stand zwischen Ian und dem Regal mit Tierfutter und kam sich irgendwie klein vor. Klein und nass. Der Steckbrief und Lauries Großnichte hatten sie ihre feuchten Haare und den tropfenden Parka völlig vergessen lassen. Doch jetzt fröstelte sie. Selbst schuld. Kein normaler Mensch lungerte bei diesem Wetter ohne Schirm vor dem Laden herum.

Ian musterte sie stirnrunzelnd. »Ist dir kalt?«

Sie schüttelte vehement den Kopf und fühlte sich ein wenig wie ein Hund, der sein Fell ausschüttelte.

»Warum hast du Gracie weggeschickt?«

»Sie ist Lauries Spion«, knurrte Cailin. »Laurie ist total scharf auf Neuigkeiten über Fiona und James. Deshalb ist meine Milch seit gestern alle.«

Er lachte auf. »Du hättest welche von mir haben können. Schließlich sind wir Nachbarn.«

»Das fehlte gerade noch.«

»Fiona setzt auch keinen Fuß in diesen Laden. Aber wie es aussieht, wird sie sich ihren Rotwein demnächst selbst kaufen müssen.«

»Ich fasse es nicht«, schnaubte Cailin. »Ich setze Himmel und Hölle in Bewegung, um meinen Patienten vom Alkohol fernzuhalten, und du belieferst deine labile Kandidatin sogar mit dem Zeug.« Der tropfende Parka war ungemütlich. Mit einem energischen Ruck zog sie den Reißverschluss auf und schlüpfte aus den Ärmeln.

Ian streckte wortlos den Arm aus, und wie im Reflex drückte sie ihm das nasse Ding in die Hand. Oh Mann, die Vergangenheit war eine verdammt schlechte Angewohnheit. Sie überlegte kurz, ihm die Jacke wieder abzunehmen, doch Ian hatte sie bereits auf einem Schirmständer neben dem Tresen deponiert. Bevor Cailin wusste, wie ihr geschah, hatte er seine Fleecejacke abgestreift und sie über ihre Schultern geworfen. »Zieh die an, sonst erkältest du dich.«

Sie wollte widersprechen, aber noch viel mehr wollte sie ihre kalten Arme in diese kuscheligen Ärmel stecken. Dankbar schlüpfte sie hinein – und fand nicht wieder hinaus. Die Ärmel waren uferlos, genau wie die gesamte Jacke. Sie hatte vergessen, was für ein Riese Ian war. Ihre Hände waren tief in dem warmen Nirgendwo verschwunden. Grinsend schlug sie ein paarmal mit ihren schlabberigen Flügeln aus Fleece.

Ian lächelte sie an. Unumwunden griff er sich den linken Flügel und krempelte ihn hoch.

Cailin hielt still und konzentrierte sich aufs Atmen. Sie konnte sein Aftershave riechen. Und sein weißes T-Shirt. Ob er Duftperlen benutzte? Jedenfalls roch es nach frischer Wäsche. Genau wie die weiche Jacke, die sie umhüllte. Oje. Sie hatte den Vormittag in der Werkstatt vor dem Ofen verbracht und wollte gar nicht wissen, wonach sie duftete …

»Du riechst gut.« Wie immer antwortete Ian direkt auf ihre Gedanken.

»Nur weil ich deine Jacke anhabe.« Sie biss sich auf die Lippe. Jetzt hatte sie ohne Not zugegeben, wie toll er roch. Und dass sie müffelte.

Er blickte von ihrem Ärmel auf. »Du duftest nach Regen.«

*Du duftest nach Regen?* So etwas konnte nur Ian sagen, ohne sich zum Affen zu machen. Bei ihm klang es wie eine Tatsache, die einfach mal klargestellt werden musste.

Cailin spürte, wie ihre Wangen heiß wurden. Ihr Gesicht war ein Verräter. Und sie offensichtlich aus Glas. Doch sie war ohnehin längst aufgeflogen – seit sie sich im Regenbogen auf die Zehenspitzen gestellt hatte. Wie oft hatte sie ihn seitdem angelächelt? Ununterbrochen.

Vielleicht wagte Ian es deshalb, in die Dunkelheit des Ärmels zu greifen und ihre Hand hervorzuziehen. Die Berührung brannte noch mehr als neulich im Regenbogen. Und wieder sah er irgendwie bestürzt aus. Er wollte sie loslassen und sich dem anderen Flügel zuwenden, aber Cailin legte die Finger um sein Handgelenk. *Lass es brennen.*

Sie sah, wie er schluckte. Ian war ebenfalls aus Glas.

Einen Augenblick verharrten sie auf diese Weise, bis er seine freie Hand hob und mit den Fingerspitzen ihre feuchten Haare berührte. »Du trägst sie jetzt kurz.«

»Offensichtlich.« Es hatte sarkastisch klingen sollen, aber Flüstern und Sarkasmus vertrugen sich nicht.

»Das ist gut für die Augen«, murmelte er.

»Ich dachte, Möhren wären gut für die Augen.«

»Sie sehen noch größer aus als früher.«

Cailin blinzelte verwirrt. War das ein Kompliment gewesen? Er hatte irgendwie vorwurfsvoll geklungen. Sie wusste keine Antwort, und daher scherzte sie: »Hattest du eigentlich schon immer so lange Arme?« Grinsend schlackerte sie mit ihrem rechten Fleeceflügel, doch Ian sah nicht hin. Anscheinend waren ihre Augen genauso uferlos wie die Ärmel seiner Jacke. Er fand nicht mehr hinaus. Langsam ließ sie den Flügel sinken. Die Finger ihrer linken Hand umfassten immer noch seinen Arm, und jetzt strich ihr Daumen sanft über die Stelle, unter der sein Puls raste. Ian war tatsächlich aus Glas.

»Warum dreht unser Puls eigentlich immer gleich durch, wenn wir Lust auf Sex haben?« Oje. In ihrem Kopf hatte der Satz völlig harmlos geklungen. Regelrecht wissenschaftlich.

Seine Augen weiteten sich. »Du hältst das hier für Lust?«

Abrupt ließ sie sein Handgelenk los. Vielleicht war er doch nicht aus Glas. Sie konnte ihn nicht mehr ansehen. Aber genauso wenig konnte sie sich abwenden. Also vergrub sie ihre Stirn an seiner Schulter. Und atmete tief ein. Kein Aftershave, keine Duftperlen. Nur noch Ian.

Leise murmelte sie in sein T-Shirt: »Ist es das nicht?«

»Schon«, gestand er ebenso leise. »Aber …«

Sie wartete auf mehr, doch er schwieg.

Da flüsterte sie wider besseres Wissen: »Warst du mit vielen Frauen zusammen?« So was Dämliches. Sie erinnerte sich, wie Ian im Regenbogen urplötzlich gefragt hatte: *Hast du einen Freund?* Warum konnten sie die Wirklichkeit nicht mal für einen Moment ruhen lassen?

»Ja«, sagte er schlicht.

Zu ihrem eigenen Erstaunen grub sie die Nase nur noch tiefer in sein T-Shirt. Der Stoff störte. Am liebsten hätte sie es ihm sofort ausgezogen. Warum törnte sie seine Antwort dermaßen an? Was war nur aus ihren romantischen Idealen geworden? Nun, sie waren tot. Ian hatte sie (die Ideale) vor zehn Jahren eigenhändig umgebracht, als er den Satz gesagt hatte: *Wir hatten noch nie Sex mit anderen Leuten.*

»Das törnt mich an«, hörte sie sich wispern.

Sie spürte, wie sein Atem flach wurde.

»Cai …«

»Schlaf mit mir, ja?«

Er schwieg.

Sie legte den Kopf zurück und sah ihn an. Die neue Furche hatte sich auf seiner Stirn gebildet. Aber seine Augen verrieten ihn. Er wollte sie.

»Ich muss zurück in die Praxis«, bemerkte er tonlos.

»Dann heute Abend.« Bevor er antworten konnte, fiel ihr ein: »So ein Mist, heute Abend tagt die Taskforce, und danach muss ich zu James. Morgen Abend?«

Sie gab sich keine Mühe, den Eifer in ihrer Stimme zu verbergen. Das war Ian. Er kannte sie.

»Morgen ist Mittwoch«, stellte er nüchtern fest.

»Prima?«

»Mittwochs triffst du Jonathan.«

Sie schlug sich mit dem schlabberigen Ärmel gegen die Stirn. »Mist, den habe ich letzte Woche schon versetzt.«

Ians Furche verschwand. »Ach ja?«

»Ja klar, ich war doch bei James.« Ihre Gedanken überschlugen sich. Hätte sie doch bloß einen Kalender zur Hand gehabt. »Andererseits musste Declan auch schon zweimal aussetzen, da wäre es nur fair –«

Er unterbrach sie. »Du warst letzten Sonntag auch nicht bei Declan?«

»Hätte ich deinen Vater nach dieser furchtbaren Kollision mit Fiona etwa allein lassen sollen?« Sie fuhr sich mit dem Flügel übers Gesicht. »Oh Mann, ich hatte seit fast zwei Wochen keinen Sex! Das erklärt, warum ich so angetörnt bin.«

Ian kratzte sich am Kopf. »Oder es liegt an mir.«

Sie hielt inne. Ob er wusste, wie sehr sie auf seine Läuse abfuhr? Unversehens stellte sie sich auf die Zehenspitzen und …

»CAILIN BUCHANAN!«

Sie plumpste zurück auf den Boden und sah an Ian vorbei in Richtung Gebrüll. Laurie Ferguson war hinter dem Tresen aufgetaucht. Sie hatte sich ihre Lesebrille ins Haar geschoben und blickte ein paarmal zwischen Ian und ihr hin und her, bis ihr Blick an Cailin hängen blieb. »Was fällt dir ein, meine Kleine aus dem Laden zu verbannen?«

Gracie lugte mit hochrotem Kopf hinter ihrer Tante hervor. Cailin wollte das Mädchen gerade der Spionage bezichtigen, als Ians warme Hand sich um ihre legte. Mit einem charmanten Lächeln fragte er Laurie: »Waren Sie schon mal verliebt?«

Die alte Dame starrte ihn perplex an, bevor sich ihre Miene schlagartig aufhellte. »Oh, ich verstehe.«

Sie zwinkerte Cailin zu. »Böses Mädchen.«

Ian schien zu ahnen, dass das böse Mädchen ihm mit der Weinflasche eins überbraten wollte. Schnell zog er die Flasche aus ihrer Reichweite und teilte Laurie mit: »Das ist unsere.«

Sie zwinkerte erneut. »Verstehe, verstehe.«

Hochzufrieden sah sie ihnen hinterher, als Ian die Flasche und seine vermeintliche Herzensdame durch die blaue Tür ins Freie bugsierte.

Es hatte aufgehört zu regnen, doch Cailin bemerkte es kaum. Wütend befreite sie sich aus seinem Griff und drückte ihn gegen die Tür. »Was sollte das?!«

Er zuckte mit den Schultern. »Jetzt tuscheln sie nicht mehr über Fiona und meinen Vater, sondern über uns.«

Sie ließ die Hand sinken. »Na super.«

Da beugte er sich vor und flüsterte in ihr Ohr: »Wir schlafen doch sowieso miteinander.«

Cailin schluckte. »Versprochen?«

»Morgen um acht bei dir.« Grinsend hielt er die Weinflasche in die Höhe. »Den bringe ich mit.«

Ohne ein weiteres Wort schob er sie beiseite, um die Straßenseite zu wechseln.

»Den habe ich ja auch bezahlt!«, rief sie ihm hinterher.

»Danke!« Er drehte sich nicht um, doch sein breites Grinsen war laut und deutlich zu hören. »Vergiss nicht, Jonathan abzusagen!«

Als er hinter der Häuserecke verschwunden war, sank Cailin rücklings gegen die blaue Tür. Sie hatte ein Date mit Ian. Verwirrt presste sie ihre Nase in den Fleeceärmel. Wie gut das roch … Oje. Sie hatte ihren Parka bei Laurie liegen lassen. Auf keinen Fall würde sie den Laden nochmals betreten. Nicht, solange sie offiziell in Ian verliebt war. Dennoch wurde sie das Gefühl nicht los, dass sie noch etwas vergessen hatte …

*Oh nein! Die Milch!*

# 10

Cailin liebte den rauen Charme ihrer Heimat, doch an Tagen wie diesen ging ihr Schottland gewaltig auf die Nerven. Wer wollte schon im Hochsommer in Öljacke und Gummistiefeln durch die Gegend stapfen? Hätte sie doch wenigstens Ians Fleecejacke anbehalten können ... Aber die war nicht wasserdicht, und sie wollte sich vor ihrem Date auf keinen Fall erkälten. Sex mit Schnupfen ging gar nicht. Also war sie heute Nachmittag in ihrem besten Niagarafälle-Outfit kreuz und quer über die Insel gefahren.

Sie sah auf die Uhr in ihrem Armaturenbrett. Oje, die Mädels warteten schon seit einer guten Stunde im Pub auf sie. Kurzerhand beschloss sie, nicht mehr nach Hause zu gehen, um sich umzuziehen. Sie fand einen Parkplatz direkt gegenüber vom Pub und hastete durch den strömenden Regen auf das unscheinbare Häuschen zu, in dem Aidan die Leute mit frisch gezapftem Bier und seiner selbst gebackenen Focaccia glücklich machte.

Als sie die grüne Tür aufriss, schlugen ihr wie üblich Wärme und Gelächter entgegen. Kaminfeuer im August. Und Touristen in Rollkragenpullis. Okay, sie liebte Schottland. Wer brauchte schon Strandbars voller halb nackter, verkohlter Menschen, wenn man hinter beschlagenen Scheiben ein gemütliches Bierchen in Aidans Pub trinken konnte?

Die drei Mädels warteten bereits in einer der begehrten Tischnischen, und Aidan winkte ihr vom Tresen aus zu. Cailin winkte zurück, streifte sich die tropfende Jacke ab und hängte sie an den Garderobenständer neben der Tür. Ihre olivgrünen Wellingtons hinterließen eine nasse Spur auf den Dielen, aber der Boden sah ohnehin bereits ziemlich schlammig aus. Cailin war bei Weitem nicht der einzige Gast in Gummistiefeln.

Sie ließ sich neben Kirsty auf die Sitzbank plumpsen und nahm einen kräftigen Schluck von dem lauwarmen Bier, das vermutlich schon seit einer Stunde auf sie wartete.

Die Mädels redeten alle gleichzeitig drauflos.

Liv: »Eine Stunde fünfzehn – das ist ein neuer Rekord.«

Kirsty: »Brauchst du ein Handtuch?«

Hailey: »Ist das hier die Tischnische, wo Ian und du …?«

Cailin verpasste Hailey einen Tritt. »Ja, hier bin ich überall mit meinem nackten Hintern herumgerutscht.«

Hailey und Kirsty prusteten los, aber Liv wollte jetzt wissen, wo um Himmels willen sie so lange gewesen war.

»Einfach überall, sogar unten am Ross«, sagte Cailin.

»Warum das denn?«

»Ich habe die Steckbriefe wieder einkassiert.«

Sämtliche Mitglieder der *Taskforce Save James* starrten sie mit einer Mischung aus Unglauben und Entrüstung an. Dann redeten alle durcheinander – hauptsächlich darüber, was für eine unfassbare Diktatorin sie war.

Schließlich zog die Diktatorin ein zerknittertes Exemplar des Flyers aus ihrer Hosentasche hervor. Sie faltete es auseinander und strich es auf der Tischplatte glatt. Beinahe herausfordernd blickte sie in die Runde und fragte: »Wen seht ihr?«

Keine von ihnen antwortete. Sie kannten Cailins tückische Fangfragen und hielten lieber den Mund.

Doch schließlich murmelte Kirsty: »Oh, Scheiße.«

»Was ist los?«, wollte Hailey wissen.

»Das ist Ian.«

Hailey blinzelte. »Oh. Jetzt sehe ich's auch.«

»Ich auch.« Liv schaute Cailin perplex an. »Und deshalb bist du bei diesem Sauwetter über die ganze Insel gefahren?«

Cailin zuckte mit den Schultern. »Ich brauchte sowieso Milch. Und das mit den Steckbriefen war einfach kein Zustand. Ich musste ihm heute sogar seinen Wein kaufen, weil Lauries Aushilfe ihn nicht herausrücken wollte.«

»Du hast meinem Bruder Wein gekauft?«, fragte Kirsty verblüfft.

»Ja, und morgen schlafe ich mit ihm«, brummte Cailin.

Hailey grunzte laut auf, und Liv gluckste: »Der war gut.«

Kirsty warf ihr einen hoffnungsvollen Seitenblick zu. »Hat sich die *Taskforce Doc Hollywood* damit etwa erledigt?«

»Auf keinen Fall«, erwiderte sie. »Außerdem war der Wein in Wirklichkeit für Fiona.«

»Ian hat meiner Mum Wein besorgt?«

Cailin nickte. »Sie traut sich nicht zu *Laurie's*.«

»Oh.« Kirsty trank einen Schluck von ihrem Bier und ließ buchstäblich den Kopf hängen.

Cailin knuffte sie in die Seite. »Was ist los?«

Sofort brach es aus ihrer Freundin hervor. Kirsty erkannte ihre Mutter nicht wieder. Die echte Fiona war quirlig und fröhlich und hatte immer einen frechen Spruch auf den Lippen. Sie fürchtete nichts und niemanden, schon gar nicht ein altes Klatschmaul wie Laurie Ferguson. Doch neuerdings sprach Fiona nur noch mit dieser zaghaften, brüchigen Stimme. Und ständig schwebte das riesige Fragezeichen über ihrem Kopf. Das bedeutete maximales Unwohlsein. Außerdem hatte Fiona ihre Tochter noch kein einziges Mal wegen Aidan aufgezogen – nicht einmal gestern, als sie sich unbedingt auf denselben Barhocker quetschen mussten und damit umgekippt waren. Fiona hatte nur die Stirn gerunzelt und ihnen aufgeholfen.

»Normalerweise hätte meine Mum uns lauthals ausgelacht, und danach hätte sie jedem von unserer Affenliebe erzählt.« Kirsty schob sich eine Lockensträhne hinters Ohr und senkte den Blick. »Und jetzt traut sie sich nicht einmal in den Supermarkt.«

»Supermarkt?« Cailin legte den Arm um ihre Freundin. »Langsam klingst du wie eine von uns. Demnächst wirst du unsere Schotterpisten noch als Autobahn bezeichnen.«

Kirsty sah lächelnd auf, und Cailin fiel ein kleiner Stein vom Herzen. Sie konnte es nicht gut ertragen, wenn eines ihrer Mädels traurig war.

»Hast du mal mit Ian über deine Mutter gesprochen?«, erkundigte sich Liv. »Immerhin wohnen die beiden zusammen.«

»Ich will ihn damit nicht belasten«, meinte Kirsty. »Er kennt sie ja nicht anders.«

Hailey wirbelte auf ihrem Platz herum und ließ den Blick durch den Raum schweifen. Plötzlich brüllte sie: »Ian!«

Cailin folgte ihrem Blick. Oh, Mist. Ian saß bei Aidan an der Bar. Und jetzt erhob er sich und kam auf sie zu.

»Ein Wort über die Tischnische und du bist tot«, konnte sie ihrer unberechenbaren Freundin gerade noch zuraunen, bevor er bei ihnen angekommen war.

Er schob die Hände in die Taschen seiner Jeans und warf Hailey ein schiefes Lächeln zu. »Ich bin kein Kellner, weißt du.«

Hailey lächelte zuckersüß zurück. »Trotzdem bist du sofort hergekommen.« Sie machte eine einladende Geste. »Setz dich doch zu uns.«

»Hier ist nur Platz für vier Leute«, wandte Cailin ein.

»Ach was, rutsch durch«, entgegnete Ian und gab ihrer Schulter einen Stups, als wären sie alte Freunde. Waren sie alte Freunde? Sie würde später darüber nachdenken.

Cailin verdrehte die Augen und rückte Kirsty mehr als nötig auf die Pelle. Dennoch gab es kein Entrinnen. Sein Knie drängte gegen ihres, sein Arm streifte ihren Ellenbogen. Ian war überall. Und es schien ihm sichtlich zu gefallen. Er lehnte sich entspannt zurück und verschränkte die Hände auf dem Tisch. Bestimmt dachten die anderen gerade, was für schöne Hände er hatte. *Schöne Hände?* Was sollte das überhaupt bedeuten? Dass seine Fingernägel gepflegt waren? Dass sein Nagelbett gesund wirkte? Wie sahen überhaupt hässliche Hände aus? So etwas Beknacktes konnten nur Frauen denken.

»Ian, wie geht's Fiona?«, fragte Hailey unschuldig.

Er runzelte die Stirn. Dann lehnte er sich vor und blickte Kirsty erstaunt an. »Du siehst sie doch jeden Tag.«

»Ja«, sagte sie betrübt. »Und sie lacht nicht mehr.«

Er seufzte. »Vielleicht solltest du mal mit ihr reden.«

»Das habe ich ja versucht! Sie tut so, als wäre alles in bester Ordnung.«

»Und was erwartest du jetzt von mir? Dass ich ihre Probleme vor deinen Freundinnen ausbreite?«

Cailin hörte fasziniert zu. Die beiden klangen wie echte Geschwister. Gleich würden sie aufeinander losgehen.

Kirsty funkelte ihn an. »Welche Probleme?«

Ian seufzte erneut. »Rede mit ihr.«

»Los, spuck's aus!«, rief seine Schwester.

»Vergiss es, so läuft das nicht«, entgegnete er.

Nun wurde es auch Cailin zu bunt. Ihre Freundin machte

sich offensichtlich große Sorgen um ihre Mutter – das wog schwerer als Fionas geheiligte Privatsphäre.

Sie rammte dem widerspenstigen Mann ihren Ellenbogen in die Seite. »Jetzt stell dich nicht so an, du Arschgesicht. Fiona ist nicht deine Patientin, also komm uns hier nicht mit der blöden Schweigepflicht.«

Ian knuffte sie ebenfalls mit dem Ellenbogen. »Man muss kein Arzt sein, um sich loyal zu verhalten, du Arschgesicht.«

Sie bemerkte, wie den Mädels reihenweise die Kinnladen herunterklappten, und unterdrückte ein triumphierendes Lächeln. Jaha, der Typ mit den schönen Händen hatte sie soeben Arschgesicht genannt. Na gut, sie hatte es zuerst gesagt, aber sie hatte ja auch keine schönen Hände.

»Wir wollen ihr doch nur helfen«, meinte Kirsty.

»So wie ihr unserem Vater geholfen habt?«, erwiderte er.

»Dank der Taskforce hat unser Vater seit Mums Rückkehr noch keinen Tropfen Alkohol getrunken.«

»Genau wie ich«, lachte Ian und hielt den zerknitterten Steckbrief in die Höhe, der immer noch auf dem Tisch lag.

»Stimmt doch gar nicht, Mum hat mir von euren Rotweinabenden erzählt.« Trotzig reckte Kirsty ihr Kinn und deutete auf den blauen Zettel. »Diese Aktion ist sowieso längst Geschichte. Cailin ist heute über die ganze Insel gefahren und hat jeden einzelnen Flyer wieder eingesammelt.«

Er blickte sie verblüfft von der Seite an. »Wirklich?«

Sie verdrehte die Augen. »Soll ich dir etwa jedes Mal deinen Wein kaufen?«

Sanft stupste er mit der Schulter gegen ihre. »Danke.«

Cailin stupste zurück. »Keine Ursache.«

»Und wie haltet ihr James jetzt vom Alkohol fern?«

»Ich glaube, das tut er schon selbst.« Liv strich sich ihre

kinnlangen braunen Haare hinter die Ohren und runzelte die Stirn. »Ich habe fast den Verdacht, wir haben die falsche Taskforce gegründet.«

»Wie meinst du das?«, wollte Hailey wissen.

»Nach allem, was du mir am Sonntagabend erzählt hast, kommt James mit der Situation offenbar deutlich besser zurecht als Fiona«, stellte Liv fest. »Immerhin war sie diejenige, die vor ihm weggerannt ist, und er …«

»Er hätte sie beinahe umarmt«, erinnerte sich Hailey.

»Du hast recht«, murmelte Cailin. »Und seitdem wirkt er irgendwie …« Sie verstummte, als Kirsty sich nach vorne beugte und sie erwartungsvoll anblickte. Nichts lag ihr ferner, als bei ihrer Freundin falsche Hoffnungen zu wecken.

Ian stupste erneut gegen ihre Schulter. »Wie wirkt er?«

Alle sahen sie an.

Cailin seufzte. »Befreit.«

»Wie äußert sich das?«, hakte Ian zu ihrer Verwunderung nach. Heute Mittag bei *Laurie's* hatte er sich auch bereits nach dem Befinden des Teufels erkundigt. Was war hier eigentlich los?

»Er sieht nicht mehr so oft aus dem Fenster«, antwortete sie nachdenklich. »Und er lächelt beim Teekochen. Außerdem bombardiert er mich wieder mit seinen endlosen Warums und sagt immer genau das Richtige, wenn ich …«

»Was?« Ian sah sie eindringlich an.

»Nicht gut drauf bin.«

Sie wich seinem fragenden Blick aus.

Bevor er weiterbohren konnte, brachte Liv das Gespräch wieder auf Kurs: »Fionas heftige Reaktion wird ihm gezeigt haben, dass er für sie auf irgendeine Weise noch eine Rolle spielt. Eine höfliche Umarmung hätte ihn bestimmt nicht halb so glücklich gemacht wie ihre panische Flucht. Vermutlich geht es ihm jetzt sogar richtig gut.«

Cailin schnaubte. »Das hätte er ruhig mal sagen können.«

»Warum sollte er?«, fragte Hailey grinsend. »Er will natürlich, dass du für immer auf seiner Fensterbank hockst und ihm nachts beim Schnarchen zuhörst.«

»James schnarcht nicht«, stellte sie unwillkürlich klar und erntete einen schrägen Blick von Ian. Sie verdrehte die Augen. »Er ist trotzdem alt und dein Vater.«

Sie bemerkte, wie Liv sie amüsiert musterte.

Zum Glück fragte Kirsty jetzt in die Runde: »Meint ihr, wir können die *Taskforce Save James* erst mal auf Eis legen?«

Alle – inklusive Ian – antworteten: *»Aye.«*

Daraufhin fuhr sie fort: »Und meint ihr, wir könnten direkt eine neue *Taskforce Save Fiona* ins Leben rufen?«

Alle – ausgenommen Ian – antworteten: *»Aye.«*

Cailin wollte gerade ihr Bierglas für den feierlichen Eröffnungsakt heben, als er ihr mit seinem ausgestreckten Arm in die Quere kam. Er griff über sie hinweg nach Kirstys Hand und sagte sanft: »Lass gut sein, ich kümmere mich um deine Mum.«

»Wie denn?«, fragte Kirsty erstaunt.

»Logan und ich geben ihr die Bestätigung, die sie gerade braucht.«

»Seid ihr Fionas Toyboys oder was?«, spöttelte Cailin.

Er hob eine Augenbraue. »Nein, Cai, wir sind nicht Jonathan und Declan.«

»Hey, nichts gegen meine Jungs.«

Ian ließ seine Schwester los und legte unumwunden die Hand auf Cailins Bein. »Sag ich doch – deine Jungs.«

Sie wollte etwas Bissiges erwidern, doch ihr fiel nichts ein. Seine warmen Finger knipsten ihren Verstand aus.

Zu ihrer Erleichterung warf Hailey ein: »Woher kennen Logan und Fiona sich überhaupt?«

Ian sah Hailey an, aber seine Hand blieb, wo sie war. »Die beiden waren auf derselben Fähre. Logan und sein Onkel haben Fiona mit dem Wagen nach Tobermory mitgenommen.«

Kirsty seufzte. »Das klingt endlich mal nach meiner Mum.«

»Was genau?«, erkundigte sich Liv.

»Dass sie bei Fremden ins Auto steigt.«

Hailey und Liv gluckstet, aber Cailin konnte keinen Laut von sich geben. Unter dem Tisch war Ian gerade damit beschäftigt, seine Finger zwischen ihre zusammengepressten Schenkel zu schieben. Sie machte es ihm absichtlich schwer – doch wem wollte sie eigentlich etwas vormachen? Noch heute Mittag hatte sie ihn darum angebettelt, mit ihr zu schlafen.

»Logan und deine Mum haben einen besonderen Draht zueinander«, erklärte er, als würden Cailins Schenkel nicht existieren. »Er hängt fast jeden Abend bei uns herum.«

*Bei uns.* Sie brauchte einen Moment, um über diese beiden Worte hinwegzukommen. Ian und Fiona kannten sich noch keine zwei Wochen, und dennoch waren sie bereits ein Wir. So war das, wenn man Bad, Küche und Wohnzimmer teilte und (trotzdem) prima miteinander auskam.

Zum ersten Mal kam es Cailin in den Sinn, wie sehr Ian unter ihrer Wohngemeinschaft mit Aidan gelitten haben musste. In Edinburgh waren Aidan und sie sechs Jahre lang das perfekte Wir gewesen. Ian hatte zwar fast immer bei ihr übernachtet, aber er war dennoch ein Gast geblieben. Milch, Marmelade und Toast gehörten einfach nicht ihm. Pah. Selbst schuld. Immerhin war er der Erste gewesen, dem Aidan das WG-Zimmer angeboten hatte. Doch Ian hatte »offen für Neues« sein wollen. Pah. Spätestens seit Cailins Ankunft war das Neue auf verlorenem Posten gewesen. *Er hängt fast jeden Abend bei uns herum.* Vielleicht hatte Aidan diesen Satz auch ein paarmal gedacht.

Jedenfalls gab es keinen Grund, Ian zu bedauern. Vielmehr hatte er damals das große Los gezogen: Nacht für Nacht hatte er bei und mit Cailin schlafen dürfen, während sein bester Freund und Sternekoch fürs Abendessen gesorgt hatte. Daran gab es wahrlich nichts auszusetzen. Und es war nur fair, dass Ian dem Universum jetzt etwas zurückgab. Nun war er derjenige, der für Kost und Logis sorgte, damit Fiona und Logan ihren Spaß haben konnten.

»Also ist Logan doch ihr Toyboy«, murmelte Cailin.

»Weißt du, Cai, nicht alles im Leben dreht sich um Sex.«

Sie warf ihm einen verärgerten Blick zu. Metabotschaften waren wirklich das Allerletzte – erst recht, wenn seine freche Hand die Sache mit dem Sex offensichtlich völlig anders sah als er.

»Wir trinken Wein, reden über Logans Projekt, und dann geht er nach Hause.« Ian klang mal wieder wie die Stimme der Vernunft. Der unbeteiligte Dritte hätte sich sofort auf seine Seite geschlagen und Cailins schmutzige Gedanken aufs Schärfste verurteilt. Natürlich hätte er sich nicht die Mühe gemacht, mal unter den Tisch zu schauen.

»Was für ein Projekt?«, fragte Hailey.

Ian zögerte mit der Antwort, und Cailin konnte seine plötzliche Anspannung spüren. Offenbar hatte er Logans Projekt nicht erwähnen wollen. Dass er es dennoch getan hatte, ließ sich wohl nur mit ihren superunwichtigen Schenkeln erklären. Abrupt öffnete sie die Beine – bloß ein kleines Stück, nicht der Rede wert.

»Ein Film«, meinte Ian zerstreut, als seine Hand den Halt verlor und tiefer in ihren Schoß glitt.

»Oh, wirklich?« Haileys Augen glänzten. »Worüber denn?«

»Eine Liebesgeschichte.«

Cailin hatte ganz vergessen, wie hart ihr Puls klopfen konnte. Passierte das hier gerade wirklich? Sprach er mit Hailey über einen Film, während sein Finger unbeirrt gegen ihr Klopfen drängte? Dank ihm wurde das Klopfen allmählich zum Hämmern. Oje. Es musste an der Tischnische liegen. Wer hier saß, verlor seinen Anstand. Und seinen Verstand. Sie erinnerte sich daran, wie Ian und sie damals halb nackt unter den Tisch gerutscht waren, als Aidan mit seinen Eltern, seiner gebrochenen Nase und einer Naht auf der Wange von Doc Munro zurückgekehrt war. Sie hatten sich so mies gefühlt. Mies und furchtbar erregt ...

Hailey schien Ians Einsilbigkeit nicht zu bemerken. »Oh, bitte erzähl uns die Geschichte!«

Er blinzelte verwirrt. »Hm?«

Cailin presste ihre Beine wieder zusammen und rieb sie fast unmerklich gegeneinander, nahm seine Hand gefangen ...

Währenddessen quälten die Mädels den Ärmsten auf ihre eigene Weise. Alle drei wollten jetzt unbedingt die Liebesgeschichte hören.

»Welche Liebesgeschichte?«, erkundigte sich nun eine vierte vertraute Stimme.

Aidan war vor den Tisch getreten. Er hatte seine weißen Hemdsärmel hochgekrempelt und ein Geschirrtuch über die Schulter geworfen. Er sah nach Arbeit aus. Dennoch lächelten seine blauen Augen, als er seine Freundin ansah.

»Logans Filmprojekt«, erklärte Kirsty und lächelte zurück.

Manchmal war das ewige Lächeln dieser beiden kaum auszuhalten. Zerknirscht dachte Cailin daran, wie oft sie in den letzten Tagen das Gleiche getan hatte. Sie schwor sich, Ian künftig mit mehr Würde zu begegnen – sobald er seine Hand aus ihrem Schoß entfernt haben würde.

»Ach so, das«, sagte Aidan schulterzuckend.

Kirsty blickte ihn erstaunt an. »Du weißt davon?«

»Tut das nicht jeder?«, entgegnete er ebenso erstaunt. »Laurie Ferguson redet seit Tagen über nichts anderes. Logan macht ein Riesengeheimnis daraus, wovon der Film handeln wird. Laurie konnte nur den Drehort aus ihm herauskitzeln.«

»Und wo wird der sein?«, fragte Kirsty neugierig.

»Na, hier.«

Hailey riss die Augen auf. »Er will ihn *hier* drehen?«

Aidan nickte unbeeindruckt. »Leute, ich muss arbeiten.«

Bevor er sich abwandte, zog er ein schwarzes Handy aus der hinteren Tasche seiner Jeans und legte es vor Ian auf den Tisch. »Das Ding hat die ganze Zeit auf dem Tresen vor sich hin gebrummt.«

Unwillkürlich fiel Cailins Blick auf das Display. Zwölf verpasste Anrufe von ... *Sanday?* Sie blinzelte. Vermutlich sollte es *Sandy* heißen. Oder handelte es sich um einen Nachnamen? Bevor sie nochmals hinschauen konnte, drehte Ian das Gerät mit dem Display zur Tischplatte. Gleichzeitig zog er seine andere Hand zwischen ihren Beinen hervor. Die Anwesenheit der Mädels hatte ihn nicht von ihr fernhalten können – die seines Handys hingegen schon. Irritiert sah sie ihn von der Seite an. Sie bemerkte die Furche auf seiner Stirn. Er wirkte ... verärgert?

»Hey, Ian.«

Cailin zuckte zusammen. Herrje, was herrschte hier heute

Abend bloß für ein Betrieb! Logan stand dort, wo kurz zuvor Aidan gestanden hatte. Wie üblich sah er bemerkenswert urban aus in seiner coolen schwarzen Lederjacke.

»Hey, Logan«, sagte Hailey an Ians Stelle.

Logan ignorierte sie. »Fiona wartet schon an der Bar.«

»Okay, ich komme«, meinte Ian geistesabwesend.

Hailey blickte hoffnungsvoll in die Runde. »Braucht ihr mich noch für die Taskforce? Sonst würde ich mal kurz mit den beiden zur Bar gehen und …«

»Du bleibst hier«, knurrte Cailin. »An der Bar trifft sich jetzt der Getto-Stammtisch für Externe.«

*»The Revenants«*, meinte Hailey lachend.

Logan sah Hailey daraufhin zum ersten Mal an. »Guter Name.«

»Fiona wartet auf euch«, funkte Cailin hastig dazwischen. In Logans Gegenwart war kein Verlass auf ihre Freundin. Es war ihr durchaus zuzutrauen, dass sie die Namenssuche für die *Taskforce Doc Hollywood* erwähnen würde.

Ian warf Cailin einen belustigten Blick zu. Als hätte er ihre Gedanken gehört. Er war offenbar wieder er selbst. Sie wappnete sich schon gegen eines seiner unbequemen Warums, doch er griff nur nach seinem Handy und erhob sich von der Sitzbank. Höflich wünschte er den Mädels einen schönen Abend und folgte Logan in Richtung Bar. Als wäre nichts geschehen.

Cailin rückte ein wenig von Kirsty ab und sah ihm mit einem unguten Gefühl im Bauch hinterher. Wer war Sandy? Oder Sanday? Tippfehler sahen Ian gar nicht ähnlich. Genauso wenig wie zwölf verpasste Anrufe. Heute Mittag hatte er allerdings zugegeben, mit vielen Frauen zusammen gewesen zu sein. Wieso war ihr nicht für eine Sekunde in den Sinn gekommen, dass eine davon seine Freundin sein könnte? Oder sogar seine Frau? Seine Sandy, die zu Hause in London darauf wartete, dass er endlich zurückkommen und wieder kaputte Herzen reparieren würde.

# 11

Die letzte Stunde im Pub war immer die schönste – zumindest dienstags, wenn nur noch ein paar mäßig betrunkene Touristen ihren Urlaubstag ausklingen ließen. Das Leben fühlte sich so friedlich an, wenn die Stimmen gedämpfter wurden und das Feuer im Ofen schon bis auf die Glut heruntergebrannt war. Bald würde Aidan die Reste der Tagessuppe herausrücken und seine fluffige Focaccia unters Volk bringen. Das Volk waren für gewöhnlich Cailin und die Mädels, doch heute saßen andere Leute an der Bar. Die Rückkehrer …

Cailin beobachtete diese drei Externen nun schon seit einer ganzen Weile, wie sie dort ums Eck an der fast leeren Bar saßen und sich angeregt unterhielten. Logan hatte dem Raum den Rücken zugewandt, aber Ian und Fiona waren gut sichtbar. Sie wirkten wie von einem anderen Stern. Ian trug über seiner dunklen Jeans ein perfekt sitzendes graues Hemd, und Fiona sah mal wieder makellos aus in ihrer blauen Seidenbluse und dem kurzen schwarzen Rock. Weit und breit keine Gummistiefel. Was genau genommen keine Kunst war. Schließlich brauchten die beiden Herrschaften nur aus ihrer Parfümwolke herauszutreten, die Treppe hinunterzuschweben und durch die Hintertür direkt in den Pub zu segeln. Ian und Fiona hatten zweifelsohne den Pub gekapert, und gleich würden sie auch noch über Aidans Mitternachtssuppe herfallen. Cailin wäre nur zu gern zur Bar marschiert, um ihre älteren Rechte anzumelden. Stattdessen würde sie tatenlos in dieser Tischnische ausharren und den Externen beim Schlemmen zusehen müssen. Keine zehn Pferde würden sie dazu bewegen, sich diesen Leuten in voller Montur zu zeigen. Die Löcher in ihrer Jeans hatten zwar viel Geld gekostet, aber in Verbindung mit den schlammbespritzten Wellies und der ausgeleierten Kapuzenjacke trugen sie nur zu ihrem verlotterten Erscheinungsbild bei.

Normalerweise machte ihr so etwas nichts aus. Dies war ein Pub und kein Nachtclub. Doch seit ihrem Blick auf Ians verfluchtes Handy spukte das Bild der mondänen Sandy in ihrem Kopf herum. Und zufällig sah Sandy exakt so aus wie Fiona, mit wallender Lockenmähne, geschminkten Lippen und schwindelerregenden Stilettos. Sandy trank kein warmes Bier, sondern Rotwein. Und sie hielt ihr Weinglas vorbildlich am Stiel, während sie wie ein Vögelchen daran nippte. Mit Sicherheit befanden sich keinerlei Fingerabdrücke auf dem Glas. Nur am Rand ein halber Kussmund. Wie Ian wohl mit ihr sprach, wenn sie allein waren? Schob er ihr zärtlich die Lockensträhne aus dem Gesicht? Betrachtete er sie mit dem gleichen zerstreuten Gesichtsausdruck, mit dem er Cailin heute so oft angesehen hatte? Krempelte er ihre Flügel hoch und verlor sich dabei in ihren Augen?

Livs sachliche Stimme holte sie zurück in die Tischnische. »Dann fasse ich jetzt mal zusammen: Die *Taskforce Save James* haben wir fürs Erste auf Eis gelegt. Bleiben noch *Save Fiona* und *Doc Hollywood.*« Sie sah Kirsty an. »Sollen wir uns um Fiona kümmern, oder willst du das lieber deinem Bruder überlassen?«

Cailin musste unwillkürlich schmunzeln. *Deinem Bruder.* Liv wusste genau, wie sehr Kirsty das Bruderwort liebte.

Doch Ians Schwester zog einen Schmollmund. »Meine Mum sitzt dort drüben an der Bar und lacht. Anscheinend ist sie bei den Jungs gerade besser aufgehoben als bei mir.«

»Das wird Cailin freuen«, lächelte Liv.

»Mich? Wieso?«

»Weil wir uns dann endlich *Doc Hollywood* widmen können.«

Kirsty stöhnte und warf Cailin einen vorwurfsvollen Blick zu. »Hat sich das wirklich nicht erledigt? Immerhin habt ihr den halben Abend unter dem Tisch miteinander rumgemacht.«

Cailin ignorierte Haileys Grunzen. »Ich muss trotzdem wissen, warum er nach Mull zurückgekehrt ist. Hast du vorhin mal einen Blick auf sein Handy geworfen?«

Natürlich nicht. Alles musste man hier selber machen.

»Zwölf verpasste Anrufe von Sanday.«

Kirsty schaute sie perplex an. »Sanday?«

»Sanday oder Sandy oder Sunday – keine Ahnung. Hat dein Bruder vielleicht eine Freundin oder so was Ähnliches?«

»So was Ähnliches?« Kirsty grinste. »Nicht dass ich wüsste. Du kannst getrost morgen mit ihm schlafen.«

Cailin funkelte sie an. »Ich schlafe mit niemandem, bevor die Sanday-Frage nicht geklärt ist.«

»Auch nicht mit Jonathan und Declan?« Hailey hob eine Augenbraue. »Meine lieben Cousins haben sich bei mir beschwert, du würdest ihnen ständig absagen.«

»Das lag an James.«

Hailey lachte. »Ja klar.«

»Du klingst wie eine Zuhälterin«, murrte Cailin.

»Deine oder ihre?« Hailey schien sich bestens zu amüsieren, obwohl Cailin ihr einen heftigen Tritt mit ihrem Gummistiefel verpasste.

»Vielleicht gibt es für die zwölf verpassten Anrufe ja eine harmlose Erklärung«, warf Liv nachdenklich ein. »Möglicherweise war das bloß Sandy Elliot, die auf ein Rezept für irgendein fragwürdiges Schmerzmittel besteht, das Ian ihr nicht verschreiben will.«

»Meint ihr, mein Bruder gibt den Patienten wirklich seine private Handynummer?« Kirsty sah zweifelnd in die Runde.

»Absolut«, befand Cailin. »Sonst kann er nicht ruhig schlafen.«

Hailey gluckste in ihr Bier. »Das könnte aber ganz schön nach hinten losgehen. Wenn Sandy Elliot und ihre Freundinnen mal mitten in der Nacht seine Stimme hören wollen ...«

»... rufen sie ihn zwölfmal an«, ergänzte Kirsty grinsend.

»Aber er würde ihre Anrufe niemals ignorieren«, wandte Cailin ein. »Es könnte ja was Ernstes sein. Es muss also jemand aus seinem Privatleben gewesen sein, dem er aus dem Weg geht.«

»Vielleicht ist Sandy seine besessene Ex, und Ian ist wie Julia Roberts in *Der Feind in meinem Bett.*« Haileys grüne Augen funkelten. »Das ist es! Er versteckt sich auf Mull vor einer irren Stalkerin! Er hat so getan, als wäre er in der Themse ertrunken, um sich davonzuschleichen und ein neues Leben zu beginnen und –«

Liv unterbrach sie. »Wie wäre es, wenn wir Doc Hollywood mal einen Besuch in seiner Praxis abstatten?«

Hailey klatschte aufgeregt in die Hände. »Ist zufällig eine von euch ein bisschen krank?«

Die anderen schüttelten bedauernd die Köpfe.

Daraufhin stellte Hailey fest: »Wir brauchen ein Schwein.«

Alle schauten sie verwirrt an.

»Ich fasse es nicht. Habt ihr den Film nicht gesehen?«

»Welchen Film?«, fragte Liv perplex.

»Na, *Doc Hollywood* natürlich! Michael J. Fox hatte doch ein Schwein! Wir müssen Ian aus der Reserve locken, sonst finden wir nie etwas heraus. Er hat uns ja nicht einmal verraten, was mit Kirstys Mum los ist.«

»Und du meinst, ein Schwein ist der richtige Weg?« Liv klang nicht überzeugt.

Kirsty räusperte sich. »Aidans Tante Tibby aus Dervaig hat vor Kurzem zwölf niedliche Ferkel bekommen – also, nicht Tibby, sondern eines ihrer Schweine.«

»Perfekt!«, rief Hailey. »Cailin setzt sich mit so einem süßen Ding in sein Wartezimmer, die alten Damen werden vor Entzücken ausrasten und –«

Cailin hatte versonnen ihr warmes Bier getrunken und Haileys Genialität bewundert, doch jetzt intervenierte sie. »Wieso ich? Das mit dem Schwein war doch deine Idee!«

»Aber dich wird Ian nicht hinauswerfen.«

»Ach nein?«

»Definitiv nicht«, bestätigte Kirsty. »Er schaut dich übrigens schon die ganze Zeit an.«

Cailin blickte zur Bar. *Oh.* Doc Hollywood, Schwarm aller Kranken und Gesunden, starrte sie tatsächlich quer durch den Raum an. Offenbar war ihm sein Pokerface endgültig abhandengekommen. Seine Furche war wieder an Ort und Stelle. Und er sah Cailin an wie … Wasser in der Wüste. Verärgert spürte sie, wie ihre Wangen heiß wurden. Sie wollte wegsehen, aber sie konnte nicht. Wenn sie nicht aufpasste, würde er sie wieder mit sich in die Vergangenheit reißen. Seine Augen waren eine verdammte Zeitmaschine, und er wusste es. Genauso wie er wusste, dass sie verzweifelt im Jetzt bleiben wollte.

Sie schlug auf den Tisch. Dieser Mann durfte jederzeit gern

seine Hände zwischen ihren Beinen parken – aber das hier ging zu weit. Ohne nachzudenken, glitt sie von der Sitzbank und stapfte in ihren Gummistiefeln zur Bar. Sie bemerkte, wie er sie von Kopf bis Fuß musterte. Schmunzelte er etwa? *Na warte!*

Sie baute sich vor ihm auf, eine Hand auf der Ecke des Tresens, die andere auf Ians grauem Hemdsärmel. Ungehalten rüttelte sie an seinem Arm. »Lass das!«

Die Furche war verschwunden. »Was denn?«

»Das weißt du ganz genau!«

»Du überschätzt mich.« Er klang belustigt.

»Hör auf, ein beschissener DeLorean zu sein!«

Ian blinzelte. »Ich soll aufhören, ein Auto zu sein?«

»Sie verbringt eindeutig zu viel Zeit mit Hailey«, kam es nun von Logan, der über Eck an der Bar saß.

Cailin wandte sich zu ihm um und stellte genervt fest, dass er ebenfalls ziemlich belustigt aussah. Bevor sie etwas entgegnen konnte, hörte sie Haileys verträumte Stimme hinter sich sagen: »Ich liebe die alten Filme mit Michael J. Fox.«

Ohne Logans abweisende Miene zu beachten, kletterte Hailey auf den Barhocker neben ihm.

»Du meinst die Zeitmaschine aus *Zurück in die Zukunft?*«, erkundigte sich Ian perplex.

»Guck nicht so unschuldig«, knurrte Cailin. »Wenn du nicht im Hier und Jetzt bleiben kannst, ist unser Date morgen Abend gestorben. Also reiß dich mal zusammen.«

Nun wirkte er nicht mehr belustigt. Seine dunklen Augen waren plötzlich matt. *»Aye.«*

Cailin biss sich auf die Unterlippe. Sie hatte noch nie ein derart resigniertes *Aye* gehört. Prompt fühlte sie sich mies. Schließlich hatte er sie bloß ein bisschen sehnsüchtig angesehen, nicht wahr? Kein Grund, ihm gleich den Kopf abzureißen. Sie wusste selbst nicht, weshalb sie der bloße Gedanke an damals so sehr aus der Fassung brachte. Doch, sie wusste es. Gefühle waren Mist. Und Cailin hatte seit jeher zu viele davon. James hatte einmal behauptet, Gefühlsmenschen hätten mehr Erinnerungen als andere. Weil Emotionen die Zeit aushebelten. Wie üblich hatte er das irgendwo gelesen, und Cailin glaubte ihm jedes Wort. Gefühle waren das Plutonium für den DeLorean. Deshalb wurde man ausgerechnet die Erinnerungen nie los, die man dringend vergessen wollte. Andererseits konnte man auch zu jenen verzauberten Momenten zurückkehren, die das Jetzt zum Jetzt machten …

Unwillkürlich drückte sie Ians Arm. *Tut mir leid.*

Er legte seine Hand auf ihre, und seine Augen sagten: *Nein, du hast ja recht.*

Wie immer brannte die Berührung, und wie vorhin bei *Laurie's* entdeckte sie diese seltsame Bestürzung in seinem Blick. Kein Zweifel, es erging ihm wie ihr. Aber diesmal wich er nicht zurück. Er ließ es brennen. Vielleicht mochte er diesen neuen Schmerz genauso sehr wie sie. Cailin erinnerte sich nicht an das Brennen. Es gehörte in die Gegenwart. Was auch immer das bedeutete. Vermutlich würde es nachlassen, wenn sie endlich miteinander geschlafen hatten …

Mit einem höflichen »Guten Abend« riss Livs Stimme sie mal wieder aus ihrer Grübelei. Sie war mit Kirsty hinter ihnen aufgetaucht und lächelte Fiona freundlich an, die neben Ian saß und an ihrem Wein nippte. »Wir kennen uns noch nicht. Ich bin Olivia Greyfriars.«

Fiona fuhr sich befangen durchs Haar, aber sie lächelte zurück und deutete auf die beiden leeren Barhocker zu ihrer Rechten. »Setzt euch doch zu mir.«

Kirsty umarmte ihre Mum und rutschte auf den Sitz neben

ihr, aber Liv sah Cailin zögernd an. Typisch Liv. Sie wollte ihrer Freundin nicht den Platz wegschnappen.

»Neben mir ist alles frei!«, rief Hailey. Sie hatte sich bereits mit ihrem frisch gezapften Bier häuslich neben Logan eingerichtet.

»Ich komme«, sagte Cailin schnell.

Sie zog ihre Hand unter Ians hervor und gab Liv einen leichten Schubs in Richtung Fiona. Die Sandy-Fiona-Fantasie schwirrte immer noch in ihrem Kopf herum, da kam ihr der sichere Außenposten bei Hailey gerade recht. Sie stapfte zu ihrem Platz, wo Hailey sie mit einem warmen Lächeln empfing. Dankbar schlang Cailin von hinten die Arme um ihre Freundin, genau wie Kirsty es bei ihrer Mum getan hatte. *Meine Komfortzone.* Sie drückte ihr einen Kuss auf die glatten rot glänzenden Haare.

Als sie sich auf den benachbarten Hocker sinken ließ, bemerkte sie Logans befremdeten Blick.

»Ich liebe Hailey. Jeder sollte das tun.«

Logan stöhnte. »Ich sollte gehen.«

Da legte Hailey hastig die Hand auf seine Schulter. »Zuerst musst du uns noch die Liebesgeschichte erzählen.«

»Welche Liebesgeschichte?«

»Dein Filmprojekt, Logan!«

»Oh, bitte …« Er stöhnte erneut.

Cailin verkniff sich ein Grinsen. Sie nahm von Aidan ein kühles Bier und ein Augenzwinkern entgegen, bevor er in der Küche verschwand. Gleich war es so weit. *Mitternachtssuppe.*

Entspannt trank sie ihr Bier und lauschte dem wunderbaren Gezänk zwischen Hailey und Logan. Schon wieder befand sie sich in einem DeLorean. Zeitreisen waren offenbar schwer in Mode. Aber diesmal gefiel es ihr. Sie dachte gern an die Scharmützel zwischen diesen beiden Verrückten im Videokeller zurück. Auf seltsame Weise war dabei jedes Mal etwas Gutes herausgekommen.

Wie üblich zog Logan den Kürzeren. Widerwillig sagte er: »Das wird ein Coming-of-Age-Film.«

»Ooh!«, rief Hailey begeistert. »Ich liebe Teenager-Filme!«

»Wen wundert's«, brummte Logan.

Hailey gluckste nur vergnügt unter ihrem weißen Bart aus Bierschaum, mit dem sie abartig hübsch aussah.

»Na gut, Cameron, du bekommst die erste Szene. Mehr habe ich mir noch nicht überlegt.«

Cailin horchte auf. Der Quälgeist hatte es tatsächlich geschafft. Vermutlich war dies sogar eine Art Premiere. Jedenfalls fuhr Logan sich nervös durch die Haare, und seine Stimme klang ungewohnt motiviert, als er erzählte: »Der Film beginnt im Klassenzimmer während der Englischstunde der Abschlussklasse. Sie besprechen *Lolita.* Es wird gelacht und getuschelt. Ein Papierball fliegt quer durch die Klasse und trifft ein hübsches Mädchen – die Hauptfigur – am Kopf. Der Lehrer schreibt gerade an die Tafel: ›Poet oder Perverser? Verliebt oder geisteskrank?‹ Die Schüler grölen: ›Perverser!‹ Nur das Mädchen schweigt. Der Lehrer erkundigt sich, was sie denkt. ›Alles davon trifft zu‹, murmelt sie und senkt den Blick.«

Logan trank einen Schluck von seinem Rotwein, und Cailin blickte verstohlen zu Fiona hinüber. Erleichtert stellte sie fest, dass sie in ein Gespräch mit Liv vertieft war. Nur Ian hatte offenbar zugehört. Er saß schweigend an der Ecke des Tresens und drehte sein Bierglas zwischen den Handflächen.

»Hat Fiona nichts dagegen?«, platzte es aus ihr heraus.

Hailey schlug die Hand vor den Mund und sah Logan ungläubig an. »Du willst *Fiona und James* verfilmen?«

»Guter Arbeitstitel«, meinte er schulterzuckend, doch Ian beantwortete Cailins Frage: »Es war ihre Idee.«

»Fiona traut sich nicht in Lauries Laden, aber er darf ihr Leben verfilmen?«, fragte sie fassungslos.

Ian sah seine Sitznachbarin an, die gerade dabei war, ihrer Tochter und Liv eine Flasche Wein aufzuschwatzen. Er berührte Fionas Schulter und entschuldigte sich zwinkernd: »Ich werde dort hinten gebraucht.«

»Wer braucht hier wen?«, neckte Fiona ihn vergnügt, und für einen Wimpernschlag konnte Cailin ihre andere Version erahnen. Die mit dem Schalk im Nacken.

Ian nahm sein Bierglas und steuerte auf den freien Platz neben Cailin zu. Ihr schöner Außenposten war verloren. Genauso wie ihre Komfortzone. Ohne Umschweife erklärte er: »Fiona hat dreißig Jahre lang mit niemandem über ihre Geschichte gesprochen. Jetzt, da die Katze aus dem Sack ist, braucht sie jemanden, der zuhört.«

»Und dieser Jemand ist nicht Laurie Ferguson«, fügte Logan spöttisch hinzu.

»Laurie würde ihr zumindest keinen Strick, äh, Film daraus drehen«, entgegnete Cailin bissig. »Schon gar nicht so einen schlechten.«

Aus dem Augenwinkel nahm sie Ians belustigten Gesichtsausdruck wahr, aber Logan erwiderte gereizt: »Es gibt noch nicht einmal ein Drehbuch, und du weißt schon, dass der Film schlecht wird?«

»Kennt Fiona die erste Szene?«, wollte sie wissen.

»Nein.«

»Und warum nicht?«

»Ich habe sie mir erst heute ausgedacht.«

»Du lügst.«

Logans Augen verengten sich. »Wohl kaum.«

»Du magst die Szene erst heute erfunden haben, aber das ist nicht der Grund, weshalb Fiona sie noch nicht kennt«, stellte Cailin klar. »Hailey hat keine fünf Minuten gebraucht, um sie dir aus den Rippen zu leiern.«

»Dann klär mich auf«, sagte er kühl. »Warum kennt Fiona die Szene noch nicht?«

»Weil der Aufhänger mit *Lolita* völlig daneben ist. Und du weißt, dass Fiona das ganz und gar nicht gefallen würde.«

Logan lehnte sich mit dem Ellenbogen auf den Tresen. Er hatte Fiona den Rücken zugewandt, und Cailin ahnte, weshalb. Wenn er jetzt nicht aufpasste, würde die schreckliche Cailin Buchanan ihm seine fabelhafte Lolita abspenstig machen.

Mit gedämpfter Stimme entgegnete er: »Nicht der Aufhänger mit *Lolita* ist völlig daneben, sondern James Lennox. Ein Lehrer, der etwas mit seiner Schülerin anfängt –«

Cailin warf sarkastisch ein: »Vergiss nicht, der Mistkerl war nicht nur Lehrer, sondern außerdem Ehemann und Vater von vier Kindern.« Abrupt wandte sie sich Ian zu. »Was hältst du eigentlich von diesem Film, in dem dein Dad als Perverser dargestellt werden soll?«

»Ich bin sicher, das wird nicht passieren.«

Sie stutzte. Der Ian, den sie kannte, hätte geantwortet: *Er ist ja auch ein Perverser.*

»Ach nein?«, fragte sie. »Und warum nicht?«

Er lächelte sie an. »Weil du es nicht zulassen wirst.«

»Da kannst du Gift drauf nehmen«, brummte sie. »Und wenn Kirsty das erfährt –«

Ian unterbrach sie. »Kein Wort zu Kirsty.«

»Du verlangst von Hailey und mir, dass wir unsere Freundin belügen?« Sie zeigte ihm den Vogel.

»Ihr sollt nicht lügen, sondern einfach nur den Mund halten, damit Fiona es ihr selbst erklären kann.« Er sah von Cailin zu Hailey und zurück. »Meint ihr, das schafft ihr? Kirsty und Fiona zuliebe?«

Cailin sah, wie Hailey nickte, und schüttelte den Kopf.

Ian zog eine Augenbraue hoch. »War das ein Nicken?«

»Nein«, murrte Cailin, aber dann, widerwillig: »Ja.«

Hailey räusperte sich. Sie hatte die ganze Zeit wortlos danebengesessen und beklommen zwischen ihrer verärgerten Freundin und den Männern hin- und hergesehen. Die Zwickmühle stand ihr ins Gesicht geschrieben. Cailin wusste, wie sehr sie sich auf die Dreharbeiten freute. Hollywood auf Mull! Hailey würde die Crew – allen voran Logan – mit Tee, Sandwiches und ihrem Enthusiasmus in den Wahnsinn treiben. Andererseits war James auch Haileys Freund. Und es sah alles danach aus, als würde der Film auf seine Kosten gehen.

»Cailin«, sagte sie nun ungewohnt zögerlich, »wie würde die erste Szene aussehen, wenn es dein Film wäre?«

Verblüfft sah sie Hailey an. »Woher soll ich das wissen? Ich habe keine Ahnung von Filmen.«

»Aber von James«, wandte ihre Freundin ein. »Keine von uns kennt ihn so gut wie du, nicht einmal Kirsty.«

Verdutzt griff Cailin nach ihrem Bierglas und trank es aus. Als sie es absetzte, bemerkte sie, dass Logan sie nachdenklich musterte. Unversehens sagte er: »Du könntest die Lösung meines Problems sein.«

»Welches Problem?«

»Ich habe zuletzt zwei Actionfilme gedreht und hatte eine kleine, äh, Sinnkrise. Ich hatte das Gefühl, es wird Zeit für …« Er räusperte sich. »… etwas Persönliches. Also bin ich hergekommen, um mich von der Insel inspirieren zu lassen. Von dem Ort und meinen Erinnerungen. Leider sind meine Erinnerungen dafür nicht sonderlich gut zu gebrauchen – ich habe ja permanent im Videokeller meiner Eltern herumgehockt. Aber dann habe ich jemanden kennengelernt, der in seiner Jugend etwas erlebt hat.«

»Fiona«, murmelte Hailey.

Logan nickte. »Ich konnte mein Glück kaum fassen. Zumal mein Film dadurch ein echtes Anliegen erhält. Fiona will verstanden werden. Sie wünscht sich, dass andere Menschen die ganze Geschichte durch ihre Augen sehen. Das Problem ist ... Ich brauche Details, damit man sich wirklich in die Situation hineinversetzen kann. Aber Fionas Erinnerungen sind genauso schlecht wie meine eigenen.«

»Nur auf ganz andere Weise«, bemerkte Cailin trocken, und Ian lachte auf.

»So meine ich das nicht.« Logan klang regelrecht frustriert. »Die Sache ist dreißig Jahre her, und sie war ein verdammter Teenager. Sie erinnert sich ...« Er unterbrach sich und schien nach Worten zu suchen.

»... an Gefühle und nicht an Begebenheiten«, beendete Ian seinen Satz. Wie Logan lehnte er sich mit dem Ellenbogen auf den Bartresen. Cailin schien es, als bildeten die beiden Männer zwei Mauern. Hailey und sie befanden sich in einem eigenartigen Ian-Logan-Raum, und der restliche Pub war auf der anderen Seite der Wände, in der Realität verschwunden. Es war surreal, sich mit diesen beiden über Erinnerungen zu unterhalten. Es war surreal, sich überhaupt mit ihnen zu unterhalten. Schließlich waren sie selbst kaum mehr als Erinnerungen für Cailin.

Zu ihrer eigenen Verärgerung hörte sie sich jetzt sagen: »Also, ich weiß noch tausend Einzelheiten aus dieser Zeit.«

»Ich auch.« Ian schenkte ihr sein verfluchtes Lächeln, und ihr blieb nichts anderes übrig, als es zu erwidern.

Zum Glück interessierte sich Logan für ganz andere Erinnerungen. »Fiona ist keine Geschichtenerzählerin«, stellte er nüchtern fest. »Sie denkt nicht in Bildern.«

»Worüber redet ihr dann Abend für Abend?«, erkundigte sich Hailey mit großen Augen, und Cailin unterdrückte ein Schmunzeln. Ihre Freundin lebte für Geschichten. Deshalb reagierte sie fassungslos auf Leute, die sich nicht mehr an das Schwein in *Doc Hollywood* erinnerten.

»Über Empfindungen«, antwortete Logan ohne Zögern. »Daher fällt es mir schwer, Fionas Jugend in konkreten Bildern zu transportieren.«

»Wie wäre es mit ein bisschen Fantasie?«, murrte Cailin.

»Wie wäre es, wenn du mir hilfst?«, entgegnete Logan.

»Warum sollte ich das tun?«

»Um deinen Freund James ins rechte Licht zu rücken.«

Sie öffnete den Mund. Und schloss ihn wieder. So hatte sie das noch gar nicht betrachtet.

# 12

Cailin musste nicht lange überlegen. »Ich würde mit Jackie beginnen.«

»Wer ist Jackie?«

»Also wirklich, Logan!« Hailey knuffte ihn in die Seite. »Erinnerst du dich nicht an das Schulskelett?«

»Ach so, *Jackie*«, brummte er, als hätte Cailin den Namen falsch ausgesprochen.

»Jackie gab es bestimmt schon zu Fionas Zeiten«, meinte Cailin gedankenverloren.

»Warte mal. Erfindest du das jetzt?«

»Willst du einen Spielfilm drehen oder eine Doku?«

»Spielfilm.«

»Eben.«

»Ich dachte, du erzählst uns, was wirklich passiert ist.«

»Und ich dachte, ich soll dir die erste Szene liefern.«

»Aber …«

Sie verdrehte die Augen. »Keine Sorge, ich baue auch eine gute Dosis Realität ein.«

»Und wie soll ich die Realität von Jackie unterscheiden?«

»Gar nicht«, sagte sie und zuckte mit den Schultern.

»Aber …« Logan sah Hailey Hilfe suchend an, doch die schüttelte nur den Kopf und erklärte: »Cailin beschützt James. Im Zweifel ist alles nur erfunden.«

Cailin suchte Ians Blick. Irgendwie hatte sie mit seiner Furche gerechnet, aber er sah eigenartig entspannt aus. Verwirrt setzte sie ihr Bierglas an die Lippen und stellte fest, dass es leer war. Er nahm es ihr aus der Hand und schob ihr sein halb volles Glas zu. Sie dachte an den nassen Parka, den er heute Mittag durch seine warme Fleecejacke ausgetauscht hatte. Manche Dinge änderten sich nun mal nie. Das Hier und Jetzt war durchlässig. Vielleicht konnte sie deshalb den jüngeren James so deutlich sehen, der blinzelnd die Augen öffnete und sich schlaftrunken zu erinnern versuchte, wo er war …

Sie wandte sich Logan zu. »Wir sehen das Klassenzimmer. Es ist Frühling, und die Morgensonne scheint durch die hohen Fenster. Unter einem der Fenster liegt ein etwa vierzigjähriger Mann im Schlafsack auf einer Isomatte. Wir sehen, wie er sich aus dem Schlafsack schält und barfuß im Pyjama über den Linoleumboden der leeren Schulflure tapst. Wie er sich im Waschraum der Jungs die Zähne putzt und sein Gesicht ins eiskalte Wasser taucht. Er schaut in den trüben Spiegel. In trübe Augen mit dunklen Schatten. Schnitt!«

Hailey klatschte begeistert in die Hände.

»Und wo kommt Jackie ins Spiel?«, wollte Logan wissen.

Cailin antwortete nicht, sondern fuhr fort: »Inzwischen ist er angezogen, seine Isomatte und der Schlafsack sind ordentlich zusammengerollt. Er zögert. Wohin mit den Sachen? Es war seine erste Nacht in der Schule, er hat noch keine Routine. Sein Blick fällt auf den Spind neben der Tür, in dem Jackie wohnt. Kurzerhand zieht er das Skelett ans Tageslicht.« Cailin blickte in die Runde. »Ihr erinnert euch an das Problem mit Jackie?«

»Meinst du etwa, Jackie konnte schon zu Fionas Zeit nicht aufrecht stehen?« Hailey sah sie zweifelnd an. »Hat nicht jemand aus eurer Klasse ihre Halterung kaputt gemacht?«

»Ja, das war ich.« Cailin ignorierte Ians Grinsen. Die CIA und ihre Halloweenscherze taten hier nichts zur Sache. »Jetzt vergesst endlich mal die Realität. Im Film kann Jackie schon damals nicht stehen, und daher setzt James sie auf die Fensterbank. Sie blickt aus ihren dunklen Augenhöhlen melancholisch nach draußen, während er eilig seine Tasche und die Schlafsachen im Spind verschwinden lässt. Gerade noch rechtzeitig. Die ersten Schüler betreten den Klassenraum. Sie wünschen einen guten Morgen, aber schenken weder James noch Jackie Beachtung. Sie verteilen sich in plaudernden Grüppchen um die Tische, und James setzt sich erleichtert ans Lehrerpult.« Cailin trommelte mit ihren Fingern auf die Kante des Tresens. »Auftritt Fiona mit Föhnfrisur im Achtzigerjahre-Style. Sie lässt sich auf ihren Platz in der ersten Reihe fallen und kramt die Schulbücher aus ihrer Tasche hervor. Als sie aufschaut, hält sie inne. Ihr Blick bleibt an Jackie hängen, und man spürt ihre stumme Frage: *Wieso sitzt das Skelett auf der Fensterbank?*«

Sie legte eine kreative Pause ein, und Hailey fragte erwartungsvoll: »Schnitt?«

»Nee, zuerst kommt noch ein Blickwechsel zwischen Fiona und James«, erwiderte Cailin. »Man sieht ihm an, dass er sich ertappt fühlt. Er steht schnell auf und schreibt etwas an die Tafel, um sie nicht mehr anschauen zu müssen.«

»Was schreibt er denn?« Haileys Augen glänzten. »Vielleicht: ›Verliebt oder geisteskrank?‹«

»Nee, eher so etwas wie ›Morgen Abfahrt um 8:30 Uhr‹.«

Ihre Freundin nickte und wirkte sehr einverstanden. »Wohin fahren sie denn?«

»Sie machen einen Ausflug nach Staffa.«

»Ich liebe Klassenausflüge!«, rief Hailey. »Sind Fiona und James zu Beginn des Films denn schon zusammen?«

Logan räusperte sich. »Darf ich auch mal was fragen?«

»Schieß los«, sagte Cailin.

»Warum übernachtet James in der Schule?«

»Weil seine Frau ihn vor die Tür gesetzt hat.«

»Wegen seiner Affäre mit Fiona?«

»Wegen seiner Affäre mit dem Fahrrad«, korrigierte Cailin. »Das mit Fiona ist noch nicht passiert.«

Logan legte den Kopf schief. »Seine Affäre mit dem –?«

Aber nun war Ian an der Reihe, sich zu räuspern. »Fiona war also nicht der Anfang?«

Cailin biss sich auf die Lippe. Es war eine Illusion gewesen, sich hinter Jackie verstecken zu können. Für Ian war es ein Kinderspiel, Realität und Fiktion auseinanderzuhalten. Dafür reichte ihm ein Blick in ihr Gesicht. Nun wusste er, was dem fünfjährigen Ian entgangen war: dass sein Vater nachts Zuflucht in der Schule gesucht hatte. Und natürlich wollte er den Grund erfahren. Genau wie Cailin hatte er Fiona für den Anfang vom Ende seiner Familie gehalten. Fiona und den Alkohol.

Mittlerweile wusste Cailin es besser – seit James vorgestern Abend mit ihr und einigen Tassen Tee in der Zeit zurückgereist war. James hatte ja nicht ahnen können, dass sie neuerdings mit seinem Sohn sprach. Da hätte er seinen Tee auch gleich mit Laurie Ferguson trinken können …

Wäre Ian an Cailins Stelle gewesen, hätte er zweifellos die Auskunft verweigert. *Man muss kein Arzt sein, um sich loyal zu verhalten, du Arschgesicht.* Vielleicht sollte sie ihm seine eigenen Worte entgegenhalten. Das wäre einfacher, als ihm die Wahrheit zu sagen. Dummerweise fiel ihr nun sein Geständnis im Regenbogen ein: *Du warst der ehrlichste Mensch, den ich kannte. Es wäre ein ziemlicher Weltuntergang für mich, wenn sich das geändert hätte.* Ob ihm klar war, dass sie seine Welt nicht untergehen lassen konnte? James war es jedenfalls nicht klar gewesen. Er hätte sich wirklich keine schlechtere Vertraute aussuchen können.

»Fiona war Folge, nicht Ursache«, murmelte sie.

»Folge wovon?«, fragte Ian leise.

»Dein Dad hat …« … *die falsche Familie gehabt.* Nein, das brachte selbst der ehrlichste Mensch der Welt nicht über die Lippen. Stattdessen sagte sie: »… die falsche Frau geheiratet. Sie war lustig und unkompliziert und …«

»Und was?«

»Laut.«

Ian lächelte schief. »Stimmt.«

»Dein Vater konnte seine Gedanken nicht hören, und sie wollte seine Gedanken nicht hören.«

Er runzelte die Stirn. »Das waren ziemlich exakt seine Worte, richtig?«

Cailin schlug die Augen nieder und nickte stumm.

Er stupste sanft mit dem Ellenbogen gegen ihren. »Du sprichst über meine Eltern, Cai. Nichts davon ist neu für mich. Also hör auf, dich zu martern.«

Sie schluckte. Vielleicht erzählte sie ihm tatsächlich nichts Neues. Alles kalter Kaffee. Und vor allem: kein Verrat an James.

»Cai? Was hat er noch gesagt?«

Sie griff nach Ians Bierglas und setzte es an die Lippen. Langsam trank sie es aus. Als der letzte Tropfen getrunken war, setzte sie es nicht ab. Sie würde einfach in dieses Glas atmen, bis es völlig beschlagen war. Bis Ian seine Frage vergessen hatte …

Jetzt spürte sie das Brennen. Er hatte die Finger um ihre gelegt und entfernte sanft das Glas aus ihrem Gesicht. Sie wusste, dass er sie zärtlich ansah, obwohl sie ihm immer noch nicht in die Augen schauen konnte.

»Ich verspreche dir, ich werde nicht auf meinen Vater losgehen. Auch wenn er meiner Mum die Schuld für alles in die Schuhe schiebt.«

»Das ist es ja gerade …«

»Was?«

»Deine Eltern sind offenbar trotz ihrer Gegensätze ganz gut miteinander ausgekommen, bevor …« Sie zwang sich, ihn anzuschauen. Die Wahrheit war die Pest. Und wer sie überbrachte, war eine Ratte. Aber Ian sah sie nicht an wie eine Ratte, sondern wie Wasser in der Wüste. Leise beendete sie ihren Satz: »Bevor sie Kinder bekommen haben.«

Er blinzelte, aber seine dunklen Augen sagten: *Weiter.*

»Die Zwillinge und Dennis waren so wild und unberechenbar. Die meiste Zeit hatte euer Dad einfach nur Angst davor, was sie als Nächstes tun würden. Er war überfordert. Und niemand von ihnen war jemals auf seiner Seite. Deine Mum und deine drei Brüder waren einander so ähnlich mit ihrem aufbrausenden Temperament. Sie waren eine solide Einheit, und du …«

Cailin zögerte und sah ihn an. Ian blickte nach innen. Er wirkte genauso verloren wie an dem Tag von Fionas Ankunft, als er in Kirstys Türrahmen gelehnt und dabei zugesehen hatte, wie Fiona ihre Tochter in die Arme schloss. Der einsame Junge von damals.

Er blinzelte erneut. »Und ich?«

»Du warst nicht geplant«, sagte sie kleinlaut. »Und noch zu klein. Dein Vater war nicht imstande zu erkennen, wie ähnlich du ihm warst. Mit der Nase in den Büchern und den Fragen auf den Lippen. Er hat dich nicht erkannt. Er hat *sich* nicht erkannt.

In keinem von euch. Du kamst einfach zu spät. Als du zur Welt kamst, waren die Dinge schon aus dem Ruder gelaufen. Deine Mum hat nur noch gebrüllt, und dein Vater ...«

»... hat sich mit einer Whiskyflasche im Schlafzimmer eingesperrt«, sagte er tonlos.

Sie schüttelte den Kopf. »Das kam erst später, nach Fiona. Vor Fiona war es nicht der Whisky, sondern das Fahrrad. Das klingt wie ein Witz, aber für deine Mutter muss es schrecklich gewesen sein. Die meiste Zeit hat James sie mit dir und den drei Rabauken einfach allein gelassen und ist mit dem Rad über die Insel gekurvt. Selbst im strömenden Regen. Er hat es zu Hause nicht ausgehalten. Er war ...«

»... ein Versager.«

Sie musterte Ian stirnrunzelnd. *Versager.* Sein ruhiger Tonfall passte nicht zu dem Wort. Und das Wort passte nicht zu ihm. Es gehörte einfach nicht in sein Vokabular. Genauso wenig wie *Teufel.* Dennoch hatte er beides gesagt. Wenn es um seinen Dad ging, war er nicht er selbst.

»Er war wütend auf sich«, fuhr sie fort, »weil er so ein miserabler Vater war. Und weil er nach den Zwillingen noch zwei weitere Kinder in die Welt gesetzt hatte, denen er nicht gerecht werden konnte. Dein Dad war gern Lehrer, aber seine eigenen Kinder konnte er nicht ertragen. Wie sie stritten und schmatzten und alles verwüsteten. Seine Schüler hatte er im Griff, doch zu Hause war er ein Niemand. Deine Mum hat seine Autorität einfach ausgehebelt. Sie war nie seiner Meinung und hat ihn vor euch zurechtgewiesen. Und sie hatte immer das letzte Wort. Keiner von euch hat ihn ernst genommen. Er war isoliert.«

»Der Ärmste«, sagten Ian und Hailey gleichzeitig. Hailey voller Mitgefühl, Ian voller Ironie.

Cailin ging nicht darauf ein. »Aber dann hat Fiona sein Nachtlager in der Schule entdeckt. Und sie war seit langer Zeit der erste Mensch, der seine Gedanken hören wollte. Vermutlich war sie für ihn …« Sie zögerte, doch dann sprach sie es aus: »… wie Wasser in der Wüste.«

Verlegen hob sie Ians leeres Bierglas an die Lippen, als Logan sich endlich wieder einschaltete: »Weißt du, du erinnerst mich an Fiona.«

Sie setzte das Glas ab und sah ihn verdutzt an. »Ich?«

»Du redest genauso vage daher wie sie. Weit und breit keine Bilder.« Er klang genervt. »So erzählt man keine Geschichte.«

»Logan, nicht alles dreht sich um deinen Film«, wies Hailey ihn ungewohnt streng zurecht. »Wir sprechen hier über Ians Familie. Wenn du Bilder willst, dann denk dir halt welche aus.«

Logan entgegnete etwas, aber Cailin vergaß seine Antwort im selben Moment. Sie spürte, wie Ian ihren Rücken berührte. Er beugte sich zu ihr vor, und seine Worte strichen über ihr Gesicht. »Gib ihm ruhig die Bilder. Sei unser DeLorean.«

Sie wollte genervt die Augen verdrehen, aber es gelang ihr nicht. Wenn er sie mit diesem sanften Blick ansah, war Widerstand zwecklos. Mit einem Ohr hörte sie, wie Hailey zu Logan sagte: »Sie ist die beste Geschichtenerzählerin auf der ganzen Insel, aber vor allen Dingen ist sie ein anständiger Mensch und –«

»Was willst du wissen?«, unterbrach Cailin ihre Freundin.

Logan richtete sich auf und schob sein Weinglas beiseite. Es lag so viel Erwartung in seinem Blick, als hätte er Haileys maßloser Übertreibung Glauben geschenkt. Als wäre Cailin tatsächlich die beste Geschichtenerzählerin der Insel. »Wie genau hat Fiona das Nachtlager entdeckt?«

Sie atmete auf. Logan wollte Jackie. Das war machbar.

»Ihr erinnert euch an den geplanten Klassenausflug nach Staffa?« Sie sah vielsagend in die Runde. »Nun, Fiona hat ihn völlig vergessen. Während der Rest der Klasse sich am nächsten Morgen an der Bootsanlegestelle einfindet, steht Fiona im leeren Klassenraum. Ihr Blick fällt auf die Tafel, wo immer noch geschrieben steht: ›Morgen Abfahrt um 8:30 Uhr.‹ Sie schlägt sich gegen die Stirn und sieht auf ihre Armbanduhr. Es ist erst acht, sie kann es noch schaffen. Als sie Jackie zum Abschied zuwinken will, bemerkt sie, dass das Skelett nicht mehr auf der Fensterbank hockt. James hat die arme Jackie nämlich in einen Abstellraum gesperrt. Fiona hingegen glaubt, sie sitzt wie immer in ihrem Spind im Klassenzimmer. Und aus irgendeinem Grund hat sie jetzt das Bedürfnis, ihr einen schönen Tag zu wünschen. Also öffnet sie den Spind, und da purzeln ihr der Schlafsack und James' offene Reisetasche entgegen. Zahnbürste, Rasierer, Klamotten – alles fällt ihr vor die Füße.« Sie sah Logan an. »Zufrieden?«

»Nein!«, rief Hailey. »Wie geht es weiter?«

»Fiona fühlt sich jetzt natürlich wie die ultimative Meisterdetektivin und spioniert ihrem Lehrer hinterher. Guckt durchs Fenster, während er sein Nachtlager ausrollt, und so weiter. Bis ihre Neugier zu groß wird. Sie will wissen, warum er in der Schule schläft – und da hilft nun mal nur eins.«

Hailey nickte wissend. »Sex.«

Cailin verdrehte die Augen. »Ihn fragen.«

»Das geht auch«, räumte Hailey ein.

»Also klettert sie eines Abends durch ein offenes Fenster ins Schulgebäude, während James sich im Waschraum in seinen gestreiften Lieblingspyjama wirft. Als er in den Klassenraum zurückkehrt, sitzt Fiona auf ihrem gewohnten Platz in der ersten Reihe. Als würde gleich der Unterricht losgehen. James bekommt einen halben Herzinfarkt.« Sie sah Logan herausfordernd an. »Von hier an erzählt sich die Geschichte quasi von selbst. Das sollte sogar ein Profi wie du hinkriegen.«

Sie hatte mit einer bissigen Antwort gerechnet, aber Logan gestand resigniert: »Ich tauge nicht zum Drehbuchautor.«

»Tja, nicht jeder beherrscht seinen Job.«

»Also wirklich, Cailin.« Ihre Freundin schüttelte vorwurfsvoll den Kopf. »Logans Debütfilm wurde beim Sundance Festival für die beste Regie ausgezeichnet.«

»Stalkerin«, knurrte Logan, während Cailin unbeeindruckt anmerkte: »Ja, beste Regie, aber nicht bestes Drehbuch.«

Da beugte Logan sich vor und sah sie eindringlich an. »Du bist ganz offensichtlich eine Geschichtenerzählerin, und dein Freund James kommt deutlich besser dabei weg – warum sträubst du dich so dagegen?«

Ihr lag die Antwort bereits auf den Lippen: *Weil Ian nicht dabei sein soll, wenn sein Vater sich in seine Schülerin verliebt.* Gerade noch rechtzeitig schluckte sie die Worte herunter. Ihr Puls raste. Hoffentlich hatte niemand ihre Gedanken erraten. Ihre Loyalität gehörte doch dem Teufel! Daran sollte niemand zweifeln – schon gar nicht Ian. Ihr Blick schoss zu ihm, und ihre Befürchtung wurde wahr. Sie war aus Glas. Zumindest für ihn. Nur so ließ sich dieses Leuchten in seinen Augen erklären.

Hailey und Logan hatten ihr übliches Gezänk wieder aufgenommen, aber sie waren wie Stimmen hinter einer Wand. Aus dem Ian-Logan-Raum war ein Ian-Raum geworden. Und in diesem Paralleluniversum herrschte absolute Stille. Das Fallen einer Stecknadel wäre einem Donnergrollen gleichgekommen. Und Cailins Gedanken waren lauter, viel lauter als eine Stecknadel.

*Du bist mir wichtig.*

»Du mir auch«, meinte Ian schlicht und sah dabei so glücklich aus, dass sie jegliches Dementi vergaß.

»Und jetzt?«, knurrte sie.

»Jetzt essen wir Suppe.« Er lächelte. Mit Grübchen.

Endlich drang das erfreute »Ah!« der anderen auch an Cailins Ohren. Aidan war gerade dabei, die randvollen Teller auf der Bar zu verteilen. Süßkartoffelsuppe mit Chorizo und hausgemachten Knoblauchcroûtons. Selbst Logan entfuhr ein »Ah«. Fiona, Kirsty und Liv waren plaudernd zu ihnen aufgerückt und fielen über das Essen her. Hailey lehnte sich über den Tresen und mopste Aidans Schale mit den Croûtons. Es ging doch nichts über eine Mitternachtssuppe.

Doch Cailin war der Appetit vergangen. Hatte sie wirklich geglaubt, sich hinter James' Erinnerungen verstecken zu können? Seine Geschichte hatte nicht ihn entblößt, sondern sie. Die Erzählerin. Sie hatte sich kopfüber in Ians Familie gestürzt und selbst nicht gewusst, weshalb. Ohne ersichtlichen Grund hatte sie James' Nähe gesucht und seine Probleme zu ihren gemacht. Mit der unseligen *Taskforce Save James* hatte sie es auf die Spitze getrieben. Herrje, sie war quasi bei ihm eingezogen. Was völlig verrückt war. Dennoch hatte niemand ihr Verhalten hinterfragt. Weil alle – ausgenommen sie selbst – den Grund für ihr eigenartiges Benehmen bereits gekannt hatten: Sie tat es für Ian. Für ihn und den einsamen Jungen, der sich vor langer Zeit in ihr Herz geschlichen hatte. Wie eh und je wollte sie seine Welt retten. Sie war eine wandelnde *Taskforce Save Ian*, und alle wussten es.

Cailin schob der verblüfften Hailey ihren Suppenteller zu. Sie wollte nichts essen. Und sie wollte nicht aus Glas sein. Glas war zerbrechlich.

»Ich bin müde.«

»Cai ...«, begann Ian.

»Ich muss gehen.«

Ohne ihn anzusehen, winkte sie in die Runde und erhob sich von ihrem Barhocker. Sie reagierte nicht auf das allseitige »Bleib doch noch!« und schlurfte unbeirrt in ihren Gummistiefeln zum Ausgang. Sie spürte Ians Blicke im Rücken, als sie in ihre gelbe Öljacke schlüpfte. Aber sie drehte sich nicht um. *Nix wie weg hier.* Raus in den Regen.

# 13

Es war noch nie vorgekommen, dass Cailin Aidans herrliche Mitternachtssuppe verschmäht hatte. Und offenbar musste ihn das stark beunruhigt haben. Nur so ließ sich erklären, weshalb er ohne Murren direkt am nächsten Morgen mit Kirsty zu seiner Tante Tibby nach Dervaig gefahren war, um für Cailin ein Ferkel zu besorgen. Sie traute ihren Augen nicht, als die beiden mit dem Schweinchen an einer Hundeleine in ihre Voliere spaziert kamen. Das quirlige Vieh galoppierte zielstrebig mit Kirsty im Schlepptau auf den knorrigen Baum zu, der in der hintersten Ecke des Ladens stand und anstelle von Blättern etwa drei Dutzend kleine bunte Glasvögel trug.

»Das Monster zerstört den Weihnachtsschmuck!«, schrie Cailin entsetzt.

Bevor das Ferkel seine neugierige Schnauze gegen den Baumstamm rammen konnte, griff Aidan nach der Leine. Unter lautem Quieken und Fluchen zog er es zur Hintertür, durch den Flur und nach draußen in den Hof, wo es sofort anfing, an den Mülltonnen herumzuschnüffeln.

Aidan fuhr zu Kirsty herum, die ihm mit Cailin in den Hinterhof gefolgt war. »Welcher Idiot geht mit einem Schwein in einen Glasladen?«

»Na, wir«, entgegnete Kirsty unbekümmert. »Willst du jetzt zur TFDH gehören oder nicht?«

Cailin starrte ihre Freundin an. »Du hast ihm von der *Taskforce Doc Hollywood* erzählt?«

Kirsty senkte schuldbewusst den Blick, doch Aidan brummte: »Seit wann bin ich eigentlich nicht mehr dein bester Freund?«

»Aber das bist du doch«, stammelte Cailin.

»Und warum darf ich dann nicht mitmachen?«

Sie verschränkte die Arme. »Muss ich dich daran erinnern, dass du auch Ians bester Freund bist?«

Aidan ließ das Ferkel an Cailins vertrocknetem Kräuterbeet schnuppern. »Und deshalb darf ich keinen Spaß mehr haben?«

»Ha!«, rief Kirsty. »Ich wusste, es macht dir Spaß.«

»Ich frage mich nur, wie unsere kleine Gertie hier herausfinden soll, warum Ian nach Hause gekommen ist.«

Kirsty schnaubte. »*Kleine* Gertie? Wieso konnte deine Tante nicht einfach ein paar von diesen niedlichen Minischweinen haben, die man in Teetassen setzen kann?«

»Weil wir hier nicht in London sind«, knurrte Aidan.

Cailin musterte das Ferkel. Dieser Brocken passte definitiv nicht in eine Teetasse. »Es sieht nicht aus wie eine Gertie. Eher wie ein Bacon.«

»*Sie* ist ein Mädchen und kein Frühstück.« Kirsty sah Cailin streng an. »Und wenn du nicht nett zu unserer Gertie bist, lassen wir sie nicht bei dir.«

»Ihr lasst sie auf gar keinen Fall bei mir, sondern bringt sie schnurstracks zurück zu ihrer Mummy.«

»Gute Idee«, pflichtete Aidan ihr bei.

Doch Kirsty tätschelte Gerties Bäuchlein und ließ sie unversehens von der Leine. Das Ferkel machte einen fröhlichen Hopser und rannte eifrig im Slalom zwischen Cailins altem Gerümpel hindurch, das überall im Hinterhof herumstand.

Alte Stühle, ein kaputter Wäscheständer, Holzpaletten, zerbrochene Blumentöpfe – alles, was man auch auf einer Müllhalde hätte finden können.

Kirsty blickte ihren Freund mit diesem unwiderstehlichen Augenaufschlag an, um den Cailin sie jedes Mal beneidete. »Ians Praxis liegt doch auf dem Weg nach Dervaig. Du könntest Cailin und Gertie hinbringen, und im Anschluss fahrt ihr sie direkt nach Hause zu deiner Tante Tibby.«

Offenbar funktionierte der Blick heute nicht, denn Aidan entgegnete gereizt: »Ich gehe auf gar keinen Fall mit einem Schwein in eine Arztpraxis.«

»Das sollst du ja auch gar nicht«, erwiderte Kirsty. »Du wartest im Fluchtfahrzeug mit laufendem Motor. Aber wenn du nicht mitmachen willst, kannst du natürlich auch wieder aus unserer Taskforce austreten.«

»Dann müssen wir dich aber leider erschießen«, ergänzte Cailin und sah mit Schrecken, wie Gertie auf die rote Hundehütte zusteuerte, in der vor langer Zeit ihre geliebte Bernhardinerhündin Rosie gewohnt hatte. Als ihr Vater die Hütte damals nach Rosies Tod entsorgen wollte, war die CIA in einen Sitzstreik getreten. Bis ihr Dad eingeknickt war.

»Wenn dieses Schwein Rosies Haus als Toilette benutzt, erschieße ich euch beide.«

Aidan ignorierte Cailin und fixierte seine Freundin. »Und wie sieht *dein* Beitrag zur Taskforce aus, meine Liebe?«

Kirsty hob eine Augenbraue. »Ich schmeiße derweil mit Liv und Hailey unsere Läden, mein Lieber. Oder sollen die armen Touristen heute auf ihre Seeadler und Sake-Sets verzichten?«

Aidan ließ nicht locker. »Warum geht Cailin nicht einfach ohne Gertie und mich zu Ian und fragt ihn, welche Pappnase ihn spätabends zwölfmal anruft?«

Kirsty verdrehte die Augen. »Weil mein Bruder es mit der Schweigepflicht lächerlich genau nimmt. Und er soll nicht wissen, dass wir eine heiße Spur haben.« Sie wandte sich Cailin zu. »Ich habe mir Folgendes überlegt: Du lässt Gertie im Wartezimmer frei, damit sie ein gewaltiges Chaos anrichten kann. Ian wird hereingestürzt kommen. Er trägt sein Handy eigentlich immer bei sich – um Leben zu retten und so. Du bittest ihn hektisch darum, es für dich zu entsperren, damit du Hilfe rufen kannst, während er dem Schwein hinterherrennt. Bevor ihm auffällt, dass das kompletter Murks ist, weil kein Mensch wegen eines Ferkels die Feuerwehr ruft, bist du schon mit seinem Handy auf der Toilette verschwunden. Und dann schaust du dir in aller Ruhe seinen Chatverlauf mit Sandy an.«

*»Sanday«*, verbesserte Cailin reflexartig.

Aidan sah sie perplex an. *»Sanday?«*

»Das war der Name auf seinem Display.«

»Das ist kein Name, sondern eine Orkneyinsel«, erklärte er kopfschüttelnd.

Cailin stutzte. Dass sie nicht selbst darauf gekommen war! Schließlich wohnte ihre Freundin Pixie Reed auf den Orkneys. Zwar bestand das Archipel aus gut siebzig Inseln, aber Cailin hatte Sanday auf der Karte gesehen. Es handelte sich um eine der Nachbarinseln von Stronsay, der Insel, auf der Pixie lebte. Noch vor einem halben Jahr hatte Cailin sie dort zusammen mit Dee besucht. Wie immer hatte die Glaskünstlerin sie zum Abschied schmunzelnd ermahnt, nicht mit Blitzableitern am Strand herumzulaufen.

»Und warum ruft die Insel bei Ian an?«, erkundigte sich Kirsty beinahe vorwurfsvoll.

Aidan wich ihrem Blick aus. »Das fragst du wohl besser deinen Bruder.«

Kirsty stemmte die Hände in die Hüften. »Aidan MacKay, du weißt doch irgendetwas!«

Mit einer geschickten Bewegung schnappte er sich das Ferkel, das die Mülltonnen für spannender befunden hatte als Rosies Hütte. Er hob es hoch und sagte: »Gertie, wir fahren jetzt zum Onkel Doktor.«

Doc Munros ehemalige Praxis befand sich nur ein paar Minuten den grünen Hügel hinauf, oberhalb des Hafens von Tobermory. Aidan hatte das Schweinchen für den kurzen Weg im Heck seines Geländewagens verstauen wollen, aber das war für Cailin nicht infrage gekommen. Schließlich handelte es sich quasi um ein Baby. Daher saß Gertie nun eingezwängt zwischen Cailins Beinen im Fußraum des Beifahrersitzes und blickte sie fragend an. Und Cailin blickte fragend zurück. Worauf hatte sie sich da bloß eingelassen? Gestern Nacht hatte sie sich geschworen, sich von nun an wieder von Ian fernzuhalten. Das Date heute Abend konnte er vergessen. Der Plan mit dem unverbindlichen Sex würde nach hinten losgehen, das war sonnenklar.

Und jammerschade. Zum einen schickte Cailins Körper ihr neuerdings diese aufregenden Träume, in denen weder Jonathan noch Declan vorkamen. Zum anderen hätte sie furchtbar gern gewusst, ob es mit Ian anders wäre als früher. Besser? *Noch* besser? Oder schlechter? Damals war er ihr Einziger gewesen. Das hatte sich mittlerweile gründlich geändert. Vielleicht würde er ja gegen ihre anderen Liebhaber total abstinken? Dann wäre das Romantikgedöns ein für alle Mal vom Tisch, und sie könnten mit Aidan die CIA wiederaufleben lassen. In der Zeit zurückreisen, aber auf gute Art: wie früher zu dritt *Die Simpsons* gucken, beim Scrabble-Turnier in der Aros Hall den Pokal holen, mit ihren Angeln am Loch Bà herumstehen und zu laut für die Fische sein. Einfach wieder sie selbst sein. Doch da war dieses Brennen ... Und was wäre, wenn *sie* diejenige sein würde, die gegen seine Abertausend Londoner Gespielinnen abstinken würde? Vielleicht würde er danach nur noch Scrabble mit ihr spielen wollen, während sie brannte und brannte. Nein, unmöglich. Sie war eine Granate im Bett. Immer gewesen. Bestimmt hatte Ian letzte Nacht von ihren Gummistiefeln geträumt ...

Aidan stellte den Motor aus. »Da wären wir, Ladys.«

Gertie zappelte, aber Cailin rührte sich nicht. Sie sah aus dem Fenster zur anderen Straßenseite hinüber. Doc Munros efeubewachsenes Häuschen spähte durch den verwilderten Vorgarten, als führte es etwas im Schilde. Oje, Kirsty färbte langsam auf sie ab. In Kirstys Universum hatten Dinge eine Persönlichkeit. Und Inseln konnten Menschen anrufen. Gleich zwölfmal.

Cailin seufzte. Es half nichts, sie musste jetzt da rein und die Sanday-Frage klären. Zumal dieser störrische Mann neben ihr sich weigerte zu kooperieren. Offenbar nahm Aidan die imaginäre Schweigepflicht genauso ernst wie sein Arztfreund. Sie würde diesen Doppelspion bei nächster Gelegenheit hochkant aus der Taskforce werfen. Sobald er Gertie wieder wohlbehalten bei seiner Tante Tibby abgesetzt hatte. Sie kraulte das Ferkel hinter den Ohren und sah ihm tief in die strahlend blauen Augen. »Bist du bereit?«

Selbstbewusst reckte Gertie ihren kleinen rosafarbenen Rüssel in die Höhe. *Bereit.*

Lorna Glenn war kaum jünger als Ians Stammkundinnen, äh, Patientinnen. Seit Cailin denken konnte, war Lorna die gute Seele in Doc Munros Praxis gewesen, aber nun war sie ... offenbar blind und taub. Jedenfalls hielt sie Gertie für einen Hund. Zugegeben, die Empfangstheke war ziemlich hoch, weshalb Lorna das Schweinchen nicht sehen konnte. Doch das Grunzen und Quieken hätte sie eigentlich dazu bewegen müssen, einen prüfenden Blick über ihre Mauer zu werfen. Stattdessen erkundigte sie sich nur nach Cailins Beschwerden (Rückenschmerzen) und fügte milde hinzu: »Aber der Hund bleibt im Wartezimmer.«

Das Wartezimmer sah genauso aus wie damals bei Doc Munro. Anscheinend war Ian noch nicht dazu gekommen, die acht löchrigen Samtsessel durch hygienische Plastikstühle zu ersetzen. Auch das Bücherregal mit den alten Schinken des Docs (davon mindestens fünfzig Perry-Mason-Romane) war noch da. Zeitschriften Fehlanzeige.

In einem roten Sessel neben der Tür saß eine junge blonde Frau in Minirock und hautengem pinken Top. Es handelte sich um Jenna Bain, eine ehemalige Klassenkameradin von Hailey. Für einen Arztbesuch sah sie verdächtig aufgetakelt aus. Und ihr Parfüm roch intensiver als Gertie. Noch verdächtiger als Jennas Parfüm war allerdings die Tatsache, dass sie bei Cailins Anblick das Gesicht verzog und »Was machst *du* denn hier?« fragte. (Die richtige Frage wäre doch wohl gewesen: »Was macht *das Schwein* hier?«)

»Ich habe Rückenschmerzen«, antwortete Cailin, zuckte mit den Schultern und ging flink in die Hocke, um Gertie von der Hundeleine zu befreien. Zu spät fiel ihr ein, dabei ein schmerzverzerrtes Gesicht zu ziehen. Lügen war einfach nicht ihr Ding.

»Du weißt hoffentlich, dass es in Craignure auch einen Arzt gibt? Du musst damit nicht zu deinem Ex gehen.«

»Aber mein Ex kennt sich super mit meinem Rücken aus«,

entgegnete Cailin grinsend und schloss schnell die Milchglastür hinter sich, bevor Gertie ausbüxen konnte.

Das Ferkel schnupperte kurz an der Tür, doch dann machte es kehrt und zuckelte auf den Sessel am Fenster zu, auf dem die einzige andere Patientin saß. Cailin kannte sie nicht. Mit ihrem geflochtenen Dutt und dem geblümten Kittelkleid erinnerte die ältere Dame sie ein wenig an Aidans Tante Tibby. Gertie schien es ähnlich zu gehen. Sie schnupperte begeistert an den ausgebeulten Halbschuhen und beigefarbenen Nylonstrümpfen der Dame, bevor sie sich auf deren Handtasche stürzte, die neben ihren Füßen auf dem Boden stand.

»Gertie, das ist nicht Tibby!«, rief Cailin und stürmte auf das Schwein zu, um die Tasche vor seinem neugierigen Rüssel zu retten. Im selben Moment fiel ihr Kirstys Plan wieder ein. Gertie war ein kompetentes Mitglied der Taskforce und erfüllte nur ihre Mission: Chaos stiften. Schlimm genug, dass dieses Wartezimmer so gut wie leer war – wie sollte Ian da verzweifelt genug sein, um sein Handy herauszurücken? Doch manchmal war eine ältere Dame, die um ihre Handtasche fürchtete, mehr wert als eine ganze Horde aufgebrachter Patienten …

Gespielt zerknirscht murmelte Cailin: »Rücken«, und ließ sich in den grünen Sessel neben dem Bücherregal fallen. Mit einem ziemlich schlechten Gewissen sah sie tatenlos dabei zu, wie ihr Schwein die Tasche der Patientin umstieß.

Die Dame beugte sich jedoch in aller Seelenruhe vor, pflückte ihre Handtasche vom Boden und stellte sie neben sich auf die Fensterbank.

Gertie sah der Tasche bedauernd hinterher. Ebenso wie Cailin. Mist. Es sprach einiges dafür, dass diese Patientin nicht ausrasten würde. Jetzt kraulte sie Gertie auch noch hinter den Ohren! Das Ferkel plumpste zufrieden auf seinen Hintern, nur um kurz darauf mit den Vorderklauen nach vorne zu rutschen und sich mit seinem kleinen Hängebauch auf die Füße der Frau zu kuscheln. Wo es selig liegen blieb.

»Gertie, das ist nicht Tibby!«, rief Cailin abermals, aber die alte Dame winkte ab. Sie sank in ihren Sessel zurück und musterte Cailin neugierig. Neugierig und kühl. Das sanfte Lächeln, das sie Gertie soeben noch geschenkt hatte, war verschwunden. Cailin rechnete schon mit der längst überfälligen Standpauke über Schweine in Arztpraxen, als sie sich unvermittelt erkundigte: »Sind Sie Cailin?«

Aus Reflex zückte sie Fionas Fragezeichen. »Ja?«

»Die Lady dort drüben erwähnte, Sie seien die Exfreundin des Doktors, da habe ich eins und eins zusammengezählt«, erklärte die Frau ohne einen Hauch von Verlegenheit.

*Die Exfreundin des Doktors?* Wäre Cailin nicht so verdutzt gewesen, hätte sie gelacht.

Die Dame fuhr mit kühler Stimme fort: »Wissen Sie eigentlich, dass Sie die meistgehasste Frau in Lady Village sind?«

Nun entfuhr Cailin tatsächlich ein Lachen. *»Lady Village?«*

Sogar Jenna Bain kicherte verstohlen, obgleich sie zweifellos die Bürgermeisterin von Lady Village wäre.

»Genau genommen auch in Kettletoft und auf der gesamten Insel«, ergänzte die alte Dame ohne ein Fünkchen Humor in den Augen.

»Augenblick mal«, mischte sich Jenna ein. »Es gibt wirklich einen Ort namens Lady Village?«

Die Frau warf ihr einen gereizten Blick zu. »Touristen sagen Roadside.«

»Und von welcher Insel sprechen wir?«, erkundigte sich Cailin, obwohl sie die Antwort bereits kannte.

»Sanday natürlich.« Die Dame klang mittlerweile regelrecht

verärgert. »Jetzt sagen Sie nicht, der Doktor hätte nie von uns erzählt. Sie waren mehrmals Gegenstand unserer Gemeinderatssitzungen.«

Cailin sah sich um. »Wer? Ich?«

»Wer denn sonst? Haben Sie eine Vorstellung, was für ein Glücksfall der Doktor für unsere Insel war? Ein Arzt wie er! Auf einer Sandbank mit nicht einmal fünfhundert Einwohnern und umso mehr Winterstürmen.« Ihre Stimme bebte. »Er hat meinem kleinen Enkel Brody unzählige Male das Leben gerettet in den fünf Jahren, die er bei uns war. Unser Brody war eine Frühgeburt und hat starke Atemwegsprobleme ... Aber es geht nicht nur um ihn. Dr. Lennox fehlt an allen Ecken und Enden. Er hatte für jeden ein offenes Ohr, alle vermissen ihn.«

Die Frau beugte sich vor und strich der schlummernden Gertie über die weichen Borsten. Das Schweinchen gab ein wohliges Geräusch von sich. Abrupt fuhr sie fort: »Als der Doktor uns letztes Jahr eröffnete, er wolle auf der Isle of Mull eine Praxis übernehmen, sind wir aus allen Wolken gefallen. Keiner von uns hat es kommen sehen. Selbstverständlich waren wir skeptisch, als er damals aus London zu uns kam. Wir dachten, er würde nur seine Ausbildung zum Hausarzt abschließen und sofort wieder verschwinden. Aber er ist geblieben. Unser Doktor hat sich ausgesprochen wohlgefühlt in Lady. Er ist nie nach Hause gefahren, nicht einmal an Weihnachten. Und er hat auch nie von seiner Familie gesprochen – bis zu dieser unseligen Beerdigung.«

Cailin saß wie versteinert da und starrte die alte Dame an. Mit jedem Wort stieg ihre Verwirrung. Sie hatte eine sehr genaue Vorstellung davon gehabt, wo und wie Ian die vergangenen zehn Jahre verbracht hatte. In London. Mit kaputten Herzen. *Was zum Henker ...*

»Welche Beerdigung?«, fragte sie heiser.

*»Welche Beerdigung?«* Die Frau sah sie fassungslos an. »Sie waren doch dort und haben wie von Sinnen –« Sie unterbrach sich. Räusperte sich. »Eines Tages teilte Dr. Lennox uns mit, er müsse nach Tobermory fahren, weil sein Ziehvater gestorben sei. Hätte auch nur einer von uns geahnt, welche Auswirkungen diese Reise haben würde, hätten wir den Fähr- und Flugverkehr lahmgelegt.« Ihre kühlen grauen Augen blitzten auf. »Wir haben einen Flugplatz auf Sanday, wissen Sie.«

In diesem Moment wurde die Glastür aufgerissen. Cailin fuhr erschrocken zusammen. *Bitte nicht jetzt.* Zu ihrer Erleichterung war es nur Ians betagte Sprechstundenhilfe, die durch ihre dicken Brillengläser in den Raum linste und ziemlich laut »Jenna Bain!« rief, obgleich Jenna direkt vor ihrer Nase saß.

Cailin atmete auf, als Lornas Kopf sofort wieder jenseits der Tür verschwand. Das schnarchende Schwein war zum Glück unentdeckt geblieben. Das Letzte, was Cailin nun gebrauchen konnte, war ein Ferkel-Drama. Wozu sich mit Ians Handy auf der Toilette einsperren, wenn man mit Sanday persönlich einen Plausch abhalten konnte?

Jenna Bain erhob sich auffällig langsam aus ihrem Sessel. Entweder hatte sie ebenfalls einen schmerzenden Rücken oder sie hätte gern noch ein bisschen länger Sandays Enthüllungen gelauscht. Cailin tippte auf Letzteres. Irgendetwas sagte ihr, dass niemand in diesem Wartezimmer tatsächlich krank war. Und alle interessierten sich brennend für »den Doktor«.

Als Jenna endlich das Wartezimmer verlassen hatte, bemerkte die alte Dame unvermittelt: »Ich habe Sie mir anders vorgestellt.«

Cailin legte den Kopf schief. »Wie denn?«

»Nun, jedenfalls nicht mit Ferkel und Latzhose.«

Langsam wurde es ihr zu bunt. »Könnten Sie mir vielleicht mal kurz erklären, warum Sie mich zu kennen meinen? Und weshalb die Bewohner von Sanday mich hassen?«

Die Frau funkelte sie an. »Sie glauben doch wohl nicht, wir hätten den Doktor einfach so ziehen lassen. Einfach jeder hat ihn gefragt, weshalb er uns verlassen will. Seine Antwort, in Tobermory würde dringend ein Arzt gebraucht, hat keinen von uns überzeugt.« Sie lachte auf. »Schließlich funktioniert auch bei uns hin und wieder das Internet. Die medizinische Versorgung auf der Isle of Mull ist einwandfrei. Immerhin ist Mull bestimmt fünfzehnmal größer als Sanday und hat sechsmal so viele Einwohner.« Sie seufzte. »Irgendwann haben wir aufgehört, den Doktor nach seinen Gründen zu fragen. Stattdessen haben wir ihm das schönste Haus, ja, sogar die schönste Tochter der Insel angeboten.«

Cailin entfuhr ein ungläubiges Geräusch, doch die Dame machte eine wegwerfende Handbewegung. »Sie hatte sowieso ein Auge auf ihn geworfen. Jedenfalls haben wir den armen Doktor damit offenbar zur Verzweiflung getrieben. Eines Abends platzte er sturzbetrunken in unsere Gemeinderatssitzung und bat uns, ihn im Guten gehen zu lassen. Er müsse jetzt wirklich nach Hause zu seiner Cailin.« Sie seufzte abermals. »Wir haben Ian Lennox nie zuvor betrunken erlebt – es war sehr interessant.«

Darauf fiel Cailin nichts ein. Sie saß nur sprachlos da und lauschte dieser fremden Frau, deren Worte keinen Sinn ergaben. Doch die benötigte sie anscheinend gar nicht für dieses Gespräch. Unbeirrt fuhr sie fort: »Nachdem wir den Grund für seine Umzugspläne kannten, haben wir – der Gemeinderat – eine Taskforce gegründet.«

Cailin riss die Augen auf. »Ach! Wirklich?«

Mit einem Anflug von Stolz bestätigte ihr Gegenüber: »Ja, wirklich. Wir haben sogar in Erwägung gezogen, mit Ihnen Kontakt aufzunehmen und Sie davon zu überzeugen, nach Lady Village umzusiedeln. Es gibt einige begabte Künstlerinnen auf den Orkneys, wissen Sie.«

*Künstlerin ...* Cailins Wangen wurden heiß. So hatte sie schon lange niemand mehr genannt. Zu Recht. Sie war Ladeninhaberin. Bestenfalls Glasvogel-Produzentin. Pixie Reed war eine Künstlerin. Manche Leute pilgerten nach Stronsay, nur um ihr Haus mit den runden Wänden zu besichtigten. Es veränderte sich permanent, genau wie seine Bewohnerin. Als Cailin und Dee sie das letzte Mal besucht hatten, war Pixie unter die Maler gegangen. In der Küche, in der einst die Treppe ins Nirgendwo geführt hatte, hing nun ein riesiges Ölgemälde an der Wand. Es sah aus wie ein Fenster, in dem sich das Sonnenlicht spiegelte. »Glas mal anders«, hatte Pixie schulterzuckend gesagt.

»Hat Ian behauptet, ich wäre Künstlerin?«, hörte Cailin sich leise fragen.

»Nun, er hat so einiges behauptet bei jener denkwürdigen Ratssitzung. Ich weiß nicht, wie viele Gläser er intus hatte. Jedenfalls haben wir erst ein paar Tage später herausgefunden, dass Sie nur seine Exfreundin waren.« Sie blickte Cailin missbilligend an. »Und wie soll man eine Exfreundin davon überzeugen, zum Wohnort ihres Verflossenen umzusiedeln? Das war eine Sackgasse. Also haben wir uns letztlich darauf geeinigt, den Doktor ziehen zu lassen, in der Hoffnung, dass Sie ihn nicht zurückhaben wollen.« Sie taxierte Cailin mit ihrem Röntgenblick. »Und nun höre ich, Sie sind gut drei Monate nach seiner Rückkehr immer noch nur seine Exfreundin?«

Cailin nickte wie ferngesteuert. Ihr Hals war trocken. Was

passierte hier eigentlich gerade? Eine fremde alte Dame befragte sie in Ians Wartezimmer zu ihrem Beziehungsstatus. Diese Frau war schlimmer als Laurie Ferguson …

»Dann frage ich Sie jetzt«, meinte sie nun in einem beinahe feierlichen Tonfall, »ob Sie vorhaben, das zu ändern. Falls Sie nämlich kein Interesse an unserem Doktor haben, bitte ich Sie hiermit im Namen aller Bewohner von Sanday, ihm das klipp und klar mitzuteilen.«

Cailin schlug die Augen nieder. Sie wusste nicht, was sie sagen sollte. Was sie denken sollte. Die richtige Antwort wäre vermutlich gewesen: *Mein Liebesleben geht Sie rein gar nichts an.* Doch wie üblich brachte sie es nicht über sich, eine alte Dame zurechtzuweisen. Genau aus diesem Grund kaufte sie ihre Milch nicht mehr bei Laurie. Diese alten Leute machten sie fix und fertig.

»Wären Sie so freundlich, meine Frage zu beantworten?«, beharrte die Dame.

»Welche Frage?«, kam es von der Tür.

Cailins Blick schnellte nach oben. Ian stand im Türrahmen. Mit dem Stethoskop, das er um den Hals trug, sah er aus wie ein richtiger Arzt. Ein verärgerter Arzt. Erstaunt stellte sie fest, dass sein Ärger nicht ihr galt. Denn jetzt deutete er auf das Schwein zu Füßen der alten Dame und fragte an sie gewandt: »Mrs MacNee, wie kommen Sie dazu, ein Ferkel in meine Praxis mitzubringen?«

Bevor die Beschuldigte etwas erwidern konnte, war Cailin von ihrem Sessel aufgesprungen. Mit einem Satz war sie bei Gertie und weckte das arme Ding, indem sie es unsanft vom Boden aufhob. Mit dem zappelnden, quiekenden Schweinchen im Arm hastete sie an dem verblüfften Ian vorbei. *Nur weg von hier!*

Beim Hinauseilen rief sie Lorna über die Empfangstheke hinweg zu: »Meinem Rücken geht's besser!«, und Lorna rief freundlich zurück: »Aber nächstes Mal bitte ohne Hund, Liebes!«

# 14

Wie eine Bankräuberin raste Cailin auf das Fluchtfahrzeug zu, das auf der gegenüberliegenden Straßenseite auf sie wartete. Hastig riss sie die Beifahrertür auf, verfrachtete den Geldsack, äh, das Ferkel in den Fußraum und rief: »Aidan, fahr los!«

»Sind wir ein bisschen theatralisch?«, fragte der schmunzelnd.

»Aidan MacKay, wenn du nicht sofort losfährst, siehst du nie wieder eine Taskforce von innen!«

Er blickte das Schweinchen kopfschüttelnd an. »Gertie, was hast du dadrinnen angerichtet?«

Als das Ferkel beleidigt seinen Rüssel in Cailins Kniekehle presste, startete Aidan seufzend den Motor und fuhr – für Cailins Geschmack viel zu langsam – los.

»Erzähl.«

»Wieso? Du weißt doch schon alles«, brummte sie und starrte aus dem Seitenfenster. Eine Weile sagte niemand etwas. Nicht einmal Gertie gab einen Laut von sich. Nur Del Amitri sangen aus Aidans Lautsprechern *When You Were Young*.

Sie bogen auf die einsame Straße ab, die durch das Inselinnere nach Dervaig führte, wo Tibby und Aidans Mutter wohnten. Das Dorf lag nur ein paar Meilen westlich von Tobermory, aber auf der kurvigen Straße dauerte die Strecke gut zwanzig Minuten. Cailin schaute aus dem Fenster auf den windstillen

Loch Peallach, in dem sich die weißen Sommerwolken spiegelten. Ein Sturm wäre ihr lieber gewesen. Der friedliche See mit seinen grünen Ufern schien sie auszulachen. Und nun stimmten Del Amitri auch noch *Always The Last To Know* an.

Abrupt schaltete Cailin die Musik aus und sagte in die plötzliche Stille hinein: »Du hast mir fünf Jahre lang nichts erzählt.«

Aidan warf ihr einen kurzen Seitenblick zu und sah wieder auf die Straße. »Ich weiß.«

»Warum nicht?«, fragte sie mit erstickter Stimme. Sie fühlte sich leer. Ihr ältester, bester Freund hatte sie jahrelang belogen.

»Ian wollte es nicht, und du hast nicht gefragt. Niemand hat danach gefragt.«

*»Nicht gefragt?«* Sie sah ihn fassungslos an. »Bin ich Hellseherin? Oder hätte ich mich vielleicht sporadisch bei dir erkundigen sollen: ›Sag mal, hat Ian zufällig in letzter Zeit seinen Traumberuf in London in den Wind geschossen, um Hausarzt auf einer Sandbank zu werden?‹«

»Cailin, das ist nicht fair.«

»*Was* ist nicht fair?«

Sie spürte den längst überfälligen Zorn in sich hochsteigen. Aidan schien es ebenfalls zu spüren. Er lenkte den Geländewagen auf die Wiese am Ufer des Sees und hielt an. Gertie quiekte ungehalten. Das arme Schwein wollte endlich nach Hause, aber Aidan schnallte sich ab und wandte sich Cailin zu. Seine blauen Augen waren dunkler als sonst. Er war sauer. Anders als Kirsty ließ er sich nicht zwischen den Fronten zerreiben. Aidan hätte niemals die gelbe Karaffe ins Schaufenster gestellt, um sie vor Ian zu warnen. Im Gegenteil. Einmal hatte er sogar vorgeschlagen, die beiden zusammen in einen Raum zu sperren, bis sie sich wieder vertragen hätten.

»Ich musste dir versprechen, nie wieder ein Wort über Ian

zu verlieren – und jetzt wirfst du mir vor, dass ich mich daran gehalten habe? Außerdem hatte Ian recht. Die Geschichte mit Sanday hätte dich furchtbar verletzt.«

*»Verletzt?«*

Nun sah er nicht mehr sauer aus. Aber die Art, wie er sie musterte, war weitaus schlimmer. Voller Mitgefühl. Und dann sagte er leise: »Sanday war sein Anderswo.«

Cailin schluckte. Manchmal war es wirklich eine Plage, dass Aidan MacKay einfach alles über sie wusste. Sie schürzte die Lippen. »Na und? Ob London oder Sanday – für mich macht es wohl kaum einen Unterschied, wo genau sich sein blödes Anderswo befindet.«

»Tut es doch, und das weißt du.«

Sie wich seinem Blick aus. Zugegeben, Sanday war ein Schlag ins Gesicht. London war zumindest ein passables Anderswo gewesen. Viele Leute flohen vor dem öden Landleben in die Glitzerwelt. Ian hingegen hatte seiner wunderschönen Heimatinsel eine von Winterstürmen gebeutelte Sandbank im hintersten Winkel Schottlands vorgezogen. Und anscheinend war »der Doktor« dort glücklich gewesen. Bis …

»Du hast mich angelogen«, entfuhr es ihr.

Aidan zog die Augenbrauen zusammen. Wenn er so düster dreinblickte, wirkte die Narbe auf seiner Wange noch länger als sonst. Es war erstaunlich, dass er James die Attacke mit der Bierflasche verziehen hatte. Was nur wieder zeigte, dass Aidans Kern trotz seines in Mitleidenschaft gezogenen Äußeren durch und durch intakt geblieben war. Dieser Mann ruhte in sich – wenn seine beste Freundin ihn nicht gerade als Lügner bezeichnete.

»Schweigen und Lügen sind nicht dasselbe«, knurrte er.

»Ich habe dich letztes Jahr gefragt, ob Ian zur Beerdigung

von deinem Dad kommt«, entgegnete Cailin. »Und du hast laut und deutlich Nein gesagt.«

Aidans Augen weiteten sich. Damit hatte er offenbar nicht gerechnet. Er hatte ja nicht ahnen können, dass ihre Quelle tausendmal besser war als irgendein Chatverlauf auf Ians Handy. Sie hatte quasi mit Sanday persönlich gesprochen.

»Cailin …«

Sie schnaubte. »Und ich hatte damals sogar noch ein schlechtes Gewissen, weil ich dir nicht geglaubt habe. Ich konnte mir einfach nicht vorstellen, dass er nicht kommen würde nach allem, was deine Eltern für ihn getan haben. Aber ich habe ihn nirgends gesehen, also …«

»Nun, er hat dich gesehen«, murmelte Aidan.

Sie funkelte ihn an. »Nun, *alle* haben mich gesehen.«

Allein der Gedanke an die Beerdigung trieb ihr die Schamesröte ins Gesicht. Der Friedhof mit seinen verwitterten Mauern und teilweise uralten Grabsteinen war bevölkert gewesen von Trauernden. Trotz des strömenden Regens war die halbe Isle of Mull dort gewesen. Kein Wunder. Calum MacKay hatte den beliebtesten Pub der Insel geführt und war mit nur knapp sechzig Jahren an Krebs gestorben. Alle waren erschüttert gewesen.

Doch irgendwie hatte sich jeder einzelne dieser Menschen besser im Griff gehabt als Cailin – sogar Aidans Mum. Als hätten sie allesamt vorab noch einen Schnellkurs im geräuschlosen Weinen belegt. Eine Fähigkeit, die Cailin absolut nicht beherrschte. Waren die Schleusen einmal offen, gab es kein Halten mehr. Sie heulte Rotz und Wasser wie eine Dreijährige. Bis zur Schnappatmung. Und genauso war es auf der Beerdigung von Aidans Dad geschehen. Sie hatte ihren schwarzen Schirm ins Gras fallen lassen und die Arme fest um ihren Körper geschlossen, um sich unter Kontrolle zu kriegen. Aber es hatte nicht funktioniert. Und so hatte sie laut schluchzend im Regen neben dem erstarrten Aidan am offenen Grab gestanden, bis ihre Schwester Lola und Hailey sie von beiden Seiten untergehakt und fortgebracht hatten.

Lola hatte sie kräftig ausgeschimpft. Niemand auf diesem Planeten hätte so wenig Selbstbeherrschung wie Cailin. Nicht einmal Hailey Cameron. Als Cailin etwas vom Hauptquartier der CIA gefaselt hatte und davon, dass Calum MacKay das Gesicht ihrer glücklichen Kindheit gewesen sei, war Lola richtig böse geworden. »Cailin Buchanan! Werde endlich erwachsen!«

Letztlich hatte Cailin ihrer Schwester recht geben müssen. Sie hatte Aidan im Stich gelassen. Er hatte sie bei der Beerdigung an seiner Seite gebraucht, und anstatt ihm eine Stütze zu sein, hatte sie sich wie ein Kleinkind gehen lassen. Natürlich hatte Aidan das völlig anders gesehen. Er war nun einmal der Beste. Später, bei der Trauerfeier im Pub, hatte er sie fest in den Arm genommen und ihr ins Ohr geflüstert: »Es war, als hätte mein Inneres neben meinem versteinerten Äußeren am Grab gestanden. Du bist mein Alter Ego.« Cailin hatte der Atem gestockt. *Alter Ego?* Aidan hatte geklungen wie ...

Das Ferkel protestierte quiekend, als sie sich ebenfalls abschnallte. Sie wandte sich Aidan zu und fragte mit einem Kloß im Hals: »Weißt du noch, wie du mich am Abend der Beerdigung im Pub getröstet hast? Du hast etwas furchtbar Nettes zu mir gesagt. Dabei hast du dich fast so angehört wie ...«

»Ian«, gestand er zu ihrem Erstaunen. »Als er sich auf dem Friedhof von mir verabschiedet hat, meinte er, du bist ihm vorgekommen wie mein Alter Ego. Du würdest den Leuten mein wahres Inneres zeigen.« Aidan warf ihr einen schuldbewussten Blick zu. »Tut mir leid, dass es nicht meine eigenen Worte waren. Aber ich habe jedes einzelne davon so gemeint.«

Ihr Herz wurde plötzlich schwer. Ian hatte also irgendwo in der Menschenmenge gestanden und seine beiden ältesten Freunde aus der Ferne beobachtet. Wie eigenartig es für ihn gewesen sein musste, als nicht vorhandener Dritter im Abseits zu stehen. Zumal sie für ihn so viel mehr gewesen waren als Freunde. Alle beide. Die CIA war jahrelang Ians einzige Familie gewesen. Sein Immer.

Aidan lachte unvermittelt auf. »Keiner von uns hätte gedacht, dass du noch lauter heulen könntest als auf Rosies Beerdigung.«

Sie gab seiner Schulter einen Schubs. Doch jetzt musste sie selbst lachen. Niemand außer Ian hätte es gewagt, Aidans Dad mit ihrer Bernhardinerhündin zu vergleichen. Und plötzlich war sie sehr froh, dass er dort gewesen war.

Ohne nachzudenken, sagte sie: »Ich hätte ihn gern gesehen.«

»Hättest du nicht«, widersprach Aidan immer noch lachend. »Du hättest ihn ›Prinz William‹ genannt und wärst ihm an die Gurgel gegangen.«

Sie zuckte mit den Schultern. »Vielleicht wäre er dann auf Sanday geblieben.«

Aidan hörte auf zu lachen. »Heißt das, du hast endlich begriffen, dass er deinetwegen hier ist?«

Cailin verzog das Gesicht. »Zumindest hat Sanday das behauptet.«

»Du hast mit der Insel gesprochen?«, erkundigte sich Aidan, ohne die Miene zu verziehen. Kirstys guter Einfluss machte sich bemerkbar.

»Oh ja, sie saß sozusagen im Wartezimmer«, seufzte Cailin. »Wenn man ihr glaubt, hat Ian nur meinetwegen die armen Leute dort im Stich gelassen. Und jetzt steckt er in Doc Munros Chaospraxis mit der guten Lorna fest, die ein Schwein nicht von einem Hund unterscheiden kann. Ganz zu schweigen davon, dass sein persönlicher Teufel quasi um die Ecke wohnt. Und alles offenbar nur, weil ich ja unbedingt im Regen stehen und wie eine Irre heulen musste.«

»Unfassbar«, bemerkte Aidan trocken. »So ein Opfer bist du doch ganz offensichtlich nicht wert.«

Cailin ignorierte seinen sarkastischen Tonfall. »Definitiv nicht.«

Er verdrehte die Augen. »Vermutlich glaubst du auch immer noch, Ian hätte dich damals weggeschickt, um sich mit anderen Frauen auszutoben.«

»Warum denn sonst?«, fragte sie verwirrt.

Abwehrend hob er beide Hände in die Höhe. »Das klärst du mal schön mit ihm.«

Sie kannte diesen Blick. Aidan machte dicht. Wie zur Bestätigung schob er mit einem lauten Klacken seinen Sicherheitsgurt zurück ins Schloss und startete den Motor.

»Arschgesicht«, brummte Cailin.

Auf der Suche nach einer Verbündeten sah sie zu Gertie hinunter und stellte fest, dass das Schweinchen auf ihren Füßen eingeschlafen war. Seine langen weißen Wimpern flatterten ein bisschen, und es schien im Schlaf zu lächeln. Alles in allem war so ein Ferkel eine furchtbar niedliche Angelegenheit. Und nun grunzte die kleine Gertie auch noch zufrieden vor sich hin. Wahrscheinlich träumte die süße Steckdosennase gerade von ihrer neuen Freundin namens Sanday.

# 15

Mit einem wohligen Seufzer ließ Cailin sich in ihr Schaumbad sinken. Das heiße Wasser prickelte auf ihrer Haut, und der Schaum duftete herrlich nach Lavendel. Es ging doch nichts über das Ende eines anstrengenden Tags. Heute wartete nur noch das weiche Bett auf sie, und ihr letzter seliger Gedanke vor dem Einschlafen würde lauten: *Überstanden.* Zumindest für heute. Dieser Tag würde Konsequenzen haben, so viel war sicher. Doch in der Badewanne waren nur positive Gedanken erlaubt …

Cailin hatte sich schon auf dem Hinweg zu Tibby mit Aidan vertragen. Sie hatte eingesehen, dass er es wirklich nicht leicht hatte mit den Trümmern der CIA. Und Aidan hatte eingesehen, dass Cailin nach ihrem Zusammentreffen mit Mrs MacNee alias Sanday einiges zu verdauen hatte. Ohne Diskussionen hatte er ihr auf der Rückfahrt Ians Handynummer mitgeteilt, damit sie das Date auf ihre charmante Art absagen konnte:

*Hi Ian, heute kein Sex. Zumindest nicht mit mir. Man sieht sich – oder auch nicht. Cai*

Als sie die Nachricht versendet hatte, war ihr ein Stein vom Herzen gefallen. Ein Sexdate mit Ian war wirklich das Letzte, was sie gerade brauchte. Sie musste dringend ihre Gedanken und – noch schwieriger – ihre Gefühle sortieren.

Zunächst musste sie allerdings ein Ferkel in ihr Leben einsortieren. Es hatte sich gut und richtig angefühlt, als sie Tibby das Schwein quasi im Affekt abgekauft hatte, aber während der Heimfahrt hatte sie sich das Hirn zermartert: Wo sollte sie Gertie bloß unterbringen? Aidan war keine Hilfe gewesen. Er hatte lachend Rosies Hundehütte vorgeschlagen. Und dann hatte er angeboten, seine Tante anzurufen, um den »Deal« rückgängig zu machen. Aber das war keine Option.

Nachdem Cailin von Tante Tibby erfahren hatte, dass Gertie und ihre Geschwister nach nur drei Lebensjahren »abgeholt« würden, hatte sie das Ferkel blindlings gekauft. Gertie würde noch ein paar Wochen bei ihrer Mummy bleiben, aber dann ... Oje. Cailins Hinterhof war selbst ohne das Gerümpel zu klein für einen Stall mit Schlammsuhle und einem abwechslungsreichen Gehege, in dem dieses neugierige Ferkel die Welt entdecken konnte. Zumal Gertie nicht allein bleiben würde. Sie brauchte eine Rotte, um ein glückliches Schwein zu sein. Cailin würde also mindestens drei weitere Ferkel anschaffen müssen. Und ein Waldstück. Was hatte sie sich da nur eingebrockt?

*Positive Gedanken!*

Sie schloss die Augen und wollte gerade im Lavendelschaum abtauchen, als die Türklingel schrillte. Verärgert setzte sie sich in der Wanne auf. Irgendjemand klingelte da unten Sturm. So etwas tat nur Hailey. Zuerst klingelte sie, als gäbe es kein Morgen, nur um letztlich doch ihren Ersatzschlüssel zu zücken. *Na warte.* Sie hatte ohnehin ein Hühnchen mit dieser Verrückten zu rupfen. Schließlich war die Sache mit dem Ferkel Haileys Idee gewesen. Vermutlich erwartete sie einen Bericht, wie die Aktion *Doc Hollywood* gelaufen war. Das konnte sie vergessen. Cailin würde heute kein Wort mehr über Sanday verlieren. Vorhin hatte sie bereits Kirsty eiskalt abblitzen lassen. Sollten sie doch das neue Taskforce-Mitglied dazu befragen – nicht Gertie, natürlich, sondern Aidan.

Das Klingeln nahm kein Ende. Widerwillig stieg sie aus dem warmen Wasser. Sie wickelte sich in ihr großes weißes Badetuch und tapste mit nassen Füßen die Holztreppe hinunter in den Laden. Ihr schmales Haus ließ sich nur durch das Geschäft betreten. Damals beim Einzug war ihr das irgendwie passend vorgekommen. Künstler unterschieden nicht zwischen Arbeit und Leben. Ihre Schöpfungen waren ein Teil von ihnen. Das hatte sie zumindest geglaubt – bis ihre bunten Träume aus Glas sich hinterrücks in eine Seeadlerfabrik verwandelt hatten.

Sie schaltete das Licht an und warf ihren feinen Schöpfungen einen mürrischen Blick zu. Und die Adler, die mit ausgebreiteten Schwingen in dem wuchtigen Regal zu ihrer Rechten lauerten, starrten aus stechenden Augen zurück. Ja, die Viecher waren ihr verdammt gut gelungen. Cailin hatte den Verdacht, dass sie ihr genau aus diesem Grund fremd geworden waren. Diese Tiere waren zu perfekt. Je besser sie ihr gelangen, desto weniger konnte sie sich in ihnen erkennen. *Fließbandarbeit.* Aber sie bedeuteten auch ein sicheres Einkommen.

Cailin lief schnurstracks an ihren Dämonen vorbei und spähte durch die Glasscheibe der Ladentür. Sie hielt inne. Der Störenfried war nicht Hailey, sondern Ian. Er hatte aufgehört zu klingeln, aber Cailin machte keine Anstalten, die Tür zu öffnen. Sie rückte ihr Handtuch zurecht und blickte ihn zornig durch die Scheibe an.

»Komm schon, Cai, mach auf!«

»Ich bade!«

Da hielt er einen Gegenstand vor die Scheibe. Sie stutzte. Das war keine Weinflasche. War das etwa …?

Sie drehte den Schlüssel im Schloss herum und riss die Tür auf. »Ist das mein Portfolio?«

Er nickte, aber als sie nach der schwarzen Mappe griff, zog er sie außer Reichweite. »Lass mich bitte rein.«

»Hast du meine Nachricht nicht bekommen?«, knurrte sie gereizt. *»Heute kein Sex.«*

»Umso besser«, entgegnete er. »Dann können wir reden.«

Ihre Augen wurden schmal. Sie wollte nicht reden. Sie hatte heute genug geredet. Mit Sanday, mit Aidan, mit Tibby. In ihrem Kopf herrschte ein heilloses Chaos. Und was sie auch tat, ihre Gedanken kehrten immer wieder zu Sandays kleinem Enkel mit der schwachen Lunge zurück. Brody. Wie lange würde er wohl ohne Ian überleben? Bei dem Gedanken wurde ihr ganz schlecht. Die schreckliche Cailin Buchanan hatte Brodys Arzt gestohlen. Und dann war sie noch nicht einmal dazu in der Lage gewesen, seiner eigens angereisten Großmutter eine simple Frage zu beantworten: Hatte sie vor, etwas an ihrem Beziehungsstatus zu ändern? Bis Cailin die Antwort gefunden hatte, würde Brody … Nein, das durfte nicht passieren. *Nehmt den Doktor! Ich brauche ihn nicht!*

Dennoch verletzte es sie, wie unbekümmert Ian ihre Abfuhr hinnahm. Hatte er etwa nicht von ihrem nackten Körper in Gummistiefeln geträumt? Spürte er das Brennen nicht?

Cailin erinnerte sich daran, wie er gestern in Lauries Laden überrascht gefragt hatte: »Du hältst das hier für Lust?« Obwohl sein Puls unter ihren Fingern gerast war. Und später im Pub hatte er sogar erklärt: »Weißt du, Cai, nicht alles im Leben dreht sich um Sex.« Obgleich seine Hand zwischen ihren Beinen gelegen hatte. Und nun stand er allen Ernstes vor ihrer Tür und kommentierte ihre kalte Schulter mit einem gleichgültigen: »Umso besser.«

Vielleicht waren all seine Berührungen reine Gewohnheit gewesen. Eine alte Marotte. Hatte Ian über die unzähligen anderen Frauen vielleicht seine Lust auf die ungeschminkte Wahrheit verloren? Hatte seine Sehnsucht auf Calum MacKays Beerdigung womöglich gar nicht Cailin gegolten, sondern der CIA? Nun, die schreckliche Cailin Buchanan hatte ihre Mittel und Wege, die Wahrheit ans Licht zu bringen ...

Sie trat zur Seite. »Na gut, komm rein.«

Abrupt machte sie auf dem Absatz kehrt und durchquerte den Laden. Die bunten Vögel in den Setzkästen und Regalen schienen ihr amüsiert hinterherzuschauen. Sie wussten, was dem armen Mann blühte, der ihrer Chefin arglos mit der schwarzen Mappe unter dem Arm durch die Hintertür ins Treppenhaus folgte.

Als Cailin die ersten Stufen erklommen hatte, warf sie einen kurzen Blick über die Schulter und teilte ihrem ungebetenen Gast mit: »Du kannst reden, während ich bade.« Kaum hatte sie die Worte ausgesprochen, entknotete sie ihr Badetuch und ließ die Hüllen fallen. Ohne sich noch einmal nach Ian umzusehen, warf sie das Handtuch hinter sich. Sie hörte, wie er es auffing, und stieg gemächlich die restlichen Stufen hinauf.

Zugegeben, nicht wirklich gemächlich. Ihr Puls raste wie verrückt. Das Licht im Treppenhaus erschien ihr plötzlich ungewöhnlich grell. Und ihr Gehirn spuckte ausgerechnet jetzt die goldene Regel für ein gutes Selfie aus: *Nie von unten fotografieren.* Oh Gott. Sie war splitternackt, und Ian sah sie ... von unten. Vermutlich verlor er gerade das letzte Fünkchen Verlangen, das er noch nach seiner alten Jugendliebe gehabt haben mochte. Vielleicht sah er sogar weg. Jedenfalls sagte er kein Wort. Nur das Knarzen der Holztreppe unter seinen Schuhen war zu hören.

Cailin beschleunigte ihren Schritt und huschte durch den Flur auf direktem Weg ins Bad, wo sie sich hastig ins warme Badewasser gleiten ließ. Irgendwie hatte sie die Idee mit dem Blankziehen nicht gut durchdacht. Denn auch im Badezimmer brannte eine gnadenlose Deckenlampe, die jeden Winkel ihres nackten Körpers auszuleuchten schien. Sie hätte furchtbar gern die Kerzen neben dem Waschbecken angezündet. Sanftes Honiglicht war gut für den Teint. Aber das kam nicht infrage. Zu romantisch. Ihr blieb also nichts anderes übrig, als die letzten Wölkchen des schwindenden Lavendelschaums um sich zu scharen und dabei möglichst souverän auszusehen.

Für einen Augenblick hoffte sie, Ian würde ihr nicht ins Badezimmer folgen. Doch nun kam er auf Socken herein. Sie musterte ihn. Er trug dasselbe dunkelblaue Poloshirt wie vorhin im Wartezimmer. Offenbar hatte er es nicht für nötig befunden, sich nach der Arbeit umzuziehen. Warum auch? Immerhin war dies kein Date. Nur ein gewöhnliches Treffen, bei dem ein Mann einer Frau beim Baden zusah.

Nachdem er ihr nasses Handtuch über den Haken an der Tür gehängt hatte, sah er sie mit seinen belustigten braunen Augen an. »Wohin mit mir?«

Betont gelassen deutete Cailin auf die Toilette, die sich neben dem Fußende der Badewanne befand. Ohne Umschweife ließ Ian sich auf den Toilettendeckel sinken und platzierte die schwarze Mappe auf seinem Schoß. Cailin richtete sich ein wenig in der Wanne auf, sodass ihre Brüste zwischen den Schaumwölkchen hervorblitzten. Aber Ian sah nicht hin. Er blickte ihr in die Augen. Das belustigte Blitzen war verschwunden. Er wirkte … konzentriert?

Sie unterdrückte ein Siegergrinsen. »Du kannst die Mappe ruhig auf den Wäschekorb legen, dort wird sie nicht nass.«

Er winkte ab. »Nein, schon gut.«

Sie hob eine Augenbraue. Der Mann hatte etwas zu verbergen. Und dieses Etwas befand sich unter ihrer Mappe.

Ian räusperte sich. »Geht es deinem Schwein besser?«, erkundigte er sich im besten Plauderton, als wäre kein Mensch in diesem Raum nackt.

Cailin warf ihm einen verwirrten Blick zu, aber dann fiel ihr ein, dass ihr Ferkel heute beim Arzt gewesen war. »Ach so, ja, Gertie hatte einen kratzigen Hals, aber ansonsten keine Erkältungssymptome. Sie hat wohl nur zu viel gegrunzt.«

Er grinste breit, und seine Grübchen sahen zum Küssen aus, als er kopfschüttelnd meinte: »Aidan hat mir erzählt, du willst die ganze Ferkeltruppe vor seiner Tante Tibby retten.«

Sie seufzte. »Darauf wird es vermutlich hinauslaufen. Aber ich habe keinen Schimmer, wo zur Hölle ich diese anspruchsvollen Viecher unterbringen soll.«

»Bei meinem Vater natürlich.«

Sie griff nach dem Rand der Wanne und setzte sich auf. Ihre Brüste reagierten auf die kühle Luft und auf Ians Blick, der sich nun doch zu ihnen verirrt hatte. Sein Grinsen erlosch, und sie konnte sehen, wie er schluckte. Ihr Mund war plötzlich trocken. Bevor sie etwas Dummes tun konnte, witzelte sie: »Ich weiß, du verabscheust deinen Dad, aber dass du ihm gleich eine ganze Schweinerotte auf den Hals hetzen willst …«

Er sah von ihren Brüsten auf und erklärte verstörend sachlich: »Meinem Vater gehört ein riesiges Stück Land da oben über der Bucht. Er hat den ganzen Tag lang nichts zu tun und keine Gesellschaft. Und zufällig liebt er Tiere. Ich bin sicher, er täte nichts lieber, als dir zu helfen – zumal er damit sicherstellen würde, dass du auch weiterhin regelmäßig bei ihm vorbeischaust.«

Unwillkürlich schenkte sie ihm ein warmes Lächeln. Sie hatte völlig vergessen, wie das war. Wenn Ian mit wenigen Sätzen das Chaos in ihrem Kopf entwirrte. Wie zu sich selbst murmelte sie: »James wird alles lesen, was es über Schweine zu lesen gibt. Er wird über nichts anderes mehr reden, Philosophen und Landwirte zitieren und …« Sie hielt inne. »Woher weißt du, dass er Tiere liebt?«

Ian beugte sich vor und legte seine Unterarme auf die Mappe. »Cai, er ist mein Dad.«

»Dein *Dad?*« Sie blickte ihn erstaunt an.

»Wusstest du das nicht?« Sein Grinsen war zurück. »Dieser abgewrackte Typ, der dir immer Tee kocht, ist mein Dad.«

»Seit wann nennst du ihn so?«

»Wie soll ich ihn denn sonst nennen?«

»Teufel, Abschaum – bestenfalls *Vater.*«

Ian hörte auf zu grinsen. Er zögerte, aber dann sagte er leise: »Es ist schwierig, jemanden zu verteufeln, den du derart gut leiden kannst. Wenn ich ihn irgendwo von Weitem sehe und ihn hassen will, denke ich jedes Mal …«

»Was?«

*»Sie mag ihn.«*

Sie sahen einander schweigend an. Cailin hätte es vorgezogen, er hätte einfach wieder ihre Brüste angestarrt. Doch seine dunklen Augen waren auf ihr Gesicht gerichtet. Wie üblich blätterte er nach Belieben in ihren Gedanken, die sie nicht denken wollte, aber dennoch dachte.

*Ich mag dich.*

Ian blinzelte. Nach einem weiteren endlosen Wimpernschlag erkundigte er sich aus heiterem Himmel: »Mit welcher Begründung hast du eigentlich Jonathan für heute abgesagt?«

Perplex antwortete Cailin: »Na, mit dir.«

»Was hast du ihm denn gesagt?«, fragte er lachend. »Dass du dringend mit mir Scrabble spielen musst?«

»Dass ich dringend mit dir schlafen muss.«

Ian starrte zuerst sie an und dann ihre Brüste. Als wollte er sie fragen, ob sie das bestätigen könnten. Schließlich sah er auf und sagte heiser: »Ich muss dringend mit dir schlafen.«

Ihr Körper reagierte, bevor sie es konnte. Noch vor ein paar Sekunden war ihr aufgefallen, wie sehr sich das Badewasser abgekühlt hatte, aber jetzt war ihr heiß. Alles in ihr schien sich aufzurichten. Ihr Puls hämmerte an allen möglichen Orten. Ihre Lippen pochten ungeduldig. Sie wollten geküsst werden. Von dem Mann, der dort drüben mit ihrer Mappe auf dem Toilettendeckel hockte und sich am Hinterkopf kratzte. Nur von ihm.

»Dann leg endlich die Mappe weg«, brummte sie.

Verblüfft sah sie, wie das kostbare Portfolio achtlos auf den Wäschekorb geworfen wurde. Wie Ian sich mit einer effizienten Bewegung das Poloshirt über den Kopf streifte und sich scheinbar ohne Eile, aber dennoch in Windeseile seiner restlichen Kleidungsstücke entledigte.

Als er zu ihr in die Wanne stieg, wollte Cailin die Beine anwinkeln, um ihm Platz zu machen. Doch Ian umfasste ihre schlanken Fesseln und zog sie zu sich. Bis sie sich rittlings auf seinem Schoß wiederfand.

Das Brennen war kaum zu ertragen. Sie stand in Flammen. Und sie wusste nicht, was sie zuerst tun sollte. Ihre Arme um seinen starken Nacken schlingen? Ihre Finger in seine dichten Haare graben? An seiner vollen Unterlippe saugen? Sie krümmte sich innerlich. Woher kamen plötzlich all diese dümmlichen Adjektive? Wenn sie nicht aufpasste, würde sie gleich noch anfangen, seine Hände schön zu finden. Herrje, sie musste sich zusammenreißen, schließlich konnte der Mann Gedanken lesen …

Sie sah in seine hungrigen (ja, hungrigen) Augen und atmete erleichtert auf. Momentan konnte Ian mit Sicherheit keine Gedanken lesen. Aber sie konnte es. Offensichtlich überlegte er gerade, ob er zuerst ihren zarten Hals, die vorwitzigen Brüste oder ihren restlichen Körper verschlingen sollte, den er mit tausend dümmlichen Adjektiven bedachte. Ein *anbetungswürdiges* Schlüsselbein? Oje. Sie musste ihn – und sich – endlich erlösen.

Beherzt schlang sie die Arme um seinen starken Nacken und saugte sanft an seiner vollen Unterlippe.

Augenblicklich wurde es still in Ians Superhirn. Nur noch ein einziger glücklicher Gedanke war zu hören: *So süß schmeckt das Jetzt.* Cailin hatte jedoch keinen Schimmer, wer ihn gedacht hatte.

# 16

Sie waren vor einiger Zeit von der Badewanne ins Bett umgezogen. Cailin lag auf Ians Schulter und schmunzelte vor sich hin. Die anderen Frauen hatten ganze Arbeit geleistet – was sie von sich selbst nicht gerade behaupten konnte. Bestimmt hatte Ian sich anfangs ein paar derbe Abfuhren eingefangen, weil sie ihn damals im Bett denkbar schlecht ausgebildet hatte. Was Sex betraf, war sie ungefähr so kompliziert wie ein durchschnittlicher Mann. Vielleicht lag es an ihrem muskulösen Beckenboden, wer wusste das schon. Jedenfalls brauchte ihr Körper nicht schonend vorgeheizt zu werden. Mitunter beschwerte sich Declan sogar darüber, dass sie immer so schnell fertig war. Dummerweise war sie eine furchtbar schlechte Lügnerin. Sonst hätte sie hin und wieder einfach vortäuschen können, dass es noch nicht passiert war. (Hailey nannte das einen »umgekehrten *Fake Orgasm*«.)

Heute hatte sie hingegen nichts vortäuschen müssen. Weder umgekehrt noch richtig herum. Ian und sie funktionierten genauso synchron wie früher. Sie waren vorhin einfach wie ausgehungerte Wölfe übereinander hergefallen, wie es sich nach zehn Jahren Abstinenz gehörte. Nach dem animalischen ersten Akt hatte er jedoch darauf bestanden, ihr zu zeigen, was anderen Frauen gefiel. Kein anderer Mann hatte das jemals gewagt. Eigentlich machte Cailin die Regeln. Immer.

Doch Ian war nicht ihr Immer. Er war das Jetzt. Und jetzt hatte Cailin sich verwundert eingestehen müssen, dass sie bisher ziemlich beschränkt gewesen war. Durch ihre chronische Ungeduld hatte sie so einiges verpasst. Offenbar begriff ihre Haut Berührungen viel besser, wenn sie langsam erfolgten. Mit geradezu unerträglicher Muße hatte Ian ihren Körper auf den großen Moment vorbereitet, und am Ende war sie so bereit gewesen wie nie zuvor – sie hatte zwischendurch an Fußballergebnisse denken müssen, um das Finale nicht zu vermasseln. Und nun lag sie auf seiner Schulter und lächelte äußerst peinlich vor sich hin.

»Überzeugt«, murmelte sie. »Du darfst den Freitag haben.«

Ian strich zärtlich über ihre feuchten Haare. »Warum ausgerechnet den Freitag?«

Sie legte den Kopf zurück und zückte Fionas Fragezeichen. »Weil die Tage sich sonst knubbeln?«

Er hob die Augenbrauen. »Du meinst …«

»Zwischen Mittwoch, Freitag und Sonntag wäre genug Zeit zum Ausruhen«, meinte sie zuversichtlich, obgleich sie einen gewissen Respekt verspürte. Drei Männer pro Woche waren schon eine Ansage.

»Und was ist, wenn ich montags Lust habe?«, fragte Ian.

»Dann suchst du dir jemanden, der ebenfalls Lust hat.«

»Und wenn ich freitags keine Lust habe?«

»Dann suche ich mir jemanden, der Lust hat.«

»Oh Mann, Cai, ich habe dich in die Polyamorie getrieben.«

Sie schnaubte verächtlich. »Wohl kaum. In dem Wort kommt *Amor* vor, und damit hat das Ganze hier nun wirklich nichts zu tun.« Sie sah ihn missbilligend an. »Und wie kommst du überhaupt auf die Idee, du hättest Einfluss auf meinen Lebensstil? Ich mache das seit Jahren so, und alle Beteiligten sind glücklich und zufrieden.«

*»Seit Jahren?«*, fragte Ian entsetzt.

»Keine Sorge, du Spießer, ich verhüte wie eine Eins«, knurrte sie gereizt und rollte von seiner Schulter herunter auf das zweite Kopfkissen. Was bildete der sich eigentlich ein, ihr Sexleben zu verurteilen?

»Darf ich dich etwas fragen?«

»Wenn's sein muss«, brummte sie.

»Hattest du in den letzten zehn Jahren irgendwann mal eine Beziehung?«

Sie antwortete nicht. Stattdessen setzte sie sich verärgert im Bett auf und boxte energisch das geblümte Kopfkissen zurecht, bevor sie es sich in den Rücken schob.

Ian setzte sich ebenfalls auf und lehnte sich an die Wand. Sanft berührte er ihre Armbeuge. »Bitte sag es mir.«

»Meinst du etwa so eine, bei der am Ende einer zerknirscht gesteht, er würde gern auch mal mit anderen Leuten ins Bett gehen?« Sie warf ihm einen sarkastischen Blick zu. »Nö.«

Er seufzte. »Also doch.«

»Also *was?*«

»Meine Lüge von damals ist der Grund, warum du nicht mehr an Monogamie glaubst.«

Cailin funkelte ihn an. »Deine *Lüge?* Willst du mir jetzt weismachen, du wolltest dich gar nicht mit anderen Frauen treffen?«

»Ja«, sagte er schlicht.

*»Ja?* Was meinst du damit?«

»Ich wollte immer nur dich, Cai.«

Sprachlos starrte sie ihn an. Was hätte sie damals dafür gegeben, diesen Satz zu hören. Tag für Tag, Woche für Woche,

Monat für Monat hatte sie verstohlen zur Ladentür geblickt und darauf gewartet, dass er auf ihrer Schwelle erscheinen, sich den Kopf am Türrahmen stoßen und genau diese Worte sagen würde. Aber es war nicht passiert. Weil so etwas nur im Märchen passierte. Oder zehn Jahre zu spät.

»Warum …«, krächzte sie, aber ihre Stimme versagte.

»Warum ich gelogen habe? Weil wir uns sonst nie getrennt hätten.« Ian griff nach ihrer Hand und erklärte in seinem ruhigen Tonfall, der den unbeteiligten Dritten vom Hocker gehauen hätte: »Unsere sogenannte Beziehung hat sich für mich die meiste Zeit angefühlt wie eine Affäre. Es drehte sich alles nur um Sex – seit dem ersten schrecklichen Tag, als wir es im Pub getan haben, während Aidan vom Doc zusammengeflickt und mein Dad zur Wache gebracht wurde.« Ein Lächeln huschte über sein Gesicht. »Anfangs hat es mir natürlich gefallen. Ich konnte nicht mehr klar denken, wenn du Erins karierte Minikleider getragen hast, als wären es Hosen.«

*»Hosen?«* Cailins Stimme war zurück.

»Breitbeinig wie eh und je«, erklärte er grinsend.

Sie stieß ihm gespielt empört den Ellenbogen in die Seite. »Und wann genau wurde dir das mit dem Sex zu viel?«

»Nie.« Sein Grinsen erlosch. »Aber ich wollte meine Freundin Cailin zurückhaben. Ich habe dich auf so vielen Ebenen vermisst.« Da war er wieder, dieser Blick, bei dem sie sich wie Wasser in der Wüste fühlte. »Als wir uns in den ersten beiden Jahren nur alle paar Wochen sehen konnten, hat mich das fast umgebracht. Erinnerst du dich an meine seitenlangen Briefe?«

Ob sie sich daran *erinnerte?* Die Briefe lagen in ihrer heiligen Kiste unter dem Bett. Genau unter ihnen. Zusammen mit der Kordel seines alten Pullovers. Doch sie hätte sich eher die Zunge abgebissen, als ihm das zu verraten.

Also nickte sie stumm, und Ian fuhr fort: »Wenn du mich in Edinburgh besucht hast, sind wir kaum aus dem Bett rausgekommen. Und sobald du wieder in Tobermory warst, fielen mir tausend Dinge ein, über die ich mit dir sprechen wollte. Ich habe dir geschrieben und dich angerufen, aber du warst sehr verschlossen. Wenn ich dich nach deinen Träumen fragte, meintest du lachend, du würdest von mir träumen. Wenn ich dich nach deinen Plänen fragte, hast du mir die Daten deiner nächsten Zugfahrt durchgegeben. Du wolltest nicht über dich reden. Egal, wie hartnäckig ich war – ich kam nicht mehr an dich heran. Ich schob es auf die Fernbeziehung, und als du endlich nach Edinburgh kamst, habe ich gehofft …«

Ian zögerte, und sie fragte heiser: »Was?«

»Dass wir endlich wieder *wir* sein würden. Ich habe Aidans WG-Zimmer abgelehnt in der Hoffnung, wir würden uns zusammen eine Wohnung nehmen. Doch dann bist *du* bei Aidan eingezogen. Und hast dein Leben mit ihm geteilt. Mit ihm und Hailey. Das Einzige, was du noch mit mir teilen wolltest, war dein Bett.«

Hilflos sah sie in seine traurigen Augen. Sie wusste, dass jedes Wort stimmte. Und es tat weh, wie sehr sie ihm wehgetan hatte. Sie wollte sich an ihn schmiegen. Mit ihren Fingern durch seine feuchten Haare fahren und ihn um Verzeihung bitten. Doch sie war wie gelähmt. Und stumm.

»Ein paarmal stand ich kurz davor, unsere Affäre zu beenden.« Er lächelte schief, und beinahe hätte Cailin zurückgelächelt. »Aber du warst ein Teil von mir. Ich konnte mir ein Leben ohne dich einfach nicht vorstellen. Und als du schließlich mit mir nach London gehen wolltest, dachte ich wirklich, die Dinge würden sich zum Guten ändern. Ich habe monatelang hinter deinem Rücken nach dem perfekten Apartment für uns

Ausschau gehalten. Ich wollte dich überraschen. Irgendwie schienst du das geahnt zu haben. Weißt du noch, wie du mir in Aidans Gegenwart beim Frühstück erklärt hast, du willst mein Jetzt sein und nicht mein Immer? Und dann hast du mit dieser Wohnungsanzeige für die Ärzte-WG vor meiner Nase herumgewedelt. Ich dachte, es könnte nicht schlimmer werden – bis du dieses Loch in Richmond aufgetrieben hast. Für eine Person, am anderen Ende der Stadt. Das war der Tiefpunkt. Da habe ich endlich begriffen, dass wir feststeckten. Es ging weder vor noch zurück. Nur noch … raus.«

»Aber ich habe dich geliebt«, wisperte Cailin erstickt.

Ian drückte ihre Hand. »Ich weiß.«

»Warum hast du mir keine Chance gegeben?«

Er seufzte. »Cai, ich habe dir acht Jahre lang eine Chance nach der anderen gegeben. Und ich habe mir das Hirn zermartert, was genau das Problem war. Anfangs war ich davon überzeugt, es läge daran, dass ich deine geliebte Insel hinter mir lassen wollte. Doch irgendwann musste ich mir eingestehen, dass es komplizierter war.«

»Komplizierter? Inwiefern?«

»Weißt du noch, wie beharrlich du dich geweigert hast, mir deine Bewerbungsmappe fürs College zu zeigen?«

Sie schürzte die Lippen und zuckte mit den Schultern.

Ian schluckte, bevor er leise sagte: »Sie war dir peinlich.«

Sie zog ihre Hand weg und rückte von ihm ab. »Na ja, es war nicht gerade ein Meisterwerk.«

»Das sehe ich anders.«

»Ian, das sind nur Fotos von Eisklötzen – keine lebensrettenden Erkenntnisse über Herzfehler oder so.«

Die Furche erschien auf seiner Stirn. »Siehst du, genau das war unser Problem.«

»Ich verstehe kein Wort.«

Er griff erneut nach ihrer Hand, aber Cailin zog sie weg. Und wartete. Sie spürte seinen Widerwillen. Ian wollte nicht weitersprechen – und dennoch tat er es. Ihr zuliebe.

»Aus irgendeinem Grund warst du der Meinung, ich wäre zu gut für dich. All deine wunderbaren Ideen kamen dir banal vor im Vergleich zu meinem Medizinstudium. Deshalb wolltest du mir nichts von deinen Blitzen am Strand erzählen. Du hast deine Träume vor mir beschützt, weil du fest davon ausgingst, ich würde dich früher oder später sowieso verlassen.«

»So war es ja auch«, murmelte sie.

»Das nennt man eine selbsterfüllende Prophezeiung, mein Schatz«, entgegnete er mit seiner nervtötend ruhigen Stimme.

Cailin warf die Decke zurück und rutschte über seine Beine hinweg vom Bett hinunter. Sie musste sich bewegen. Aufgewühlt (und nackt) tigerte sie zwischen Bett und Fenster auf und ab, bevor sie mitten im Raum stehen blieb. »Dann beantworte mir mal eine Frage, *mein Schatz:* Wen würdest du auf eine einsame Insel mitnehmen – den Arzt oder die Glasbläserin?«

»Die Glasbläserin«, antwortete Ian, ohne zu zögern.

»Ja klar.« Cailin schnaubte und begann wieder, durch das kleine Zimmer zu tigern. Diesmal brachte sie das helle Licht der Deckenlampe nicht aus der Fassung. Sie war bereits aus der Fassung.

»Mit dem Arzt könnte ich mich nicht fortpflanzen«, ergänzte Ian trocken.

Cailin machte eine Vollbremsung vor dem Sprossenfenster, das auf das dunkle Wasser des Hafenbeckens schaute. Sie drehte sich zu Ian und stemmte die Hände in die Hüften. »Ha! Siehst du! Du würdest mich nicht wegen meiner Glasvögel mitnehmen, sondern um mit mir zu schlafen.«

Sie rechnete mit einem müden Kopfschütteln, aber Ians Gesicht verdunkelte sich. Unversehens sprang er ebenfalls vom Bett auf, und sie fragte sich kurz, wann um Himmels willen dieser Mann in seine Boxershorts geschlüpft war. Im Gegensatz zu ihr hatte er die Dinge bemerkenswert gut unter Kontrolle. Andererseits wirkte er nicht sonderlich kontrolliert, als er nun auf sie zugestürmt kam und sie an den Oberarmen fasste. Er sah aus, als wollte er sie schütteln.

Stattdessen schob er sie gegen die kühle Fensterbank und sagte mit einem Beben in der Stimme, das selbst dem dusseligen Dritten aufgefallen wäre: »Ja, Cai, ich würde dich mitnehmen, um mit dir zu schlafen. Aber wenn du denkst, das wäre der einzige Grund, bist du anscheinend wirklich so dumm, wie du glaubst.« Ians Augen waren schwarz. Seine Finger bohrten sich in ihre Haut. »Herrje, du lässt alle Leute nach deiner Pfeife tanzen, hast zwei Männer und sagst jedem gnadenlos, was du denkst. Wie kann ein einzelner Mensch so forsch und zugleich so unsicher sein? Und warum zur Hölle weißt du nicht, dass du zaubern kannst? Nur deinetwegen gibt es auf dieser Insel an sonnigen Tagen Regenbögen, nur deinetwegen hat heute ein Schwein in meinem Wartezimmer gesessen, und zwar bestimmt im Rahmen irgendeiner grandiosen Taskforce, die es auch nur deinetwegen gibt. Du bist mit meiner Schwester nach London gereist und hast ihr Atelier eingepackt, obwohl du sie kaum kanntest. Du hast bis gestern bei meinem kaputten Vater nächtelang Wache gehalten, um ihn vom Whisky fernzuhalten. Und wie ich dich kenne, wirst du demnächst auch noch eine Schweinefarm mit ihm gründen. Du machst jeden in deinem Umfeld glücklich, sogar Tibbys verdammtes Ferkel.«

Er holte Luft. »Ja, ich rette hin und wieder jemandem das Leben – aber was wäre diese Insel ohne dich? Wir brauchen dich, Cai. Wir alle. Ohne dich kriegen wir ja nicht einmal eine Beerdigung hin. Du zeigst uns, was in uns los ist. Genau dafür sind Künstler da. Deshalb seid ihr unverzichtbar für all die anderen, die sich unter ihren schwarzen Regenschirmen verstecken.« Abrupt ließ er ihre Arme los. Seine Stimme klang rau, als er leise fragte: »Warum weißt du das denn nicht?«

Nackt und mit hängenden Armen stand Cailin da. Sie wusste nicht, was sie sagen sollte. Zu allem Übel wurden Ians Augen wieder zum DeLorean. Gnadenlos katapultierten sie Cailin zu jenem fernen Tag vor siebzehn Jahren zurück, als Hailey sie dabei erwischt hatte, wie sie mit Gummistiefeln ins Hafenbecken springen wollte. Weil Ian ein Wesen höherer Art war – unerreichbar für eine Gorilladame wie Cailin. Und ihre Freundin hatte bereits im Alter von vierzehn Jahren gewusst, was Cailin erst heute begriff: Kein Arzt der Welt hätte ihr helfen können. Der Einzige, der es konnte, war der fabelhafte Robin Williams.

Hailey und sie hatten sich wieder und wieder die Szene in *Good Will Hunting* angesehen, in der Robin Williams dem Wunderknaben (Matt Damon) erklärte, dass all sein Wissen über Michelangelo nutzlos war. Denn Matt hatte bestimmt keinen Schimmer, wie es in der Sixtinischen Kapelle roch. Vermutlich konnte er ein Liebessonett nach dem anderen herunterleiern. Dennoch hatte er nicht die leiseste Ahnung, wie es war, neben einer Frau aufzuwachen und sich wirklich glücklich zu fühlen. Alles in allem hatte dieser wahnsinnig schlaue Matt nicht den geringsten Durchblick.

Was für ein Drehbuch! Cailin hatte Hailey zuerst nicht glauben wollen, dass Matt Damon und Ben Affleck es selbst geschrieben hatten. Wer hätte gedacht, dass diese beiden Milchbubis zaubern konnten? Dank ihnen hatte Robin Williams ein unglückliches schottisches Mädchen davon überzeugen können, dass so eine blöde Hochbegabung nichts wert war ohne Leidenschaft. Und endlich hatte Cailin begriffen, dass es sich bei dem Wesen höherer Art um ein verdammtes Gerücht handelte. Zumindest für die Dauer eines Spielfilms war sie geheilt gewesen. Und praktischerweise konnte man Videos ja zurückspulen.

»Was denkst du?«, platzte Ian in ihre Gedanken.

»Ich bin froh, dass Robin Williams Schauspieler geworden ist und nicht Arzt«, murmelte sie.

Ian sah sie perplex an, und sie erklärte: »Du hast recht, wir brauchen die Künstler. Manchmal ist die Kunst die einzige Medizin. Aber man ist kein Künstler, bloß weil man verrückte Dinge tut und seine Gefühle nicht im Griff hat. Künstler schaffen Kunst. Daher gehöre ich nicht zu ihnen.«

»Dein Laden da unten ist bis unter die Decke vollgestopft mit Kunst«, wandte Ian ein.

Sie verschränkte die Arme. »Nein, Ian, meine Glasvögel sind Produkte. Und weißt du, woran man das erkennt?«

»Sag es mir.«

»Sie sind nicht einzigartig.«

»Sind sie nicht?«, fragte er verblüfft.

»Sie gleichen einander wie ein Ei dem anderen.« Cailin zögerte, aber dann fügte sie hinzu: »Dein Dad findet, sie sind Ausdruck meiner Gedanken. Aber er irrt sich. In diesen hübschen Tieren steckt kein einziger Gedanke. Sie sind einfach nur perfekte Kopien der Natur.«

Sie rechnete mit einem Einwand, doch stattdessen murmelte Ian: »Du klingst genau wie ich vor fünf Jahren.«

Sie lachte auf. »Wieso? Waren deine Diagnosen nicht mehr einzigartig?«

»So ungefähr.« Sanft berührte er ihren Ellenbogen, und sie biss sich verstohlen auf die Unterlippe. Das Brennen war zurück. »Ich war auf dem besten Weg, ein richtig guter Herzchirurg zu werden. Genau wie du habe ich mich spezialisiert, meine Fähigkeiten perfektioniert und …«

»… immer das Gleiche getan?«, warf sie ein.

Ian nickte. »Mehr oder weniger.«

»Ich hasse Routine«, brummte sie.

»Ich auch.« Er imitierte ihr Brummen und entlockte ihr ein Lächeln. »Weißt du, ich bin gar nicht so viel anders als du – abgesehen von deiner Zauberkraft.«

»Klar, wir sind quasi austauschbar«, scherzte sie. »Genau wie ich sagst du immer die Wahrheit, lässt alle Leute nach deiner Pfeife tanzen und hast zwei Männer.«

»Fast«, grinste er.

Sie legte den Kopf schief. »Hast du etwa zwei Frauen?«

Sein Grinsen wurde breiter. »Eifersüchtig?«

*Ja.*

Sie wich seinem Blick aus und gab ein verächtliches Geräusch von sich, das in ein Bibbern überging. Schottische Sommernächte eigneten sich nicht für ausgedehntes Nacktsein. Schon gar nicht in einem uralten Haus mit undichten Fenstern.

»Cai, du frierst, komm wieder unter die Decke.«

»Auf keinen Fall«, erwiderte sie, obgleich sie große Lust auf das Bett hatte. In jeder Hinsicht. Sie griff hinter sich nach dem Fensterbrett, um standhaft zu bleiben. »Zuerst beantwortest du meine Frage nach den zwei Frauen.«

Unvermittelt legte er seine Hände auf ihre Taille und hob sie hoch. Für einen Augenblick hoffte Cailin, er würde sie ins Bett tragen. Stattdessen setzte er sie auf die Fensterbank und wickelte ihre Beine um seine Hüften. Sie spürte einen kühlen

Luftzug in ihrem Rücken. Fröstelnd schlang sie die Arme um ihn und schmiegte sich an seinen warmen Körper.

»Du hast recht, wir sorgen besser dafür, dass du noch eine Weile frierst.«

Sie legte den Kopf in den Nacken. »Wieso?«

Seine Augen leuchteten. »Weil wir endlich so reden wie früher.«

»Und das können wir nur, wenn ich friere?«

»Ja, dann bist du nicht so erregt.« Er klang sachlich. Wie ein Arzt. Ob er wusste, was dieser ruhige Tonfall mit ihr machte? Ob er wusste, wie sehr sie ihn ...

Bevor sie den Gedanken zu Ende denken konnte, nahm er ihr Gesicht in seine wirklich schönen Hände und fiel über ihre Lippen her wie ... der siebzehnjährige Ian. Er küsste sie wie beim ersten Mal in der viel besungenen Tischnische. Als die Zeit stillgestanden und die Zukunft in weiter Ferne gelegen hatte. Als das Happy End völlig egal gewesen war. Weil nur der Moment gezählt hatte.

Cailin drängte sich gegen ihn und verlor sich in dem bodenlosen Schwindelgefühl. Dieser Kuss war ein Karussell, und sie flog wie ein Vogel ... Sie vergaß zu frieren. Sie vergaß die Seeadler, die anderen Frauen, die Wesen höherer Art. Das Einzige, was sie noch wusste, war ihre Antwort auf Sandays Frage: *Ja, ich will ihn zurückhaben. Sofort.*

Sie hielt inne. *Sanday.* Das elende Wort hatte sich in ihrem Moment verhakt. Es brachte das herrliche Karussell zum Stillstand. Und hier, in der Realität, wartete ein weiteres Wort auf sie: *Brody.* Verdammt. Sie wollte ein Ferkel retten, und zugleich nahm sie einem kleinen Jungen den Arzt weg. Gegen Brodys kranke Lunge half kein Film mit Robin Williams. Ian hatte ständig sein Leben retten müssen. Wie töricht sie gewesen war, als sie sich um Ians Patienten in London gesorgt hatte. In London gab es genug Ärzte. Aber auf der entlegenen Sandbank dort oben im Norden …

Sie zog den Kopf zurück und sah Ian zornig an. »Ian Lennox, wie *konntest* du nur?«

Er blinzelte, als hätte sie ihn aus einem schönen Traum gerissen. »Das war ein Scherz, Cai. Es gibt keine anderen Frauen …«

Ungeduldig trommelte sie mit den Fersen gegen seinen Rücken. »Darum geht es doch gar nicht! Hast du nicht bei der Abschlussfeier diesen hippokratischen Eid abgelegt?«

»Ja?« Fionas Fragezeichen baumelte über seinem Kopf.

»Und da findest du es in Ordnung, deine Patienten auf Sanday im Stich zu lassen? Das sieht dir gar nicht ähnlich!«

Das Fragezeichen verschwand, aber dafür erschien die Furche auf Ians Stirn. »Was hat Mrs MacNee dir erzählt?«

Cailin zögerte. Sie wollte Brody erwähnen, doch besann sich eines Besseren. Sie kannte Ian. Es würde ihm gar nicht gefallen, dass die alte Dame ihr von ihrem kranken Enkelkind berichtet hatte. Seit jeher machte es ihn stinksauer, wenn Leute Cailin vor ihren Karren spannten. Zum Glück war es nicht nötig, ihn an Brody zu erinnern. Wie gesagt, sie kannte Ian. Und Ian kannte seine Patienten.

Also antwortete sie: »Dass du auf Sanday fehlst. Wie es scheint, haben dich alle dort in ihr Herz geschlossen.«

Er seufzte. »Ich weiß. Sie fehlen mir auch.«

Cailin spürte einen Stich in der Brust. *Sie fehlten ihm.* Es war genauso, wie Aidan gesagt hatte: Sanday war Ians Anderswo. Er war dort glücklich gewesen. Fünf Jahre waren eine lange Zeit, und Ian hatte sie mit Sicherheit gut genutzt. Bestimmt hatte er dort eine regelrechte Klinik mit Helikopterlandeplatz und allem Pipapo hochgezogen. Und vermutlich erzählte man sich überall auf den Orkneys von »dem Doktor«, der London aufgegeben hatte, um Landarzt am Ende der Welt zu werden. Womöglich war in Lady Village sogar der eine oder andere Patient aus London gesichtet worden. Schließlich wollten auch die armen Städter auf dem neuesten Stand der Wissenschaft behandelt werden.

Tja, künftig würden sie nach Tobermory pilgern müssen. Denn der Doktor wollte lieber mit seiner Exfreundin schlafen, als sich weiterhin um die guten Leute auf Sanday zu kümmern. Dafür nahm er sogar Doc Munros Chaospraxis in Kauf, in der die nervige Sandy Elliot und ihre Freundinnen sich auf den zerschlissenen Sesseln im Wartezimmer tummelten.

Sie warf ihm einen missbilligenden Blick zu. »Warum hast du eigentlich Doc Munros alte Wanzensessel noch nicht entsorgt?«

Ian kratzte sich am Kopf. »Die Ladys vermissen ihren alten Doc. Und sie haben jahrzehntelang auf diesen Sesseln gesessen. Das wollte ich ihnen nicht auch noch wegnehmen.«

»Doc Munro war ein Quacksalber«, murrte Cailin.

»Sie vermissen ihn trotzdem. Er gehörte zu ihrem Leben.«

»Oh Mann, langsam verstehe ich, warum diese Tanten so auf dich abfahren.« Sie blickte ihn erstaunt an. »Patienten sind wirklich dein Ding, nicht wahr?«

»Patienten, Schweine im Wartezimmer und alte Ladys, die mir Schals stricken.« Er lächelte verschmitzt. »Ich musste erst nach London gehen, um zu begreifen, dass ich ein unverbesserliches Landei bin. Nach der langen Zeit in der Stadt war Sanday für mich das Paradies. Das Meer, kilometerlange weiße Sandstrände mit Seehunden – aber vor allem liebe Menschen, die mich mit offenen Armen empfangen haben.«

Sie schluckte. »Und das hast du aufgegeben, bloß weil ich bei der Beerdigung von Aidans Dad die Nerven verloren habe?«

Er kratzte sich erneut am Hinterkopf, und endlich verstand Cailin, weshalb sie diese Geste so sehr mochte. Wesen höherer Art kratzten sich nicht am Kopf. Sie hatten keine Läuse. Und selbstverständlich waren sie niemals verlegen. Sie waren perfekt. Deshalb konnte sie ja keiner leiden. Ian hingegen wurde bitterlich vermisst.

»Als ich dich dort gesehen habe, wie du deinen Schirm weggeworfen und mit dem Regen um die Wette geheult hast, hätte ich beinahe etwas Verrücktes getan«, gestand er leise. »Ein Mann, der sich am offenen Grab auf eine weinende Frau stürzt – ob Clyde mich verhaftet hätte?«

Cailin entfuhr ein Lachen. »Vorher hätte ich dich ins Loch geschubst.«

Er fixierte sie mit seinen dunklen Augen. »Hättest du nicht. Du hättest mich genauso geküsst, wie du es gerade getan hast.«

»Träum weiter«, brummte sie.

»Das tu ich«, entgegnete er und küsste zärtlich ihre Stirn. »Ich werde nie aufhören, von dir zu träumen.«

*Doch, das wirst du. Wenn Brody gestorben ist.*

Sie bemühte sich, den Gedanken sehr langsam zu denken. Damit Ian ihn nicht verpasste. Doch er hörte nicht zu. Vermutlich hörte er nur ihre wild klopfenden Herzen. Zu viel Romantik machte die Birne matschig.

Bevor er sie mit seinen Träumen infizieren konnte, sagte sie entschlossen: »Ian, du kannst nicht einfach nach zehn Jahren hier hereinplatzen und dir einbilden, ich hätte nur auf dich gewartet. Ich habe ein Leben, weißt du.« Sie holte tief Luft. »Alles, was du haben kannst, ist der Freitag.«

Er zog den Kopf zurück und musterte sie skeptisch. »Es

sieht dir gar nicht ähnlich, dass du an festen Wochentagen Sex hast. Gerade hast du mir noch erzählt, wie sehr du Routine verabscheust.«

Cailin öffnete den Mund. Und schloss ihn wieder. Sie verfing sich in seinem Blick, der sich plötzlich verfinstert hatte.

»Das mit dem Freitag kannst du vergessen, Cai. Ich bin jetzt schon verrückt vor Eifersucht.«

»Ian …«

»Was?«

Sie löste ihre Beine von seinen Hüften. »Geh zurück nach Lady Village.«

Sie versuchte, ihn fortzuschieben. Doch er wich nicht zurück. »Das willst du nicht.«

»Doch, das will ich.« Sie hielt seinem ungläubigen Blick stand. Da sollte noch einmal jemand behaupten, Cailin Buchanan könne nicht lügen …

»Und was ist hier gerade passiert?«

»Nichts«, behauptete sie mit erstaunlich fester Stimme. »Nichts ist passiert.«

Er blinzelte. Seine Augen wirkten nicht mehr finster. Nur noch einsam. Wie immer schleuderten sie Cailin durch die Zeit. Zurück in die Tischnische, in der sie seine Matheaufgaben abgeschrieben hatte. Und ihn nebenbei gefragt hatte, was ihn glücklich mache. Mit einem dicken Kloß im Hals erinnerte sie sich an seine Antwort: *Bücher, Fußball und … wenn etwas passiert.*

# 17

Cailin schloss die Ladentür hinter sich ab. Die Mittagssonne knallte vom Himmel, und die Schaufenster der Voliere erstrahlten in allen Farben des Regenbogens. Die wackeren Glasvögelchen gaben alles – ganz so, als wollten sie ihre Schöpferin verzweifelt von ihrer Magie überzeugen. Cailin warf ihnen einen schuldbewussten Blick zu. Ob sie neulich ihr Gespräch mit Ian belauscht hatten? Noch nie zuvor hatte sie das ketzerische Wort laut ausgesprochen: *Produkte.* Aber seit sie es getan hatte, ging es ihr nicht mehr aus dem Kopf. Genauso wenig wie der Abend mit Ian. Er hatte ihr gezeigt, wie tief sie im Immer feststeckte. Von den Seeadlern über Jonathan und Declan bis hin zu ihren immer gleichen Latzhosen: Routine, so weit das Auge reichte.

Allein Ian war neu. Das Brennen, seine betörend langsamen Berührungen, der Karussellkuss, die eigenartig willkommene Eifersucht ... Doch all das war nichts im Vergleich zu seinen Geständnissen. Sie hatte kein einziges seiner Worte kommen sehen. Dass er damals die Sexlüge benutzt hatte, um sie loszuwerden. Dass allein ihre fixe Idee vom Wesen höherer Art alles kaputtgemacht hatte. Dass er wie sie war: ein Landei, das immer noch von seiner Jugendliebe träumte. Und genau wie sie brauchte Ian das Meer, um er selbst zu sein. Eine Insel im Meer. Ach, wäre es doch bloß die richtige Insel ...

Ein Räuspern gefolgt von einem »Hallo« riss sie aus ihren Gedanken. Es war James, der nebenan vor der verschlossenen Töpferei stand. Offenbar war Kirsty noch nicht zu Hause. Sonntags begleitete sie Aidan häufig zum Angeln. Dort draußen im grünen Nirgendwo am Loch Bà konnte man schon mal die Zeit vergessen. Oder sie hatte Fiona einen Besuch abgestattet und ihr endlich die längst überfällige Frage gestellt: *Was ist los, Mum?* In diesem Fall würde Kirsty sich gewaltig verspäten, denn ihre Mutter hatte zweifellos eine Menge auf dem Herzen.

Eigentlich waren Cailin und Kirsty mit James zum Mittagessen verabredet, um Gerties Schicksal zu besprechen. James fand den Gedanken ein wenig beängstigend, eine Schweinerotte bei sich aufzunehmen. Aber auch aufregend. Wie Cailin vermutet hatte, war er sofort in umfangreiche Recherchen zu dem Thema eingestiegen. Und wie Ian vermutet hatte, gefiel seinem Vater die Vorstellung, demnächst jede Menge Damenbesuch zu bekommen.

»Meine Tochter ist wieder einmal spät dran«, seufzte James, als Cailin neben ihn vor das Schaufenster der Töpferei trat.

Unwillkürlich musste sie schmunzeln. James war mindestens ebenso süchtig nach dem Tochterwort wie Kirsty nach dem Bruderwort. In den letzten paar Tagen hatte sich ihre Freundin allerdings besonders bemüht, Ian in Cailins Gegenwart nicht zu erwähnen. Die wunderbare Kirsty war wieder dazu übergegangen, die gelbe Karaffe für sie ins Fenster zu stellen. Dank ihr waren Cailin und Ian einander seit Mittwoch nicht mehr begegnet. Der Status quo war wiederhergestellt.

Sie zückte den Ersatzschlüssel zu Kirstys Laden. »Kein Problem, wir gehen schon mal nach oben und durchwühlen den Kühlschrank. Dabei kannst du mir endlich erzählen, was du dir zum Geburtstag wünschst. Maisie reißt mir den Kopf ab, wenn sie in zehn Tagen von ihrer Interrailtour zurückkommt und ich nichts vorbereitet habe.«

Sie seufzte innerlich. In den letzten zwei Wochen war so viel passiert, dass sie ihr Versprechen an Maisie völlig vergessen hatte. Sie musste sich dringend um James' Geburtstag kümmern. Maisie kam extra zwei Tage früher als geplant von ihrer Europareise zurück, um seinen einsamsten Tag des Jahres zu einem Fest zu machen. Immerhin hatte sie Cailin nicht dazu verdonnert, eine Überraschungsparty für ihn zu schmeißen. Das schlaue Mädchen wusste, dass Cailin kein Talent für Heimlichtuerei hatte. Aber sie wusste auch, dass Cailin die Abende in Aidans Pub regelmäßig in ein Volksfest verwandelte. Die berüchtigte Cailin Buchanan würde sogar aus einem einundsiebzigsten Geburtstag, der auf einen Mittwoch fiel, eine wilde Party machen. Was Maisie natürlich nicht bedacht hatte: Der Pub war in James' Fall keine Option. Der Geburtstag eines Alkoholikers war eine verdammt knifflige Angelegenheit.

James folgte ihr schweigend durch den lichtdurchfluteten Töpferladen, der mittlerweile noch japanischer aussah als zu Dees Zeiten. Kirsty und Maisie hatten sich gegenseitig ein bisschen hochgeschaukelt, und anfangs hatte Cailin sich gefragt, wer um Himmels willen all diese *Matcha*-Schalen kaufen sollte. Doch irgendwie traf die japanische Keramik bei den Touristen einen Nerv. Handgemachte Sake-Sets aus Schottland – warum nicht? Schön war nun mal schön.

Cailin öffnete die Seitentür zum Flur, und sie stiegen schweigend die Treppe ins erste Stockwerk hinauf, wo sich Kirstys gemütliche Wohnküche und der Showroom befanden. Letzterer war derzeit leer. Kirsty wollte den riesigen Raum in einen abgebrannten Regenwald verwandeln. Überall verkohlte Bäume – ironischerweise aus ungebranntem Ton. Cailin sollte den letzten überlebenden Papagei beisteuern. Anders als Kirstys Bäume war der knallbunte Glasvogel längst fertig. *Routine.*

Sie bogen rechts in die Küche ab, wo James sich sofort zur Spüle begab, um Dees alten Teekessel mit Wasser zu füllen. Als er den Kessel auf den Herd stellte, meinte er gedankenverloren: »Ich wünsche mir ein Ei.«

Er kratzte sich an seinem verstrubbelten grauen Hinterkopf, und Cailin warf ihm einen irritierten Blick zu. Herrje, musste das sein? Diese Geste war fast schlimmer als Kirstys Grübchen. Wenn sie Ian vergessen wollte, musste sie eindeutig weniger Zeit mit seiner Familie verbringen ...

»James, das hatten wir doch schon«, stöhnte sie und holte Aidans herrliche Antipasti-Platte aus dem Kühlschrank.

Er wandte sich zu ihr um und vergrub die Hände in den Taschen seiner ausgebeulten Cordhose. »Warum darf ich kein Ei haben?«

*Ian findet, du verdienst keinen Neuanfang.*

Zum Glück konnte James nicht Gedanken lesen. Cailin beschloss, ihm das Ei auf sanfte Weise auszureden. Nur wie?

Ungewohnt zögerlich fragte sie: »Kennst du das Gefühl, dass ein Thema dich verfolgt?«

»Oh ja«, erwiderte er prompt, und sie biss sich auf die Zunge. Konnte man einem Alkoholiker eine dümmere Frage stellen?

»Nun, mich verfolgen die Eier.«

Wie üblich musterte er sie interessiert. »Inwiefern?«

Sie stellte die Platte mit dem gegrillten Gemüse auf den Küchentisch, nahm sich eine Gabel aus der Besteckschublade und ließ sich auf die hölzerne Sitzbank plumpsen. Dann spießte sie eine dicke Scheibe Zucchini, eine sonnengetrocknete Tomate und eine Olive auf die Gabel und stopfte sich alles gleichzeitig in den Mund. *Gut kauen.* Das verschaffte ihr Zeit. Sie musste ihre Gedanken ordnen. In James' Gegenwart neigte sie dazu, einfach draufloszureden und Dinge zu sagen, von denen sie selbst nichts gewusst hatte. Die Eier waren so ein Fall.

Das Schöne an James war, dass er niemals drängelte. Er ließ sie kauen. Unterdessen goss er zwei Tassen Tee auf und überlegte laut, ob Earl Grey zu Antipasti wirklich eine gute Idee war. Andererseits war Aidans Essen immer eine gute Idee. Genau wie Tee. Also stellte er die Tassen auf den Tisch, nahm sich ebenfalls eine Gabel und setzte sich neben Cailin auf die Holzbank.

Sie sah ihn von der Seite an. »Weißt du, in letzter Zeit reise ich ständig zum Anfang zurück.«

Er legte die Gabel beiseite. »Zu welchem Anfang?«

*Zum Tag der abgebrochenen Bierflasche.*

Wieder war sie froh darüber, dass James nicht Gedanken lesen konnte. Und darüber, dass man die Wahrheit auf unterschiedliche Art ausdrücken konnte. »Wenn du Fabergé-Eier kennst, dann kennst du bestimmt auch diese ineinander verschachtelten russischen Holzfiguren. Meistens ist das so eine dicke Bäuerin mit Kopftuch, die viele kleine Bäuerinnen in ihrem Bauch mit sich herumschleppt.«

Er nickte. »Die *Matrjoschka.*«

»Ich finde sie unheimlich«, sagte Cailin. »Und ist dir mal aufgefallen, dass sie wie ein Ei geformt ist?«

»Ach«, meinte James versonnen. »Du hast recht.«

Sie nippte an ihrem süßen Tee mit Milch. »Für mich seid ihr alle solche Matrjoschkas. Andauernd nehmt ihr euer Hütchen ab, und darunter kommt eine jüngere Version von euch zum Vorschein. Es ist, als würde ich permanent in die Vergangenheit schauen.«

James lächelte, und sie deutete auf sein Gesicht. »Genau das meine ich! Wenn du lächelst, siehst du aus wie Fionas Lehrer oder wie …«

»Wie Ian?«

»Na ja, nicht annähernd so sexy, aber …«

Sein Lächeln wurde breiter. »Du magst ihn noch.«

Sie wich seinem Blick aus und knurrte: »Ian ist die schlimmste fette Bäuerin von allen. Ich sehe permanent zwanzig Versionen von ihm.«

»Aber was ist daran so schlimm?«, erkundigte sich James.

Cailin funkelte ihn an. »Was daran so schlimm ist? Hast du einen blassen Schimmer, wie er als Kind war?« Sie schnaubte. »Nein, du warst ja zu sehr mit deinem Herzschmerz und deinem Whisky beschäftigt. Und falls in irgendeiner dunklen Ecke deines Gehirns doch noch ein Bild von dem einsamen kleinen Ian vorhanden ist, willst du nicht daran denken. Du willst einen Neuanfang. Mit deiner nagelneuen Tochter, der du nicht die Kindheit zerstört hast.«

Sie holte Luft. Zugegeben, letztlich konnte man die Wahrheit doch nur auf eine Art ausdrücken. Verärgert fuhr sie fort: »Als Kirsty nach Mull kam, hast du Nachtwachen vor dem Pub geschoben, nur um einen Blick von ihr zu erhaschen. Dein Sohn kam fast zeitgleich zurück – aber das war dir egal. Keine Nachtwachen für Ian. Also verzeih mir, wenn ich verdammt noch mal keine Lust habe, dir ein Ei zu schenken.«

Sie blickte in James' dunkle Augen, die ebenso verloren aussahen wie Ians, als sie ihn am Mittwochabend fortgeschickt hatte. Anscheinend hatte sie gerade einen Lauf. Es war nur eine Frage der Zeit, bis sie das nächste Mitglied dieser Familie (Kirsty) verletzen würde. Ihre arglose Freundin ahnte noch nicht, dass Cailin ihren geliebten Bruder dazu aufgefordert hatte, nach Sanday zurückzukehren. Kirsty wusste so einiges nicht. Genau wie James hatte sie zum Beispiel keine Ahnung von dem Filmteam aus Hollywood, das auf Mull anrücken würde, um die Geschichte ihrer Eltern auf die Leinwand zu bringen. Eine kleine Warnung durch eine gute Freundin wäre schon nett gewesen. Aber nein. Die schreckliche Cailin Buchanan wartete darauf, dass Fiona ihren Kopf aus dem Sand zog und ihre Tochter selbst ins Bild setzte. Wofür Cailin der guten Frau vermutlich erst noch ein fieses Ultimatum stellen musste. Wie es aussah, war sie auf dem besten Weg, die gesamte Familie über Bord zu werfen. *Umso besser.*

James schob seine Teetasse fort, und Cailin nahm an, er würde aufstehen und gehen. Stattdessen sagte er in seinem üblichen freundlichen Tonfall: »Das verstehe ich, Cailin. Und ich bin sehr dankbar, dass du dich noch an den kleinen Ian erinnerst, den ich damals auf so unverzeihliche Weise im Stich gelassen habe. Manchmal frage ich mich, wie deinesgleichen die Welt erträgt …«

»Meinesgleichen?«, knurrte sie entrüstet.

»Menschen, die auch die kleinste russische Bäuerin in unserem Inneren wahrnehmen. Die durch die Zeit zurückreisen können. Zum Anfang. Ich glaube, die meisten Leute vermeiden es, das Kind im Erwachsenen zu sehen. Es muss schmerzhaft sein, so viel Empathie zu haben wie du.«

»Blödsinn«, murrte sie. »Mir tut nichts weh.«

»Seit wann kannst du denn lügen?«, schmunzelte er.

*Seit Mittwoch.*

Aber natürlich hörte James ihre Gedanken nicht. Wie zu sich selbst murmelte er: »Ich habe den kleinen Ian auch nicht vergessen. Nie. Und dann war er tatsächlich wieder hier …« Er räusperte sich und sah Cailin an. »Weißt du, er ist einige Tage vor Kirsty auf die Insel zurückgekehrt. Ich hatte einen Termin bei Doc Munro, und beim Betreten der Praxis habe ich meinen Sohn gesehen, wie er dort bei Lorna stand und lachte. Ich habe sofort kehrtgemacht. Ich bin zu Fuß zum Glengorm Castle und zurück marschiert, weil ich mich nicht beruhigen konnte. Von dem Tag an zog es mich zum Pub, und zwar nicht wegen des Whiskys.« Er lächelte schief.

»Jeden Abend stand ich hinter den parkenden Autos gegenüber vom Pub und wartete auf meinen Moment. Und der Moment kam. Wieder und wieder. Und jedes Mal ließ ich ihn vorbeiziehen. Wie versteinert stand ich da und beobachtete aus sicherer Entfernung den fremden Mann, der mein Sohn war. Ich konnte ihn nicht ansprechen. Ich konnte es einfach nicht.« James seufzte.

»Eines Abends sah ich dann, wie Aidan mit einer hübschen Frau den Pub verließ. Mich traf fast der Schlag, weil ich sie im ersten Augenblick für Fiona hielt. Ich war überzeugt, ich würde allmählich verrückt. Am nächsten Morgen ging ich zu *Laurie's* und erfuhr, dass Dees Enkelin in Tobermory war. Meine Kirsty. Den Rest kennst du ja. Aber ich habe nie aufgehört, auf meinen Moment mit Ian zu warten. Obgleich mir bewusst ist, dass ich ihn nicht verdient habe.«

Stirnrunzelnd fügte er hinzu: »Vermutlich wäre die russische Holzpuppe weitaus glücklicher, wenn sie nicht all die vergangenen Versionen ihrer selbst in ihrem Bauch mit sich herumschleppen müsste. Aber sie wäre auch furchtbar leer.«

Sie wechselten einen langen Blick, und Cailin fühlte sich mies. Sie hätte es wissen müssen. James war nicht der Typ, der sich selbst verzieh. Deshalb war es völlig unnötig, ihm Vorwürfe zu machen. Unnötig und herzlos. Sie war eine schlechte Freundin. Sie hatte es ja nicht einmal geschafft, Logan von seinem Filmprojekt abzubringen. James würde sich in einem dunklen Loch verkriechen, wenn die ganze Insel seine vergangenen Versionen auf einer Kinoleinwand begutachten durfte. War es nicht schlimm genug, dass er sie permanent in seinem Bauch mit sich herumschleppte? Hatte Fiona auch nur eine Sekunde an ihn gedacht, bevor sie Hollywood auf den Plan gerufen hatte?

Plötzlich sah Cailin es gar nicht mehr ein, den Mund zu halten. Zur Hölle mit Fiona. »Hast du eigentlich von Logan Wallaces Filmprojekt gehört?«

»Ja«, antwortete James verdutzt. »Von Laurie Ferguson. Sie überlegt, vorübergehend abgepackten Caesar Salad in ihr Sortiment aufzunehmen. Für die Filmcrew.«

Cailin griff nach seinen knorrigen Händen, die verschränkt auf dem Tisch lagen, und riss das Pflaster mit einem Ruck ab: »Logan will Fionas und deine Geschichte verfilmen.«

James sah sie perplex an. »Das verstehe ich nicht.«

»Ich auch nicht«, meinte sie inbrünstig. Es fühlte sich so gut an, die Wahrheit zu sagen. »Es war Fionas eigene Idee – ist das zu fassen? Wahrscheinlich ist sie letzten Sonntag vor dir davongelaufen, weil sie dir nicht in die Augen schauen konnte. Völlig zu Recht, wenn du mich fragst. Um *Laurie's* macht sie übrigens auch einen großen Bogen. Laurie würde nämlich keine zwei Minuten brauchen, um ihr zu entlocken, dass der Film von euch handeln soll. Angeblich befragt sie jeden, der ihren Laden betritt. Nicht einmal ich kann mehr bei ihr einkaufen.«

James schwieg. Seine Augen waren matt. Schrecklich matt. Erst jetzt bemerkte Cailin, wie viel Hoffnung zuletzt in seinem Blick gelegen hatte. Er hatte aus Fionas Verhalten geschlossen, dass er ihr nicht egal war. Doch nun war die schreckliche Cailin Buchanan mit der Wahrheit um die Ecke gekommen: Fiona plagten einfach nur Schuldgefühle. Wegen eines Filmprojekts, das ihm noch vor zwei Minuten genauso harmlos vorgekommen war wie Lauries abgepackter Caesar Salad. Cailin biss sich auf die Lippe. Die Wahrheit war ein Arschgesicht. Sie wollte nichts mehr mit ihr zu tun haben. Am liebsten hätte sie eine Rolle rückwärts gemacht und behauptet, die Sache mit dem Film sei nur eines ihrer Hirngespinste gewesen, ein riesengroßer Unsinn ...

»So ein Unsinn«, kam es von der Küchentür.

Reflexartig ließ Cailin James' Hände los. Sie blickte auf. Ian stand mit verschränkten Armen im Türrahmen, und jetzt wiederholte er: »Das ist Unsinn, Dad.«

# 18

James saß immer noch wie versteinert da. Er starrte seinen Sohn an und brachte keinen Ton heraus. Cailin ahnte, welches Wort in seinem Kopf nachhallte: *Dad*. Ihr ging es genauso. Sie spürte, wie sich eine angenehme Wärme in ihr ausbreitete. Doch das tat nichts zur Sache.

»Was ist Unsinn?«, fragte sie ungehalten.

Ian ignorierte sie. Er fixierte seinen Vater, der reglos neben ihr saß. »Willst du wissen, warum Fiona vor dir davongelaufen ist?«

James nickte stumm.

Sein Sohn kam zum Tisch und ließ sich ihm gegenüber auf einen Stuhl sinken. »Sie schämt sich vor dir.«

»Kein Wunder«, entfuhr es Cailin.

Ian verdrehte die Augen. »Nicht wegen des Films.« Er wandte sich wieder seinem Vater zu. »Versetz dich doch mal in sie hinein, Dad.«

Er stützte die Ellenbogen auf den Tisch und beugte sich vor. James tat es ihm gleich. Er sah seinen Sohn an wie Wasser in der Wüste.

»Als ihr euch das letzte Mal gesehen habt«, fuhr Ian mit seiner ruhigen Stimme fort, »warst du wahnsinnig verliebt in sie. Fiona war jung, talentiert und hatte ihr ganzes Leben noch vor sich. Sie wollte genau die Keramikkünstlerin werden, die Kirsty letztlich geworden ist. Stattdessen wurde sie mit neunzehn schwanger und brauchte einen Vater für ihr Kind. Also heiratete sie ›den nächstbesten Diplomaten‹, wie sie ihn nennt.«

Ian lächelte, und Cailin konnte es vor sich sehen, wie Fiona und er mit einer Flasche Wein in ihrer WG-Küche hockten und einander ihre Geschichten erzählten. Wie Fiona ihn zum Lachen brachte mit ihrer scharfen Zunge, die Kirsty so vermisste. Ian war der aufmerksamste Zuhörer, den Cailin kannte. Bestimmt würde Fiona ihn sehr vermissen, wenn er nach Sanday zurückkehrte …

»Sie sind ständig umgezogen«, erzählte er weiter. »Kaum hatte Fiona sich irgendwo eingelebt, mussten sie wieder fort. Sie ist nie wirklich angekommen, sagt sie. Und jetzt, dreißig Jahre später, ist sie geschieden, hat nichts gelernt und lebt vom Geld ihrer Tochter. Sie hat nicht einmal ein Zuhause. Ihr schlechtes Gewissen wegen Dees Autounfall ist so groß, dass sie es kaum erträgt, dieses Haus zu betreten. Und in London ist sie ganz allein. Ihre Freunde sind überall auf der Welt verstreut, weil sie sich immer nur in diesen Diplomatenkreisen bewegt hat. Ihr einziger Anker war Kirsty. Doch die lebt jetzt ausgerechnet an dem einzigen Ort, an dem Fiona es nicht aushält. Hier hat sie all die Träume geträumt, die nicht in Erfüllung gegangen sind. Sie betrachtet ihr Leben als eine einzige Pleite.«

Ian hielt inne und musterte seinen Dad. Als James weiterhin schwieg, fügte er leise hinzu: »Und für dich möchte sie um jeden Preis die funkelnde Fiona von damals bleiben.«

Cailin blickte Ian verblüfft an. Ob James klar war, wie sehr er soeben über seinen Schatten gesprungen war? Nein. Denn er kannte seinen Sohn nicht. Er wusste nicht, dass Ian das glatte Gegenteil von Laurie Ferguson war. Ian redete nicht über andere. Nur im äußersten Notfall. Und dies war zweifelsohne so ein Notfall. Verursacht durch Cailins unbedachte Worte. Sie krümmte sich innerlich. Selbst ein gesunder Mann würde zur Flasche greifen, wenn er erfuhr, dass jemand seine unmoralische Affäre mit seiner Schülerin verfilmen wollte – und zwar an seinem Heimatort, wo ihn jeder kannte. Dank Ian wusste James nun zumindest, dass er für Fiona noch eine Rolle spielte. Und dass er vermutlich ihr Leben ruiniert hatte ... An der Wahrheit kam nun einmal niemand vorbei. Selbst Ian nicht. Doch er hatte seinen Vater »Dad« genannt. Wog das nicht alles andere auf?

Erst jetzt bemerkte Cailin, dass sie ihre Hand wieder auf James' Hände gelegt hatte. Sie fühlten sich eiskalt an, und sie riskierte einen Seitenblick in sein Gesicht. Er war leichenblass. Seine Haut war fast so weiß wie seine Bartstoppeln. Ihr Blick wanderte weiter zu Ian. Für eine Sekunde befürchtete sie, der DeLorean würde wieder den einsamen Jungen zum Vorschein bringen. Doch endlich wurde dieses verfluchte Auto seinem Ruf gerecht: Es sprang nicht an. Sie blieben im Hier und Jetzt. Wo Ian ein erwachsener, besonnener Mann war, der sich offensichtlich um seinen Vater sorgte. Seine aufmerksamen braunen Augen waren der pure Trost – ganz zu schweigen von den schönen Händen, die entspannt auf dem Tisch lagen und sich bestimmt angenehm warm anfühlten ...

Ians Mundwinkel zuckten.

*Verdammt.* Sie musste ihre Gedanken in den Griff kriegen. Anderenfalls würde sie im Nullkommanichts wieder in seinen Armen landen. Dann wäre Brody verloren. Ein zweites Mal würde sie es nicht fertigbringen, Ian abzuweisen. Sie würde Jonathan und Declan auf der Stelle feuern, und Ian würde jeden einzelnen ihrer Wochentage bekommen. Einschließlich der Feiertage und Ferien. Ob er ahnte, wie unwiderstehlich er für sie war, wenn er seinen Vater vor dem Alkohol retten wollte? Offensichtlich. Jedenfalls lächelten seine Augen.

James' kalte Hände umklammerten ihre. Er hielt sich an ihr fest, als er mit rauer Stimme sagte: »Ohne mich wäre alles anders gekommen. Fiona hätte sich ihre Träume erfüllt, Dee würde noch leben, und niemand wäre vor irgendwem davongelaufen.« Er sah seinen Sohn an. »Auch du nicht.«

Ian schüttelte den Kopf. »Ich bin nicht davongelaufen. Ich bin fortgegangen, um zu studieren.«

»Aber du bist nie zurückgekommen.«

»Doch«, entgegnete Ian. »Jetzt.«

James räusperte sich. »Ich kann dir gar nicht sagen, wie sehr ich darauf gewartet habe.«

»Ich hab's gehört, Dad«, sagte Ian leise. »Ich habe alles gehört.«

Für einen Moment herrschte Stille. Für einen sehr kurzen Moment. Denn nun platzte es aus Cailin heraus: »Du Arschgesicht! Du hast uns belauscht!«

Ungerührt erwiderte Ian: »Die Ladentür war offen, und die rote Salatschüssel stand nicht im Fenster. Ich konnte ja nicht ahnen, dass ihr beide hier oben sitzt und über Eier philosophiert.«

Cailins Augen wurden schmal. »Was genau hast du gehört?«

Er lehnte sich auf seinem Stuhl zurück und grinste ihr frech ins Gesicht. »Dass ich die schlimmste fette Bäuerin von allen bin.«

Zu Cailins grenzenloser Überraschung lachte James auf. Er drückte ihre Hände und meinte an Ian gewandt: »Diese Cailin Buchanan ist ein Hauptgewinn für unsere Familie.«

»Genau das hat Fiona auch gesagt«, bemerkte Ian.

Verärgert zog Cailin ihre Hände aus James' Umklammerung

und griff nach ihrer Gabel. Wenn sie sich möglichst viel Essen in den Mund stopfte, würde vielleicht niemand bemerken, wie mies sie sich fühlte. *Hauptgewinn?* Von wegen. Sie hatte eine heimtückische Taskforce gegründet, um James' verlorenen Sohn, Kirstys geliebten Bruder, Fionas Therapeuten mit Fackeln und Mistgabeln von der Insel zu jagen. Und dann hatte sie Ian eiskalt den Freitag angeboten. Und James von dem Film erzählt, den er bestimmt nur mit jeder Menge Whisky ertragen konnte. Sie war Gift für diese Familie.

Ganz im Gegensatz zu Ian. Wie es schien, hatte er seinen Vater aus seiner Versteinerung erlöst. James war plötzlich wie ausgewechselt. Die Leichenblässe war einer gesunden Gesichtsfarbe gewichen. Seine Augen, die vor wenigen Minuten noch so matt ins Leere geblickt hatten, strahlten sie an. Er wirkte jünger. Fast wie der Lehrer, der auf dem Klassenfoto lächelnd neben Fiona gestanden hatte. Keine Frage, James war glücklich. Sein Sohn war hier und sprach mit ihm. Und nun durfte er ihm sogar einen Tee kochen.

Während James aufstand und erneut den Kessel aufsetzte, erzählte Ian ihm von seiner Wohngemeinschaft mit Fiona. Einfach so. Als wäre Fiona eine normale Mitbewohnerin. Und James spielte mit. Er erkundigte sich interessiert, wer in der WG den Abwasch machte und ob sie gemeinsam kochten. (Niemand kochte. Schließlich wohnten die beiden Glückspilze direkt über Aidans Pub.) Irgendwann wollte James wissen, ob Ian zu Fuß zur Arbeit ging. (Meistens.) Daraufhin drehte sich plötzlich alles um die Arztpraxis. Als wäre Ians Alltag weitaus spannender als die alte Liebe seines Vaters, mit der er zusammenlebte. Sogar spannender als Logans Film.

James wollte einfach alles über die Arbeit seines Sohnes wissen. Nach einer Weile beschlich Cailin der Verdacht, dass er ein bisschen zu häufig *Dr. House* gesehen hatte. Er schien anzunehmen, hinter jeder Krankheit stecke ein kniffliges Rätsel, das es zu lösen galt. Und wie es aussah, fand Ian das ziemlich witzig. Jedenfalls blitzten seine Augen amüsiert, als sein Vater sich erkundigte, ob er bei seinen Hausbesuchen auch mal die Fotoalben und Putzmittel seiner Patienten unter die Lupe nahm.

Bei der zweiten Tasse Tee erzählte Ian augenzwinkernd von dem Ferkel in seinem Wartezimmer. Cailin hatte bereits die halbe Antipasti-Platte leergeputzt und war mehr als satt, aber sie aß weiter. Es passte ihr überhaupt nicht in den Kram, dass es nun um sie (und Gertie) gehen sollte. Sie mochte es, unbeachtet danebenzusitzen, während diese beiden sich über die antibiotische Wirkung von Hühnersuppe oder Lorna Glenns magischen Kräutertee unterhielten.

Doch es half nichts. Gertie war mitten in das schöne Gespräch getrampelt. Und jetzt zog James einen Zettel aus der hinteren Tasche seiner Cordhose hervor und faltete ihn auf dem Tisch auseinander. Es handelte sich um die detaillierte Skizze eines Schweinegeheges: Stall, Schlammsuhle, Futtertröge, Pflanzen und … ein paar merkwürdige geometrische Formen.

Ohne nachzudenken, deutete Cailin mit der Gabel auf die Kreise und Vierecke. »Was ist das?«

»Oh, das ist der Spielplatz«, antwortete James.

Sie ließ die Gabel sinken. »Der *Spielplatz?*«

»Eine Heugrube, ein Planschbecken, ein kleiner Parcours – so etwas in der Art.« Er lächelte verschmitzt. »Ich habe gelesen, Schweine sind sehr verspielt und wissbegierig. Sie sind schlauer als die meisten Tiere. Sie können sich sogar selbst im Spiegel erkennen, was bedeutet, dass sie ein Ich-Bewusstsein haben.«

Cailin und Ian tauschten einen verstohlenen Blick aus.

*Darf ich vorstellen? Dein Vater.*

Ian grinste und fragte: »Und was ist das Quadrat hier unten in der Ecke?«

»Die Toilette«, erklärte James mit ernster Miene. »Wisst ihr, Schweine sind sehr reinliche Tiere. Genau wie wir teilen sie sich ihr Heim gern in Funktionsbereiche auf. Ich werde also ein bisschen Hilfe benötigen, um Gertie ein artgerechtes Zuhause zu bauen. Wir waren heute mit Kirsty verabredet, um all das zu besprechen, aber sie hat uns anscheinend vergessen.« Er sah Cailin an. »Eigentlich wollte ich mit euch beiden eine Ortsbesichtigung machen.«

»Au ja, eine Ortsbesichtigung!«, rief sie. Bevor sie sich bremsen konnte, fügte sie hinzu: »Ian sollte mitkommen.«

Der hob die Augenbrauen. *Wirklich?*

Zum zweiten Mal heute wollte Cailin eine Rolle rückwärts machen. Die Wahrheit war so ein Arsch. Natürlich wünschte sie sich, dass er mitkam. Sie wollte seine warme Hand halten, mit ihm durchs kniehohe Gras streifen und sich ausmalen, wie Gertie und ihre Kumpels den ganzen Hügel in Funktionsbereiche einteilen würden. Nein, weniger. Einfach nur Hand in Hand auf der Anhöhe stehen und mit dem Blick über die Meerenge zu den Bergen des Festlands fliegen. Ach, viel weniger – und zugleich tausendmal mehr: bloß seine Hand halten. Alles andere störte. Die Welt störte.

Für einen Moment versuchte sie, das Ganze auf James zu schieben, und dachte ganz langsam, quasi zum Mitschreiben: *Du solltest Zeit mit deinem Vater verbringen.*

Aber es war zwecklos. Ians Augen leuchteten bereits, und Gedanken konnten nun mal nicht lügen. Sie gab auf und brummte: »Wirklich, Arschgesicht.«

# 19

James schlug vor, das Auto stehen zu lassen. Es gehe doch nichts über einen Sonntagsspaziergang unter wolkenlosem Himmel, hatte er gemeint. Nun marschierte er pfeifend voran. Von seinem üblichen schlurfenden Gang war nichts mehr zu sehen.

Cailin und Ian schlenderten ihm langsam hinterher.

»Dein Dad platzt vor Glück«, sagte sie lächelnd.

Ian lächelte zurück. »Das sehe ich.«

»Danke«, murmelte sie, während ihre Finger sich sachte, beinahe schüchtern um seine flochten.

Unvermittelt blieb Ian auf dem Gehweg stehen. Er blinzelte sie an. An klaren, windigen Tagen wie diesen war die Mittagssonne gleißend. Ihre Strahlen tanzten auf den scharfkantigen Wellen im Hafenbecken – man konnte dem Licht nicht entkommen. Ian sah auf ihre verschränkten Finger hinunter. »Dafür würde ich alles tun.«

Aus dem Augenwinkel nahm Cailin wahr, wie James um die nächste Häuserecke bog. Er war bereits außer Hörweite. Es bestand also kein Grund zum Flüstern. Kein Grund, die Köpfe zusammenzustecken. Dennoch stellte sie sich auf die Zehenspitzen und wisperte: »Bitte tu es um seinetwillen.«

Sie blinzelten einander an. Es war viel zu hell hier. Sie waren blind. Und die Geräusche des Sommers, der zahlreichen

Touristen, schienen ihre leisen Stimmen zu verschlucken. Dennoch hörte sie ihn, als er zurückwisperte: »Ich mag ihn.«

Wie von selbst strichen die Fingerspitzen ihrer freien Hand über Ians Unterarm. Sie spürte seine Gänsehaut und neckte ihn: »Wenn das so ist, darfst du noch eine Weile meine Hand halten.«

Ian lächelte nicht. Er fuhr sanft mit dem Daumen über ihren Handrücken, und seine Stimme klang eigenartig rau, als er »Danke, Cai« murmelte.

Hand in Hand setzten sie sich wieder in Bewegung, doch seine zwei kleinen Worte hingen noch in der Luft. Vielleicht lag es daran, dass die Sonne sie geblendet hatte. Blind hörte man mehr. Zu viel. Cailin wollte nicht wissen, wofür er sich bedankt hatte. Trotzdem wusste sie es. Sie hatte seinem Vater und ihm ein Ei geschenkt – und nun würden die Dinge unweigerlich ihren Lauf nehmen.

Sie konnte es bereits vor sich sehen: wie die beiden mit Lornas Kräutertee vor James' Panoramafenster hocken und über Matheformeln oder Reagenzgläser sprechen würden. Wie sie mit Spitzhacken auf dem riesigen verwilderten Grundstück hinter James' Haus schuften würden, um den Ferkeln einen Spielplatz zu bauen. Ian natürlich mit nacktem Oberkörper in der sengenden Hitze Schottlands. Aidan würde helfen und im Hintergrund seine Playlist von Del Amitri abspielen. *Here and Now* in Endlosschleife.

Cailin würde ebenfalls dabei sein. Schließlich waren es ihre Schweine. Außerdem konnte sie ackern wie ein Gaul. Vermutlich würde sie das halbe Land umgegraben haben, bevor die Männer auch nur ihre Arbeitshandschuhe angezogen hatten. Und nach getaner Arbeit würde sie verschwitzt und zufrieden mit Ian im angrenzenden Wäldchen verschwinden, damit er ihr dort im kühlen Schatten endlich ein Baby machen konnte …

Erschrocken sprang sie aus ihrem Gedankenfluss. Ihr Blick schoss zu Ian, der schweigend neben ihr herlief. Sie bogen gerade in die Post Office Brae ab, die den Hügel hinter dem Hafen hinaufführte. Früher waren sie hier auf ihren Skateboards sitzend hinuntergebrettert, wenn sie nach der Schule zu Aidan gegangen waren. Doch nun mussten sie in die andere Richtung – was kein Vergnügen war. Die Post Office Brae hatte nicht umsonst den Ruf, die steilste Straße Schottlands zu sein. Vor langer Zeit war sogar einmal ein Skilift im Gespräch gewesen. Wahrscheinlich träumte Ian gerade von dem Lift. Jedenfalls schien er ihre Baby-Gedanken nicht zu hören. Cailin bemühte sich, mit seinem konstanten Tempo Schritt zu halten. Obgleich es nahezu unmöglich war, an ihr Baby zu denken und zugleich die verdammte Brae hinaufzukraxeln. Sie musste sofort damit aufhören – mit dem Denken, nicht mit dem Kraxeln.

Doch das Bild von dem Baby entfaltete sich unaufhaltsam in ihrem Kopf: ein rostiger Klappstuhl auf der Blumenwiese hinter James' Haus und darauf James, ein quiekendes Baby mit Grübchen (Jamie, vermutlich ein Mädchen) und ein noch lauter quiekendes Ferkel (Gerties Sohn Winsor). Ein paar Meter weiter lag eine von Erins karierten Picknickdecken im Gras, und auf der Decke, umgeben von Heidekraut, lagen Cailin und Ian. Sie hatte sich auf ihn geworfen, und nun kicherte sie gegen seinen Mund, während er sie an verbotenen Stellen kitzelte, bis sie genauso quiekte wie Baby und Ferkel.

Cailin versuchte vergeblich, das Bild fortzublinzeln. Obwohl sie wusste, wie einfältig es war. Im wahren Leben würde niemals ein Ferkel auf James' Schoß sitzen. Schon gar nicht neben ihrem Baby. Dennoch wurde sie diesen Tagtraum nicht los. Er verhielt sich wie eine hartnäckige Erinnerung. Eine Erinnerung an die Zukunft. Was für eine Ironie. Gerade noch war der DeLorean nicht angesprungen, und sie waren allesamt der Vergangenheit entwischt – nur um auf direktem Weg in die Zukunft katapultiert zu werden. Und wie es aussah, funkelte die prächtiger als ein Fabergé-Ei. Kein Ei dieser Welt konnte mit Jamie mithalten.

Aber irgendetwas störte. Was war es nur? Das Bild war makellos. Woher kam dann dieses leise Unbehagen? Cailin horchte tiefer in sich hinein. Es lag an dem Ton ... Das Quieken des Glücksschweins wurde vom Klingeln eines Telefons übertönt, das neben Ian auf der Picknickdecke lag. Er ignorierte es, aber Cailin sprangen die Buchstaben auf dem Display ins Auge: *Zwölf verpasste Anrufe von Sanday*. Ian warf seinem Handy einen verärgerten Blick zu und schaltete es aus. Später jedoch, viel später, als die Zukunftssonne längst untergegangen war und Menschen und Schweine im Tiefschlaf lagen, würde er sein Telefon einschalten und Sandays Nachricht lesen: *Brody ist tot.*

Erneut sprang Cailin panisch aus ihrem Gedankenfluss und versuchte, ihre Hand aus Ians zu befreien. Doch seine Reflexe waren schneller. Er hielt sie fest und fragte wie aus dem Nichts, im Jetzt: »Triffst du Declan heute Abend?«

»Hm?«, entgegnete Cailin verwirrt.

»Ist Sonntag nicht sein Tag?«

»Ach so ... ja.«

»Heißt das, du triffst ihn heute?«

Sie nickte geistesabwesend.

Da rüttelte Ian an ihrer Hand. »Was müssen Jonathan und Declan eigentlich tun, um deine Hand halten zu dürfen?«

Sie warf ihm einen irritierten Blick zu. »Sag mal, hast du jetzt die ganze Zeit an die beiden Typen gedacht?«

»Ja«, gestand er unumwunden.

»Also, ich wälze hier die großen Probleme des Lebens …«

»Die da wären?« Er klang belustigt.

»Na … na, Ferkel … Leben und Tod … und so.«

»Leben und Tod?«

»Worüber man halt so nachdenkt, wenn man einen Berg erklimmt«, brummte Cailin.

Ian seufzte. »Ich habe es immer gewusst. Frauen sind Wesen höherer Art.«

Sie blieb stehen. »Sag das noch mal.«

»Ihr seid Wesen höherer Art«, wiederholte er schlicht. »Trotzdem solltet auch ihr nie an einem steilen Hang stehen bleiben.«

Unbeirrt lief er weiter die holprige Straße entlang, die zwischen krumm gewachsenen Steinmauern und senkrechten Heckenwänden den Hügel hinaufführte. Cailin zog er dabei wie einen störrischen Esel hinter sich her. Ohne anzuhalten, wandte er sich zu ihr um. »Und? Erzählst du es mir?«

Cailins Augen weiteten sich. Hatte er ihre Baby-Gedanken etwa doch gehört? Vorsichtig fragte sie: »Was genau?«

»Müssen die beiden anderen auch ihre Väter gernhaben, damit sie deine Hand halten dürfen?«

Sie blinzelte perplex, aber dann fiel der Groschen. »Mit Jonathan und Declan bleibe ich im Bett.«

»Immer?«

»Immer.«

Ian sah sie ungläubig an. »Ihr geht nie spazieren?«

»Nie.«

»Aber du läufst doch so gern durch den Aros Park.«

Cailin lachte auf. »Doch nicht mit denen! Soll ich etwa unterm eiskalten Wasserfall Sex haben?«

»Wollen die denn immer nur mit dir schlafen?«

»Definitiv.«

»Was für Arschlöcher.« Er wandte sich wieder von ihr ab.

»Dann bin ich auch eins. Ich habe noch nie vorgeschlagen, im Park spazieren zu gehen oder Schach oder *Shinty* oder sonst was mit denen zu spielen«, entgegnete sie spöttisch.

»Triffst du dich manchmal mit beiden gleichzeitig?«, fragte er unvermittelt, ohne sich nach ihr umzusehen.

»Ian!«, stieß sie entrüstet hervor. »Seit wann bist du so ein Höhlenmensch?«

Er beschleunigte seinen Schritt und schaute stur geradeaus zu seinem Vater, der soeben voller Elan hinter einer Biegung verschwand. James konnte ja nicht ahnen, dass sein Sohn gerade die Frau verärgerte, die ihnen ein Ei geschenkt hatte.

»Ich kann an nichts anderes denken, Cai.«

»Aber das ist so ...«

»Sag's ruhig«, knurrte er.

»Dumm.«

»Ich weiß.«

Sie sah ihn verblüfft an. Wer war dieser Mann?

Unwillkürlich musste sie an etwas denken, was Erin ihr vor ein paar Tagen am Telefon erzählt hatte. Ihr fünfjähriger Sohn Shay, Cailins Patenkind, war davon überzeugt gewesen, dass ein einäugiges Monster mit spitzen Zähnen unter seinem Bett lebte. Weshalb Shay dort natürlich nicht mehr schlafen konnte. Erin hatte wochenlang vergebens versucht, dem Kind klarzumachen, dass Monster nicht existierten. Irgendwann hatte sie sich resigniert bei Shay erkundigt, wie groß das Biest denn sei. Es war so groß wie ein Pony. Erstaunt hatte sie ihn gefragt, wie um Himmels willen ein solches Ungetüm unter sein Bett passen könne. Damit war die Sache erledigt gewesen.

Ian hatte wirklich Glück, ein Wesen höherer Art an seiner Seite zu haben. In seinem durch Eifersucht vernebelten Zustand würde er ihr niemals glauben, dass sie den bloßen Gedanken an Gruppensex abstoßend fand. Dabei hätte er es wissen müssen. Sie ging ja nicht einmal in die Sauna. Viele nackte Leute auf einem Haufen empfand Cailin als zutiefst unansehnlich – ganz gleich, wie schön jeder Einzelne von ihnen sein mochte. Nichts lag ihr also ferner als eine Orgie mit Jonathan und Declan. Aber für Ian war das Monster real. Ihr blieb somit nichts anderes übrig, als ihn wie einen Fünfjährigen zu behandeln.

»Du erinnerst dich hoffentlich daran, dass Jonathan und Declan Cousins sind?«

»Und ob«, murmelte Ian.

»Glaubst du wirklich, sie würden ausgerechnet mit einem Familienmitglied einen flotten Dreier haben wollen?«

Er warf ihr über die Schulter einen genervten Blick zu. »Woher soll ich das wissen? Sie haben ja offenbar kein Problem damit, dich zu teilen.«

Oje. Das Monster war noch da. Ian war nun einmal kein einsichtiger Fünfjähriger, sondern ein bockiger Höhlenmensch. Cailin blieb erneut am Hang stehen, und diesmal widersetzte sie sich seinem Ziehen und Zerren. Es war verflixt noch mal nicht ihr Problem, dass dieser Mann gerade einen unbändigen Bewegungsdrang zu haben schien.

»Herrje, wer bist du?«

Ian ließ ihre Hand los, aber er hielt ebenfalls inne. »Wer bist *du?* Ich verstehe nicht, warum du dich weiterhin mit ihnen treffen willst nach …«

Sie dachte seinen abgebrochenen Satz zu Ende: *Nach unserem perfekten Abend.* Hastig schob sie die Worte in einen dunklen Winkel ihres Gehirns. Ian durfte sie nicht sehen.

Er musterte sie, als suchte er nach ihrem wahren Gesicht. Und Cailin hätte es ihm unendlich gern gezeigt. Doch wenn sie ihn jetzt wie Wasser in der Wüste ansehen würde, wäre ihre Zukunft besiegelt. Ian würde ihr ein Baby machen – und früher oder später jene schreckliche Nachricht von Sanday erhalten. Cailin spürte, wie ihr Pokerface bröckelte. Sie wich seinem forschenden Blick aus und schaute in das beruhigende Grün der Hecken, die den Weg säumten. Lange würde sie nicht mehr durchhalten. Sie musste ihm ein für alle Mal klarmachen, dass die Sache zwischen dem Arzt und der Glasbläserin eine schlechte Idee war.

Entschlossen sah sie ihn an. »Du hast mich damals fortgeschickt, weil du nicht gegen mein mieses Selbstwertgefühl ankamst. Warum glaubst du, daran hätte sich etwas geändert?«

Ian zögerte. Erst jetzt fielen ihr seine dunklen Augenränder auf. Er sah müde aus. Nein, nicht einfach nur müde. Übernächtigt. Wie jemand, der sich nach jemandem sehnte. Nach jemandem, den er nicht haben konnte. Beinahe wünschte sie, er würde sich nach einer anderen, nachgiebigeren Frau sehnen. Aber nur beinahe.

»Früher hättest du dir nie eingestanden, dass ich dumm bin«, antwortete er. »Und du hättest mich nie einen Höhlenmenschen genannt – ist das nicht ein Anfang?«

Sie seufzte. »Ian, das ist kein Anfang, sondern eine Beleidigung. Außerdem habe ich mehr Respekt vor dir denn je. Ich mochte *Dr. Quinn* schon immer lieber als *Dr. House.*«

Er zog eine Augenbraue hoch. »Ich bin Dr. Quinn? Die Ärztin aus Leidenschaft?«

Sie nickte. »Genau das bist du – eine schöne junge Ärztin aus der pulsierenden Metropole, die in den Wilden Westen aufbricht und dort ...«

»... den Hinterwäldlern beibringt, dass Frauen exzellente Ärztinnen sein können.« Ein Grinsen stahl sich auf seine Lippen, und Cailin musste ebenfalls lachen.

Sie gab ihm einen Schubs. »Ich meine es ernst. Du bist mit ganzem Herzen bei der Sache und machst das Leben der Menschen besser. Ich dagegen ...« Sie fuhr sich befangen durch die Haare. Manchmal vergaß sie immer noch, dass sie kurz waren. Die Vergangenheit war nun einmal eine hartnäckige Angewohnheit. »Ich bin noch genauso voller Selbstzweifel wie eh und je. Ich kann meinen Adlern nicht mal in die Augen schauen. Wie es scheint, bin ich nur älter geworden, aber kein Stück reifer. Es hat sich nichts geändert.«

Ian schüttelte den Kopf. »Du irrst dich gewaltig, Cai. Die Tatsache, dass du mit mir darüber sprichst, ist schon ein Quantensprung.«

Sachte fuhr er mit den Fingerkuppen über ihren nackten Arm, und diesmal war Cailin diejenige, die eine Gänsehaut bekam. Hilflos ließ sie ihre Stirn gegen seine Brust sinken. Sein T-Shirt duftete wie seine Fleecejacke, die immer noch zu Hause an ihrer Garderobe hing. Sie musste sich konzentrieren, um seine Worte zu hören, als er hinzufügte: »Du hast keine Vorstellung, wie sehr ich es vermisst habe, so mit dir zu reden wie jetzt. Wie ... vor dem Tag der abgebrochenen Bierflasche.«

Sie seufzte in sein T-Shirt. »Der Tag damals hat doch nur deshalb alles verändert, weil ich auf den verdammten Kuss bestanden habe.« Sie legte den Kopf in den Nacken und sah ihn an. »Erinnerst du dich daran, wie du Nein gesagt hast? Du hattest recht, Ian. Wir hätten es bleiben lassen sollen. Lass uns bitte einfach wieder Freunde sein. Ich sperre dich auch nicht mehr aus meinem Leben aus, versprochen. Ich komme dich ganz oft in Lady Village besuchen.« Tapfer lächelte sie ihn an.

»Du kannst die schönste Tochter der Insel heiraten, und ich werde trotzdem superfreundlich zu ihr sein. Weißt du, ich gebe eine prima Patentante ab. Frag Erin.«

Ians dunkle Augen schienen ihr Gesicht erneut nach der Wahrheit abzusuchen. Vergeblich. Cailin hatte endgültig dichtgemacht. Sie konnte sie bereits vor sich sehen, diese andere Zukunft. Sie glitzerte nicht annähernd so bunt wie die erste Version, und das Quieken war leiser. Es kam nur von den Schweinen. Immerhin. An Gerties Schicksal hatte sich nichts geändert, sie würde ihren Winsor bekommen …

»Vielleicht hast du recht«, meinte Ian unvermittelt.

Seine Finger lösten sich von ihrem Arm, und er griff nicht nach ihrer Hand, als er sich wieder der Straße zuwandte. »Komm, lass uns weitergehen. Sonst entscheidet mein Dad noch allein, wo die Schaukel für die Ferkel stehen soll.«

# 20

Wie es aussah, lag der mühselige Teil des Weges hinter ihnen. Sie hatten den Hügel erklommen, und es war alles gesagt. Nun musste sich Cailin nur noch daran gewöhnen, nicht mehr seine Hand zu halten.

Schweigend passierten sie ihre alte Schule und bogen in die Erray Road ab. Die Straße führte etwa eine halbe Meile zwischen gepflegten Gärten hindurch in die Einsamkeit, wo es nur noch den Golfplatz und James' Haus gab. Nach all der Trödelei war Cailin davon ausgegangen, James hätte sie längst abgehängt. Umso mehr wunderte sie sich, als sie ihn am Straßenrand sichtete. Er stand irgendwie verloren auf der schlammigen Wiese eines unbebauten Grundstücks herum. Doch nun bemerkte Cailin, dass er zwei Personen fixierte, die aus der entgegengesetzten Richtung auf sie zukamen. Zwei braune Lockenköpfe – der langbeinige (Fiona) lief einige Schritte hinter dem kurzbeinigen (Kirsty). Kirsty winkte ihnen mit beiden Armen zu, und Cailin winkte zurück.

Als sie bei James am matschigen Wegesrand aufeinandertrafen, sprudelte es aus Kirsty heraus: »Leute, es tut mir so leid, ich habe die Schweine vergessen! Mum und ich sind zum Leuchtturm gewandert, und auf dem Rückweg fiel mir unsere Verabredung ein, aber ich habe mein Handy bei Aidan im Auto liegen lassen, als wir vom See zurückgekommen sind und –«

»Atme, Kirsty«, warf Cailin ein. Sie deutete mit dem Daumen auf Ian. »Dein Bruder hat dich würdig vertreten.«

Mit großen Augen blickte Kirsty in das Bermudadreieck, das versammelt vor ihr stand. »Wie ... was ...«

Ian schenkte ihr sein warmes Lächeln. »Alles in Ordnung, Kirsty. Dad wollte uns gerade das Grundstück für die Schweine zeigen.«

*»Dad?«* Kirsty blickte verwirrt von Ian zu James.

Letzterer stand immer noch reglos neben ihnen und starrte Fiona an, die etwas abseits auf der Straße (genauer: in einem Schlagloch) verharrte und seinen Blick erwiderte. Wie üblich sah sie grandios hübsch aus, selbst in schmutzigen Wanderschuhen, weiten Kakihosen und Schlabber-T-Shirt. Oder gerade deswegen.

»Die Salatschüssel stand nicht im Fenster«, erklärte Ian mit einem schiefen Lächeln. »Da haben wir eine Tasse Tee zusammen getrunken.«

»Zwei«, verbesserte Cailin. »Und Antipasti gegessen.«

»Nur du hast Antipasti gegessen«, stellte er lachend klar.

»Und ... und ... ihr ...«, stammelte Kirsty. Diesmal sah sie von Ian zu Cailin.

»Ich würde sagen, wir kommen klar«, meinte er und schaute Cailin fragend an.

Sie schob die Hände tief in die Taschen ihrer kurzen Jeans und nickte. »Wir kommen klar.«

»Wird ... wird jetzt alles gut?«, fragte Kirsty verwundert.

Cailin wollte bejahen, aber sie konnte es nicht. Sie hatte ihr Baby gesehen und würde es nicht bekommen. Kein Ei für Cailin. Die Antwort lautete also: Nein. Nichts würde jemals gut sein.

»Ich fürchte, nein«, sagte James.

Ihr Blick schoss zu ihm. Konnte er doch Gedanken lesen?

Aber nun erkundigte er sich an Fiona gewandt: »Hast du mit Kirsty über den Film gesprochen?«

Fiona zögerte. Dann nickte sie. »Gerade eben.«

»James, du weißt davon?«, entfuhr es Kirsty.

»Cailin hat es mir heute erzählt«, sagte er, ohne den Blick von Fiona abzuwenden.

Kirsty sah Cailin perplex an. »Du weißt auch davon?«

Bevor sie antworten konnte, schaltete sich Ian ein: »Cailin wollte es dir sagen, aber ich habe sie davon abgehalten. Ich fand, deine Mum sollte selbst mit dir sprechen.«

»Du wusstest es auch?« Kirsty klang nicht mehr verwirrt, sondern sauer. »Und ihr habt nicht versucht, es Logan auszureden?«

»Cailin schon«, erwiderte Ian. »Und als das nicht funktionierte, hat sie …« Er unterbrach sich, aber seine Schwester bohrte nach: »Was hat sie?«

»Sie hat verhindert, dass das Drehbuch in die falsche Richtung läuft.«

»In welche Richtung genau?« Kirstys Stimme klang ungewohnt kühl.

»In Richtung *Lolita*«, sagte Ian schlicht.

Kirsty stieß ein empörtes Schnaufen aus. »Will Logan das Leben meiner Eltern etwa zu einem Erotikfilm verwursten?«

Cailin trat unbehaglich von einem Bein aufs andere. Es war eigenartig, in Gegenwart der beiden Protagonisten über die Geschichte zu sprechen. Zumal James und Fiona nur schweigend dastanden. Als wären sie das Publikum. »Nein«, murmelte sie, »er hat sich nur ungeschickt angestellt.«

Unversehens lachte Ian auf. »Im Vergleich zu dir wirkt jeder ungeschickt, Cai.«

»Wie meinst du das?«, wollte Kirsty wissen.

»Cailin Buchanan ist die beste Geschichtenerzählerin der Insel. Das war sie schon immer.« Er wandte sich an seinen Vater. »Dad, erinnerst du dich an Jackie?«

James zögerte. »Das Schulskelett?«

»Genau das.« Ian lächelte. Mit Grübchen. »Cai hat dafür gesorgt, dass es interessanter war als du.«

»Ah …« James kratzte sich am Kopf. Ohne eine Spur von Ironie sagte er zu Cailin: »Wie lieb von dir.«

»Lieb?«, rief Kirsty entrüstet. »Ian, warum hast du das Ganze nicht von vornherein verhindert?«

»Weil deine Mutter sich diesen Film wünscht.«

»Meine Mutter«, schnaubte Kirsty und warf Fiona einen bösen Blick zu. »Vielleicht sollte meine Mutter mal lernen, dass sich nicht alles nur um sie dreht. Dieser Film ist die dümmste Idee, die sie jemals hatte.«

Cailin sah ihre Freundin beinahe erschrocken an. Noch nie, wirklich nie hatte sie Kirsty so aufgebracht erlebt. Normalerweise war sie die Nachsicht in Person. Sie hatte Fiona sogar verziehen, dass sie sich nach Dees Tod wochenlang nicht bei ihr gemeldet hatte. Und dass sie – zu Kirstys unendlicher Enttäuschung – nicht zu ihrer Ladeneröffnung erschienen war. Anstatt zu schmollen, war sie nach London gereist, um bei ihrer Mum nach dem Rechten zu sehen. So war Kirsty. Wenn jemand sich unmöglich verhielt, suchte sie nach einem nachvollziehbaren Grund. Sie wühlte so lange, bis sie dem Übeltäter verzeihen konnte. Cailin hatte selbst schon mehrfach davon profitiert.

Daher verschlug es ihr buchstäblich die Sprache, als Kirsty mit zorniger Stimme zu ihr sagte: »Für jede Kleinigkeit gründen wir eine Taskforce, aber wenn ein verfluchter Hollywood-

Regisseur meine Familie bloßstellen will, schauen alle tatenlos zu.«

Darauf fiel Cailin nichts ein. Zum tausendsten Mal heute fühlte sie sich wie eine schlechte Freundin. Eine, die es sich beim Stammtisch der Rückkehrer bequem gemacht und freimütig über das Schulskelett und James' Innenleben geplaudert hatte. Ohne ihr dummes Gewäsch wäre Logan Wallace vermutlich längst mit seiner Schreibblockade zurück nach Amerika verschwunden, um seinen dritten Actionfilm zu drehen. Aber nein. Cailin hatte ihm die Geschichte ja auf dem Silbertablett servieren müssen. Dank ihr brauchte er sie nur noch zu Ende zu spinnen.

»Logan will niemanden bloßstellen«, meinte Ian ruhig.

»Wird er aber«, kam es unerwartet von James, der schweigend danebengestanden hatte.

»Danke, Dad!«, rief Kirsty inbrünstig, und zum ersten Mal wandte James den Blick von Fiona ab und blinzelte seine Tochter an.

Cailin schluckte. Wie unwirklich dieser Tag für ihn sein musste. Bis heute hatten weder Kirsty noch Ian das Wort Dad in den Mund genommen, aber nun schien es überall zu sein. Es umkreiste ihn wie eine freundliche kleine Motte.

Und James lächelte. Wie auf dem Klassenfoto. Cailin konnte ihren Blick nicht von ihm abwenden. Sie erkannte dieses Gefühl der Abhängigkeit wieder. Es war das Gleiche wie damals, als Erin ihrem feinen Schafbauern Keith begegnet war. Wie gebannt hatte Cailin dabei zugesehen, wie die beiden sich ineinander verliebten. Dort unten in ihrem dunklen Loch, in das Ian sie geworfen hatte, war Erins Lächeln ihre Sonne gewesen. Reines Vitamin D. Nun saß sie wieder in diesem Loch, und wie in jener trostlosen Zeit war sie auf das Strahlen der anderen angewiesen. Ihr Leben hing vom Glück ihrer Freunde ab. Und sie würde alles dafür tun, dass es intakt blieb. Aus purem Eigennutz.

Es handelte sich also um reine Selbstverteidigung, als sie nun einen kleinen Schritt zur Seite trat und sich der flüchtenden Fiona in den Weg stellte. Wie in Zeitlupe hatte Cailin aus dem Augenwinkel das vorbeihuschende Reh wahrgenommen, das keines war. Ein Reh wäre ihr geschickt ausgewichen und nicht – wie Fiona – ausgerutscht und bäuchlings im Matsch gelandet.

»Fiona!« Ian eilte herbei, um ihr aufzuhelfen.

Kopfschüttelnd erkundigte er sich bei Kirstys Mum, ob alles in Ordnung sei. Fiona nickte. Sie stand mit hängenden Armen zwischen ihnen, über und über mit Schlamm beschmiert.

Das Mindeste, womit Cailin gerechnet hatte, war eine Zurechtweisung. Irgendetwas über Reinigungskosten, die sie übernehmen sollte. (Obwohl es auf Mull weit und breit keine Reinigung gab und Kakihosen nun wirklich pflegeleicht waren.) Aber Fiona senkte nur den Blick und schwieg. Es war, als hätte sie in James' Gegenwart ihre Stimme verloren. Nein, nicht nur die Stimme, sondern ihr ganzes Wesen. Ihre Leichtigkeit. Das schelmische Lachen, das Cailin neulich Abend im Pub so oft gehört hatte. Fiona war zwar noch hier, aber in Wahrheit hatte sie sich in Luft aufgelöst.

»So geht das nicht weiter, Fiona«, murrte Cailin.

Fiona sah auf, in ihre Augen – und offenbarte, was Ian vorhin seinem Vater beschrieben hatte: Scham. Cailin musste sich zwingen, kein mitleidiges Gesicht zu ziehen. Dort stand eine fast fünfzigjährige Frau, von oben bis unten mit Schlamm besudelt, und schämte sich für sich selbst. Der Anblick war schwer zu ertragen. Zumindest für jemanden wie Cailin, die sich mit diesem Gefühl bestens auskannte.

Daher brach es nun aus ihr heraus: »Schämst du dich allen Ernstes vor James? Vor diesem netten Mann, der sich jahrelang um den Verstand gesoffen hat? Glaubst du wirklich, er hätte mehr aus seinem Leben gemacht als du?«

Stille. Alle sahen sie verblüfft an. Aber nun gab es kein Zurück mehr. Die schreckliche Cailin Buchanan hatte sich an den beiden Protagonisten festgebissen.

»Ich fasse mal eben zusammen«, fuhr sie sarkastisch fort. »Der Mann hat seine Schülerin geschwängert, seine vier Kinder vernachlässigt, ein paar Nasen gebrochen, Aidans Gesicht mit einer Narbe versehen, seine eigene Familie vergrault und dann fast zwanzig Jahre lang in Einsamkeit gelebt. Und während er Tag für Tag drüben auf dem Festland in eine Schule geschlurft ist und abends allein *Dr. House* geschaut hat, bist du von einem exotischen Land ins nächste gezogen. Welche Neunzehnjährige traut sich schon, schwanger ihr Zuhause zu verlassen und einen wildfremden Diplomaten zu heiraten? Du bist einfach losgezogen und hast eurem Kind die Welt gezeigt. Ach ja, euer *Kind.*« Sie stemmte die Hände in die Hüften. »Wie kannst du es eigentlich wagen, dein Leben als Pleite zu betrachten? Herrje, du hast *Kirsty Woods* großgezogen. Ist doch egal, dass du geschieden und abgebrannt bist. Nur deinetwegen kann Kirsty töpfern wie eine Göttin. Wenn du sie nicht quasi als Baby an die Drehscheibe gesetzt hättest, gäbe es jetzt wohl kaum diese legendäre Tasse aus der Teewerbung. Eine Tasse mit vier Henkeln, und die ganze Familie zerrt daran – deine Tochter ist der Kracher. Also nimm ihr verdammtes Tassengeld und hör auf, euch allen das Leben schwer zu machen.«

Cailin holte Luft. Sie war noch nicht fertig. »Und schau dir endlich Kirstys fabelhaften Showroom an. Wir haben fast die ganze erste Etage renoviert. Es ist nicht mehr Dees Haus, sondern Kirstys. Und es beißt nicht. Dee wäre furchtbar wütend, wenn sie wüsste, dass du dir die Schuld an ihrem Tod gibst. Sie ist gefahren wie eine Berserkerin! Glaub mir, ich weiß, wovon ich rede – ich habe auch einen Bleifuß. Wenn sich hier also einer wie eine Idiotin verhalten hat, dann Dee. Und du …« Sie deutete auf Fiona. »Sieh dich an. Du funkelst selbst noch nach einem Schlammbad. James kann froh sein, wenn er dieselbe Luft atmen darf wie du.«

Wieder Stille. Wie von selbst wanderte Cailins Blick zu Ian, der die ganze Zeit schweigend neben Fiona gestanden hatte. Seine Mundwinkel zuckten. Unterdrückte er ein Grinsen? Ihre Augen verengten sich. Was bitte schön gab es hier zu grinsen? Sie hatte soeben ihren guten Freund James einmal quer durch den Schlamm gezogen und Kirstys tote Großmutter als »Idiotin« bezeichnet. Kein Wunder, dass Fiona schluchzte … Oje! Ihr Blick schnellte zu Fiona zurück. Tatsächlich. Sie hatte Kirstys Mum zum Heulen gebracht. Das war der absolute Tiefpunkt dieses Tages.

Nein, der Tiefpunkt kam jetzt. Denn nun lief Fiona los, und diesmal ließ sie sich nicht aufhalten. Wie ein geölter Blitz schoss sie davon.

Ian und Kirsty tauschten einen kurzen Blick aus.

»Ich mach das schon«, sagte Ian und folgte Fiona, die bereits hinter der Biegung verschwunden war.

Aus einiger Entfernung wandte er sich nochmals um und rief seinem Vater zu: »Dad, ich komme morgen mal mit Logan vorbei, ja? Dann sprechen wir über den Film!«

»In Ordnung!«, rief James zurück. »Oder du kommst ohne ihn und wir sprechen über etwas anderes!«

Ian grinste und winkte ihm zu.

Cailin saß in der Badewanne und ließ die vergangenen zwei Wochen Revue passieren. Die Sonntage hatten es in letzter Zeit in sich. Zuerst war Kirstys verstörte Mum nach Tobermory gekommen, und Ian hatte sich Zutritt zum Regenbogen verschafft. Eine Woche später war Fiona zum ersten Mal vor James davongelaufen. Und heute … Was heute alles passiert war, ging auf keine Kuhhaut.

Nachdem Ian und Fiona verschwunden waren, hatte Cailin ihren eigenen kleinen Zusammenbruch gehabt. Kirsty hatte sich bei ihrem Vater untergehakt und ihn gefragt, ob er ihr immer noch Gerties neues Heim zeigen wolle. Er hatte genickt, und dann waren sie Arm in Arm losmarschiert. Cailin war ein paar Schritte hinter ihnen hergetrottet, bevor sie in Tränen ausgebrochen war.

Sie hatte sich am Straßenrand auf den körnigen Asphalt sinken lassen, die Beine angewinkelt, ihre Stirn gegen die nackten Knie gepresst und geweint. Sie hatte um ihre Zukunft geweint. Um Ian, das Baby und James. Und dann nur noch um James. Sie hatte ihn heute am laufenden Band verletzt. Zuerst hatte sie ihm vorgehalten, Ian sei ihm gleichgültig. *Also verzeih mir, wenn ich verdammt noch mal keine Lust habe, dir ein Ei zu schenken.* Und dann hatte sie seiner großen Liebe erläutert, was für ein Riesenversager er war. *James kann froh sein, wenn er dieselbe Luft atmen darf wie du.* Sie war eine Abrissbirne. Wo Cailin Buchanan wandelte, blieb kein Stein auf dem anderen.

»Cailin, warum weinst du denn?« Kirsty hatte sich neben sie auf die Straße plumpsen lassen und den Arm um sie geschlungen.

»Weil ich eine Abrissbirne bin.«

»Ja, aber du bist unsere Abrissbirne.«

Cailin hob den Kopf. »Wirklich?«

Ein Schatten fiel auf sie.

»Wirklich.« James stand in einem Schlagloch und lächelte sie an. »Ich würde mich zu euch setzen, aber dann komme ich nicht mehr hoch.«

Cailins Kinn zitterte. »James, es tut mir so leid.«

»Ach was, so ist das in meinem Alter.«

»Das habe ich nicht gemeint.«

»Ich weiß. Würdet ihr trotzdem aufstehen?«

Kirsty war aufgesprungen und hatte Cailin an den Händen hochgezogen. Und dann hatte James gefragt, ob er sie umarmen dürfe. Er durfte. Die Umarmung hatte sehr lange gedauert, und Cailin hatte noch ein bisschen mehr geweint. Diesmal um Ian und das Baby.

Nach einer Weile hatte James in ihr Ohr geflüstert: »Irgendwann bekommst du dein Ei, versprochen.«

Sie hatte ihn mit einer Mischung aus Erstaunen und Entsetzen angesehen. Er konnte es also doch. Gedanken lesen.

Nun formte sie sich gerade einen Hut aus Lavendelschaum, als es unten an der Tür klingelte.

*Ian.* Hastig sprang sie aus der Badewanne, schlang ihr Handtuch um sich und tapste mit nassen Füßen durch den Flur, die Treppe hinunter und in den Laden. Sie blickte durch die Glasscheibe und schluckte schnell ihre Enttäuschung herunter. Mit einem Lächeln entriegelte sie die Tür.

»Hi, Declan.«

Declan lächelte zurück. Er sah gut aus wie immer. Er machte irgendetwas mit seinen Haaren, was ihr gefiel. Ein verstrubbelter Igel. Irgendwie zum Anbeißen.

»Hast du unser Date vergessen?«

»Nein?« Sie zog die Tür weiter auf, aber Declan machte keine Anstalten hereinzukommen.

»Wenn du noch badest, komme ich später wieder.«

»Wir können zusammen baden«, schlug sie vor und biss sich verstohlen auf die Zunge. Die Badewanne war keine gute Idee. Ians Name stand noch darauf. Genau wie auf dem Bett. Und der Fensterbank. Eigentlich blieben nur das Sofa und der Ladentresen übrig …

Zu ihrer Erleichterung schüttelte Declan den Kopf. »Ich würde lieber noch die letzten Sonnenstrahlen einfangen.«

Cailins Augen weiteten sich. Hatte dieser Mann gerade einen Spaziergang vorgeschlagen? Genau das war es, was sie jetzt brauchte. Jemanden, der mit ihr die letzten Sonnenstrahlen einfangen wollte.

»Au ja, ich trockne mich nur schnell ab und –«

Er unterbrach sie. »Bonnie, Martin und ein paar andere wollen noch eine Runde drehen. Ich könnte in einer halben Stunde oder so zurück sein.«

Sie stutzte. »Oh. Okay.«

Er fuhr sich durch seine strubbeligen Igelstacheln. »Klasse, dann rasier dich doch schon mal schön und …«

Cailins Blick verfinsterte sich. »Ich soll mich *rasieren?*«

Er zuckte mit den Schultern. »Tust du das nicht immer?«

»Doch.« Sie zog das Wort in die Länge, bis es wirklich bedrohlich klang. »Aber nicht jetzt.«

Declan sah sie unsicher an. »Okay?«

»Nichts ist okay, mein Lieber.« Ihre Stimme klang sehr ruhig. Gefährlich ruhig. Sie bemerkte, wie Declan schrumpfte. Seine Schultern kippten nach vorn, die gesamte Körperspannung war weg. Er sah überhaupt nicht mehr zum Anbeißen aus. Eher zum Ausspucken.

»Weißt du«, fuhr sie fort, »ich habe heute schon mal jemanden gefragt, ob wir Freunde bleiben können. Aber er wollte meine Hand halten und ist tatsächlich mein Freund. Was ich von dir nicht behaupten kann. Also schlage ich vor, du gehst jetzt einfach mit Bonnie und Martin spazieren und kommst nicht mehr zurück. Ist das okay für dich?«

Declan nickte perplex.

Sie schlug die Tür zu. Diese Tür würde verschlossen bleiben. Keine Sonne mehr für Cailin.

# 21

Am nächsten Morgen konnte sich Cailin immer noch nicht dazu überwinden, die Tür zu öffnen. Der Laden blieb geschlossen, und sie verbrachte den Vormittag damit, die Vögel in dem großen Setzkasten umzusortieren. Dunkle Farben nach oben, helle nach unten. Am liebsten hätte sie all die bunten Kerlchen gänzlich ausrangiert. Ihr war nach Raben und Krähen zumute.

Als sie sich wieder nach oben begeben wollte, um eine Mittagspause im Bett einzulegen, klopfte jemand gegen die Scheibe. Hailey hielt zwei Pappbecher vors Fenster.

Widerwillig entriegelte Cailin die Tür.

Hailey ignorierte ihre schlechte Laune – ebenso wie die Tatsache, dass Cailin im Pyjama vor ihr stand. Unbekümmert wehte sie in den Laden und bemerkte im Vorbeigehen: »Ich hab's schon gehört.«

»Was genau?«, brummte Cailin misstrauisch.

»Die Katze ist aus dem Sack.«

»Welche Katze?«

»Na, Logans Film! Fiona hat's Kirsty erzählt, Kirsty hat's Liv erzählt, und die hat es vorhin mir erzählt. Liv fand es allerdings nicht lustig, dass ich schon wusste, wovon der Film handeln soll. Sie meint, ich muss es Kirsty beichten.« Hailey warf ihr einen hoffnungsvollen Blick zu. »Ist das wirklich nötig?«

Cailin verdrehte die Augen. »Du beichtest es ihr doch sowieso, sobald du den Mund aufmachst. Und Kirsty wird es dir verzeihen. Mir hat sie auch verziehen.«

Hailey seufzte und drückte ihr einen der beiden Kaffeebecher in die Hand. »Das ist der grandiose Cappuccino von Laurie – wenigstens können wir jetzt wieder in ihren Laden gehen. Laurie wusste es übrigens schon. Ich glaube, Logan ist ihr ins Netz gegangen.« Sie räusperte sich. »Und ... und das mit Declan weiß sie jetzt auch.«

Cailin legte den Kopf schief. »Was genau?«

»Dass du ihn abserviert hast.« Hailey sah sie hilflos an. »Tut mir leid, ich hatte keine anderen Neuigkeiten, und Laurie hat ihre eigenartigen Fragen gestellt ...«

»Ich fasse es nicht«, stöhnte Cailin. »Hat Declan sich etwa bei dir ausgeheult?«

»Nö.« Hailey seufzte erneut. »Aber ich habe ihn gestern Abend noch am Pier getroffen, und er wollte von mir wissen, ob du Jonathan jetzt auch abservierst.«

Cailin nippte an ihrem ziemlich köstlichen Cappuccino. »Meinst du, Jonathan würde mit mir spazieren gehen?«

Hailey überlegte kurz. »Eher nicht. Der bewegt sich nur mit Ball.«

»Dann sind seine Tage gezählt.«

»Seit wann ist dir spazieren gehen so wichtig? Das kannst du doch auch mit mir machen.«

Cailin entwischte ein kleines Lächeln. »Hältst du dabei meine Hand?«

Ihre Freundin kräuselte die Nase. »Muss ich?«

»Genau das meine ich.«

»Ian hätte deine Hand gehalten.«

»Ja, *hätte*«, entfuhr es Cailin.

»Ich hab's schon gehört«, sagte Hailey mitfühlend.

Sie warf ihr einen perplexen Blick zu. »Was genau?«

»Das mit Ian.«

Cailins Augen wurden zu Schlitzen. »Was genau?«

»Laurie hat es mir eben erzählt …«

Sie knallte ihren Becher auf den Ladentresen. »Hailey! Jetzt spuck's aus!«

»Dass Ian nach Sanday zurückgeht.«

Als Cailin sie wie vom Blitz getroffen ansah, fügte Hailey kleinlaut hinzu: »Ich dachte, das wüsstest du längst.«

»Wie kommst du darauf?«

»Na ja«, stammelte Hailey, »aus welchem anderen Grund hätte euer Date letzte Woche schieflaufen sollen? Es lag wohl kaum am Sex, oder?«

Cailin rührte sich nicht. Ihr Hals war plötzlich trocken. Sie konnte nichts weiter, als ihre Freundin anzustarren.

Doch Hailey strich zaghaft mit der Hand über ihren Arm. »Ian hat dich gefragt, ob du auf seine Insel mitkommst, nicht wahr?« Sie holte hörbar Luft und ergänzte: »Und du wolltest nicht.«

Cailin griff erneut nach ihrem Cappuccino und bemerkte, dass sie zitterte. Verärgert zog sie die Hand zurück. Was sollte das? Es gab keinen Grund, bestürzt zu sein. Ian tat nur, worum sie ihn gebeten hatte. Er war ihretwegen nach Mull zurückgekehrt, und sie hatte ihm unmissverständlich klargemacht, dass sie Jonathan und Declan behalten wollte. Ihre Routine. Trotzdem … Hätte er sich nicht ein wenig mehr Zeit lassen können? Immerhin war es gerade einmal vierundzwanzig Stunden her, seit sie ihm seine Träume ausgeredet hatte. Und warum zum Henker wusste Laurie Ferguson bereits Bescheid?

»Was hat Laurie genau gesagt?«

»Dass Ian ihr heute Morgen erzählt hätte, er würde einen

Nachfolger für Doc Munros Praxis suchen. Er hat sich bei ihr erkundigt, ob sie jemanden wüsste.«

Ein bitterer Geschmack lag plötzlich auf Cailins Zunge. Lauries Cappuccino hatte einen grässlichen Nachgeschmack. Genau wie ihre Informationen. Wie üblich hatte die alte Dame ihren Klatsch aus erster Hand. Es gab nämlich einen fundamentalen Unterschied zwischen ihr und der Regenbogenpresse: Laurie sprach stets die Wahrheit. In Kürze würde also die ganze Insel wissen, dass die schreckliche Cailin Buchanan den wunderbaren Doktor nach Lady Village zurückgeschickt hatte. Wahrscheinlich würden Sandy Elliot und ihre Gang die Voliere mit Graffitisprüchen wie »Geh du doch!« oder »Arztmörderin!« besprühen. Cailin würde zweifellos die meistgehasste Person auf Mull sein.

»Hat Ian ihr erzählt, warum er fortgeht?«, fragte sie heiser.

Hailey zuckte mit den Schultern. »Er meinte, er wird woanders gebraucht.«

»Woanders oder anderswo?«

»Ist das nicht dasselbe?«

»Nein, ist es nicht«, murmelte Cailin.

Ihre Freundin schaute sie besorgt an. »Hast du schon mit Erin darüber gesprochen?«

Cailin blinzelte. »Mit Erin?«

»Mit wem sonst? Sie ist doch die Expertin für dein Problem. Schließlich hat sie auch für ihre große Liebe die Insel verlassen.«

*»Auch?«* Nun war Cailin tatsächlich bestürzt.

Sie wechselten einen langen Blick, und Haileys Stimme klang ungewohnt traurig, als sie leise feststellte: »Na, ihr zwei seid doch Becks und Posh.«

Shay telefonierte ausgesprochen gern mit dem Telefon seiner Mummy. Normalerweise hatte Cailin einen Riesenspaß dabei, mit ihm Grimassen zu schneiden oder über das Chaos in Erins Wohnzimmer zu lachen, das der kleine Mann gnadenlos filmte. Und sie kicherte noch lauter als Shay, wenn Erin vergeblich versuchte, ihm das Handy wegzunehmen.

Heute verlief das Gespräch mit ihrem Patenkind jedoch ungewohnt kurz. Shay schien zu spüren, dass Cailin nicht bei der Sache war. Nach wenigen Worten hielt er zum Abschied seinen Kuschelhai in die Kamera und überließ das Telefon kampflos seiner Mutter. Alarmiert erkundigte sich Erin, was los sei. Cailin bat darum, die Kamera auszuschalten. Im Dunkeln sprach es sich besser.

Daraufhin brüllte Erin nach Keith. Auszeit für Mummy.

Ohne Bild und Shay purzelten die Worte nur so aus Cailin heraus. Sie erzählte Erin alles, von Anfang bis Ende. Als wären die letzten zwei Wochen eine Geschichte gewesen. Eine mit Regenbögen, Zeitreisen, Ferkeln und Karussellküssen. Und einem traurigen Ende. Als sie bei Lauries Neuigkeit angekommen war, weinte Cailin ein bisschen in die Stille hinein. Sie saß im Schneidersitz und Schlafanzug auf ihrem Bett und wollte jetzt auflegen. Sofort.

»Darf ich vorher vielleicht noch etwas sagen?«, fragte Erin, die schweigend zugehört hatte.

»Weiß nicht«, brummte Cailin.

»Du solltest hinfahren«, sagte Erin unumwunden.

»Wohin?«

»Nach Sanday.«

»Wozu soll das gut sein?«

»Du kannst keine Entscheidung treffen, ohne dort gewesen zu sein.«

»Was für eine Entscheidung?«, fragte Cailin gereizt. »Ian hat mich nicht gebeten mitzukommen.«

Sie konnte hören, wie Erin am anderen Ende der Leitung die Augen verdrehte. »Aber nur, weil du irgendetwas von Freundschaft und Patentante gefaselt hast. Dir ist hoffentlich klar, dass Shay und sein Hai jedes andere Patenkind wegbeißen werden?«

»Wenn ich ihm alle Wochentage gebe, kann Ian auch direkt hier in Tobermory bleiben«, murrte Cailin.

»Das löst aber nicht das Problem mit Brody«, wandte Erin ein. »Wenn du mit Ian nach Sanday gehst, könnte vielleicht alles gut werden. Für alle.«

Cailin schnaubte. »Ja klar, auf der Sandbank wartet das große Glück auf mich.«

»Glaubst du denn, es wartet in Tobermory auf dich? Ohne ihn?«

*Ohne ihn.* Die zwei schlimmen Worte. Sie waren wie eine Wunde, die nicht verheilen wollte. In den vergangenen zehn Jahren war so viel Gutes passiert. Sie hatte ihr gelbes Haus am Hafen gekauft, den zauberhaften Laden eröffnet, war mit den Mädels zu einem Clan zusammengewachsen, und sogar ihr bester Freund Aidan war nach Mull zurückgekehrt. Dennoch war dieses Jahrzehnt vor allem eines gewesen: Zeit ohne ihn. Würde sie das ein weiteres Mal aushalten? Für den Rest ihres Lebens?

»Ich habe es auch nicht für möglich gehalten, dass ich woanders glücklich sein würde«, meinte Erin. »Aber ich bin's.«

»Blödsinn, du vermisst uns jeden Tag.«

»Das tu ich.« Cailin konnte Erins Lächeln hören.

»Da gibt's nun wirklich nichts zu lächeln!«

Erins Lächeln wurde breiter. »Merkst du etwas?«

»Was?«, knurrte Cailin.

»Es ist alles wie immer.« Grinste diese Frau? Es klang so. »Du bittest mich um Rat und findest meine Antwort bescheuert. Und am Ende tust du doch, was ich sage. Ich gehöre noch zu deinem Leben – ganz egal, wo ich bin. Genauso wird es mit dir und den Mädels sein. Hailey wird dich dreimal am Tag anrufen, sie wird die Patentante deines Kindes werden, und du wirst definitiv ein Gästezimmer in eurem Haus in Lady Village brauchen, um die Mädels alle unterzubringen und –«

»Halt die Klappe, Erin. Ich lege jetzt auf.«

# 22

Cailin presste ihre Schläfe gegen die Scheibe des Kleinbusses. Die Regentropfen wurden größer. Und lauter. Anfangs, als sie die Fähre verlassen hatten, war es nur ein leichter Sprühregen gewesen. Doch nun prasselte er gegen die Scheiben, und der Wind schien aufzufrischen. Sie hätte schwören können, dass der Bus schwankte. Die beiden deutschen Touristinnen, die mit leidenden Mienen neben ihnen saßen, wirkten definitiv seekrank. Was Pixie nicht davon abhielt, ihnen Löcher in die Bäuche zu fragen. Für Pixie waren Touristen keine Landplage, sondern das Tor zur Welt. Daher hatte sie darauf bestanden, Sanday auf diese Weise zu erkunden: in einem winzigen Bus, zusammengepfercht mit dem mürrischen Ranger Mike, seinem überflüssigen Mikrofon und acht wissbegierigen Senioren aus vier verschiedenen Ländern.

Cailin versuchte, die Stimmen ihrer Mitreisenden auszublenden. Pauschalreisen waren ihr Albtraum – selbst wenn es sich nur um eine zweistündige Inselrundfahrt handelte. Sie hatte dieser Tour nur zugestimmt, weil sie hoffte, Pixie würde glücklich in ihrer Touristenwolke über die Insel schweben und keinen Kontakt zu den Einheimischen suchen. Am liebsten hätte sie ihre Freundin zu Hause auf Stronsay gelassen, aber Pixie war nicht zu stoppen gewesen. Sie verließ nur selten ihre Heimatinsel, doch wenn es darum ging, eine »begabte Künstlerin« wie Cailin für die Orkneys zu gewinnen, bewegte sie sich nur allzu gern aus ihrer Komfortzone heraus. Nicht einmal Cailins Status als meistgehasste Person von Sanday hatte ihren Enthusiasmus trüben können.

An besagten Status hatte Cailin ihre Freundin heute Morgen mehrfach erinnert, bevor sie gemeinsam auf Stronsay die Fähre bestiegen hatten. Wie üblich hatte Pixie ihre Mahnungen weggelächelt. Cailin würde drei Kreuze machen, wenn sie diesen Ausflug ohne nennenswerte Vorfälle überstanden hatten. Nahezu zwanghaft hatte sie Pixie eingeschärft, niemandem, wirklich niemandem von Ians geplanter Rückkehr zu erzählen. Auf keinen Fall wollte sie bei den Bewohnern von Sanday falsche Hoffnungen wecken. Schließlich stammten Cailins Informationen zu hundert Prozent von Hailey, also aus dritter Hand.

Cailin hatte nicht mehr mit Ian gesprochen, bevor sie letzten Dienstag – vor genau einer Woche – ziemlich überstürzt gen Norden aufgebrochen war. Hailey war die Einzige gewesen, von der sie sich verabschiedet hatte. Die Ärmste war ziemlich verzweifelt gewesen. Sie hatte sich aufgeführt, als wäre Cailins Schicksal bereits besiegelt und der Umzugswagen nach Sanday bereits gebucht. Haileys Glaube an Becks und Posh war einfach unerschütterlich. Am Montagabend hatte sie heulend auf Cailins Bett gelegen, während Cailin ihre Siebensachen in die Reisetasche geworfen hatte. Irgendwann hatte sie den Fehler begangen, ihre aufgelöste Freundin auf Maisies bevorstehende Rückkehr hinzuweisen. Die tröstenden Worte waren komplett nach hinten losgegangen.

»Das sind noch acht Tage!«, hatte Hailey gejammert.

Und: »Wer kümmert sich denn jetzt um James' Geburtstag?«

Und: »Maisie geht nächstes Jahr aufs College!«

Und: »Was sollen wir denn ohne dich machen? Ich hasse Erin und ihre bescheuerten Ratschläge!«

Cailin hatte ihr versichert, sie würde in wenigen Tagen zurück sein. Sie würde nur schnell nach Stronsay fahren, Pixie Reed Hallo sagen, einmal nach Sanday hinüberhüpfen und auf direktem Weg nach Hause kommen. *Für immer.*

Hailey hatte heftig den Kopf geschüttelt. Ihre normalerweise rot schimmernde Haarpracht war genauso stumpf gewesen wie nach Maisies Abreise. »Versprich nichts, was du nicht halten kannst, Cailin.«

Zugegeben, ihr erstes Versprechen hatte Cailin bereits gebrochen. Aus den »wenigen Tagen« war eine volle Woche geworden. (Oje, James' Geburtstag war schon morgen!) Das Nirgendwo war einfach zu tröstlich gewesen, und sie hatte sich schlicht nicht dazu überwinden können, nach Sanday hinüberzuhüpfen. Stattdessen hatte sie sich in Pixies Hexenhaus am Ende der Welt verkrochen. Hier ließ es sich einfach verdammt gut aushalten. Pixies Kirchenfenster färbten jeden Lichtstrahl bunt, alle Räume dufteten nach Früchtetee, und Pixie war gerade dabei, ihre runden Wände zu bemalen. Mit Wind. In Hellblau.

Anfangs hatte Cailin stundenlang nur dagesessen, Pixies dahingewehte Pinselstriche betrachtet und dem Klang der gläsernen Windspiele gelauscht, die ihre bunten Fenster zierten. Wenn das Wetter es zugelassen hatte, war sie die nahe gelegene Steilküste entlanggewandert, hatte sich beim großen Felsbogen zwischen die Butterblumen ins Gras gesetzt und achtlos die Zeit vorbeiziehen lassen. Denn Zeit war nicht wichtig auf dieser winzigen, fast baumlosen Insel, auf der die Windböen den Himmel permanent veränderten.

Daher konnte Cailin auch nicht genau sagen, wann sie zum ersten Mal ihre alte Bewerbungsmappe aufgeschlagen hatte. Am Abend vor ihrer Abreise hatte Hailey sie im Schlafzimmer vom Fußboden aufgelesen und darin herumgeblättert. Offenbar hatte sie die Mappe dann in ihre Reisetasche geschmuggelt. Seit Ian sie zurückgebracht hatte, war Cailin dem Ding konsequent aus dem Weg gegangen. Aus gutem Grund. Unter keinem denkbaren Gesichtspunkt würde ihr ein Blick auf den Inhalt guttun. Entweder sie würde sich für die schlechte Qualität der Fotos und die Einfachheit ihrer Gedanken schämen. Oder sie würde erschrocken feststellen, dass die junge Cailin mehr über das Leben gewusst hatte als sie. Dass ihr Zenit bereits überschritten war und sie – wie Fiona – die Träume ihres neunzehnjährigen Ichs aus den Augen verloren hatte.

Doch hier, im Nirgendwo, jenseits ihres wirklichen Lebens, konnten ihre alten Träume ihr nichts anhaben. Hier bestand die Zeit aus Wind. Und der konnte bekanntlich in alle Richtungen blasen. Auch rückwärts, wie Pixie ihr glaubhaft versichert hatte. Pixie liebte die Mappe. Sie hatte sie Cailin bei erster Gelegenheit aus den Händen gerissen und gründlich studiert. Natürlich erinnerte Pixie sich an die Fulgurite. Ebenso wie an die Blitze am Strand. Aber die Eisblöcke waren ihre Favoriten. Wie sie in der schlammigen Fahrrinne des Traktors in den Boden flossen, mit der Insel verschmolzen …

»Hast du es eigentlich mal umgekehrt versucht?«, hatte sie sich interessiert bei Cailin erkundigt.

Sie hatten in der runden Küche gesessen und Früchtetee getrunken – den einzigen Früchtetee, der genauso gut schmeckte, wie er roch. Die Mappe hatte aufgeklappt zwischen ihnen auf dem mit Kerzenwachs bekleckten Eichentisch gelegen, und Pixie hatte mit ihrer hellblauen windbetupften Fingerspitze auf eines der Fotos gezeigt. »Hast du den Boden mal ins Glas rieseln lassen?«

»Oh ja.« Cailin lächelte. »Ich habe jede Menge Torf und Erde verarbeitet. Und Metalloxid.«

Pixie lächelte wissend zurück. »Schön, oder?«

Cailin seufzte. »Die Leute mögen kein mattes Glas.«

»Die Leute?« Ihre Freundin blickte sie erstaunt an.

»Wovon lebst du, Pixie?«

»Na, von Luft und Liebe.«

»Nein, im Ernst«, beharrte Cailin.

»Von meinen magischen Teemischungen.« Pixie deutete auf die schmale Holztür, die zur Speisekammer führte, und zwinkerte Cailin zu. *»Onlinehandel.«*

»Echt?«, entfuhr es Cailin. Sie hatte der geschätzt siebzigjährigen Teehexe nicht einmal einen Computer zugetraut. »Und das sichert deinen Lebensunterhalt?«

Pixie nickte. »Der Tee und meine Glaskunst. Ich brauche ja nicht viel.«

Cailin musterte ihre Freundin ein wenig beschämt. Es war eigenartig, wie schnell sich die Selbstwahrnehmung ändern konnte. Zu Hause in Tobermory war Cailin sich zuletzt recht bodenständig vorgekommen zwischen Hollywood Girl (Hailey), London Girl (Kirsty) und London Mum (Fiona). Und sie hätte sich als ausgemachtes Landei bezeichnet. Was natürlich zutraf. Doch die Isle of Mull war groß – gut zwanzigmal größer als Stronsay. Und es gab von allem … mehr. Mehr Hotels, mehr Pubs, mehr Läden. Mehr Menschen. Viel mehr Bäume. Stronsay erinnerte Cailin ein wenig an Livs Badezimmer. Dort gab es alles auch nur einmal: eine Seife, eine Zahnpasta, ein Duschgel, ein Shampoo. In einer solchen Umgebung fühlte Cailin sich unweigerlich wie eine kolossale Verschwenderin.

Sie räusperte sich. »Die Leute bezahlen eine Menge Geld für meine Seeadler.«

»Die Leute und ihr Geld«, seufzte Pixie. »Das ist nicht gut, Cailin.«

»Was soll ich denn tun?«, murmelte sie.

Pixie schlug die Mappe zu. »Etwas Neues.«

»Ja, aber was?« Sie erinnerte sich an damals, als sie zum ersten Mal in Erins Atelier gesessen und nichts weiter gewusst hatte, als dass sie Routine verabscheute. Ein mürrisches Mädchen, das Künstlerin werden wollte, ohne zu wissen, weshalb. Allein die Vorstellung, ihre geliebte Insel durchzucken zu können wie ein Blitz, hatte Cailin zum Glasdesign gebracht. Der Gedanke gefiel ihr noch immer. Aber was sollte sie damit bloß anfangen?

»Für gewöhnlich überkommt mich das Neue, während ich mitten im Alten stecke«, meinte Pixie versonnen. »Doch manchmal ist es auch umgekehrt, und das Alte umarmt mich, wenn ich glaubte, es hinter mir gelassen zu haben.«

Cailin verdrehte die Augen. »Im Klartext?«

»Nimm meine Lampe und mach mir ein schönes Gastgeschenk.«

Und das hatte Cailin getan. Sie hatte sich vor den Gasbrenner gesetzt und mit den farbigen Glasstäben und -röhren herumgespielt, die überall in dem vollgestopften Atelier mit Meerblick herumgelegen hatten. Anfangs hatte sie sich auf abstrakte Formen beschränkt, die Pixie lachend »Fulgurite« genannt hatte. Aber dann hatte sie wie von selbst begonnen, Eier zu pusten. Einen bunten Neuanfang nach dem anderen. Jedes Ei war exakt so groß, dass es in die Eierkartons passte, die Pixie eigens für diesen Zweck leerte. Ihre Omeletts mit Schnittlauch waren fast noch besser als ihr Tee.

Als der dritte Karton gefüllt war, hatte Pixie befunden, dass es reichte. Nun sei es Zeit für den Wind. Sie waren gemeinsam zum Felsentor gewandert, und dort, bei den Klippen, hatte eine Windböe Pixies rotes Kopftuch davongetragen. Sie hatten ihm hinterhergeschaut, wie es immer höher in den Himmel gestiegen war. Wie es durch die Luft wirbelte und sich in einen roten Vogel verwandelte, der seine Schwingen ausbreitete und übers Meer davonflog. Und während der Vogel immer kleiner wurde, war Cailin wieder eingefallen, warum sie Künstlerin sein wollte. Um sich jederzeit in etwas Neues verwandeln zu können. Selbst wenn es den Abschied von etwas Altem bedeutete.

Cailin hatte kein Problem mit schlechtem Wetter, aber in einem Punkt musste sie ihren Mitreisenden aus dem Süden recht geben: Diese Sturmböen nervten. Keiner von ihnen – nicht einmal Pixie – hatte Lust, sich den Regen ins Gesicht peitschen zu lassen. Also verzichtete die Reisegruppe nach einem ausgedehnten Besuch in einem restaurierten Bauernhaus einstimmig auf die weißen Strände, die Seehunde und Vogelkolonien, den vertikal gestreiften Leuchtturm, die archäologischen Fundstätten, ach, auf die ganze wolkenverhangene Insel.

»Wie ihr wollt«, knurrte Ranger Mike in sein Mikrofon. »Geld gibt's aber keins zurück.«

Allerdings war Mike auf diese Situation vorbereitet. Schließlich passierte dieses Wetter nun wirklich nicht zum ersten Mal. Im Gemeindezentrum warteten Erbsensuppe, Gurkensandwiches und ein Film auf sie.

»Oh, wie schön!«, rief die Dänin, die hinter Pixie saß. »Eine Komödie mit Hugh Grant?«

Mike schnaufte verächtlich ins Mikro. »Ein Film über dieses fabelhafte Naturparadies, was denn sonst?«

Cailin stöhnte innerlich. Nun hatte sie also gut dreihundert Meilen zurückgelegt, nur um einen schnöden Werbefilm über Sanday zu schauen, den sie vermutlich ohne Weiteres im Internet hätte auftreiben können. Hailey hatte recht gehabt. Erins Ratschläge waren einfach nur bescheuert.

Doch wenige Minuten später, als sie mit ihrer Herde in das geräumige Gemeindezentrum strömte, wurde sie eines Besseren belehrt. Das Internet wäre zweifellos niemals in der Lage gewesen, ihr diese Atmosphäre zu vermitteln. Als Cailin den brummenden Saal betrat, begriff sie schlagartig, warum dies Ians Anderswo war. Diese Insel war nicht wie Mull. Auf Mull konnte es im Süden regnen, während im Norden die Sonne schien. Und es konnte tatsächlich vorkommen, dass ein Bewohner dem anderen noch nie begegnet war.

Sanday hingegen passte unter eine einzige Wolke. Die Insel war wie ein Boot. Eine Nussschale auf hoher See. Man musste sich eng aneinanderkuscheln, um nicht über Bord zu gehen. Und wenn es draußen stürmte, versammelte sich die halbe Besatzung hier, in diesem warmen Raum, der nach Erbsensuppe und Kaffee duftete. Überall saßen Leute an den Tischen, spielten Karten, unterhielten sich und lachten. Ein paar Kinder jagten zwischen und unter den Tischen hindurch. Der beträchtliche Geräuschpegel wurde durch das Klappern von Besteck und Geschirr aus der angrenzenden Küche noch verstärkt, und Cailin fragte sich unwillkürlich, wie sie hier einen Film schauen sollten.

Ranger Mike öffnete jedoch bereits die Flügeltüren eines klapprigen Holzschranks, hinter denen ein moderner Flachbildschirm zum Vorschein kam. Davor waren exakt zehn Plastiklappstühle aufgebaut, auf denen die Herde Platz nahm. Zwei Stühle blieben frei. Cailin und Pixie setzten sich ein wenig abseits an einen freien Tisch, weil Pixie ihre heiße Erbensuppe nicht auf dem Schoß essen wollte. Eine junge Frau war bereits dabei, die Suppenschalen an die Touristen zu verteilen.

»Ist sie nicht wunderschön?«, wisperte Pixie.

Cailin folgte ihrem Blick und musterte die Kellnerin. Ihre offenen dunkelbraunen Haare fielen ihr bis auf die Hüften, und das enge Wollkleid betonte ihre Kurven. Mit ihrem schmalen Gesicht und den hohen Wangenknochen erinnerte die junge Frau sie irgendwie an Wonder Woman, allerdings mit leuchtend grünen Augen. Es war schwer, woanders hinzuschauen. Cailin schluckte. Wie wahrscheinlich war es, dass es in dieser Nussschale mit ihren kaum fünfhundert Bewohnern eine noch hübschere Frau gab? Sie musste es also sein. Die schönste Tochter der Insel, die laut Mrs MacNee ein Auge auf Ian geworfen hatte. Und Cailin hatte ihm erlaubt, sie zu heiraten. Mehr als das. Sie hatte ihm versprochen, stets nett zu ihr zu sein, sie regelmäßig zu besuchen und die Patentante ihres Kindes zu werden.

Wonder Woman stellte einen dampfenden Suppenteller vor ihr auf den Tisch. »Guten Appetit.«

Cailin murmelte »Danke« und sah schnell weg, zum Fernseher, auf dem bereits die Doku über Sanday, »eine sonnige Insel mit maledivischen Stränden«, lief. Aus dem Augenwinkel verfolgte sie, wie Ians Zukünftige die leeren Teller auf dem benachbarten Tisch abräumte. Dabei schäkerte sie mit ein paar älteren Herrschaften. Ihr Lachen klang rauchig. Vermutlich sang sie abends im einzigen Pub der Insel Songs von Aretha Franklin. Sie war rundum wundervoll. Selbst Cailin hätte sie vom Fleck weg geheiratet.

Ein lautes »Cailin!« riss sie aus ihren Gedanken.

»Cailin!«, rief Pixie erneut und kniff sie in den Arm. »Ist *das* dein Ian?«

Sie blickte zum Fernseher, direkt in Ians Gesicht. Der Inseldoktor gab ein Interview. Cailin konnte nicht hören, was er sagte. Niemand konnte das. Das Klirren des Bestecks, das Stimmengewirr war einfach zu laut. Aber der freundliche »Ian Lennox, Allgemeinmediziner«, wie der Untertitel besagte, lächelte in die Kamera. Er fuhr sich befangen durch seine dunklen Haare und sah dabei so unerträglich sympathisch aus, dass Cailin am liebsten den Holzschrank zugeklappt hätte.

Die Dänin freute sich lautstark: »Der ist ja besser als Hugh Grant!«, und Pixie pflichtete ihr bei: »Er sieht wirklich aus wie ein Filmstar.«

»Genau wie unsere Kellnerin«, brummte Cailin.

Unwillkürlich schweifte ihr Blick zum Nachbartisch. Wonder Woman hatte aufgehört, die Tische abzuräumen. Wie angewurzelt stand sie da, mit ihrem Tellerstapel in den Händen, und starrte sie an. Bevor Cailin wegschauen konnte, fragte sie: »Sind Sie Cailin?«

Cailin blinzelte. Der Satz fühlte sich an wie ein Déjà-vu. Nur dass diesmal kein Ferkel zugegen war.

»Danke, Pixie«, knurrte sie sarkastisch, aber ihre Freundin antwortete unbekümmert: »Ja, das ist Cailin.«

»*Ians* Cailin?«, fragte Wonder Woman.

»Definitiv, Schätzchen«, bestätigte Pixie lächelnd.

Die Frau stellte die Teller auf dem Tisch ab und kam auf sie zu. Verrückterweise rechnete Cailin mit einer schallenden Ohrfeige. Vielleicht lag es an ihrem kühlen Blick. Ein weiteres Déjà-vu.

Doch Wonder Woman streckte der meistgehassten Frau der Insel die Hand entgegen. »Ich bin Alice MacNee.«

Cailins Augen weiteten sich. *MacNee?* Was zur Hölle …?

Als ihre Finger die Hand der Frau umschlossen, hörte sie sich stammeln: »Sind Sie Sandays Tochter?«

*Die Tochter von Brodys Großmutter?*

Die Frau blinzelte perplex.

»Die Tochter von Mrs MacNee?«, verbesserte sich Cailin.

Abrupt ließ Alice ihre Hand los. »Woher kennen Sie meine Mutter?«

Cailin räusperte sich. »Aus Tobermory?«

Fionas Fragezeichen schwebte für einen kurzen Moment zwischen ihnen, bevor Alice MacNee sich mit einem verwirrten Blick erkundigte: »Meine Mutter war bei Ihnen?«

»Nein … Aber bei … bei Ian?«

Aus irgendeinem Grund wurde Cailin ihr Stammeln nicht los. Genauso wenig wie das Fragezeichen. Diese Situation war ein einziges Fragezeichen. Selbst Pixie schien es die Sprache verschlagen zu haben. Sie saß ungewöhnlich still neben ihr und schaute stirnrunzelnd zwischen Wonder Woman und Cailin hin und her.

Und jetzt hörte Cailin sich zu ihrem Entsetzen fragen: »Gibt es hier eine Frau, die noch schöner ist als Sie?«

Pixie entfuhr ein Lachen, aber Alice MacNee zog verärgert die Augenbrauen zusammen. »Was ist das denn für eine Frage?«

»Oder haben Sie Geschwister?«, stotterte Cailin.

»Nein?« Alice hatte sich mit dem Fragezeichen infiziert.

»Aber wie können Sie zugleich die schönste Frau der Insel und Brodys Mum sein?«, platzte Cailin heraus.

Nun sah Alice wirklich sauer aus. Ihre grünen Augen taxierten sie kalt, als sie erwiderte: »Nicht jede Frau, die ein Kind zur Welt gebracht hat, verwandelt sich automatisch in eine Vogelscheuche.«

»So habe ich das nicht gemeint …«

Alice stemmte die Hände in ihre Wespentaille, und Cailin

fuhr ungewohnt kleinlaut fort: »Was sagt denn Brodys Vater dazu, dass Sie …«

*… ein Auge auf den Doktor geworfen haben?*

Cailin biss sich auf die Lippe. Das war das merkwürdigste Gespräch, das sie jemals geführt hatte. Normalerweise war sie diejenige, die ihre Hände in die Seiten stemmte und die Leute anfunkelte. Zum Glück. Sie eignete sich absolut nicht für diese defensive Rolle.

»Dass ich was?«, bohrte Alice nach.

»Dass Sie Ian mögen«, ergänzte Cailin heiser.

»Wer behauptet das?«

Cailin kaute auf ihrer Unterlippe herum und schwieg. Oje. Mrs MacNee würde ihretwegen gewaltigen Ärger bekommen.

Alice legte den Kopf schief. »Und was hat meine Mutter noch gesagt?«

Nach einem kurzen Zögern antwortete Cailin: »Dass Ihr Sohn krank ist?«

Das Fragezeichen hing erneut zwischen ihnen in der Luft, und der zornige Ausdruck verschwand aus Alice' grünen Augen, die nun eigenartig matt wirkten. Sie ließ sich auf den Stuhl gegenüber von Cailin sinken. »Das ist richtig.«

»Tut mir leid«, murmelte Cailin.

»Mir auch«, warf Pixie ein.

»Darf ich fragen, was Sie hier tun?«, wollte Alice wissen.

Cailin warf Pixie einen warnenden Blick zu. »Ich habe meine Freundin auf Stronsay besucht, und da ich schon mal in der Gegend war, wollte ich mir Ians altes Zuhause ansehen.«

»Und? Gefällt es Ihnen?«

Cailin schlug die Augen nieder. Nein, es gefiel ihr kein Stück. Zwar verstand sie, weshalb es Ian aus dem lärmenden London hierhergezogen hatte, auf diese baumlose Sandbank im Meer.

Aber Cailin lebte nicht im Lärm. Sie lebte an einem Ort mit stillen Seen, Bergen und Wäldern. Mit Seeadlern, Basaltklippen und Wasserfällen. Und vor allem: mit Menschen, die sie kannten und liebten. In Tobermory gab es niemanden, der sie mit kühlen grünen Augen taxierte. Die Katzenaugen der Camerons leuchteten, wenn sie den Raum betrat. Und niemand hasste sie dafür, dass der Allgemeinmediziner Ian Lennox zu ihr gehörte …

Die Wahrheit lag ihr bereits auf der Zunge, als ein kleiner dunkelhaariger Junge neben ihrem Tisch auftauchte. Er zupfte an Alice' Ärmel und beschwerte sich: »Mum, Lucy und Charlotte lassen mich nicht mitspielen.«

Seine Mutter schüttelte den Kopf. »Die beiden Hexen – was haben sie schon wieder gemacht?«

»Sie laufen die ganze Zeit vor mir weg«, stieß der Kleine kurzatmig hervor. »Ich bin zu langsam.«

»Du bist nicht zu langsam, Brody«, entgegnete Alice. »Die beiden sind doch viel älter als du.«

»Nur Charlotte.« Brody schürzte die Lippen. »Lucy ist nur zwei Wochen älter als ich. Warum kann ich nicht so schnell sein wie sie?«

»Das hat der Doktor dir doch erklärt …«

*Der Doktor.* Das Wort traf Cailin wie ein Tritt in die Magengrube. Sie sah es vor sich. Wie Ian ein Bonbon hinter Brodys Ohr hervorgezogen und ihm die Sache mit seiner Lunge erklärt hatte. Bestimmt war ihm irgendein cooler Promi mit fiesen Atemwegsproblemen eingefallen, und Brody war stolz aus der Praxis gestiefelt. Ian konnte gut trösten.

»Lucy! Charlotte!«, brüllte Alice durch den Raum, und unversehens kamen zwei strohblonde Mädchen unter einem der Tische hervorgekrochen, wo sie sich versteckt hatten.

»Nicht, Mum …«, flüsterte Brody, aber seine Mutter rief bereits: »Ihr sollt auf Brody warten!«

Die Mädchen stöhnten, und der kleine Junge errötete. Cailin überlegte noch fieberhaft, wie sie ihn aufmuntern könnte, als Pixie ein bernsteinfarbenes Ei aus ihrem Rucksack zog. Es handelte sich um eines der Glaseier, die Cailin ihrer Freundin geschenkt hatte.

»Sieh mal, was ich von einer Zauberin bekommen habe.« Pixie lächelte ihr geheimnisvolles Hexenlächeln.

»Was ist das?«, wollte Brody wissen.

»Ein magisches Ei.«

Er sah die Hexe mit dem nachtblauen Kopftuch misstrauisch an. »Was kann es?«

»Manchmal nichts und manchmal alles«, erwiderte Pixie mysteriös. »Das hängt ganz von seiner Laune ab.«

Die Antwort schien Brody zu gefallen. Seine Miene hellte sich auf. »Und wie geht es ihm heute?«

»Es ist genervt.«

»Warum?«

»Weil es keine Lust mehr auf alte Leute hat. Es wünscht sich, einem Kind zu gehören, aber das geht nicht.«

»Warum nicht?«

Pixie warf ihm einen regelrecht entrüsteten Blick zu. »Siehst du nicht, dass dieses Ei aus Glas ist?«

»Doch …?« Brody sah sie fragend an.

»Kinder sind Trampeltiere«, meinte sie, ohne mit der Wimper zu zucken. »Sie rennen die ganze Zeit wie verrückt in der Gegend herum. Da überlebt so ein armes Ei keine zwei Sekunden.«

Brodys Augen blitzten auf. »Weißt du, ich kann nicht gut rennen. Ich verliere dabei meine Luft.«

»Ach ja?« Pixie nickte anerkennend. Dann hielt sie sich das Ei ans Ohr. Und nickte erneut.

»Was sagt es?«

*»Dieses Kind oder keins.«* Pixie lächelte und legte das Ei in seine kleine Hand. »Pass gut darauf auf, Brody.«

Der Junge nickte strahlend und rannte – ja, rannte – schnurstracks zu den beiden Mädchen, um ihnen das Ei zu zeigen, das nur zu ihm wollte.

Cailin und Alice tauschten unwillkürlich ein Lächeln aus, und Alice bedankte sich bei Pixie.

Die winkte ab. »Das Ei ist von Cailin.«

»Brody wird es hüten wie seinen Augapfel.« Alice erhob sich von ihrem Stuhl und sah Cailin unerwartet freundlich an. »Bitte grüßen Sie Ian von mir, ja?«

»Das werde ich.«

Dann wandte sie sich ab, doch nach ein paar Schritten machte sie kehrt und kam zu ihnen zurück. Sie holte hörbar Luft und sagte: »Wissen Sie, meine Mutter ist permanent auf der Suche nach einem Mann für mich, seit Brodys Vater uns verlassen hat. Und ich muss zugeben, Ian wäre der perfekte Kandidat gewesen, aber …«

»Aber?«, hakte Pixie nach, die Cailins Sprachlosigkeit zu spüren schien.

»Eines Abends platzte er sturzbetrunken in unsere Gemeinderatssitzung.«

»Oje, oje«, sagte Pixie verständnisvoll. »Cailin, du hast gar nicht erzählt, dass er so einer ist.«

»Das ist es ja gerade.« Alice warf Cailin einen vielsagenden Blick zu, und ihre grünen Augen wirkten nicht mehr kalt. »Er ist nicht so einer.«

Auf dem Rückweg zur Fähre, als Cailin ihre Schläfe wieder gegen die kühle Scheibe des Kleinbusses presste und dem Prasseln des Regens lauschte, ergriff Pixie ihre Hand und meinte: »Du hast ihre Frage nicht beantwortet.«

»Welche Frage?«

»Wie es dir auf Sanday gefällt.«

Cailin schwieg und schaute auf die verschwommenen grüngelben Wiesen, die am Fenster vorbeiflogen. Nach einer Weile sagte sie leise: »Ich werde die Bäume vermissen.«

# 23

Cailin ließ die Reisetasche zu Boden sinken und warf sich bäuchlings auf ihr Bett. Eigentlich hatte sie keine Zeit zum Ausruhen. Es war bereits halb sieben. Bestimmt hatten die Mädels sich längst in Kirstys Showroom eingefunden, um ihm den letzten Schliff zu verpassen. Die Feier sollte in einer Stunde losgehen, und Cailin musste noch duschen, sich hübsch machen und irgendwo ein Geschenk für James auftreiben. Es war eine Frechheit, dass er keinen Glasvogel haben wollte. Nun würde sie wie eine Normalsterbliche in ein Geschäft gehen und etwas kaufen müssen. *Nicht jetzt …*

Nach der elfstündigen Ochsentour, die sie hinter sich hatte, wollte sie nur noch schlafen. Zwar liebte sie das Meer, aber drei Fahrten mit der Fähre waren selbst für sie zu viel des Guten. Außerdem hatte sie die Autofahrt durch die Highlands viel lustiger in Erinnerung gehabt. Was natürlich daran lag, dass Dee sonst immer dabei gewesen war. Wehmütig hatte sie an Dees rasanten Fahrstil gedacht. Und an Dee.

Die Sehnsucht nach ihrer verstorbenen Freundin war ein Vorbote des Gefühlsausbruchs gewesen, der sie auf dem letzten Stück der Strecke befallen hatte. Letztlich war die Sonne an allem schuld gewesen. Heimtückisch hatte sie Cailin an Deck der Mull Ferry gelockt und die vertraute Landschaft – die grünen Hügel mit der Meerenge zu Füßen und den zerklüfteten

Bergen im Rücken – in ein goldenes Licht getaucht. Cailins Herz war mit jeder Minute schwerer geworden. Als das Duart Castle in Sicht gekommen war, das wie eh und je grau und einsam auf seinem Fels hockte und über die Bucht wachte, war es um Cailin geschehen gewesen. Sie hatte einen ähnlichen Heulkrampf gehabt wie letztes Jahr auf der Beerdigung von Aidans Dad. Nur ohne Regenschirm.

Wie eine Dreijährige hatte sie laut schluchzend an der Reling gestanden, und eine kleine Stimme in ihr hatte geflüstert: *Bleib einfach hier. In deinem gelben Häuschen am Hafen. Bei Aidan und deinen Mädels.* Doch Cailin wusste es besser. Ian wurde woanders gebraucht, und sie brauchte Ian. Ohne ihn würde sie wieder vergessen, wer sie war. Sie würde wie am Fließband Seeadler produzieren, den Sex auf feste Wochentage legen und die restliche Zeit damit verbringen, sich in das Leben ihrer Freunde einzumischen. Eine Taskforce nach der anderen gründen, um nicht darüber nachdenken zu müssen, was sie hätte haben können. *Wen* sie hätte haben können.

Sie hatte sich tatsächlich gefühlt wie auf einer Beerdigung, dort auf dem Deck im verfluchten Sonnenschein, und ihr Schluchzen mal wieder nicht in den Griff bekommen – bis Maisie neben ihr an der Reling aufgetaucht war. Zusammen mit ihrem (vermutlich immer noch) platonischen Freund Hamish und zwei großen Reiserucksäcken. Ohne Umschweife hatte Maisie ihre Krakenarme um das bebende Häuflein Elend geschlungen, und Cailin, die einen halben Kopf kleiner war als die schlaksige Siebzehnjährige, hatte hemmungslos an ihrer Schulter geheult.

»Du tust es also wirklich«, hatte Maisie irgendwann gemurmelt. Cailin hatte sich von ihrer Schulter gelöst und verständnislos in ihre sanften Augen geschaut.

»Hailey hat's mir am Telefon erzählt, als wir in Paris waren.« Maisie strich sich eine Haarsträhne hinters Ohr, die ihrem Pferdeschwanz entwischt war. »Aber ich habe ihr nicht geglaubt. Und Hamish auch nicht.«

Unwillkürlich wanderte Cailins Blick zu dem rothaarigen Teenager, der neben Maisie stand und sich verlegen am Kopf kratzte. »Hi, Cailin.«

»Was habt ihr nicht geglaubt?«, fragte sie heiser.

»Dass du uns verlässt.« Maisie fasste nach Hamishs Hand. (Platonisch? Denkbar.) »Sie verlässt uns, Hamish.«

Bevor der Junge etwas erwidern konnte, drohte Cailin: »Ein Wort zu irgendwem und ich versenke euch im Meer.«

Maisie hielt sich die Hand vor den Mund, und ihre großen Augen füllten sich in Sekundenschnelle mit Tränen. »Oh Gott, es ist wirklich wahr, Cailin geht weg.«

Cailin wollte sie in den Arm nehmen, aber Hamish kam ihr zuvor. Sie hörte, wie er seiner (mit reichlich gutem Willen platonischen) Freundin ins Haar flüsterte: »Ich glaub's immer noch nicht, Maisie.«

Doch Hailey hatte es geglaubt. Sie hatte in Craignure an der Anlegestelle gestanden, um Maisie nach ihrer langen Reise in Empfang zu nehmen. Die sechs Teenager (Maisie, ihre Freundin Beth, Hamish und drei weitere Jungs) hatten die Fähre zu Fuß verlassen und standen bereits mit Hailey und drei Müttern am Pier, als Cailin auf den Parkplatz fuhr. Sie sah, wie die beiden Camerons sich in den Armen lagen. Zwei schmale, langbeinige, überaus zappelige Frauen – die eine mit roten, die andere mit kastanienbraunen Haaren, aber ansonsten zum Verwechseln ähnlich. Zwei Matrjoschkas. Fehlte nur Erin, die beschlossen hatte, woanders zu leben …

Cailin zog kurz in Erwägung, unauffällig an der kleinen

Menschentraube vorbeizufahren. Die Kinder brauchten keinen weiteren Chauffeur. Aber Maisie winkte ihr bereits zu. Es blieb ihr also nichts anderes übrig, als den Wagen anzuhalten und Hailey unter die Augen zu treten. Hailey, die eine Woche lang in ihrem Laden die Stellung gehalten und jede Menge Seeadler verkauft hatte. Hailey, der sie vor ihrer Abreise versprochen hatte, ganz schnell von den Orkneys zurückzukehren und für immer bei ihr zu bleiben.

Offenbar genügte ihr ein Blick in Cailins gerötete Augen, um im Bilde über die Planänderung zu sein. Haileys Kinn bebte.

»Bitte nicht weinen«, flüsterte Cailin. »Nicht jetzt.«

Hailey nickte tapfer. »Nach der Party.«

»Was wissen die anderen?«, erkundigte sich Cailin leise, während Maisie gerade dabei war, sich überschwänglich von ihren Freunden zu verabschieden. Sie waren allesamt nur wegen Maisie – und James – zwei Tage früher von ihrer Reise zurückgekehrt. Kein Wunder. Niemand wollte irgendwo ohne Maisie zurückbleiben.

»Sie kennen nur deine Version«, antwortete Hailey ebenso leise. »Dass Pixie Reed Hilfe beim Renovieren brauchte.«

»Aber Maisie wusste Bescheid.«

»Ja, weil wir telefoniert haben«, wisperte Hailey. »Sie hat an meiner Stimme gehört, dass etwas nicht stimmt.«

»Ihr dürft es niemandem verraten«, hatte Cailin eindringlich gesagt. »Zuerst muss ich mit Ian sprechen.«

»Keine Sorge, alles unter Kontrolle«, hatte Hailey versichert und eine Grimasse geschnitten. »Auf James' Party gibt's ja nichts zu trinken.«

Cailin setzte sich abrupt im Bett auf. *Mist.* Sie war so sehr neben der Spur, dass sie für eine Sekunde vorgehabt hatte, James eine Flasche Wein zu schenken. Sie sah auf ihre Armbanduhr. *Mist, Mist, Mist.* Viertel vor sieben. Lauries Laden würde gleich schließen. Hastig wühlte sie sich aus dem Bett. Auf keinen Fall würde sie ohne Geschenk bei James antanzen – dann musste halt eine von Lauries hausgemachten Marmeladen herhalten.

Als sie um kurz vor sieben die blaue Ladentür aufriss, stellte Cailin erleichtert fest, dass Lauries Nichte Gracie hinter der Kasse stand. Keine Spur von der alten Dame, die vermutlich binnen zwei Sekunden ein umfassendes Sanday-Geständnis aus Cailin herausgepresst hätte.

Sie passierte das Mädchen mit einem kurzen Nicken und steuerte schnurstracks auf das kleine Labyrinth aus Regalen zu, in dem sich irgendwo James' Geschenk verbarg.

»Wir schließen in fünf Minuten!«, rief Gracie ihr hinterher.

»Ich brauche nur zwei«, erwiderte Cailin über die Schulter und fuhr erschrocken zusammen, als sie mit jemandem kollidierte. Vor ihr stand Fiona mit einem geflochtenen Einkaufskorb am Arm.

»Hallo, Cailin.« Wie üblich strahlte sie Cailin an, als wäre sie ein Hauptgewinn für ihre Familie. Obgleich Cailin sie bei ihrer letzten Begegnung zur Schnecke gemacht hatte. Und nun sagte Fiona auch noch allen Ernstes: »Wie schön, dass du zurück bist. Wir haben dich vermisst.«

*Vermisst …*

Cailin räusperte sich. »Ich dachte, du kaufst nicht bei Laurie ein.«

»Dank dir schon«, entgegnete Fiona lächelnd.

»Dank mir?«

Sie drückte Cailins Arm. »Du hattest mit allem recht. Ich brauche mich vor niemandem zu verstecken.«

»Heißt das, du läufst nicht mehr vor James weg?«

Fiona ließ ihren Arm los. »Das hoffe ich.«

»Was soll das heißen?«

»Ich bin ihm nicht mehr begegnet, aber wenn es passiert, werde ich hoffentlich stark sein.« Sie fuhr sich durch ihre zerzauste Lockenmähne. »Schließlich muss ich den Film vor ihm verteidigen.«

*Der Film.* An Fionas und Logans geplantes Attentat auf James hatte sie seit einer Ewigkeit nicht mehr gedacht. Sie war Hals über Kopf in den Norden aufgebrochen, ohne einen Blick zurückzuwerfen. Aus den Augen, aus dem Sinn. Sie hatte sich nicht einmal um ein Geschenk für James gekümmert. *Eine Flasche Wein?* Oh Gott. Vielleicht war Sanday genau das, was sie verdiente. Ein Leben als meistgehasste Person der Insel. Doch vorher würde sie die Sache mit dem Film regeln, so viel stand fest.

Sie verschränkte die Arme. »Fiona, ich werde dieses blöde Filmprojekt sabotieren, wo ich kann. Wenn es sein muss, werde ich eigens herkommen, ähm ... ans Filmset kommen und Logan und seiner Crew die Dreharbeiten zur Hölle machen.«

Fiona seufzte und ging an ihr vorbei zur Kasse. Gracie verlor keinen Mucks mehr über die Ladenöffnungszeiten, sondern räumte wortlos die Einkäufe aus dem Korb und blickte Fiona neugierig an. Keine Frage, das Mädchen war Lauries Geheimwaffe. Und wenn schon. Derzeit gab es nur ein einziges Geheimnis, das Cailin um jeden Preis hüten wollte – und das hatte rein gar nichts mit Fiona und James zu tun.

Fiona wandte sich zu ihr um, aber zu Cailins Erstaunen wirkte sie nicht verärgert. Im Gegenteil. Sie lächelte Cailin an. »James kann sich wirklich glücklich schätzen, mit dir befreundet zu sein.« Sie zögerte kurz, bevor sie leise hinzufügte: »Aber ich habe ihn auch gern, weißt du.«

»Warum hetzt du ihm dann Hollywood auf den Hals?«

Nun verschränkte Fiona ebenfalls die Arme vor der Brust. Doch bei ihr wirkte die Geste nicht abweisend. Eher … müßig. Sie lehnte sich gegen den Ladentresen, schlug ein Bein über das andere und musterte Cailin mit ihren freundlichen braunen Augen. Sie sah aus, als wollte sie einen kleinen Plausch abhalten. *Hier.*

»Weißt du, wer von seinen alten Freunden heute Abend zu seiner Geburtstagsfeier kommt?«

»Nö«, brummte Cailin. »Weißt du es?«

»Kirsty konnte niemanden auftreiben, ausgenommen Sandy Elliot. Sie hat eine Schwäche für die Lennox-Männer.«

»Dein Mitbewohner wird dort sein, oder?«, fragte Cailin vorsichtig. Wer wusste schon, ob der Friede zwischen Ian und seinem Vater während ihrer Abwesenheit angehalten hatte …

»Ja, Ian geht hin.« Fiona lächelte. »Er und James planen ein Schweineparadies für dein Ferkel. Aber was ich sagen wollte …« Sie fuhr sich erneut mit der Hand durch ihre Locken. Dabei wirkte sie auf merkwürdige Weise zugleich befangen und gelassen. Fiona war zweifelsohne eine Frau voller Widersprüche. Vielleicht war sie ihr deshalb von Anfang an so vertraut vorgekommen.

»Die Leute«, fuhr Fiona fort, »haben James bestimmt nicht verziehen, dass er damals betrunken ihre Kinder unterrichtet hat. Oder dass er mit der Bierflasche auf Aidan losgegangen ist – zumal Aidans Vater mit Abstand der beliebteste Mann auf Mull war. Aber nach fast zwanzig Jahren war offenbar zumindest so viel Gras über die Sache gewachsen, dass James wieder hier leben konnte. Und dann ist Kirsty aufgetaucht, mit dem nächsten Skandal im Gepäck: *James hat damals seine Schülerin geschwängert.*« Sie warf Cailin einen traurigen Blick zu.

»Hast du eine Vorstellung, was sie alles hinter seinem Rücken sagen?«

Cailin verdrehte die Augen. »Du bist erst seit ein paar Wochen zurück und kennst dich schon mit dem Gewäsch der Leute aus?«

»Sie starren mich ununterbrochen an, Cailin.« Ohne sich umzusehen, zeigte Fiona mit dem Daumen über die Schulter. »Selbst die süße Gracie hier.«

»Das ... das macht dann fünfzehn Pfund und zehn Pence«, stotterte Gracie, aber niemand beachtete sie.

»Glaubst du im Ernst, es wird besser, wenn eure Geschichte ins Kino kommt?«

»Nein, aber vielleicht werden ein paar von ihnen begreifen, dass James kein Perverser ist. Ich war achtzehn und verliebt.«

»In deinen Lehrer«, ergänzte Cailin trocken.

Fiona seufzte. »Genau deshalb brauche ich dich.«

*»Mich?«*

»Logan sagt, du kannst Geschichten erzählen.«

»Schon«, bestätigte sie schulterzuckend, »aber diese Geschichte handelt nun einmal von einem Lehrer, der seine Schülerin geschwängert hat.«

»Ich weiß.« Fiona seufzte abermals. »Doch Logan meint, du schaffst es, dass man wirklich dabei ist.«

Cailin blickte sie ungläubig an. »Du willst, dass die Leute dabei sind?«

Fiona nickte. »Nichts mehr als das. Wer dabei war, versteht es. Und wer es dann immer noch nicht versteht, den kann ich nur bedauern.«

»Warum?«, kam es unerwartet von Gracie.

Fiona drehte sich zu dem Mädchen um. »Weil derjenige ein Herz aus Stein hat.«

»Oh«, murmelte Gracie betroffen.

Cailin berührte Fiona am Arm. »Logan will also, dass ich das Drehbuch schreibe?«

Sie wandte sich ihr wieder zu. »Alle wollen das.«

»Wer sind alle?«

»Logan, Kirsty, Ian, ich – aber vor allem James.«

»James?«

»Logan hat sehr lange mit ihm gesprochen. Und wie es aussieht, wäre James nur dann mit dem Filmprojekt einverstanden, wenn du die Geschichte erzählst.«

»Ihr spinnt. Ich kann das nicht, ich bin Glasbläserin.«

»Ian schwört, du kannst alles«, beharrte Fiona.

»Ian! Ihr könnt doch nicht auf Ian hören, wenn es um mich geht!«

»Warum nicht?«

»Herrje, der Mann ist so verknallt in mich, dass er nicht klar denken kann!«

Da grinste Fiona das schelmische Grinsen, das Cailin bislang nur vom Hörensagen gekannt hatte. »Zumindest hat er schon mal recht gehabt, was dein Selbstvertrauen angeht.«

Ihre Augen wurden schmal. »Was sagt das Arschgesicht über mein Selbstvertrauen?«

»Dass es locker ausreicht, um es mit einem neunmalklugen Landarzt oder ein paar Hollywood-Fuzzis aufzunehmen.«

»Darauf kannst du Gift nehmen«, brummte Cailin.

Fionas Augen blitzten auf. »Heißt das, du machst es?«

Sie zögerte. »Für James?«

Fiona nickte nachdrücklich.

»Kann ich das Drehbuch überall schreiben?«

»Davon gehe ich aus«, antwortete Fiona verdutzt. »Ich wüsste nicht, warum du dafür nach Amerika reisen müsstest.«

*Nicht nach Amerika. Nach Sanday.*

Unwillkürlich musste sie an Pixies rotes Kopftuch denken. Wie es sich in einen Vogel verwandelt hatte und davongeflogen war. Und plötzlich sah sie es genau vor sich: eine Insel-Nussschale im stürmischen Meer. Ian, der morgens mit einer Scheibe Toast und seiner Umhängetasche zur Tür hinaussegelte, um Leben zu retten. Während sie im Warmen zurückblieb und sich den wichtigen Dingen widmete: Tee und Haferkeksen. Sie würde gemütlich am Schreibtisch in ihrem Haus an dem nebelverhangenen Strand sitzen und die Geschichte von Fiona und James erzählen, die auf einer Insel im fernen Süden spielte. Der legendären Isle of Mull. Jeden Tag würde sie in Gedanken dort sein. In der Schule, am Hafen, im Aros Park, ja, sogar hier bei *Laurie's*. Bei ihren Freunden, die gespannt auf ihre Geschichte warteten. Und die würde ihre geliebte Insel durchzucken wie ein Blitz …

»Ich mache es unter einer Bedingung.«

»Egal, was es ist, ich sage Ja!«, rief Fiona begeistert.

»Oh, gut«, erwiderte Cailin. »Dann schmeiß dich jetzt mal schön in Schale, und wir sehen uns in einer halben Stunde bei Kirsty. Erster Stock links, Showroom.«

Fionas Strahlen erlosch. »Cailin, ich –«

»Ich lasse nicht zu, dass Sandy Elliot die einzige alte Freundin ist, die auf seiner Geburtstagsfeier auftaucht.«

»Cailin …«

»Du sollst ihn ja nicht küssen oder so.«

Fiona riss entsetzt die Augen auf.

»Jetzt stell dich nicht so an«, knurrte sie. »Du brauchst nicht einmal neben ihm zu sitzen. Hauptsache, du kommst und bleibst bis zum Nachtisch.«

»Aber das dauert Stunden«, jammerte Fiona. »Aidan wollte fünf Gänge kochen!«

»Nur fünf? Ich habe gehört, es sollen acht werden.« Bevor Fiona etwas entgegnen konnte, lief Cailin grinsend an ihr vorbei zum Ausgang. »Bye, Gracie. Bis gleich, Fiona. Du darfst mich abholen.«

Beschwingt hüpfte sie durch die blaue Tür nach draußen. Wer hätte gedacht, dass sie bei Laurie so ein feines Geschenk für James finden würde?

# 24

Unbeholfen stöckelte Cailin neben Fiona den Gehweg entlang. Die hohen Absätze waren keine gute Idee gewesen, aber das konnte ihre gute Laune nicht trüben. Es waren ja nur ein paar Schritte bis zu Kirstys Haustür. Und sie freute sich unheimlich auf den Abend. Ihre fabelhaften Freunde wünschten sich, dass sie ein Drehbuch schrieb, und Cailin wollte es auch. *Sehr.* Allein der Gedanke daran schmeckte nach Freiheit. Sie hatte bereits tausend Ideen. Dieses unvergleichliche Kribbeln, das sie seit einer Ewigkeit nicht mehr verspürt hatte, war zurück. *Inspiration.* Es war ein ähnliches Gefühl, wie verliebt zu sein.

Alles erschien ihr plötzlich so leicht. Sogar die Geschenke für James waren ihr in den Schoß gefallen. Fiona war nur der Anfang gewesen. In Cailins Reisetasche, auf ihrer alten Bewerbungsmappe, hatte ein Eierkarton aus Stronsay gelegen. Gefüllt mit zehn Glaseiern in allen Farben des Regenbogens und einem Zettel von Pixie: »Erzähl mir dann, zu welchen Vögeln sie gehören.«

Mit einem Lächeln auf den Lippen hatte Cailin sich ins Bad begeben, um sich schön zu machen. Für ihre grandiosen Freunde. Ach, wem wollte sie etwas vormachen? Ian sollten die Augen aus dem Kopf fallen. Sie konnte es kaum erwarten, ihn zu sehen. Jede Nacht hatte sie von dem Mann geträumt, der von ihr träumte. Das hatte er doch gesagt, nicht wahr? Dass er nie aufhören würde, von ihr zu träumen? Es war schon so lange her – dort oben im Norden blies die Zeit stärker …

Jedenfalls hatte die Sache mit dem Sich-schön-Machen prima funktioniert. Selbst als Fiona in ihrer hautengen Lederhose vor ihrer Tür gestanden hatte, war das hübsche Gefühl nicht verflogen. Cailin trug ihr indigoblaues Kleid mit dem unsäglichen Ausschnitt, das Liv und Hailey ihr zu Weihnachten geschenkt hatten. (Ironischerweise kam der gewagte Schnitt von Liv und der brave blaue Stoff von Hailey.) Vorhin hatte sie sich vor dem Spiegel selbst ein bisschen ins Dekolleté gestarrt, bevor ihr aufgefallen war, wie gut der Rest aussah. In dem Kleid glänzten ihre kurzen blonden Haare heller als sonst, und ihre grau-blauen Augen wirkten mehr blau als grau. Der dunkelblaue Stoff betonte die Blässe ihrer Sommersprossenhaut, aber das störte nicht. Im Gegenteil. Sie sah verflucht elegant aus.

Ungeduldig schloss sie Kirstys Haustür auf und stürmte mit dem Eierkarton in der Hand die Treppe hinauf. Oben angekommen, wandte sie sich zu Fiona um. Die stand unten im Flur und blickte sie verzagt an. Cailin seufzte. Sie schlüpfte aus ihren Pumps (ein zweites Mal würde das mit den Stufen nicht gut gehen) und hüpfte zurück ins Erdgeschoss.

Aufmunternd lächelte sie Fiona an. »Ich setz mich neben dich, versprochen.«

»Ich bin nicht eingeladen.« Fiona klang heiser.

»Geschenke sind nie eingeladen«, sagte Cailin grinsend.

»Oje, ich habe nicht mal ein Geschenk für ihn …«

Cailin klappte den Eierkarton auf. »Was ist seine Lieblingsfarbe?«

»Meeresblau«, antwortete Fiona, ohne zu zögern.

Also nahm sie ein strahlend blaues Ei aus dem Karton. »Bitte sehr, dein Geschenk für James.«

»Cailin, die sind wunderschön«, krächzte Fiona.

»So wie du.« Sie klappte den Karton wieder zu und griff nach Fionas kalter Hand. »Los jetzt. Aidan wird sauer, wenn wir sein komisches *Mise en bouche* verpassen.«

Hand in Hand erklommen sie die Treppe und folgten dem fröhlichen Stimmengewirr, das schlagartig verstummte, als Cailin schwungvoll den Vorhang zum Showroom beiseitezog. Haileys Vorhang war das letzte Überbleibsel der Ausstellung zum Thema »Innen und Außen«, die sie bei Kirstys Ladeneröffnung veranstaltet hatten. Vom Flur aus gesehen war er dunkelblau, während die Innenseite in einem kräftigen Orange erstrahlte. Genauso verhielt es sich mit dem Raum. Nach der Dunkelheit im Flur mussten Cailin und Fiona gegen das orangefarbene Licht der Abendsonne anblinzeln, das durch die geöffneten Fenster hereinflutete.

Das Erste, was Cailin erkannte, waren ihre kleinen bunten Glasvögel. Sie hockten überall auf der langen, mit einem weißen Tischtuch gedeckten Tafel zwischen Dees altmodischen Wassergläsern mit Blumenmuster, ihrem besten Besteck und den fünf viel benutzten Kerzenständern aus Messing, die irgendjemand (vermutlich Liv) blank poliert hatte. In den letzten Sonnenstrahlen leuchteten die Vögelchen mit den fünf weißen Kerzen um die Wette. Doch am hellsten glänzten die Augen des Geburtstagskindes, das am Kopfende der Tafel thronte. Der Tisch war bereits voll besetzt – nur der Stuhl zu Haileys Linken war frei geblieben. Und die Teller waren noch leer. Sie hatten auf Cailin gewartet, ihre wunderbaren Freunde. James und alle neun Gäste (Kirsty, Aidan, Liv, Hailey, Logan, Sandy Elliot, Ian, Hamish und Maisie) hatten sich den beiden Neuankömmlingen zugewandt, und jetzt fragte Hailey in die Stille hinein: »Cailin, wo sind deine Schuhe?«

»Im Flur«, antwortete sie. »Hast *du* meine Vögel geklaut?«

»Geliehen«, verbesserte Hailey, während Cailins Blick erneut auf das Geburtstagskind fiel, das sein Geschenk anstarrte.

Sie knuffte Fiona in die Seite. »Willst du zuerst?«

Fiona räusperte sich. »Herzlichen Glückwunsch, James. Ich weiß, ich bin nicht eingeladen, aber ...«

James stand vom Tisch auf und kam auf sie zu. Cailin unterdrückte ein Schmunzeln. Alle hatten sich herausgeputzt, aber James ganz besonders. Er trug doch tatsächlich eine Krawatte und ein Sakko. Zu einem hellblauen Hemd und einer dunklen Jeans, die sie noch nie an ihm gesehen hatte. Er sah aus wie ... ein Lehrer.

Nun schenkte er Fiona ein schüchternes Lächeln. »Du bist immer willkommen, Fee.«

Er beugte sich vor, um sie – ja, was? Zu umarmen? Zu küssen? Er schien es selbst nicht zu wissen, und da half Fiona ihm aus der Klemme. Sie stellte sich auf die Zehenspitzen und hauchte ihm einen kleinen Kuss auf die Wange. James lief rot an, und Fiona errötete ebenfalls. Sie streckte ihm hastig das blaue Ei entgegen.

Seine Augen weiteten sich. »Für mich?«

Fiona nickte. »Eigentlich ist es von Cailin ...«

Sie schüttelte vehement den Kopf. »Mein Geschenk ist Fiona.« Es bereitete ihr einen Heidenspaß, die beiden noch mehr zum Erröten zu bringen.

Doch jetzt wies der Lehrer sie zurecht: »Menschen kann man nicht verschenken – selbst du nicht, Cailin.« Zum ersten Mal sah er sie an. »Huch.«

Cailin hob die Augenbrauen. »Was?«

James zögerte, dann stammelte er: »Das Kleid ist sehr ... offenherzig.«

Hailey und Liv gaben entrüstete Laute von sich, und Kirsty rief: »Hör nicht auf ihn, das Kleid ist der Hammer!«

Zu Cailins Überraschung pflichtete Fiona ihrer Tochter bei: »Ja, hör nicht auf James, er ist ein alter Spießer.«

Da strahlte James, wie er noch nie gestrahlt hatte. Zumindest nicht, seit Cailin ihn kannte.

*Geschenk geglückt, Cai.*

Sie stutzte. Unwillkürlich schaute sie in Richtung des Gedankens, den sie laut und deutlich vernommen hatte. Oder hatte Ian es laut gesagt? Nein. Niemand anderes sah ihn an. Dort saß er, ihr Lieblingsgedanke, mit dem Meer im Rücken, zwischen Sandy Elliot und Hamish. Er hatte den schlechtesten Platz am Tisch erwischt. Hamish hatte nur Augen für Maisie, und Sandy ... war Sandy. Na gut, vielleicht war Logan noch schlechter dran als Ian. Er saß *nur* neben Sandy.

Ian zwinkerte Cailin zu und erhob sich. Er hatte die Ärmel seines dunkelblauen Hemds hochgekrempelt, und Cailins Fingerspitzen kribbelten. Sie wollte seine nackten Unterarme berühren, sich endlich wieder an seiner Haut verbrennen ...

»Ich hole mal einen Stuhl für Fiona«, sagte Ian.

Als er mit einem schiefen Lächeln an ihr vorbeilief, unterdrückte Cailin den Drang, ihm in die Küche zu folgen. Was sollte sie ihm sagen? *Ich hab's mir anders überlegt? Ich will nicht die Patentante deines Kindes werden? Vergiss Wonder Woman und nimm mich?*

»Ich brauche dich.«

Cailin blinzelte. Wer hatte das gesagt? Es war Aidan gewesen, und er hatte Kirsty gemeint. Sie sollte in die Küche mitkommen und ihm helfen, das Essen aufzutragen. Die private Minute mit Ian war also passé. Beinahe erleichtert ließ Cailin sich auf den Stuhl neben Hailey sinken.

»Was tut Logan hier?«, raunte sie ihrer Freundin zu.

Hailey machte eine abwehrende Geste. »Damit habe ich nichts zu tun. James findet ihn anscheinend irgendwie nett.«

Hailey warf Logan, der Cailin gegenübersaß, einen finsteren Blick zu.

»Was hat er angestellt?«, fragte Cailin leise.

»Das Übliche«, murrte ihre Freundin ungewohnt grimmig. »Er wollte mal wieder um keinen Preis neben mir sitzen. Dafür nimmt er sogar in Kauf, sich den ganzen Abend Sandy Elliots Anekdoten anzuhören.«

Cailin legte den Arm um Haileys Schultern. »Selbst schuld, dafür habe ich jetzt den besten Platz.«

Normalerweise hätte die Bemerkung ausgereicht, um ihrer Freundin ein Lächeln zu entlocken. Aber zu Cailins Erstaunen entgegnete sie missmutig: »Nein, du würdest viel lieber neben *ihm* sitzen.« Sie deutete auf Ian, der gerade mit Fionas Stuhl auf das freie Tischende zusteuerte. Dabei schenkte er Cailin wieder dieses schiefe Lächeln. Es wirkte fast so, als hätte er etwas ausgefressen.

Bevor sie Hailey widersprechen konnte, tauchte Kirsty hinter ihnen auf und platzierte zwei große Löffel mit geschwungenen Griffen auf ihren Vorspeisetellern. Auf den Löffeln befanden sich kunstvoll arrangiert ein Stück roher Lachs in Aidans berühmter Chilimarinade, drei Avocadowürfel, ein Korianderblatt und ein paar Chilifäden.

»Ein Gruß aus der Küche«, säuselte Kirsty und lächelte glücklich ihre Mutter an, die zu Cailins Linken am unteren Ende der Tafel Platz nahm – nur fünf Kerzen, etwa ein Dutzend Glasvögel und ein blaues Ei von Kirstys Vater entfernt.

Aidan hatte sich selbst übertroffen. Das »Ah!« und »Oh!« der Gäste nahm kein Ende. James hatte sich das Meer gewünscht – also gab es Fischsuppe, Kräutersalat mit Ingwerkrabben, Jakobsmuscheln in *Umami*-Soße auf grünem Algensalat, Austern (für Kirsty überbacken), hausgemachte Ravioli mit Lachsfüllung, Gambas in Pernod-Soße (für James ohne Pernod) und zum Nachtisch Schokoküchlein, die niemand außer Hamish aufessen konnte. Die vegetarische und zutiefst dankbare Maisie bekam das gesamte Menü ohne Meer: Paprikasuppe, Kräutersalat mit Steinpilzen, scharfe Bohnen auf grünem Algensalat, gebackene Auberginen, Trüffelravioli und Aidans begehrte Mini-Zucchini-Quiche. Hailey maulte. Sie hätte auch gern die Quiche gehabt.

Zu Beginn des Festmahls hatte es einen allgemeinen Aufschrei gegeben, als James kurz verschwunden und mit zwei Kisten Wein zurückgekehrt war.

»Wer hat dir den verkauft?«, hatte Cailin geknurrt.

James war nicht darauf eingegangen. »Ihr Lieben, ihr wollt doch nicht wirklich Wasser zu Aidans Sternemenü trinken.«

»Nein, aber Cola«, kam es von Maisie.

»Und meinen selbst gemachten Eistee«, ergänzte Kirsty.

James schüttelte den Kopf. »Wisst ihr, der Alkohol ist überall, und ich komme schon seit achtzehn Jahren damit klar. Bitte habt ein wenig Vertrauen in mich. Das wünsche ich mir zum Geburtstag.«

»Ich vertrau dir, James!«, rief Hailey unerwartet. »Her mit dem Fusel!«

Dank des »Fusels«, der James vermutlich ein halbes Vermögen gekostet hatte, war aus dem Schmaus ein Gelage geworden. Nur James und Maisie waren nüchtern geblieben. Hamish hatte auf seine stolzen achtzehn Jahre gepocht und munter mitgetrunken. Und jetzt verlangte er nach einer zweiten Portion von den Schokoküchlein mit flüssigem Kern, die Aidan in kleinen Einmachgläsern serviert hatte.

»Hamish, reiß dich mal zusammen«, fuhr Hailey ihn quer über den Tisch an. »Du bist wie eine Heuschrecke.«

Cailin warf ihrer Sitznachbarin einen besorgten Blick zu, und zwar nicht zum ersten Mal heute. Sie erkannte ihre Freundin nicht wieder. Während alle anderen – selbst Logan – den ganzen Abend gut gelaunt durcheinandergeredet hatten, war Hailey mit jedem Glas Wein mürrischer geworden. Mit säuerlicher Miene hatte sie in ihrem Essen herumgepickt und Cailin einsilbige Antworten gegeben. Ungefähr beim vierten Gang hatte Cailin aufgegeben und sich nur noch mit ihrem Gegenüber (Logan) und Fiona unterhalten. Was erstaunlich einfach gewesen war. Die beiden waren lustig. Und offenbar ein eingespieltes Team, was den Weinkonsum anging. Dennoch waren sie den ganzen Abend um das Drehbuchthema herumgetapst. Wie es aussah, hatte niemand über den Film reden wollen.

Doch jetzt hörte Cailin, wie Fiona beiläufig zu Logan sagte: »Übrigens, sie macht's.«

Er ließ sein Glas sinken. »Meinst du …?«

»Genau das«, lächelte Fiona.

Er sah Cailin ungläubig an. »Du schreibst das Drehbuch für mich?«

Cailin wiegte den Kopf hin und her. »Für ein angemessenes Honorar …«

»Davon war vorhin aber nicht die Rede.« Fiona zog ein gespielt strenges Gesicht.

Logan fuhr sich mit der Hand über sein stoppeliges Kinn. »Offen gestanden gehe ich nicht davon aus, dass sich die großen Studios um diesen Stoff reißen werden.«

»Na gut«, lenkte Cailin ein und zuckte mit den Schultern. »Gib mir freie Hand, und ich mach's für einen Apfel und ein Ei. Aber damit das klar ist: Wenn es ein Blockbuster wird, bitte ich dich zur Kasse.«

»Abgemacht.« Logan grinste. »Vorausgesetzt, du stimmst meinem Titelvorschlag zu.«

»Der da wäre?«

*»Die Rückkehrer.«*

»Oh Mann«, stöhnte Hailey, aber Logan schenkte ihr wie üblich keine Beachtung. Er schaute Cailin erwartungsvoll an.

Sie seufzte. »Solange du ihn nicht *Die Wiedergänger* oder *Die Unkaputtbaren* nennen willst …«

Feierlich hob er sein Glas. »Auf die Rückkehrer.«

Cailin stieß mit ihm und Fiona an. »Auf euch.«

»Und auf dich«, wandte Fiona ein. »Du bist doch auch eine Rückkehrerin. Schließlich bist du gerade erst von den Orkneys zurückgekommen.«

Cailin wich ihrem Blick aus. Sie war das glatte Gegenteil einer Rückkehrerin: eine Frau auf dem Sprung. Wie so oft, warf sie Ian einen verstohlenen Blick zu. Aber er schien es nicht zu bemerken. Er war zu sehr damit beschäftigt, Sandy Elliot zu unterhalten, charmant wie eh und je. Den halben Abend hatte Cailin ihn dabei beobachtet, wie er sich Sandys endlose Geschichten angehört und an den richtigen Stellen gelacht hatte. Mit Cailin hingegen hatte er kein Wort gewechselt. Nicht einmal einen Gedanken. Seine warmen braunen Augen gehörten voll und ganz der alten Lady zu seiner Rechten.

Langsam wurde sie unruhig. War es möglich, dass er tatsächlich mit ihr abgeschlossen hatte? Es hätte sie nicht gewundert. Sie erinnerte sich daran, wie sie ihn in der Post Office Brae endgültig abserviert hatte. Wie er unvermittelt »Vielleicht hast du recht« gesagt und sich tags darauf auf die Suche nach einem Nachfolger für Doc Munros Praxis begeben hatte. Ian würde sie für verrückt erklären, wenn er erfuhr, dass sie alles stehen und liegen gelassen hatte für einen Trip nach Sanday – ohne vorher mal vorsichtig nachzufragen, ob er sie überhaupt mitnehmen wollte.

»Sind wir nicht alle Rückkehrer?«, kam es nun von Logan. Er deutete mit seinem Weinglas auf James, der sich am anderen Tischende angeregt mit seiner Tochter unterhielt. Cailin bemerkte, wie Ian und Sandy verstummten und Logan interessiert anblickten. »James hat mehr als zehn Jahre auf dem Festland gelebt. Klarer Fall von Rückkehrer.«

Jetzt zeigte sein Glas auf Aidan, der den Arm um seine Freundin gelegt hatte und ziemlich müde aussah. »Aidan ist letztes Jahr aus Edinburgh zurückgekommen, Kirsty aus London …« Sein Glas wanderte an James vorbei und der Reihe nach weiter. »Maisie und Hamish sind heute von ihrer Europareise zurückgekehrt, Ian war auch noch bis vor Kurzem anderswo, unsere Sandy hier hat mir erzählt, sie hätte mal in Manchester gelebt, ich wohne in New York, Fiona war überall, Cailin in Edinburgh …«

Er übersprang Hailey und sah Liv fragend an, die ihm mittlerweile ebenfalls zuhörte.

»Liv war in Italien«, ergänzte Liv lächelnd.

Logan lächelte zurück und prostete ihr zu. Dabei sah er unheimlich nett aus. Cailin seufzte innerlich. Wäre er doch bloß nicht immer so gemein zu Hailey …

»Du hast jemanden vergessen«, sagte sie und hob ihr Glas. »Auf unsere Hailey.«

»Die Einzige, die nie zurückgekehrt ist«, murrte Hailey. »Weil sie nämlich nie fort war.«

»Weil die Isle of Mull ohne sie ein trostloser Ort wäre.«

»Das sagt die Richtige.« Hailey warf ihr einen bösen Blick zu, während die anderen auf sie anstießen.

Cailin blieb das Herz stehen.

*Bitte nicht.*

Ihr Blick schoss zu Ian. Erschrocken stellte sie fest, dass er sie ansah. Kein Zweifel, er hatte Haileys Bemerkung gehört. Ebenso wie Cailins stumme Bitte. Sie sah schnell wieder weg. Um keinen Preis durfte er ihre Gedanken hören. Zuerst musste sie herausfinden, was er dachte.

»Entspann dich«, brummte Hailey. »Ich habe die ganze letzte Woche den Mund gehalten, da werde ich diesen Abend auch noch überstehen.«

Cailin sah ihre Freundin dankbar an, und Hailey leerte ihr halb volles Rotweinglas in einem Zug. Sie überlegte kurz, Haileys schwindelerregendes Trinktempo zu kommentieren, aber ließ es bleiben. Stattdessen lehnte sie sich zurück und versuchte, ihren Rat zu befolgen: *Entspann dich.*

Ob Ian sie immer noch im Visier hatte?

*Entspann dich!*

Sie konzentrierte sich auf ihre freundlichen Glasvögel, die auf der weißen Tischdecke hockten. Nachdem die Sonne untergangen war, hatte Kirsty zahlreiche Teelichte auf dem Tisch verteilt. Als Verstärkung für die Kerzen in dem ansonsten dunklen Raum. Die kleinen Flammen hatten Cailins Vögel in Lichtwesen verwandelt.

»Schön, nicht wahr?« Kirsty hatte sich ebenfalls auf ihrem Stuhl zurückgelehnt.

Cailin lächelte sie an. Nach dem stundenlangen Eiertanz mit Hailey empfand sie es als sehr tröstlich, dass Kirsty mit ihr hier war. Backstage, sozusagen. Hinter den Rücken von

Aidan, Liv und Hailey, die zwischen ihnen saßen. Wenn sie es sich recht überlegte, war Kirsty das eigentliche Lichtwesen in diesem Raum. Den ganzen Abend hatte sie selig zwischen ihren Eltern hin- und hergeblickt, und Cailin hatte jedes Mal schmunzeln müssen. Noch nie hatte sie das sehnsüchtige Kind in Kirsty so deutlich erkennen können. Sie waren einfach überall, diese Matrjoschkas …

»Wunderschön«, bestätigte Cailin.

Kirsty seufzte. »Schwer vorstellbar, dass hier bald ein abgebrannter Regenwald vor sich hin gammeln wird.«

Versonnen pflückte Cailin einen hellroten Gimpel vom Tisch und wog ihn in der Hand. Er war schwer, der kleine Klops. Die dickwandigen Vögel waren ihr die liebsten. Weil sie so gut in der Hand lagen. Und weil niemand mit ihrem Gewicht rechnete. Eine Abweichung von der Natur, künstlerische Freiheit. Sie bekam beinahe Lust …

Bevor sie den Gedanken zu Ende denken konnte, hörte Cailin sich sagen: »Du solltest den Leuten das Paradies zeigen, das du abbrennst. Sie müssen sehen, was sie verlieren. Dieser Raum ist groß genug für Himmel und Hölle.«

Kirstys Augen blitzten auf. »Das ist eine wunderbare Idee. Die eine Hälfte des Showrooms wird die graue Tonlandschaft und die andere ein sattgrüner zwitschernder Regenwald. Aber dann komme ich mit dem einen Papagei nicht hin, den du für mich angefertigt hast.«

»Ich wollte mich schon längst mal mit tropischen Vögeln beschäftigen«, antwortete sie zu ihrer eigenen Verwunderung. »Und die Viecher werden sich freuen, nicht wie eine Tüte Milch in einem langweiligen Regal herumsitzen zu müssen.«

Kirsty nickte begeistert. »Deine Vögel werden eine Geschichte erzählen.«

Da lehnte Hailey sich abrupt zurück. »Eine Geschichte des Untergangs – wie kannst du dich nur so darüber freuen?«

Kirsty sah sie verdutzt an. »Ich freue mich darüber, dass ich helfen kann.«

»Wem denn?«, fragte Hailey gereizt.

»Dem Regenwald.«

»Dem *Regenwald?*« Hailey machte ein verächtliches Geräusch, das Cailin nur zu gut kannte. Von sich selbst. Aber niemals von Hailey. »Ihr seid alle so scheinheilig.«

Liv lehnte sich ebenfalls zurück. »Hailey, was soll das?«

»Cailins Vögel können neuerdings fliegen – und wisst ihr, warum?« Hailey zog ein spöttisches Gesicht. »Weil der arme Bruce sein Postauto mit ihnen vollstopft, damit sie genau wie Kirstys Tassen irgendwelche Flugzeuge besteigen können. Nachdem ihr sie mit jeder Menge Verpackungsmaterial gepolstert habt. Ihr seid wie diese Leute, die auf Demos gegen den Klimawandel ihren Plastikmüll auf den Boden werfen.«

Cailin und Kirsty wechselten einen zerknirschten Blick.

*Sie hat recht.*

Doch Liv musterte Hailey verärgert und entgegnete: »Ich musste mir schon den ganzen Abend dein Gemecker anhören, und jetzt erklärst du mir bitte mal, was los ist.«

Cailin sah Hailey flehend an.

*Bitte nicht.*

Bevor ihre Freundin vor Livs strengem Blick kapitulieren konnte, beugte Cailin sich hastig vor und zog den Eierkarton unter ihrem Stuhl hervor. »Wisst ihr was? Vielleicht brauchen wir alle einen kleinen Neuanfang.«

Sie öffnete den Karton und stellte ihn vor Hailey auf den Tisch. Neun bunte Glaseier erstrahlten im Kerzenschein. »Such dir eins aus.«

Hailey sah zuerst die Eier an und dann Cailin. Plötzlich wirkten ihre Katzenaugen nicht mehr spöttisch, sondern … feucht. Hailey weinte. Und zwar auf sehr ähnliche Weise wie Cailin. Sie bebte und schnappte nach Luft, wie Cailin es vorhin auf der Fähre getan hatte. Und genau wie auf der Fähre war Maisie zur Stelle. Sie war von ihrem Platz aufgesprungen, hatte den Tisch umrundet, und nun beugte sie sich von hinten über ihre Cousine und umarmte sie, als ginge es um Leben und Tod. Hailey drehte sich zu ihr und erwiderte ihre heftige Umarmung, bis Maisie ebenfalls anfing zu heulen.

Alle am Tisch blickten einander betroffen an. Nur Liv, die täglich im blauen Haus den Anfällen der Camerons ausgesetzt war, verlangte kopfschüttelnd: »Also, eine von euch beiden sagt mir jetzt sofort, was hier los ist.«

Da brach es aus Hailey heraus: »Ich will keinen verdammten Neuanfang!«

»Ich auch nicht!«, schluchzte Maisie, und zu Cailins Entsetzen fügte sie hinzu: »Cailin soll nicht mit Ian fortgehen!«

# 25

Es war ein Albtraum. Alle redeten durcheinander, während Cailin wie versteinert ihre Fragen an sich abprallen ließ. Der Einzige, der genauso stumm dasaß wie sie, war Ian. Er fixierte sie mit seinen dunklen Augen, doch bei all dem Lärm konnte sie seine Gedanken nicht hören. Seine Furche war tiefer als sonst. Er wirkte … schuldbewusst?

Ein helles Klingen drang an Cailins Ohren. Irgendjemand hatte mit dem Dessertlöffel gegen sein Glas geschlagen, und es schien zu funktionieren. Das Stimmengewirr verstummte. Sie sah zu James hinüber, aber es war Sandy Elliot, die nun das Wort ergriff: »Ian, du verlässt uns?«

Cailin blickte die alte Dame verblüfft an. *Das* war die Neuigkeit? Dass *Ian* die Insel verlassen würde? War Laurie Ferguson etwa krank? Normalerweise benötigte sie keine halbe Stunde, um eine solche Nachricht unters Volk zu bringen.

Hailey kam Ian zuvor: »Ja, er geht zurück nach Sanday, und er nimmt Cailin mit. Sie war gerade dort, um sich ihr neues Zuhause anzuschauen.«

Cailins Augen wurden schmal. Der Wein und die Tränen sprachen aus Hailey, doch das war keine Entschuldigung. Sie konnte sich glücklich schätzen, dass Maisie immer noch zwischen ihnen hockte …

»So etwas habe ich fast befürchtet.« Ian sah Cailin stirnrunzelnd an. Definitiv schuldbewusst. »Es tut mir leid, das wollte ich nicht.«

Ihre Wangen wurden heiß. »Was wolltest du nicht?«

»Dass du umsonst dorthin fährst.«

Sie starrte ihn an. »Umsonst?«

»Du bleibst hier, Cai«, sagte er leise.

Sie hörte die Stille, und die Blicke der anderen brannten auf ihrem Gesicht. Nur der hellrote Gimpel, der in ihrer Hand saß, fühlte sich kühl an. Sie umklammerte ihn, als sie stammelte: »Oh … okay … Das wäre sowieso schwierig geworden mit Kirstys Ausstellung und allem. Und das Drehbuch spielt auf Mull, also ist es ohnehin besser, wenn ich …«

Sie sprang vom Tisch auf. Ihr war speiübel. Aidans Essen, der Wein, die Augen ihrer Freunde im Kerzenschein – alles, was noch vor einer Minute wundervoll gewesen war, schien sich gerade in Gift zu verwandeln. Sie musste sofort hier weg, auf die dunkle Seite des verfluchten Vorhangs, an die frische Luft …

Als Cailin ihre Schuhe im Flur liegen sah, freute sie sich kurz darüber, barfuß zu sein. In diesem Affentempo hätte sie sich auf Dees Treppe den Hals gebrochen. Doch draußen pikte der Asphalt unangenehm unter ihren nackten Füßen, während sie die Straße überquerte, die parkenden Autos passierte und auf den Pier lief, wo die vertäuten Fischerboote friedlich vor sich hin wippten. Es war bereits weit nach Mitternacht, und kein Mensch war in Sicht. Cailin rannte bis zum Ende des Piers. Dort, umspült vom schwarzen Wasser, blieb sie stehen und sog die kühle Nachtluft ein.

*Besser.*

Langsam öffnete sie ihre linke Faust, und der kleine Glasvogel kam zum Vorschein. Hier draußen in der Dunkelheit strahlte er nicht mehr. Er war nicht einmal mehr rot. Alles war schwarz.

»Cailin!«

Sie wandte sich um und sah, wie ein Schatten auf sie zugehastet kam. Nicht einmal Haileys Haare waren rot in dieser Dunkelheit …

»Nicht springen!«, schrie ihre Freundin.

Cailin konnte nicht antworten. Nur stumm dastehen und dabei zusehen, wie sie näher kam. Als Hailey sie erreichte, umfasste sie augenblicklich ihr Handgelenk und keuchte erneut: »Nicht springen!«

»Ich …«

*… kann schwimmen!*

Doch Hailey sprudelte los: »Denkst du, ich erinnere mich nicht an die Sache mit den Gummistiefeln? Seinetwegen wolltest du schon mal springen! Ich hatte solche Angst, dass ich nicht schnell genug sein würde – diese blöden Schuhe, und ich bin total blau, oje, alles dreht sich …«

Cailin befreite sich aus ihrem Griff und umfasste ihrerseits Haileys Handgelenk. »Komm, wir setzen uns hin, bevor du mir ins Wasser fällst.«

»Du willst nicht springen?«, fragte Hailey misstrauisch.

Sie verdrehte die Augen. »Ich wollte nie springen.«

Ihre Freundin wankte bedrohlich, und Cailin zog sie schnell mit sich zu Boden. Als sie nebeneinander auf dem Pier saßen und die Beine von der Kante baumeln ließen, legte Hailey den Kopf an ihren.

»Es tut mir so leid – der Abend, mein Verhalten, einfach alles. Bei mir ist irgendeine Sicherung durchgebrannt. Ich habe die ganze Woche allein in deinem Laden gestanden, und da habe ich erst begriffen, wie es ohne dich sein würde.« Sie zog den Kopf zurück und sah Cailin an. »Du weißt doch, ich kann nicht gut allein sein. Aber *das* wollte ich nicht.«

»Was?« Sie kannte die Antwort, doch sie musste es hören.

»Dass er dich wieder hier zurücklässt.«

Cailin schwieg, und ihre Freundin fügte zornig hinzu: »Ich könnte ihn umbringen. Kommt hier anspaziert und macht dich in zwei Sekunden wieder kaputt, nachdem wir dich jahrelang zusammengeflickt haben. Ein feiner Arzt ist das.«

»Nein, Hailey«, seufzte Cailin, »gib ihm nicht die Schuld. Ich habe ihn darum gebeten zurückzugehen. Und ich hätte ahnen müssen, dass er mich nicht mitnehmen würde.« Sie schenkte Hailey ein schwaches Lächeln. »Ian weiß, dass ich ohne euch wie ein Fisch auf dem Land bin. Er will mich nicht unglücklich machen.«

Hailey sah sie mit großen Augen von der Seite an. »Aber wir sind doch nicht wichtiger für dich als er.«

»Hailey Cameron, du unterschätzt dich gewaltig«, ertönte eine warme Männerstimme hinter ihnen.

Ian setzte sich neben Hailey auf den Pier. »Wer war hier draußen zuerst bei ihr – du oder ich?«

Hailey verdrehte die Augen. »Weil du ein blöder Gentleman bist und mir den Vortritt gelassen hast.«

»Weil du den Vortritt verdienst«, erwiderte Ian. »Und ich muss mich bei dir entschuldigen.«

»Bei mir?«, fragte Hailey verwirrt.

»Ich hätte dich nicht mit reinziehen dürfen.«

*»Reinziehen?«* Hailey sah Cailin an. »Verstehst du, wovon er redet?«

Cailin schüttelte den Kopf. Sie konnte gerade nur daran denken, wie furchtbar weit Ian von ihr entfernt saß.

Er antwortete an ihrer Stelle: »Ich wusste, Cailin macht derzeit einen Bogen um Laurie Ferguson, und wollte sichergehen, dass sie die Nachricht von meiner geplanten Rückkehr nach Sanday erhält. Da habe ich Laurie gebeten, es dir zu erzählen.«

Hailey schnaubte. »Darum hättest du Laurie wirklich nicht bitten müssen – sie erzählt es doch sowieso jedem.«

»Nein, das nicht«, widersprach Ian. »Ihr wisst doch, Laurie wittert eine Lüge zehn Meilen gegen den Wind. Und sie verbreitet nur die Wahrheit. Deshalb sollte Cailin ja von ihr erfahren, dass ich gehe und schon nach einem Nachfolger für Doc Munros Praxis suche. Damit sie den Eindruck bekommt, es wäre beschlossene Sache.«

»Ich bin verwirrt«, stammelte Hailey.

»Laurie hat dich belogen«, gestand er ihr, aber er schaute an Hailey vorbei. Direkt in Cailins weit aufgerissene Augen. »Ich habe nicht vor, jemals wieder fortzugehen.«

Bevor sie seine Worte verarbeiten konnte, fügte er mit belustigter Miene hinzu: »Doc Munros Praxis gefällt mir. Hin und wieder kommt dort sogar ein Ferkel vorbei, für das ich jetzt mit meinem Dad ein Traumhaus bauen muss. Außerdem wohnt hier meine einzige Schwester, auf die ich nicht mehr verzichten möchte. Genauso wenig wie auf die MacKays, den Pub und den verdammt lustigen Stammtisch. Mull ist … mein Anderswo.«

Er hielt inne, als wartete er auf eine Reaktion. Doch Cailins Mund war trocken. Sie brachte keinen Ton heraus.

Ians belustigter Gesichtsausdruck war verschwunden, als er leise fortfuhr: »Trotzdem fehlt etwas. Ich kann nachts nicht schlafen, so sehr fehlt es mir. Also habe ich Laurie Ferguson gebeten, für mich zu lügen – obgleich ich zuerst nicht geglaubt habe, dass sie es tun würde.«

Er räusperte sich und lächelte Hailey an. »Aber offenbar hat Laurie unser kleines Komplott Spaß gemacht. Trotzdem konnte ich sicher sein, dass sie es nur dir oder Cailin erzählen würde – schließlich hat die Frau einen Ruf zu verlieren. Und ihr beide habt es wie erwartet für euch behalten. Anscheinend wussten ja nicht einmal Kirsty und Liv etwas davon.«

»Wir wollten Kirsty nicht beunruhigen«, murmelte Hailey. »Wegen der Brudersache und so.«

Ian seufzte. »Wie gesagt, das alles tut mir sehr leid. Ich habe gehofft, die Nachricht von meiner geplanten Abreise würde Cailin aufrütteln. Allerdings habe ich nicht damit gerechnet, dass sie Hals über Kopf zu den Orkneys aufbrechen würde. Ich dachte, sie würde …«

»Ich würde *was?*«, entfuhr es Cailin.

»Zu mir kommen und mich bitten zu bleiben.« Er warf ihr einen schuldbewussten Blick zu. »Ich wusste mir nicht mehr anders zu helfen, Cai. Ich habe einfach nicht verstanden, warum du mich loswerden wolltest. Ehrlich gesagt, kapier ich es noch immer nicht. Dein Mund spricht eine völlig andere Sprache als deine Augen. Das sieht dir gar nicht ähnlich – du lügst doch nie. Als du mich in der Post Office Brae abserviert hast, dachte ich wirklich, wir hätten das gleiche Problem wie damals in Edinburgh.«

»Mein mieses Selbstwertgefühl?«, fragte sie leise.

Ian nickte. »Aber ein paar Minuten später hast du Fiona wegen ihrer Komplexe die Meinung gesagt. Es hat dich offensichtlich furchtbar geärgert, dass sie sich meinem Vater unterlegen fühlte. Da war ich mir sicher, dass deine Haltung sich grundlegend geändert hat. Du bist zwar voller Widersprüche, aber scheinheilig bist du nicht.« Er knuffte Hailey in die Seite. »Ist sie wirklich nicht – auch wenn sie den Regenwald retten will und trotzdem tonnenweise Pakete durch die Welt schickt.«

Hailey stöhnte, aber er fuhr an Cailin gewandt fort: »Du

zweifelst wie eh und je an deiner Kreativität, und ich befürchte, das gehört irgendwie dazu. Ein Künstler ohne Selbstzweifel taugt vermutlich nicht viel. Dennoch bist du weit davon entfernt, dich irgendwem unterlegen zu fühlen. Schon gar nicht einem Höhlenmenschen wie mir.«

Er kratzte sich am Kopf. »Das Einzige, was also gegen uns sprach, war deine kostbare Sexroutine mit Jonathan und Declan.« Abermals knuffte er Hailey in die Seite. »Sie hat mir den Freitag angeboten – ist das zu fassen?«

Hailey grunzte. »Besser als den Montag.«

Ian lachte auf. »Wahrscheinlich bin ich maßlos, aber ich wollte alle Wochentage haben. Und ich konnte keinen Tag länger warten.« Sein Lachen erstarb, als er nun wieder Cailin ansah und ernst fortfuhr: »Nach der Beerdigung von Aidans Dad hat es fast ein Jahr gedauert, bis ich einen Nachfolger für Sanday gefunden habe. Und als ich dann endlich hier war, bist du mir monatelang aus dem Weg gegangen. Doch dann hast du mich plötzlich in dein Leben gelassen – nur um mir kurz darauf wieder den Laufpass zu geben. Die Laurie-Lüge war ein Akt der Verzweiflung.«

»Warte mal«, unterbrach Cailin ihn. »Hast du gerade gesagt, du hättest einen Nachfolger für Sanday gefunden?«

»Genau genommen, eine Nachfolgerin.«

Sie blinzelte perplex. »Aber Mrs MacNee meinte, Brody braucht dich.«

»Mrs MacNee wünscht sich wie verrückt eine glückliche Familie für ihren Enkel und vergisst dabei, dass er bereits eine hat.« Ian hielt inne. »Moment mal. War das der Grund, warum du mich loswerden wolltest? Weil du dachtest, ich hätte den armen Brody im Stich gelassen?«

Cailin errötete und war dankbar für die Dunkelheit. Wenn

der Gimpel und Haileys Haare nicht rot aussahen, tat sie es vielleicht auch nicht. »Mrs MacNee hat behauptet, du hättest ihm andauernd das Leben retten müssen, und sie hat den Eindruck erweckt, als stünde die Insel nun ohne Arzt da.«

»Diese Lady ist wirklich schamlos.« Ian klang ungewohnt verärgert. »Und völlig verrückt. Kommt hierher, um herauszufinden, ob ich noch Single bin, und setzt dir diesen Floh ins Ohr.« Er zog die Augenbrauen zusammen. »Dachtest du wirklich, ich lasse einen kranken Jungen im Stich, um bei dir zu sein?«

Inzwischen waren Cailins Wangen puterrot. »Na ja, du meintest, du hättest nie aufgehört, von mir zu träumen …«

Hailey räusperte sich. »Ich geh dann mal.«

Sie sprang erstaunlich behände auf und lief ein paar regelrecht nüchterne Schritte über den Steg, bevor sie sich noch einmal zu ihnen umdrehte.

»Übrigens, Ian, ich verzeih dir das seelische Leid, das du mir in der letzten Woche zugefügt hast.« Hailey schnitt eine Grimasse. »Hauptsache, Cailin bleibt hier. Und falls du nicht mehr Single sein willst: Wenn sie dich fragt, ob du mit ihr spazieren gehen möchtest, solltest du lieber Ja sagen. Meine Cousins mussten deshalb schon ihren Hut nehmen.« Sie zwinkerte Cailin zu und wankte summend über den Pier zurück an Land.

Cailin sah ihr lächelnd hinterher. Ihre Freundin war wieder das fröhliche Wesen, das sie kannte. Der gute Logan konnte sich auf etwas gefasst machen …

Ohne Umschweife rutschte Ian auf Haileys Platz. Und noch ein Stückchen näher.

»Nicht so stürmisch«, brummte Cailin und hob den Gimpel in die Höhe, »sonst fällt mein Vogel ins Wasser.«

Ihre nackten Unterarme berührten sich. Es brannte schlimmer denn je. Schöner denn je. So ein Brennen machte einfach mehr Spaß, wenn kein krankes Kind deshalb ohne Arzt auskommen musste.

Der Arzt besah gründlich ihren tiefen Ausschnitt und erkundigte sich belustigt: »Heißt das, du hast mittwochs und sonntags nichts vor?«

Cailin legte ihren Zeigefinger unter sein Kinn. »Hier oben spielt die Musik, mein Lieber.«

Ian hob seinen Blick und fragte unvermittelt: »Wärst du wirklich mit mir mitgekommen?«

Sie schluckte. Und nickte.

»Aber dort gibt es keine Bäume«, sagte er leise.

»Ist mir auch aufgefallen«, murmelte sie.

Er legte den Kopf schief. »Wie wäre das abgelaufen? Wärst du mit jemandem in eine urbane Wohngemeinschaft in Downtown Lady Village gezogen und hättest mich nachts besucht oder –«

Sie stieß ihm den Ellenbogen in die Seite. »Halt die Klappe, Arschgesicht.«

»Nein, im Ernst«, beharrte er, »wärst du bei mir eingezogen?«

Cailin verdrehte die Augen. »Darüber habe ich mir noch keine Gedanken gemacht.« Er brauchte nun wirklich nichts von dem Häuschen am Strand zu wissen, in dem sie ihr Drehbuch hatte schreiben wollen.

»Aha, ein Haus am Strand«, grinste er.

»Hör auf damit«, knurrte sie.

»Womit?«

»Gedanken lesen.«

»Aha.« Sein Grinsen wurde breiter. »Darf ich bei dir einziehen?«

Cailin fuhr erneut ihren spitzen Ellenbogen aus. »Du spinnst wohl, wir sind noch nicht mal zusammen.«

»Das sagst ausgerechnet du«, lachte er. »Tust so, als würdest du Pixie beim Renovieren helfen, und in Wahrheit fährst du durchs halbe Land, um unser neues Heim zu besichtigen und -«

Sie unterbrach ihn: »Verdammt, Ian, ich will nicht dein Immer sein! Ich ... ich will nicht morgens nackt neben dir vorm Waschbecken stehen und nicht von dir bemerkt werden, weil mein Anblick genauso alltäglich ist wie ... wie die Badewanne oder was sonst noch so im Bad herumsteht ...«

Sie verstummte. Er hatte die Hand auf ihre Schulter gelegt, und nun schob er – als wäre es so alltäglich wie Zähneputzen – den Träger des Kleids über ihren Arm, bis ihre rechte Brust frei lag. Er betrachtete sie, und Cailin tat unwillkürlich dasselbe. Für einen Augenblick staunte sie, wie weiß ihre Haut in der Dunkelheit schimmerte. Weiß wie Marmor. Der Gimpel zu ihrer Linken wunderte sich auch. Er war immer noch schwarz.

Jetzt beugte Ian sich vor und tauchte ein in dieses Weiß, das nicht zu ihr zu gehören schien und dennoch jede Bewegung seiner Lippen spürte. Das Karussell, an das sie so oft gedacht hatte, drehte sich wieder. Sie musste sich mit den Händen abstützen, um nicht den Halt zu verlieren. Ach was, sie hatte ihn längst verloren, den verfluchten Halt – und etwas anderes, viel Besseres gewonnen ...

Nach einer Weile, als ihre Brust sich nicht mehr wie Marmor anfühlte, hob Ian den Kopf und flüsterte: »Zu spät, du bist es schon.«

»Hm?«, fragte sie verwirrt.

»Mein Immer.«

Sie stöhnte und wusste nicht, ob es an seinen Worten lag

oder an seinen Fingern, die beiläufig dort weitermachten, wo seine Zunge aufgehört hatte.

»Aber ich habe gute Neuigkeiten für dich.« Er küsste ihre Nasenspitze und lächelte sie an.

»Hm?«

»Das Jetzt ist im Immer enthalten.«

Cailin blinzelte. »Sag das noch mal.«

Seine Grübchen wurden tiefer, als er wiederholte: »Das Jetzt ist im Immer enthalten.«

Sie bohrte ihren Zeigefinger in sein linkes Grübchen. »Du Arschgesicht, warum hast du das nicht früher gesagt? Du weißt doch, Mathe ist nicht mein Ding.«

Ians Augen lachten, und sie trugen Cailin unversehens zurück in die Zeit vor dem Anfang. In die Tischnische. Nicht zum ersten Kuss, sondern zum Mathebuch. Als sie verstohlen beobachtet hatte, wie sein Kiefer sich beim Schreiben mitbewegte. Als er sie sanft am Arm berührt und »Denk noch mal nach« gemurmelt hatte. Cailin wusste noch alles, denn so funktionierte das Jetzt. Und es fühlte sich an wie …

»Zu Hause.« Seine Stimme prickelte auf ihrem Gesicht.

»Hör endlich auf, meine Gedanken zu lesen«, brummte sie.

»Dann hör auf zu denken und küss mich«, erwiderte Ian.

Sie zögerte, und da grinste er und raunte an ihren Lippen: »Ich gehe auch mit dir spazieren.«

Sie zog den Kopf zurück. »Ian, ich bin keine deiner alten Damen. Wenn du mich jetzt küssen willst, dann sprich nicht vom Spazierengehen. Das törnt mich ab.«

Er lachte auf. »Dann schweige ich jetzt wie ein attraktiver Fremder in einer lauen Sommernacht.«

Cailin grinste. »Du bist ein attraktiver Fremder. Allerdings in einer ziemlich frischen Sommernacht.«

Sie tauschten einen langen Blick aus.

*Ich liebe dich, du Arschgesicht.*

Kaum hatte sie den Gedanken gedacht, setzten seine Lippen das Karussell wieder in Gang. Und das gefürchtete Immer schmeckte unerwartet süß, als Ian an ihren Lippen flüsterte: »Du bist mein Gestern, mein Heute und mein Morgen, Cai.«

Im Showroom hatte jemand die Musik aufgedreht. Es wurde im Kerzenschein getanzt, und niemand bemerkte ihre Rückkehr, als sie am Vorhang stehen blieben und das bunte Treiben verfolgten. Logan wirbelte Sandy Elliot übers Parkett, Liv und James tanzten wie Uma und John in *Pulp Fiction*, Kirsty und Aidan knutschten unter dem Deckmantel der Musik, und Hailey, Maisie und Fiona hielten vorm Fenster ihre eigene kichernde Tanzparty ab. Nur Hamish saß noch am Tisch und starrte Maisie aus glasigen Augen an. Er wirkte ein wenig grün im Gesicht. Irgendjemand (vermutlich Liv) hatte vorsorglich einen Eimer neben seinen Stuhl gestellt.

James war der Erste, der die beiden Zuschauer bemerkte, die eng umschlungen an der Seitenlinie standen und amüsiert das Spektakel beobachteten. Bei ihrem Anblick blitzten seine Augen auf, und er entschuldigte sich höflich bei Uma, bevor er – völlig untypisch – auf die Zaungäste zugestürmt kam. Kurz vor Ian bremste er ab und blickte ihn verlegen an. Cailin seufzte innerlich. James hatte seinen Sohn umarmen wollen. Aber so weit waren sie offenbar noch nicht.

Beinahe schüchtern fragte er: »Hailey sagt, ihr geht nicht weg?«

Da löste Cailin sich aus Ians Armen und drückte James an sich. »Wir bleiben hier.«

Sie spürte, wie er aufatmete. »Das ist gut«, sagte er in ihr

Ohr. »Ich möchte nämlich nicht auf einer Insel ohne Arzt und ohne Glasbläserin leben.«

»Du meinst wohl, Drehbuchautorin«, verbesserte sie lachend, und wie von selbst begannen James und sie zu tanzen. Ausgerechnet zu *Father Figure* von George Michael.

Ian kratzte sich am Hinterkopf und wirkte ein wenig verlegen, aber nun kam schon der Rest der Bande angetrabt: zuerst ein ziemlich sentimentaler Aidan, der Cailin und Ian in seine Arme zog und etwas Wirres von der CIA faselte, und dann die Mädels. Sie stürzten sich alle gleichzeitig auf Cailin, als wäre sie von einer sehr langen Reise zurückgekehrt. Als sich die Gruppenumarmung (ohne Männer und Sandy, jedoch mit Fiona) endlich entknotete, griff Maisie nach ihrer Hand und zog sie beiseite.

Sie deutete zum Tisch. »Ich hoffe, das war in Ordnung.«

Cailin sah sie verständnislos an.

»Bevor Hailey von draußen zurückkam, war hier so eine traurige Stimmung«, erklärte Maisie. »Da habe ich deine Glaseier an alle verteilt.«

Nun fielen Cailin die bunten Eier auf, die überall verstreut zwischen den Teelichten vor sich hin funkelten. Neben Sandy Elliots Weinglas lagen sogar zwei.

Maisies aufmerksame Katzenaugen waren ihrem Blick gefolgt. »Sandy wollte unbedingt zwei Eier für Duncan und Finlay haben. Sie meinte, ihre beiden missratenen Söhne hätten einen Neuanfang bitter nötig. Da konnte ich nicht Nein sagen.« Sie zog eine Grimasse. »Dafür haben Kirsty und Aidan verzichtet.«

»Ich habe auch keins mehr abbekommen«, stellte Cailin fest und sah mit gespielt empörter Miene zu Sandy Elliot hinüber, die sich immer noch von Logan über die Tanzfläche schleudern ließ. »Wie es aussieht, hat Sandy heute Abend groß abgeräumt. Hat Logan denn auch mal mit Hailey getanzt?«

»Nein.« Maisie sah mitfühlend zu ihrer Cousine. »Sie hat ihn mehrfach aufgefordert, aber er hat sie jedes Mal abblitzen lassen.«

Cailin verdrehte die Augen und nahm Fiona ins Visier, die gerade den etwas überfordert wirkenden Ian antanzte. »Und was ist mit ihr?«

»Fiona?« Maisie grinste. »Siehst du doch, die schleppt deinen Ian ab.«

»Hat sie mit James getanzt?«

»Nein«, seufzte Maisie. »Er hat sie gefragt, aber sie hat mit Hailey getanzt und so getan, als hätte sie ihn nicht gehört.«

Cailin seufzte ebenfalls. »Sag den anderen, morgen um sechs Uhr bei mir. Wir brauchen eine neue Taskforce.«

Maisie nickte eifrig und lief sofort los.

Während Cailin ihr lächelnd hinterherblickte, beschlich sie plötzlich das ungute Gefühl, dass etwas fehlte. Oder jemand …

*Oh nein! Der Gimpel!*

Sie hatte ihn auf dem Pier vergessen, und dort saß der kleine Kerl nun einsam und schwarz in der Dunkelheit …

Bevor sie sich zum Gehen wandte, suchte sie Ians Blick. Er spürte es und sah sie fragend quer durch den Raum an. Cailin nahm einen der Glasvögel vom Tisch und deutete zum Fenster, in Richtung Meer.

*Ich muss den Gimpel retten!*

Ein schelmisches Lächeln breitete sich auf Ians Gesicht aus. »Warum? Er ist doch bloß ein Produkt!«, rief er ihr zu.

Da streckte sie ihm die Zunge heraus und lief, so schnell ihre nackten Füße sie trugen, hinaus zum Pier.

*Freundinnen kann man nicht erben – oder doch?*

Cara Hay
SCHOTTISCHE TRÄUME
- DIE TÖPFEREI
AM MEER
Roman

352 Seiten
ISBN 978-3-404-18785-0

Die Londoner Keramikkünstlerin Kirsty Woods fällt aus allen Wolken, als sie erfährt, dass ihre Großmutter ihr eine Töpferei auf der schottischen Isle of Mull vererbt hat. Doch die Freundinnen ihrer Großmutter, allen voran Glasdesignerin Cailin, sind gar nicht erfreut über Kirstys Ankunft. Dabei ist Kirsty hingerissen von der Insel und den Keramikschätzen, die sie in der Werkstatt entdeckt. Am liebsten würde sie bleiben. Und dann ist da auch noch der attraktive Pubbesitzer Aidan, dem Kirsty ihr Herz ausgeschüttet hat … Aber Cailin und die anderen sind Stammgäste in seinem Pub. Liegt es an ihnen, dass auch Aidan Kirsty auf einmal nach London abschieben will?

Lübbe